봄은 오지 않을 것이다

봄은 오지 않을 것이다 3

김성종

도서출판 남도

차 례

여자 테러리스트의 정체

CIA와 FBI, 그리고 일본 수사관들까지 참석한 합동기자회견은 확실히 효과가 있었다. 제3의 여인은 방송은 물론 중요 일간지에 대대적으로 보도되었고, 비록 실패로 끝나긴 했지만 그녀가 서울발 워싱턴행 유나이티드 여객기를 납치해서 CIA 건물을 비행기째 폭파시키려고 한 보진카 계획의 주모자이며 앞으로 대형 테러를 일으킬 가능성이 아주 큰 테러범이라는 보다 구체적인 보도에는 모두가 한결같이 놀라는 반응을 보였다.

언론을 통해 공개수사가 시작된 지 하루가 지났을 때까지는 아무런 신고전화도 없이 잠잠했다. 그러나 이틀이 지나자 하나둘씩 신고전화가 걸려 오기 시작했다. 어디서 그녀와 비슷한 여자를 많이 목격했다는 신고가 대부분이었는데 결정적인 제보는 3일째 되는 날 들어왔다. 신고한 사람은 중년의 부인으로 자기가 살고 있는 아파트 바로 이웃에 제3의 여인이 살고 있었다는 제보였다.

제3의 여인이 살고 있었다는 아파트는 마포에 있는 5백 세대가 넘는 아파트 단지 안에 있었다. 수사진이 도착하자 신고한 여인은 자기 아파트와 대문을 마주보고 있는 아파트를 가리켰다. 초인종을 눌렀지만 안에서는 아무 응답이 없었고 문은 잠겨 있었다. 신고한 여인에게 털보의 사진을 보여주자 그녀는 문제의 그 아파트에 제3의 여인과 함께 살고 있던 남자라고 말했다. 그리고 그 남자 외에도 두 명인가 세 명이 더 있었는데 모두가 아랍계 남자들로 보였다고 증언했다. 그녀의 증언은 그 주위의 사는 다른 사람들의 증언과도 일치했다.

"뭐 하는 사람들인지는 몰라도 서너 명이 들락거렸어요. 집 주인은 이 여자인데…… 처음에는 한국말이 영 서툴렀어요. 그런데 2년쯤 지나니까 아주 잘하더라고요. 한국 여자 같은데 한국인은 아니고 저기 뭐라더라…… 아, 자기는 불란서 사람이라고 그러더라고요. 남자들은 생긴 것이 모두 외국인 같았는데 인상이 별로 안 좋았어요. 어쩌다가 말을 걸어 보면 한국말은 한마디도 못 알아듣더라고요."

이렇게 말한 사람은 나이 많은 경비원이었다. 그의 말에 따르면 제3의 여인이 그 아파트에 세를 얻어 들어온 것은 2년쯤 전이었다고 했다. 그리고 몇 달이 지나자 남자들이 한두 명씩 나타나 동거하기 시작했다고 했다.

"그런데 남자들이 수시로 바뀌었어요. 모두 외국인들이었는데 한두 달 있다가 다른 남자들로 바뀌곤 했어요. 가장 오래 있던 남자는 얼굴에 시커멓게 털 난 사람이었는데…… 그 사람은 사람이 좋아보이더라구요. 한국말은 못했지만 저하고 손짓 발짓 해가며 이야기를 하곤 했는데 자기는 독일 사람이라고 하더라고요. 그런데 독일 사람 같지가 않았어요."

그 아파트를 세놓은 집 주인은 강남에 살고 있었다. 서 형사와 조 형사는 한밤중에 집 주인을 만나러 갔다.

손톱과 발톱을 빨갛게 물들인 40대 초반의 여인이 반바지 차림에 어깨가 훤히 드러나고 젖꼭지가 도드라져 보이는 하늘색 셔츠 차림으로 그들을 맞았는데, 그들은 호화롭게 꾸며져 있는 실내 모습을 구경하느라고 잠시 얼떨떨한 표정으로 서성거리고 있다가 주인 여자가 재차 자리를 권하자 그제야 정신을 차리고 가죽 소파에 가서 앉았다.

그녀는 제3의 여인에 대해서 아는 것이 거의 없었다. 제3의 여인의 사진을 보여줬지만 본 적이 없는 여자라고 딱 잘라 말했다. 그녀가 부동산 중개인을 통해서 세입자를 소개받은 것은 2년 전이었다. 45평 아파트를 전세 1억6천만 원에 세를 놓았는데 중개업소에서 만난 세입자는 무슨 회사의 총무과장인가 하는 남자였다.

"여자가 아니고 남자였나요?"

"네, 남자였어요."

빨간 손톱이 붙어 있는 손가락 사이에 담배를 꼬나든 채 여자가 심드렁하게 말했다.

"남자는 한국 남자였나요?"

"물론 한국인이죠. 그런데 왜 그러는 거죠?"

그녀는 이쪽에서 묻지도 않았는데 자기 남동생이 검찰청 특수부 검사라고 말했다. 거기에 대해 형사들은 아무런 반응도 보이지 않았다. 그 대신 전세계약서를 좀 보여 달라고 요구했다.

그녀가 가지고온 전세계약서에는 세입자 이름이 송민우로 되어 있었다. 계약일자는 1995년 5월 30일이었고, 연락처 주소는 삼우개발 총무과였다. 주소와 함께 전화번호도 적혀 있었다.

"계약기간이 끝났군요?"

조 형사가 계약서를 들여다보며 물었다.

"네, 얼마 전에 끝났어요. 계약 연장을 안 하겠다고 해서 복덕방에 내놨어요."

"지금 집이 비어 있습니까?"

"네, 얼마 전에 나갔어요."

"전세금은 돌려줬습니까?"

"아뇨. 집이 나가야 돌려주죠."

그 아파트 열쇠는 부동산 중개업소에 맡겨 두었다고 해서 다음 날 서 형사와 조 형사는 집 주인이 가르쳐준 부동산 중개업소를 찾아가 신분을 밝히고 열쇠를 잠시 빌렸다.

제3의 여인이 살았던 아파트는 가구 하나 없이 텅 비어 있었다. 뭔가 단서가 될 만한 것이 없을까 해서 꼼꼼히 살펴보았지만 그런 것은 눈에 띠지 않았다.

"뭐가 뭔지 통 모르겠는데요."

삼우개발이라는 회사로 송민우라는 사람을 만나러 가면서 조 형사가 말했다.

"나도 헷갈려. 왜 느닷없이 송민우라는 사람이 등장하는지 도무지 모르겠어."

밖에는 비가 내리고 있었다. 세찬 비가 차창을 두드려 대고 있었다. 한강을 가로지르는 다리 앞에는 차들이 길게 꼬리를 물고 서 있었다.

"웬 비가 이렇게 오지."

운전대에 앉아 있는 조 형사가 투덜거렸다.

서 형사는 의자를 뒤로 젖히고 상체를 뉘였다. 눈을 감자 피로가 몰려오면서 피터와의 정사장면이 떠올랐다. 그의 단단하고 늘씬한 육체와 유연한 몸놀림은 결코 잊을 수 없을 것 같았다. 그에게 휘둘리고 해체되었던 자신이 갑자기 달라진 것 같았고, 그 달라진 느낌이 가슴 벅찬 흥분으로 몰려오고 있었다.

"선배, 요즘 달라진 것 같아요."

조 형사가 지루해 죽겠다는 얼굴로 말을 걸었다.

"뭐가 달라졌다는 거야?"

그녀는 눈을 감은 채 물었다.

"전보다 예뻐지고…… 얼굴에 생기가 돌아요. 사는 게 즐겁다는 표정이에요."

"그래?"

그녀는 눈을 뜨고 곁눈질로 그를 쳐다보았다.

"요즘 혹시 연애하시는 거 아니에요?"

"그런 거 없어. 내 얼굴 예뻐봤자지. 그건 그렇고 애인 만나면 반드시 모텔에 가서 그 짓 하나?"

"여자 만나는 이유가 그거 하려고 만나지 그냥 얼굴만 쳐다보다가 헤어지려고 만나는 건 아니잖아요."

"한 달에 몇 번이나 그 짓 하지?"

"애인이 한 둘이 아니라서 그거 일일이 셀 수가 없어요. 하루에 세 여자 만나서 세 번 했을 때도 있어요."

"정말?"

어이없다는 듯 쳐다보자 조 형사는 킬킬거리고 웃었다. 정말 같기도 하고 거짓말 같기도 해서 서 형사는 감을 못 잡고 그를 잠시 흘겨보았다.

"조 형사는 미남이니까 여자들이 많이 따를 거야. 남자 쪽에서 볼 때는 몸을 잘 주는 여자가 좋아, 아니면 잘 안 주려고 뻗대는 여자가 좋아?"

"그야 말해서 뭐 합니까. 뭐니뭐니해도 얼른얼른 잘 주는 여자가 백번 좋죠."

조 형사는 생긴 것은 여자처럼 얌전하게 생겼지만 입은 꽤 거친 편이었다. 서 형사는 터져 나오려는 웃음을 간신히 참으면서 또 물었다.

"가장 인상적인 여자는 어떤 여자야? 이를테면 한 번으로 끝내고 두 번 다시 만나고 싶지 않은 여자도 있을 거고 만나면 만날수록 더 보고 싶은 여자도 있을 거 아니야."

"에 또, 솔직히 까놓고 말하면 그거 잘 하는 여자가 나는 제일 인상에 남아요. 그리고 그런 여자는 또 만나서 몇 번이고 그것만 하고 싶어요. 그거 못하는 여자는 정말 두 번 다시 보고 싶지 않아요."

"그래?"

서 형사는 중얼거리면서 어떻게 하면 그것을 잘 할 수 있을까

하고 생각했다.

삼우개발 총무과의 송민우는 40대 초반인데도 머리가 벗겨져 나이보다 훨씬 더 나이 들어 보였다. 광대뼈가 튀어나오고 뺨이 홀쭉한 그는 작은 눈으로 형사들을 살피면서 조금 두려워하는 기색을 보였다. 총무 과장인 그는 형사들이 갑자기 들이닥치자 당황해 하며 조그만 회의실로 그들을 안내했다.

"무슨 일로 오셨는지?"

"아, 다름이 아니라…… 마포에 있는 무지개 아파트 102동 905호에 관해서인데…… 이걸 한번 봐주시겠습니까?"

조형사가 아파트 계약서 복사본을 꺼내 송 과장에게 보여주었다. 송 과장은 그것을 들여다보더니 얼굴이 굳어졌다.

"그 아파트 과장님께서 계약하신 거죠?"

"그, 그렇습니다."

손끝이 떨리고 있는 것을 형사들이 쳐다보자 송 과장은 탁자 밑으로 두 손을 슬그머니 내렸다.

"1억2천만 원이나 주고 아파트를 전세로 얻으셨는데 실제로 거기서 거주하시지는 않았더군요. 그 아파트를 누구한테 빌려주신 겁니까?"

송 과장은 얼른 대답하지 않고 머뭇거리다가

"사실은 저기…… 저도 잘 모르는 사람입니다."

라고 대답했다.

"모르는 사람한테 아파트를 빌려주었다는 건가요?"

서 형사가 날카로운 어조로 물었다. 송 과장은 어쩔 줄을 모르며 형사들의 눈치를 살피고 있다가 서 형사가 제3의 여인의 사진을 제시하자 얼굴이 납덩이처럼 굳어졌다.

"이 여자한테 아파트를 빌려주셨나요?"

"네네, 그렇습니다."

"이 여자하고는 어떤 관계죠?"

조 형사는 송 과장의 뒤쪽에 가서 섰다. 그리고 언제라도 재빨리 권총을 뽑을 수 있게 저고리 단추를 풀었다. 그들이 보기에 송 과장이라는 자는 테러조직을 지원하고 있는 인물 같았다. 그렇지 않고서야 제3의 여인에게 거금을 주고 빌린 아파트를 통째로 빌려줄 리가 없지 않은가.

"아, 아무 관계도 아닙니다. 그냥……."

"아무 관계도 아니면서 어떻게 아파트를 빌려줬죠?"

"그게 사실은…… 이름은 제 이름으로 빌렸지만 실제로 전세금을 내신 분은 다른 분입니다. 전 다만 지시를 받고 심부름을 했을 뿐입니다."

"누구 지시를 받았다는 겁니까?"

펑퍼짐하게 생긴 서 형사이지만 이쯤 되면 두 눈에 모가 지면서 목소리가 날카로워진다.

"회, 회장님 지시로 얻은 겁니다."

"확실합니까?"

송 과장은 대머리를 숙이며 고개를 끄덕였다.

한동안 무거운 침묵이 흘렀다. 서 형사는 차가운 눈으로 상대방을 쏘아보다가

"회장이 왜 그 여자한테 아파트를 얻어 줬죠?"

하고 물었다. 송 과장은 고개를 흔들었다.

"그건 잘 모르겠습니다."

"그 여자하고 회장은 어떤 관계인가요?"

"모, 모르겠습니다."

2년 전 어느 날 회장실로 불려 간 송 과장은 좀 이상하고 아리송한 지시를 받았다. 당신을 믿고 부탁하는 것인데 당신 명의로 쓸만한 아파트를 하나 얻어 어떤 여자한테 그것을 빌려주라는 것이었다. 그 여자가 들어가서 살 수 있게 이사를 도와주고 집안도 꾸며 주라는 지시였다.

회장은 그 어떤 여자에 대해서 자세한 언급은 회피했다. 다만 먼 조카뻘 되는 아가씨인데 외국에서 태어나 자랐기 때문에 한국을 잘 모르고 한국말도 할 줄 모르니 그렇게 알고 잘 좀 도와주라고 했다. 그러면서 송 과장을 믿고 부탁한 것이니 조카에 관한 일을 비밀로 해 달라고 당부했다.

송 과장은 회사 일은 아니었지만 지시받은 대로 아파트를 자기 명의로 계약해서 회장 조카라는 아가씨한테 넘겨주었고 이사까지 도와주었다. 그 밖에 전화도 설치해 주고 필요한 가구들도 마련해 주었다. 그리고 수시로 들러 불편한 것이 없는지 살펴보곤 했는데, 어느 날 마띨드라는 이름을 가진 그 아가씨가 하는 말이 그 동안 수고해 준데 대해 매우 감사하게 생각한다, 하지만 더 이상 도움 같은 것은 필요하지 않으니 출입을 삼가달라고 냉정하게 말했다.

회장은 조카에 관한 것은 직접 보고받고 싶어 했기 때문에 송 과장은 마띨드를 만나고 온 다음 날은 회장에게 하나도 숨기지 않고 모든 것을 이야기해 주었다. 회장은 조카에 대해서 유난히 관심이 많은 것 같았다.

"출입을 삼가달라고 해서 더 이상 가 보지 않았나요?"

"아닙니다. 회장님이 가끔씩 들러 보라고 하셨기 때문에 한 달에 한 번 꼴로 찾아가곤 했는데, 아예 집 안으로 들여보내지를 않아서 문 앞에서 몇 마디 얘기만 하다가 물러나곤 했습니다. 그러다가 최근 몇 달 간은 가 보지를 못했습니다. 회장님이 더 이상 가지 않아도 된다고 해서 그 때부터 가지 않았습니다. 지금 이렇게 돼서 드리는 말씀인데 처음부터 정체가 좀 아리송한 데가 있었습니다."

"마띨드라는 여자가 말입니까?"

"네, 도대체 뭘 하는 여자인지 정체가 불분명했습니다. 처음에는 혼자 살았는데 1년쯤 지나니까 남자들하고 혼숙까지 하는 것 같았습니다. 남자들은 한국 남자들이 아니고 아랍 남자들 같았는데 모두가 인상이 안 좋았습니다."

"그 여자한테 아파트만 구해 줬나요? 생활비 같은 것은 지원하지 않았나요?"

송 과장은 잠시 머뭇거리다가 대답했다.

"이런 말해서 되는지 모르지만…… 매달 정기적으로 5백만 원씩 지급됐습니다. 그 여자의 은행계좌로 송금했는데 적지 않은 돈이었습니다. 조카라는 여자한테 그렇게 많은 돈을 매달 보내 주는 이유를 알 수가 없었지만…… 회장님 지시라 시키는 대로 했을 뿐입니다."

"신문과 방송에 그 여자에 관한 보도가 많이 나갔는데 혹시 보셨나요?"

"네, 봤습니다."

송 과장은 기어드는 목소리로 대답했다.

"왜 경찰에 신고하지 않았나요?"

날카로운 추궁에 그는 몹시 당황해 하다가

"미, 믿을 수가 없었습니다."

라고 말했다.

"언론 보도에 마띨드라는 이름까지 나왔는데 믿을 수가 없었나요?"

"그 아가씨가 테, 테러범이라는 사실을 저는 믿을 수가 없었습니다."

"회장도 알고 있나요? 회장은 그 여자가 테러범이라는 사실을 이미 알고 있었으면서 아파트를 구해 주고 생활비까지 대준 게 아닌가요?"

"아, 아닙니다. 그럴 리가 없습니다."

송 과장은 완강히 고개를 흔들었다.

"마띨드가 회장의 조카라고 했는데, 그건 사실인가요?"

"회장님이 그렇게 말씀하셨으니까 그렇게 믿을 수밖에 없지 않습니까? 자세한 것은 잘 모르겠습니다."

"회장도 지금은 그 조카 아가씨가 테러범이라는 사실을 알고 있겠군요?"

"네, 제가 신문을 보고 놀라서 말씀을 드렸더니 이미 알고 계셨습니다. 몹시 놀라고 당황하신 것 같았습니다. 그리고 속았다고 말씀하셨습니다."

"속았다고요? 뭘 속았다는 거죠?"

"잘은 모르지만 테러범인줄 모르고 도와줬는데 결과적으로 테러범을 도운 것이 되었기 때문에 하신 말씀 같았습니다."

"그렇다면 왜 경찰에는 신고를 안 했죠?"

"너무 놀라신 나머지 미처 그럴 겨를이 없으셨을 겁니다. 회장님도 저처럼 신문에 보도된 그 사실을 곧이곧대로 믿을 수가 없으셨을 겁니다. 그리고 아무리 테러범이라고 하지만, 조카를 곧바로 경찰에 신고하는 것이 쉬운 일은 아니지 않습니까."

"그건 그렇습니다만……."

"테러범이라는 걸 알고 나서 마띨드의 아파트에는 가 보지 않았나요?"

"그렇지 않아도 회장님이 당장 가 보라고 해서 가 봤는데 집에는 아무도 없었습니다. 이미 어디론가 떠나고 없었습니다."

마띨드가 어디론가 떠난다는 예고는 며칠 전에 이미 있었다. 5월 26일경 회장은 송 과장에게 마띨드가 살던 아파트 열쇠를 내주면서 아파트를 정리하라고 말했다. 마띨드는 떠나면서 회장에게 편지와 함께 아파트 열쇠를 동봉해서 보낸 것 같았다. 그 편지에 무슨 글이 적혀 있었는지 송 과장은 회장이 말해 주지 않아 알지 못한다고 했다. 송 과장은 회장으로부터 아파트 열쇠를 받고 곧바로 아파트에 가 보지는 않았다. 아직 계약기간이 며칠 남아 있었기 때문에 차일피일 하다가 신문에 그녀의 신분이 공개된 뒤 놀란 회장이 당장 가 보라고 지시하는 바람에 허둥지둥 그곳에 찾아갔던 것이다.

"그 여자를 마지막으로 본 게 언제였습니까?"

"한 달쯤 전이었습니다."

한 달쯤 전 그는 케이크를 사 들고 그녀를 찾아갔었다. 그녀는 언제나 그랬듯이 그를 집 안으로 들이지 않고 문 앞에서 맞았다. 그는 며칠 뒤면 외할아버지의 기일이니 제사에 참석해 달라는 회장의 말을 전했다. 그녀는 알았다고만 말하고 안으로 들어가 버렸다. 며칠 후 제삿날 저녁 그는 마띨드를 회장 집에 데려다 주기 위해 무지개 아파트를 방문했지만 그녀는 집에 없었다. 함께 살고 있는 남자들도 집에 없는 것 같았다. 그는 포기하고 돌아가려다 조금 더 기다려 보기로 하고 차 안에 앉아 그녀가 돌아오기를 기다렸다. 그런데 그렇게 30분쯤 지났을 때 그녀가 살고 있는 아파트에 불이 켜지는 것이 보였다. 화가 난 그는 차에서 내려 아파트를 향해 달려갔다.

이윽고 아파트 앞에 이른 그는 마구 초인종을 눌러 댔다. 오기가 발동해 누가 이기나 보자는 생각으로 한참을 눌러 대자 마침내 안에서 인기척이 났다. 문이 열리고 그녀의 모습이 나타나자 그는 볼멘소리로 말했다. 왜 안에 있으면서 문을 안 열어 줍니까? 오늘이 외할아버지 제삿날이라는 것은 알고 있겠죠? 회장님이 기다리고 계시니까 나하고 함께 갑시다. 그러나 그녀는 영 내키지 않는 표정으로 오늘 밤 친척들이 많이 오느냐고 물었고, 그가 아마 그럴 거라고 하자 단호한 어조로 가지 않겠다고 말했다. 그가 왜 가지 않으려고 하느냐고 묻자 그녀는 바쁜 일이 있어서 못가겠다고 하면서 집으로 들어가 버렸다. 그것이 송 과장이 그녀를 본 마지막이었다.

"마띨드에게 외할아버지 제사에 참석하라고 했다면…… 회장은 그 여자의 외삼촌이라는 말인가요?"

"네, 그런 걸로 알고 있습니다."

서 형사와 조 형사는 의미 있는 눈길로 서로를 쳐다보았다. 마떨드의 외가가 어쩌면 한국일지도 모른다는 예상이 맞아 들어가고 있는데 대한 기쁨이 그들의 얼굴에 나타나 있었다.

"마떨드라는 여자는 어떻게 생겼나요? 여러 번 보셨을 테니까 좀 구체적으로 말씀해 주시겠습니까?"

송 과장은 잠시 생각해 보고나서 입을 열었다.

"한마디로 미인입니다. 남자라면 누구나 욕심을 낼만큼 아름다운 여자입니다. 중키에 가냘픈 모습이 남자들에게 보호본능을 불러일으키게 하는 그런 여자입니다. 그런 여자가 무서운 테러범이라니 도무지 믿을 수가 없습니다. 그 여자 어디를 봐도 테러범 같은 점은 없습니다. 그 여자가 정말 남자를 목 잘라 죽인 테러범이라면 사람은 겉만 보고는 모른다는 말이 맞는 것 같습니다."

송 과장의 말은 지금까지 목격자들을 통해서 들은 증언들과 거의 일치했다.

"회장의 여동생이나 누나 중에 과거 프랑스에 유학했던 여자가 있나요?"

"여동생이 한 분 프랑스에 유학했는데 유학중에 돌아가셨다는 말을 들은 적이 있습니다."

"그 여자가 혹시 마떨드의 어머니가 아닌가요?"

"그건 잘 모르겠습니다."

"그 여자의 이름이 어떻게 됩니까?"

"모르겠습니다."

송 과장을 만나고난 형사들은 곧바로 회장을 만나 보려고 했지만 그는 외출 중이었기 때문에 만날 수가 없었다.

어떻든 송 과장을 통해서 제3의 여인의 외가를 알아낸 만큼 형사들은 기대 이상의 수확을 얻은 셈이었다.

채무림 회장과의 면담은 쉽게 이루어지지가 않았다. 수사관이라는 점을 내세워 막무가내로 찾아갈 수도 있었지만 서 형사는 시간은 좀 걸리지만 절차를 밟아 만나는 것이 좋을 것 같아 기다려 보기로 했다. 채 회장은 송 과장으로부터 보고를 받았을 것이고, 그렇다면 형사들의 조사에 어떻게 대응해야 할지 생각할 시간이 필요할 것이다. 서 형사는 채 회장에게 생각할 시간을 주는 것도 나쁠 것은 없다고 생각했다. 중요한 사실을 확보한 만큼 그녀는 수사에 자신이 있었다.

채 회장과의 면담을 기다리는 동안 그녀는 채 회장 일가에 대한 정보를 수집하는데 시간을 보냈다. 채 회장이 지배하고 있는 삼우그룹은 재계 20위 안에 드는 그룹으로 세상에 어느 정도 알려져 있었지만 집안 사정에 대해서는 별로 알려져 있는 게 없었다. 서 형사와 조 형사가 경찰에 비치되어 있는 정보 자료와 정보과 형사들, 그리고 정보기관으로부터 얻어들은 이야기를 종합한 바에 따르면 채 회장 일가는 결코 순탄치 않은 집안 내력을 지니고 있었다.

삼우그룹은 현재 건설과 유통, 석유화학과 전자산업 및 금융과 호텔업, 그리고 무역과 식품 등 많은 분야에 걸쳐 20여개의 기업군을 거느리고 있었다. 삼우를 처음 일군 사람은 채무림의 부친인 채문기였다. 처음 양조업으로 밑천을 마련한 그는 돈이 생기는 대로 서울 근교의 부동산을 닥치는 대로 사들였는데, 얼마 후 불어 닥친 개발붐으로 부동산 값이 천정부지로 치솟는 바람에 순식간에 큰 재산을 모으게 되었다. 그것을 기반으로 그는 건설과 토목에 손을 댔는데, 마침 쿠데타로 권력을 잡은 군사정부가 대형 건설과 토목공사에 열을 올리는 바람에 그의 사업은 순풍에 돛단 듯 빠른 속도로 성장할 수가 있었다. 불과 10년도 안 되는 사이에 그의 자산은 수십 배로 불어났는데, 이처럼 그의 사업이 성장할 수 있었던 것은 무엇보다도 권력에 편승해서 그것을 잘 이용할 줄 알았기 때문이었다.

그는 도덕적 양식을 갖추고 있다거나 그런 것과는 거리가 먼 사람이었다. 오로지 돈밖에 모르는 사람으로, 돈을 벌기 위해서는 수단방법을 가리지 않는 그런 인물이었다. 돈 냄새에 탁월한 동물적 감각을 지닌 그는 군사정부의 권력층에 줄을 놓아 그들에게 거액의 로비자금을 뿌려 댔고, 그 대가로 굵직굵직한 사업권을 따내 막대한 이익을 챙길 수가 있었다. 당시 그와 같은 인간들이 취했던 예정된 코스이긴 하지만 그 역시 대기업을 운영하는 입장이 되자 정치 쪽에 구미가 당겼고, 마침내 집권당 쪽에 정치자금 명목으로 거액을 희사하고 전국구 국회의원자리를 하나 얻기까지 했다.

그러나 그의 행운은 그 때를 정점으로 갑자기 역전된다. 어느 날 그가 느닷없이 쿠데타 주모자로 몰려 수사기관의 수배를 받게 된 것이다. 수사관들이 들이닥치기 전에 누군가로부터 빨리 피하라는 귀띔을 받은 그는 허둥지둥 일본을 거쳐 프랑스로 도망쳤다. 그리고 프랑스 정부에 망명을 신청했다. 그가 도망친 것을 알게 된 대통령 P는 정보기관인 CIS에게 채문기를 데려오라고 엄명을 내린다.

그가 쿠데타 주모자로 몰리게 된 것은 염모라는 장군 때문이었다. 염장군은 그의 이종사촌으로 워낙 똑똑하고 야심도 컸기 때문에 채문기는 그의 장래를 내다보고 경제적인 지원을 아끼지 않았다. 그런데 염장군은 그가 모르는 사이에 쿠데타를 모의하고 있었다. 야심만만한 그는 민심이 P에게서 떠난 것을 간파하고는 P를 제거하고 권력을 탈취할 계획을 구미고 있었다. 그러나 가담자 가운데 한 명이 마음을 바꿔 CIS에 쿠데타 음모사실을 고자질하는 바람에 염장군과 그 일당은 체포되고 말았다. 살인적인 고문 끝에 뒤에서 자금을 댄 자로 채문기가 거론되고, 결국 그는 쫓기는 신세로 전락하고만 것이다.

채문기가 프랑스에 망명해 있는 가운데 그는 부정축재자로 몰려 그의 재산은 모두 압류되고, 사업체도 망하거나 다른 사람들 손에 넘어갔다. 그러나 해외로 빼돌린 자산이 많았기 때문에 그는 망명지에서도 흥청망청 돈을 뿌리면서 호화로운 생활을 누릴 수가 있었다. 그러는 한편으로 P에 대해 비난을 퍼부음으로써 P에게는 눈엣가시 같은 존재가 되었다. 염장군은 피살되고, 자신의 재산과 사업체까지 몰수당한 판에 망명지에 홀로 남겨진 그에게는 P에 대한 저주와 분노밖에 남은 것이 없었다. 원래 그는 민주화 운동이니 하는 것에는 전혀 관심도 없는 사람이었다. 하지만 P와 군사정부에 대해 악에 바친 비난을 계속하다 보니 그는 어느 새 해외 교포사회에서 민주인사로 알려지게 되었고, 유럽에 거점을 둔 민주화 운동단체들은 그를 구심점으로 반정부 활동을 전개해 나가게 되었다. 그가 뜻밖에도 이렇게 민주인사로 대접을 받게 된 데에는 그의 경제력도 한몫 했음을 부인할 수 없다.

해외언론에 채문기의 독설이 연일 오르내리고, 그 바람에 국제 외교무대에서 P의 독재정치가 비난의 대상이 되자 P는 왜 채문기를 잡아오지 않느냐고 CIS 책임자를 닦달했다. 그런 한편으로 외교 경로를 통해 프랑스 정부에게 그를 한국으로 추방시키라고 압력을 가했다. 하지만 인권보호에 있어서 세계 최고의 선진국임을 자랑하고 있는 프랑스 정부가 자국의 명예에 먹칠을 하는 짓을 자행할 리가 없었다. 프랑스 정부는 번번이 거절했고, 화가 치민 P는 원자력발전소 건설 문제를 들고 나왔다. 당시 한국은 전력문제를 해결하기 위해 원자력발전소 건설을 서두르고 있었고, 프랑스는 그 분야에서 세계 최고의 기술을 보유하고 있었다.

당연히 한국은 프랑스의 원자력 기술을 필요로 했고, 프랑스 측은 그 기술을 한국에 천문학적인 값으로 판매하기 위해 치열한 로비를 벌이고 있었다.

P는 바로 그 점을 노리고 채문기를 한국에 넘기지 않으면 원전건설 계약을 재고하겠다고 엄포를 놓았다. 당황한 프랑스 정부는 인권과 막대한 국익을 놓고 고민하다가 마침내 인권을 포기하고 국익을 쫓기로 결정했다. 그에 따라 채문기는 한국으로 추방되었다. 추방되는 과정과 송환도중에 채문기가 증발해 버

린 사건은 보다 상세한 기록으로 남아 있었고, 그것은 한 편의 드라마처럼 긴박감이 흐르기까지 했다.

CIS는 채문기를 한국으로 데리고 오는 작전을 개선문작전이라고 불렀다. 그리고 채문기는 암호명 피노키오로 통했다. 한국으로 추방되던 날 채문기는 한국 국적기에 탑승하는 것과 동시에 프랑스 관리의 손을 떠나 한국 기관원들의 손에 넘겨졌다. 그는 두 팔이 뒤로 꺾인 채 손목에 수갑이 채워졌고, 비행기 안에서 무자비한 구타와 말할 수 없는 모멸감으로 몇 번이나 자살하지 못한 것을 후회해야 했다. 그런데 KAL기가 앵커리지 공항에 잠시 기착하고 승객들이 공항 대기실에서 탑승을 기다리고 있을 때 갑자기 FBI 요원들이 나타나 채문기를 데리고 가 버리는 사건이 발생했다. FBI 요원들의 말에 의하면 채문기는 과거 미국 국내법을 위반한 적이 있는 수배인물이기 때문에 자기들이 데리고 가겠다는 것이었다. 한국 기관원들은 그들과 심한 몸싸움을 벌이면서 채 문기를 빼앗기지 않으려고 발버둥 쳤지만 앵커리지 공항이 미국 영토인데다 수적 열세였기 때문에 피노키오를 내주지 않을 수 없었다.

채문기가 미국 국내법을 위반한 적이 있기 때문에 현재 미국 수사기관의 수배인물이라는 FBI의 말은 새빨간 거짓말이었다. 앵커리지 공항에서 증발된 그는 미국에 망명 신청을 했고, 알려지지 않은 곳에 칩거한 채 수 년 동안 조용히 지냈다. 그는 사람들의 뇌리에서 점점 멀어져 갔고, 나중에는 미국에서 죽었다는 소문까지 나돌았다. 그러나 그는 수 년 후, 그러니까 P가 암살 당하고 정권이 바뀌자 조용히 한국으로 돌아왔다. 그 동안 그의 목숨을 노리던 자들은 모두 지하로 잠복했기 때문에 그는 실로 오랜만에 한국에 돌아와 자유를 만끽할 수 있었다.

그가 한국에 돌아와서 제일 먼저 한 일은 불법적으로 빼앗겼던 재산과 사업체를 되찾는 일이었다. 새로 권력을 잡은 J는 피살당한 염장군과 절친한 사이였다. 하지만 염장군이 쿠데타 음모로 체포되자 그 불똥이 자기한테도 튈까 봐 전전긍긍했고, 그래서 염장군에게 불리한 증언도 서슴지 않았다. 새로 권력의 자리에 오른 그는 그 점을 항상 미안하게 생각했고, 죄책감을 상쇄할 수만 있으면 어떻게든 하려고 애를 썼다. 염장군의 유족들에게 거액의 생활비를 대주고 그 자식들에게 좋은 직장을 알선해 주는 등 그는 소문나지 않게 나름대로 노력했는데, 그런 과정에 등장한 것이 채문기의 재산과 사업체 환수 문제였다.

아무리 세상이 바뀌었다고는 하지만 채문기의 재산과 사업체는 워낙 방대했기 때문에 그것을 원주인에게 돌려준다는 것은 쉬운 문제가 아니었다. 그 문제를 해결하기 위해 법적인 절차를 밟는다 해도 재판이 끝나기까지 몇 년이 걸릴지 알 수 없는 일이었고, 재판에 반드시 승소할 것이라는 보장도 없었다. 따라서 그것을 빨리, 그리고 명쾌하게 해결하기 위해서는 권력이 개입할 수밖에 없었다. 비합법적이긴 하지만.

아직도 한국은 완전한 자유민주주의 국가라고 할 수 없었고, J는 모든 것 위에서 절대 군력자로 군림하고 있었다. 그런 그에게 채문기의 재산과 사업체 환수 문제는 염장군에게 진 빚을 갚을 수 있는 좋은 일거리로 생각되었다. 채문기 역시 염장군과 함께 쿠데타 음모 주모자로 몰려 해외에서 오랫동안 망명생활을 하다가 돌아왔기 때문에 그를 도와주는 것은 바로 염장군에게 진 빚을 갚는 일이기도 하다고 그는 생각했다. 그 외에도 채문기는 J가 함부로 내쳐버릴 수 없는 좀 특별한 관계에 있는 인물이었다. 바로 그의 큰 아들인 유림과 J는 절친한 사이였고, 그 점 때문에 채문기의 부탁을 뿌리칠 수도 없었다.

유림과 J는 중고등학교 시절 단짝으로 같은 반에서 공부했고, 고등학교를 졸업한 후에는 함께 육군사관학교에 진학했다. 그러나 유림은 1년을 채우지 못하고 사관학교에서 쫓겨났고, 반면 J는 우수한 실력으로 사관학교를 마쳤다. 집안이 가난했던 J는 학창시절은 물론 장교가 된 후에도 채문기의 집에 놀러 다녔고, 그래서 문기도 그를 자식처럼 대하곤 했었다. 유림이 미국으로 유학을 떠난 후에도 그런 관계는 계속되었고, 문기는 장교가 무슨 돈이 있느냐고 하면서 수시로 적지 않은 돈을 J의 손에 쥐어 주곤 했다.

유림이 유학생활을 하는 둥 마는 둥 하다가 돌아왔을 때 J는 영관장교로 임관되어 있었고, 오랜만에 만난 그들은 세상이 모두 자기들 것인 양 거의 매일 만나 고급 술집들을 돌아다녔다. 항상 돈이 남아도는 유림은 미녀들 앞에서 흥청망청 돈을 쓰는 것을 좋아했고, J는 옆에서 그를 거들면서 공짜 술을 마시는데 익숙해져 있었다. 그런 가운데서도 J는 자신의 출세를 위해 착착 실속을 챙겼다. 출세를 위해서는 실력과 성실만 가지고는 안 된다는 것을 그는 잘 알고 있었다. 부패한 사회에서는 무엇보다도 돈의 위력이 절대적이라는 것을 그는 일찍부터 터득하고 있었다. 그러나 그는 월급밖에 들어오는 돈이 없었다. 그 월급을 가지고 그는 대가족을 부양해야 했다. 결국 그는 유림에게 손을 벌렸고, 유림은 아버지에게 그의 부탁을 이야기했고, 문기는 J의 장래를 보고 그를 불러 거액을 서슴없이 건네주곤 했다. J는 그 돈을 적재적소에 아주 유용하게 사용했고, 결국 동기생들보다 빨리 권력에 접근할 수가 있었다.

인간관계라는 것은 하루아침에 무너질 수도 있지만 이처럼 끈질기게 얽어져 거대한 괴물 같은 모습으로 변질될 수도 있는 것이다. 채문기가 그 막대한 재산과 사업체를 단기간 내에 되찾을 수 있었던 것이 그것을 단적으로 말해 주고 있었다. 그는 원래 빼앗겼던 그대로 모두 되찾은 것은 아니었지만 절반 이상은 환수할 수가 있었다. 물론 그는 그 가운데서 일부를 떼어 J에게 바치는 것을 잊지 않았다. 앞으로의 사업을 위해 그것은 반드시 필요한 것이었다. 아무튼 그렇게 이것저것 제하고 났지만 그래도 마지막으로 그의 손에 들어온 재산은 엄청났다. 거기에다 해외로 빼돌렸던 재산까지 합치면 다시 사업을 벌려 재기하는데 충분할 것 같았다. 그러나 그는 재기하는 것을 보지 못하고 세상을 떠나고 만다.

죽기 전 폐암선고를 받은 그에게는 세 아들과 딸 하나가 있었는데 딸은 일찍 죽고 세 아들만 그의 곁을 지키고 있었다. 병약한 아내는 그가 미국에 있을 때 잠깐 다녀갔는데 그 얼마 후에 그녀는 세상을 떠났다.

문기는 세 아들 가운데 막내인 무림을 제일 총애했다. 큰 아들 유림은 무능력한데다 소문난 바람둥이로 주색잡기에만 열을 올리고 있어 일찍부터 그의 눈 밖에 나 있었다. 둘째 부림은 게으

른데다 지능이 떨어져 큰 사업체를 맡길 인물이 못되었다. 그래서 문기는 죽기 전 유언장에다 위의 두 아들들에게는 먹고살 만큼의 재산만 잘라 주고, 나머지는 모두 막내에게 물려주겠다고 기록했다. 그가 사망하자 변호사는 아들들을 불러 유언장을 공개했고, 큰 아들과 둘째 아들의 거센 반발이 있었지만 문기의 재산은 유언대로 집행되었다.

막내 무림은 미국의 유명 대학에서 화학을 전공, 박사학위까지 취득한 수재였다. 그 후 그는 방향을 바꿔 경영학 석사코스를 마친 후 맨해튼의 증권가에서 일했다. 그가 귀국한 것은 아버지가 망명생활을 끝내고 귀국한 직후였다. 아버지 사업을 도와 달라는 부친의 부탁을 받고서였다.

아버지가 세상을 떠난 후 막대한 재산을 물려받은 그는 그 자산을 불리는데 온힘을 기울였다. 그의 뛰어난 수완과 명석함, 그리고 성실한 노력 덕분에 삼우는 각 분야로 기업을 확장하면서 빠른 속도로 성장, 짧은 기간 내에 재계 20위 안의 대기업 군으로 성장할 수가 있었다.

채무림 회장이 면담을 요청해 온 형사들을 만나기로 한 것은 송민우 과장으로부터 보고를 받은 지 사흘쯤 지나서였다. 송 과장으로부터 형사들이 만나고 싶어 한다는 말을 듣고 아무 말 없이 도쿄로 출장을 갔던 그는 귀국하자마자 형사들을 만나 보겠다고 말했다.

50줄에 접어든 그는 아버지를 닮아 장딸막한 키에 자신에 찬 모습을 하고 있었다. 나이보다 훨씬 젊어 보이는 그는 신중하고 예의발랐다. 점심시간이 지나 회장실 안으로 안내되어 들어온 젊은 남녀 형사들을 보고 그는 조금 의외라는 듯한 표정을 지었다가 이내 미소를 지으면서 그들을 자리로 안내했다.

대그룹의 회장실이라고 해서 으리으리할 줄 알았던 형사들은 의외로 협소한 공간과 소박하기 짝이 없는 실내 모습을 보고는 다시 한 번 채 회장을 눈여겨보았다. 그들은 회의용 긴 탁자를 사이에 두고 마주 앉았는데, 탁자 위에는 일본 신문들이 놓여 있었다. 그 신문들을 장식하고 있는 사진들이 하나같이 제3의 여인인 것을 보고 형사들의 눈이 휘둥그레지자 채 회장은 그들 쪽으로 신문을 밀었다.

"도쿄에 갔다가 구해 온 겁니다. 지난 신문들이라 신문사에 직접 가서 구한 겁니다."

그 신문들은 지난 5월 25일부터 같은 달 31일 사이에 발행된 것들로, 제3의 여인에 의해 자행된 살인사건 기사가 지면에 온통 도배되다시피 실려 있었다. 현장감을 살려서 쓴 기사는 생생하면서도 충격적이었다. 형사들이 신문에서 눈을 뗐을 때 채 회장은 굳은 표정으로 앉아 있었다. 서 형사는 시간을 절약하기 위해 요미우리신문에 실린 여자 테러범의 사진을 손가락으로 가리키면서 단도직입적으로 물었다.

"이 여자가 외종질이 맞습니까?"

채 회장은 곤혹스러운 표정으로 한참 동안 말없이 앉아 있다가 무겁게 입을 열었다.

"아직 분명하게 단언할 수는 없지만 그럴 가능성이 큽니다."

"처음부터 그 여자가 테러범이라는 사실을 알고 있었나요?"

생긴 것과는 달리 여자 형사의 질문은 날카로웠다. 채 회장은 고개를 가로저었다.

"몰랐습니다. 전혀 몰랐습니다. 나중에 신문에 난 것을 보고 서야 알았습니다."

"어떻게 해서 그 여자한테 아파트를 얻어 주고 많은 생활비까 지 대주게 되었습니까? 그 여자와 관련된 많은 것들이 궁금한 것이 많습니다. 도대체 어떻게 된 일인지 아시는 대로 말씀해 주 십시오."

채 회장의 얼굴빛이 어두워졌다. 그는 잠시 망설이는 듯하다 가 결심한 듯 입을 열었다.

"이야기가 좀 깁니다. 과거 집안 이야기부터 해야 하기 때문 에……."

마침 여비서가 차를 들고 들어왔기 때문에 채문기는 잠시 기 다리면서 2년 전에 갑자기 나타난 마띨드 다르쟈크의 모습을 상 기했다.

그녀를 처음 만나기 전 그는 한통의 편지를 받았다. 1994년 11월 어느 날 프랑스에서 온 편지였는데 내용은 영어로 씌어져 있었다. 그는 그 편지를 지금도 보관하고 있었는데 그 내용은 대 강 이런 것이었다. 자기는 프랑스인이지만 어머니는 한국인이 며 어머니의 이름은 채수지라는 것, 그리고 어머니가 일찍 세상 을 떠났기 때문에 자기는 어머니의 얼굴을 모른다는 것, 수소문 끝에 한국에 있는 외가에 관해 알게 되어 이렇게 편지를 보내는 것이라고 했다. 그러면서 어머니의 조국에 가 보고 싶은데 가도 되느냐고 묻고 있었다. 편지와 함께 복사한 듯한 사진이 하나 동봉되어 있었는데 그 사진을 보는 순간 무림은 가슴이 뭉클해지면서 눈시울이 붉어졌다. 그것은 한 젊은 여인이 갓난아기를 안고 있는 사진이었는데, 그 여인은 다름 아닌 그의 이복 여동생인 채수지였다. 수지는 여전히 아름다운 모습이었다.

채수지가 죽은 것은 채문기가 미국에 망명해 있을 때였다. 그녀는 총에 맞아 죽었는데 누가 그녀를 살해했는지는 아직도 밝혀지지 않고 있었다. 그것을 밝히려고 애쓰는 사람도 없었는데, 프랑스 수사당국이 범인을 알고 있으면서도 숨기고 있는 것인지도 몰랐다. 아버지 채문기는 귀국 후 기회 있을 때마다 자기 목숨을 살린 사람은 바로 수지라고 말하곤 했었다. 수지가 아니었으면 자기는 한국으로 추방돼 염장군처럼 틀림없이 살해됐을 것이라고 말했다. 드골 공항에서 한국 기관원들에게 인계되어 KAL기에 올랐을 때만 해도 그는 죽은 목숨이나 다름없었다. 비행기가 앵커리지 공항에 기착할 때까지 기내에서 수갑이 채워진 채 그가 당한 고통은 정말 감당하기 어려운 것이었고, 그는 혀를 깨물고서라도 죽고 싶었다. 그런데 기적이 일어났던 것이다. 앵커리지 공항에서 FBI요원들이 그를 탈취해 간 것이다. 일이 그렇게 된 것은 그를 태운 KAL기가 프랑스를 떠난 직후 수지가 마음을 바꿨기 때문이었다. 그녀는 애인인 카를로스를 배신할 수 없다고 끝까지 버티다가 마지막 순간에 프랑스 수사 기관에 협조하기로 마음을 바꿨던 것이다. 그것은 나중에 채문기가 미국에서 수지에게 전화를 걸어 확인한 사실이었다.

DAT(프랑스첩보국)는 채수지가 카를로스 체포에 협조하기로 약속하자 갑자기 긴박해졌다. 한국으로 향하고 있는 채문기를 도중에 빼내 오지 않으면 안 되었기 때문이었다. 무엇보다도 원자력건설 수주문제가 걸려 있었다. 그것을 잃지 않은 채 그를 빼돌릴 수 있는 방법을 모색하던 그들은 마침내 기막힌 묘책을 생각해 냈다. 비행기가 앵커리지 공항에 기착해 있을 때 미국 FBI를 동원해서 그를 강제로 빼돌려 미국으로 데리고 간다는 계획이었다. 문제는 FBI가 그와 같은 제의를 받아 줄 것인가 하는 점이었다.

프랑스와 미국의 정보기관은 소련이라는 공동의 적을 앞에 두고 물밑에서 치열하게 벌어지고 있는 냉전 상태에서 그 어느 때보다도 긴밀한 협조관계를 유지하고 있었다. 그리고 카를로스는 프랑스 수사당국 못지않게 미국 수사기관도 오래 전부터 노려 오던 인물이었다. 카를로스를 체포하기 위해 한국인 한 명을 앵커리지에서 빼돌려야 한다는 DST의 설명에 FBI는 흔쾌히 그 제의를 받아들였다.

FBI의 도움으로 목숨을 건진 채문기는 더 이상 프랑스에 돌아갈 수가 없었다. 프랑스 당국이 한국과의 관계를 고려해서 그의 입국을 허락하지 않았던 것이다. 그래서 그는 미국에 망명신청을 하고 아예 그곳에 주저앉아 버렸다. 프랑스에 남아 있는 수지가 걱정되었지만 그로서는 어떻게 손을 쓸 수가 없었다. 미국에 입국하고 처음 얼마 동안은 수지와 전화연락이라도 할 수 있었지만 두 달쯤 지나자 그마저 두절되고 말았다. 그리고 그가 수지 소식을 들은 것은 1년쯤 지나서였는데, 그것은 다름 아닌 수지의 사망 소식이었다. 그에게 수지의 죽음을 알려준 사람은 무림이었다. 미국에 유학중이던 무림은 서울에 있는 형으로부터 수지가 죽었다는 말을 듣고 조심스럽게 아버지한테 그 사실을 알렸던 것이다. 서울의 형은 프랑스 경찰로부터 수지의 사망을 통지받았다고 했다. 그 소식을 듣고 그의 부친은 비탄에 젖은 목소리로 그에게 이렇게 말했다.

"수지는 나 때문에 죽었다!"

채무림은 프랑스에 가서 수지의 주검을 확인한 다음 시신을 현지에서 화장했다. 그녀는 온몸에 총탄세례를 받고 즉사했는데 프랑스 경찰은 수사 중이라고만 말했고, 그 후 지금까지도 똑같은 말만 되풀이하고 있었다. 무림은 수지의 유골을 한국으로 가지고와 한강에다 뿌렸다.

"내가 프랑스에서 강제 추방될 때 수지는 임신 중이었다. 아기 아버지가 누구인지는 나도 모른다. 벌써 아기를 낳았을 텐데 엄마가 죽었으니 그 애를 누가 돌보겠느냐. 그 애를 네가 데려다 길러라."

무림이 수지의 주검을 수습하기 위해 프랑스로 떠나기 전 그의 아버지는 이렇게 말했었다. 그래서 무림은 프랑스에 도착하자 아기를 찾았지만 아기의 행방은 오리무중이었다. 주위 사람들에게 물어보니 수지가 아기를 낳아 기르고 있었던 것은 분명했다. 수지가 낳은 아기는 아들이었다. 그리고 아기의 아버지는 유명한 테러리스트인 카를로스라고 했다.

수지가 프랑스 유학중에 좌파 테러조직과 관계를 맺고 있었다는 것을 알고 무림은 몹시 놀라지 않을 수 없었다. 한국에서 불우한 어린 시절을 보낸 수지는 도망치다시피 프랑스로 유학을 떠났고, 그 후 한 번도 한국에 온 적이 없었다. 그녀의 불행과 고독이 그녀로 하여금 좌파 테러리즘에 빠져들게 하지 않았을까 하고 생각했지만 확실한 것은 알 수가 없었다.

수지는 이복 여동생이었다. 무림의 아버지가 어느 날 밖에서 낳아가지고 데리고 온 아이였다. 수지의 어머니는 여대생이라고 했는데, 아기를 낳자 얼마 후 아기를 버린 채 종적을 감춰 버렸다고 했다.

수지와 나이 차이가 서너 살 밖에 나지 않은 무림은 어려서부터 한 집에서 그녀와 함께 자랐기 때문에 누구보다도 그녀에게 애틋한 감정을 품고 있었다. 병약하고 신경질적이었던 그의 어머니는 남편이 밖에서 바람 피워가지고 데리고 들어온 수지를 몹시 미워했고, 자세한 내막을 알 리 없는 무림은 수지의 불행을 자신의 것처럼 생각하면서 함께 슬퍼하곤 했었다.

그 후 성장하면서 수지가 이복동생이기 때문에 그렇게 학대와 멸시를 받고 있음을 알게 되자 더욱 그녀를 가엾이 여기게 되었고, 세월이 흐르면서 그것은 자연스럽게 연정으로 변했다. 하지만 이룰 수 없는 사랑이었기에 손 한 번 잡아 보지 못한 채 가슴앓이만 했는데, 그와는 반대로 그의 형들은 그녀를 거칠게 대했고, 노골적으로 멸시하기까지 했다. 특히 큰형 유림은 성적으로 그녀를 농락까지 하는 바람에 격노한 아버지에게 심하게 얻어맞고 한때 미국으로 쫓겨 가 있기도 했었다.

결국 그의 아버지는 수지를 떼어놓기 위해 고향에 있는 할아버지 댁으로 내려 보냈고, 그런 후로는 무림은 수지를 거의 만날 기회가 없었다. 고등학교 졸업반이었을 때 방학을 이용해서 할 아버지 댁에 놀러 간다는 핑계를 대고 내려가서 수지를 한 번 만난 적이 있었는데 그녀는 서울 집에 있을 때보다 훨씬 표정이 밝고 건강해 보였지만 몹시 외로움을 타고 있는 것 같았다. 그들은 달밤에 처음으로 손을 잡고 방죽 위를 거닐었는데, 그 때 그녀는 답답해서 더 이상 시골에 못 있겠다고 하면서 학교를 그만두고 파리에 유학 갈 거라고 했다. 그 때 그녀는 고등학교에 다니고 있었는데 1년 후에 그녀는 아버지를 졸라 정말 파리로 유학을 떠났다. 그녀가 파리로 떠나던 날 공항에는 무림 혼자 밖에 나온 사람이 없었다. 수지는 출국장으로 들어서기 전에 갑자기 그의 품에 뛰어들어 울음을 터뜨렸다. 무림도 눈물을 흘렸다.

그 후 그는 두 번 다시 수지를 보지 못했다. 처음 얼마 동안은 오누이는 서로 편지를 주고받았지만 나중에는 그마저 흐지부지 되고 말았다. 그렇게 된 것은 그녀 쪽에서 갑자기 소식을 끊었기 때문이었다.

그 후 그의 집안은 아버지가 쿠데타 혐의로 수배되면서 풍비박산되고 말았고, 아버지가 해외로 도피하면서 가족 모두가 수사기관의 감시대상에 올라 고초를 겪어야 했다. 그러나 무림은 그 때 미국에 유학하고 있었기 때문에 감시를 받거나 하지 않았고, 그대신 군사정부가 집권하고 있는 동안에는 한국에 돌아가지 않기로 결심하고 공부에만 전념했다. 미국에 있었기 때문에 그는 프랑스로 망명한 아버지와 비교적 자유롭게 통화를 할 수가 있었다. 수지하고도 오랜만에 전화연락을 할 수 있었고, 아버지와 수지가 자주 만나고 있다는 소식에 다소 마음이 놓였다. 한 번은 아버지와 수지를 만나기 위해 파리에 간 적이 있었지만 아버지만 만날 수 있었고, 수지는 연락이 안 돼 만나보지 못하고 돌아왔다. 그 후 미국에 돌아와 수지와 가까스로 전화연락이 되었지만 갈수록 그녀와 소식을 주고받는 것은 어려워지고 있었다. 카를로스가 프랑스 수사요원들을 살해한 테러사건에 수지가 연루되어 구속되었다는 소식을 들었을 때에는 그는 절망감을 느꼈었다. 그 후 그녀가 석방되고 얼마 후 아버지가 프랑스에서 추방되어 미국으로 이송되어 왔을 때 그는 오랜만에 수지와 통화할 수 있었다. 그녀는 아버지가 무사히 미국에 안착했는지 확인하고 나서 전화를 끊었는데 그 후에도 서너 번쯤 더 전화연락이 있었다. 그리고 그것이 마지막이었다. 그녀는 자기는 항상 돌아다니기 때문에 연락처를 알려줄 수가 없고 그 대신 자기가 전화를 걸겠다고 했기 때문에 무림 쪽에서는 연락할 방법이 없었다. 무림은 카를로스와 수지의 관계, 그리고 아버지를 한국으로 추방하지 않는 조건으로 그녀가 카를로스 체포에 협력하기로 한 것을 아버지로부터 들어서 알고 있었기 때문에 그녀의 장래가 몹시 걱정되었다.

수지에 대한 그의 걱정은 공연한 것이 아니었다. 1년쯤 지나 그녀는 총탄 세례를 받고 스물여섯의 젊은 나이에 세상을 떠났던 것이다.

"수지의 딸이라는 여자의 편지를 받고 나는 즉시 답장을 보냈습니다. 한국에 오라고 말입니다. 그리고 얼마 후에 마띨드라는 여자를 만난 겁니다. 어느 날 불쑥 내 사무실에 나타났는데……마띨드를 본 순간 다른 어떤 설명도 필요가 없었습니다. 그 정도로 그 여자는 수지를 빼닮아 있었습니다. 마치 수지가 20여 년 전의 모습으로 살아서 나타난 것만 같아 나는 정신이 혼란스러울 정도였습니다."

"잠깐 물어볼 게 있습니다."

서 형사가 무림의 이야기를 자르고 끼어들었다.

"수지 씨는 아들을 낳았다고 하지 않았나요?"

"네, 나도 그렇게 알고 있었습니다. 그런데 내 앞에 나타난 사람은 아들이 아닌 딸이었습니다. 프랑스로 수지의 시신을 수습하러 갔을 때 나는 수지가 낳은 갓난아기를 데리고 오려고 찾아다녔는데, 사람들 말이 그 아기는 분명히 아들이라고 했습니다. 하지만 정작 내 앞에 나타난 사람은 수지를 빼닮은 아름다운 처녀였습니다. 나는 그럴 리가 없다고 생각하고 마띨드에게 그 점을 물어보았습니다. 내가 알기로는 아들로 알고 있었는데 어떻게 된 일이냐고 말입니다. 그랬더니 그 애가 오히려 의아해 하면서 자기는 아들이 아니고 분명히 딸이라고 했습니다. 뭔가 그 동안 오해가 있었던 것 아니냐고 하면서 프랑스 여권을 나한테 보여줬는데 거기에는 분명히 여자로 되어 있었습니다. 그것을 보고 더 이상 의심할 여지가 없었지요. 나에게 수지가 아들을 낳았다고 말해 준 사람들이 잘못 알고 있었던 게 분명했습니다."

"마띨드라는 이름의 그 프랑스 여권은 위조여권입니다. 그 여자는 린다 웨이드라는 이름으로 된 미국 여권을 가지고 한국에 입국했는데 그 미국 여권도 가짜였습니다."

무림은 놀라는 표정으로 형사들을 바라보다가 잠시 후 다시 말을 이었다.

"신문을 보고 프랑스 여권이 위조여권이란 걸 알았습니다. 그렇다고 해서 내 조카딸이라는 사실까지 거짓일까요? 그럴 리는 없다고 생각하는데……?"

마띨드가 당분간 한국에서 지내고 싶다고 했기 때문에 무림은 그녀가 생활하는데 불편함이 없게 도와주었다. 총무과의 송 과장을 시켜 아파트를 얻어 주고 다달이 생활비까지 보내 주었을 뿐만 아니라 수시로 그녀를 찾아가 보라고 일렀다.

아버지가 생전에 수지의 자식을 찾아 돌봐 주라고 한 말을 그는 그대로 따르고 싶었다. 그녀가 스스로 한국까지 찾아온 것이 대견스럽기만 했고, 그런 그녀에게 비참하게 죽어 간 수지에게 못했던 애정을 주고 싶었다. 그래서 그녀가 한국에서 한국어를 배우고 싶다고 했을 때는 Y대 국제한국어학당을 소개시켜 주기도 했었다.

그런데 그의 도움을 받으면서도 마띨드는 그를 만나는 것을 꺼려했다. 아파트를 얻어 준 것도 그녀가 그의 집에서 지내는 것을 싫어했기 때문이었다. 집에 초대할 때마다 번번이 거절했기 때문에 나중에는 그녀를 부르지 않게 되었고, 그 자신도 연락을 삼가게 되었다. 하지만 송 과장을 통해서 수시로 조카딸에 관한 소식은 듣고 있었다. 아랍계로 보이는 남자들과 아파트에서 혼숙까지 하고 있다는 말을 들었을 때는 기분이 언짢았지만 간섭하고 싶지 않아 그냥 내버려두었다.

외국에서 나고 자란데다 부모도 없이 혼자 자랐으니 남자들과 혼숙하는 것 정도야 대수롭지 않게 생각할지도 모른다고, 될수록 그녀를 이해하는 쪽으로 생각하려고 노력했다. 그 외국인 청년들은 뭘 하는 놈들일까? 왜 하필이면 아랍계 남자들일까? 이런저런 의문과 불만이 없는 것은 아니었지만 그는 그냥 모른 체하기로 했다. 그녀는 사실 말이 조카이지 그가 이것저것 챙겨 주고 간섭할 수 있는 그런 상대는 이미 아니었다.

"이제 와서 생각해 보니 왜 나를 멀리 했는지 이해가 갑니다. 그 모든 것들이 테러와 관계가 있었어요. 그리고 테러를 위해서 나를 이용한 것이 아닌가 생각하면 배신당한 기분이 들기도 합니다. 하지만 그런 것이야 그렇다치고…… 내 조카애가 왜 그런 무서운 테러리스트가 됐는지 이해할 수가 없습니다. 그 애의 성장과정에 문제가 있었던 것 같은데 그런 것에 대해서는 아무 것도 아는 게 없으니 답답하기만 합니다."

무림의 얼굴빛이 어두워져 있었다. 그는 침울한 표정으로 허공을 바라보고 있었다.

"마띨드의 본명도 모르십니까?"

"말해 주지 않았으니 알 수가 없었죠. 그 애가 말한 대로 마띨드 다르쟈크라고만 알고 있었죠."

"성장과정에 대해서는 물어보시지 않았나요?"

"물론 물어봤습니다. 물어봤지만 고아원을 전전하면서 자랐다고만 할 뿐 더 이상 말하는 것을 꺼려했습니다. 그래서 더 물어보지를 못했어요. 그 애의 자존심에 상처를 줄까 봐 뭘 물어보는 것도 사실 조심스러웠어요."

"묘하군요. 엄마에 이어 딸까지 테러리스트라니…… 그런 것도 대물림을 하는군요."

서 형사는 무심코 말했는데 무림과 시선이 마주치는 순간 아차 하는 생각이 들었다. 무림의 얼굴이 빨개져 있었다. 아니나 다를까 그는 참지 못하고 입을 열었다.

"그런 말을 하다니 잔인하시군요. 제가 분명히 말씀드리는데, 그 애 엄마는 절대 테러리스트가 아닙니다! 테러리스트를 사랑했는지는 모르지만 테러리스트는 아닙니다. 그 애 엄마는 그럴 여자가 아니에요. 지금 살아 있다면 유명한 조각가가 되어 있었을 겁니다."

어색한 침묵이 흘렀다. 서 형사는 고개를 숙여 사과했다.

"죄송합니다. 제가 말을 잘못했습니다. 잘못 알고 말씀드린 것 같습니다. 사과드립니다."

무림은 다시 침울한 표정으로 돌아갔다. 그러나 이내 걱정스러워 하는 표정으로 바뀌면서 이렇게 물었다.

"그 애가 내 조카라는 사실을 언론에 공개하실 겁니까?"

그 물음에 형사들은 멈칫했다.

"굳이 공개할 것까지는 없다고 봅니다. 삼우의 명예와도 관계가 있으니까 원하신다면 공개하지 않겠습니다."

"비밀로 해 주시면 고맙겠습니다."

"알겠습니다. 마지막으로 여동생인 채수지 씨에 대해 말씀 좀 해 주세요."

무림은 수지에 대해 생각하면 가슴이 아려왔다. 그래서 얼른 입을 열 수가 없었다. 그는 차를 마시면서 한참 동안 골똘히 생각에 잠겨 있다가 어렵게 입을 열었다.

"그 애는 참 예뻤죠. 미인박명이라고…… 너무 예뻤기 때문에 그렇게 일찍 갔는지도 모르죠. 수지는 태어날 때부터 불행을 안고 태어났어요. 그 불행을 자기 딴에는 피해 보려고 이리저리 피해 다녔지만 결국 피할 수가 없었던 모양이에요."

그의 목소리는 갑자기 잦아지면서 거의 들리지 않을 정도로 작아졌다. 그러나 이내 다시 커지기 시작했다.

"수지가 갑자기 프랑스로 유학을 떠난 것도 결국은 질식할 것 같은 생활에서 벗어나기 위해서였다고 생각합니다. 어디에도 정 붙일 데가 없었던 그 애는 차라리 외국에서 생활하는 것이 나았는지도 모릅니다. 그녀의 입장에서는 최선의 선택이었을 거라고 생각합니다. 이유야 어떻든 프랑스로 유학을 가서 에꼴 데 보자르에 입학했다는 것은 그 애가 마음만 먹으면 얼마든지 실력을 발휘할 수 있다는 것을 말해 준 아주 멋진 일이었습니다. 프랑스에 간 수지는 어학연수와 병행해서 그림 공부에 온힘을 기울여 입학하기가 매우 어렵다는 그 대학에 들어간 겁니다. 수지가 그런 노력으로 지금까지 그림을 그렸다면 아마 지금쯤 40대 화가로 큰 성공을 거두었을 겁니다. 그 애는 내가 보기에도 그림에 뛰어난 소질이 있었어요. 그걸 살리지 않고 딴 길로 빠진 것이 애석하기만 합니다."

"어떻게 해서 딴 길로 빠졌을까요?"

"모르겠어요. 그 애하고는 오랫동안 소식이 단절되었기 때문에 그 동안 무슨 일이 있었는지, 거기에 대해서는 전혀 아는 바가 없습니다. 정말 아까운 애였어요. 제가 프랑스에 자주 가 보지 못한 것이 한이 됩니다."

무림은 마띨드에 대하여 숨기거나 하지 않고 아는 대로 모든 것을 털어놓았기 때문에 형사들은 밖으로 나오면서 가슴이 뿌

듯해지는 것을 느꼈다.

　무림의 사무실을 나온 서 형사는 혼자서 CIA의 피터 킴을 만나러 갔다.

　그들은 피터가 단골로 드나드는 팝에서 만났다. 을지로 입구에 있는 어느 호텔의 지하에 있는 그 팝은 더블린이라는 이름에 어울리게 아일랜드풍의 어두운 색조를 지니고 있었다. 서 형사가 안으로 들어갔을 때는 어깨를 드러낸 자주색의 롱드레스를 입은 미녀가 스탠드바에 한쪽 팔을 걸친 채 낮은 목소리로 노래를 부르고 있었다. 피터의 모습은 보이지 않았다. 실내에는 빈 자리가 거의 없을 정도로 손님들이 많았는데, 그중에는 외국인들의 모습도 상당수 눈에 띄었다. 그녀는 스탠드 바 앞에 걸터앉아 진 토닉을 주문했다. 10분쯤 앉아 있자 피터가 들어와 그녀의 어깨를 슬쩍 건드렸다. 그는 그녀 곁에 걸터앉으면서 스탠드 위에 있는 그녀의 손을 두툼한 손으로 덮어 주었다. 그녀는 눈을 한 번 깊이 감았다가 떴다. 마치 그의 품에 안기는 것 같은 기분이 들었다. 그는 스카치위스키와 얼음을 주문했다. 그리고 위스키 잔과 얼음을 담은 글라스가 나오자 얼음을 위스키 잔에 두어 개 떨어 드린 다음 잔을 흔들었다. 얼음이 잔에 부딪치는 달그락거리는 소리를 들으며 서 형사는 미소를 지었다.

　"노래하는 여자 너무 예쁘죠?"

　"예쁘긴 한데 당신이 더 멋져요."

　"제가 멋지다고요?"

　피터는 정색을 하고 고개를 끄덕였다. 서 형사는 기분이 좋기도 하고 어이가 없기도 해서 소리내어 웃었다.

"약을 치시는군요. 뭘 듣고 싶으신 거죠?"

"내가 요청하지 않아도 서 형사 얼굴에는 말하고 싶어서 못 견디 하는 표정이 나타나 있는데요."

"그래요?"

서 형사는 피터를 지그시 응시하다가 잔에 남아 있는 술을 쭉 들이켰다. 그런 다음 위스키를 주문했다. 피터는 눈을 둥그렇게 떴다가 활짝 웃었다.

"예상했던 대로 그 여자의 외가는 한국에 있었어요. 오늘 그 여자의 외삼촌을 만나고 왔어요."

서 형사가 운을 떼자 피터의 얼굴에서 미소가 사라졌다. 그는 긴장한 눈으로 그녀의 다음 말을 기다렸다. 한 손은 그녀의 손을 꼭 쥐고 있었다.

"외삼촌 이름은 채무림, 현재 삼우그룹 회장이에요."

"삼우그룹이면 재벌회사 아닌가요?"

"맞아요."

"놀라운 사실이군요."

달그락거리던 얼음 소리가 멎었다.

"돈이 많기 때문에 아낌없이 그 여자를 도와줬던 것 같아요. 도와주게 된 계기도 극적이에요. 하지만 그 여자가 테러범이라는 사실은 모르고 도와줬던 것 같아요. 그 여자의 생모 이름은 채수지라고 하는데, 채 회장의 이복 여동생이에요. 채 회장의 부친 이름은 채문기 씨로, 슬하에 세 아들을 두었는데 나중에 바람을 피워 채수지 씨를 낳은 모양이에요. 밖에서 낳은 애를 집으로 데리고 들어와 호적에 입적시켰으니 본부인이 좋아할 리가 있겠어요. 그래서 채수지 씨는 천덕꾸러기로 자라다가 결국 도망치다시피 프랑스로 유학을 떠났던 것 같아요."

서 형사의 이야기는 한참 동안 계속되었다. 도중에 그는 위스키를 추가로 주문한 것 외에는 부지런히 메모를 하면서 그녀의 이야기에 열심히 귀를 기울였다.

제3의 여인이 갑자기 나타나서 채무림에게 자신을 채수지의 딸이라고 소개한 것부터 시작해서 채수지의 아버지 채문기가 프랑스로 망명한 이야기, 수지가 테러사건과 관련되어 체포된 사건, 그녀의 임신과 카를로스와의 관계, 채문기의 추방과 미국으로의 망명, 카를로스 체포를 위한 국제적인 수사와 수지의 협조 등등 모든 이야기가 드라마처럼 흥미진진하면서 듣는 사람을 놀라게 하기에 충분했다. 피터가 특히 놀란 것은 채수지의 딸이 카를로스의 자식이라는 사실이었다.

"아니, 그렇다면 제3의 여인이 카를로스의 딸이란 말인가?"

그는 반신반의하면서 물었다.

"그런 셈이죠."

"믿기지가 않는데……."

그는 고개를 설레설레 흔들다가

"그게 사실이라면 정말 놀라운 일이야."

하고 말했다.

"채수지, 카를로스, 그리고 제3의 여인…… 그야말로 대를 잇는 테러가족 같은 생각이 들지 않나요?"

"아무래도 프랑스로 가서 카를로스를 만나 봐야 할 것 같아."

"어떻게 그 자를 만나죠?"

"그 자는 이미 체포됐어요."

이번에는 서 형사가 두 눈을 크게 떴다.

"아니, 언제 체포됐죠?"

"보도 통제로 안 알려졌는데, 94년에 체포되어 종신형을 선고받고 현재 상테 교도소에서 복역 중이에요."

그는 위스키를 세잔 째 주문하고 나서 말을 이었다.

"그 자를 직접 만나 보면 제3의 여인이 정말 그 자의 딸인지 알 수 있을 거예요."

"그런데 채 회장의 말 가운데 좀 이상한 게 있었어요."

"뭐가 이상하다는 거죠?"

"자기가 여동생의 사망 소식을 듣고 프랑스에 갔을 때 알아본 바로는 채수지는 분명히 아들을 낳았다고 들었다는 거예요. 그런데 자기 앞에 나타난 조카는 여자였다는 거예요. 조카는 마띨드라는 이름으로 된 프랑스 여권까지 내보이면서 자기는 분명히 여자라고 하면서 뭔가 오해를 한 모양이라고 했대요. 채 회장도 잘못 알고 있었다고 생각했다는데…… 제가 보기에는 그 부분이 좀 미심적은 것 같아요."

"프랑스에 직접 가서 확인해 보면 알 수 있을 거야."

"프랑스에 직접 가실 거면 채수지와 테러조직과의 관계, 그리고 그 여자가 카를로스 수사에 어느 정도 협조했는지, 또 채수지가 무슨 이유로 총을 맞고 죽었는지, 마지막으로 제3의 여인이 어떻게 해서 테러리스트가 되었는지…… 그런 것들을 구체적으로 알아보셔야 할 거예요."

피터는 그녀의 말을 급히 메모하고 나서 고개를 끄덕였다.

"아무래도 서 형사도 함께 프랑스에 가는 게 좋겠어요."

그 말에 서 형사는 술잔을 내려놓고 손뼉을 쳤다.

"어머나, 듣던 중 반가운 말이네요."

"수일 내로 출발할 수 있겠어요?"

"지금 당장이라도 출발할 수 있어요."

그녀는 벌써 흥분해 있었다.

"상부에서 허락할 것 같아요?"

"허락하지 않으면 휴가를 내서라도 갈 거예요. 휴가 받아서 내 돈내고 가는데 누가 뭐라고 해요."

그 날 밤 그녀는 집에 들어가지 않고 피터를 따라 그의 집에 가서 늦게까지 와인을 마시다가 취해서 잠이 들었다.

슬픈 게이

프랑스 상테 교도소, 1997년 6월 18일 밤 9시 18분.

추하게 늙은 그 사내는 감시 카메라의 시야에서 벗어날 수 있는 구석 쪽으로 가서 사타구니를 움켜잡고 몸을 한 번 부르르 떤 다음 그것을 마구 주물러 댔다. 그것은 그가 감당할 수 없을 정도로 잔뜩 발기해 있었다. 그것을 꺼내 자위라도 하고 싶었지만 그럴 시간이 없었다. 감시 카메라에 잠시라도 그가 보이지 않으면 즉시 마이크 소리가 터져 나온다.

"505번! 제 위치로 가라!"

만일 듣지 않으면 지체 없이 간수가 달려온다. 그는 한숨을 길게 내쉬면서 감시 카메라에 잘 보이는 제 자리로 돌아가 앉았다. 제 자리라고 해야 거기에는 딱딱한 침대와 조그만 나무탁자, 그리고 삐거덕거리는 나무의자가 하나 있을 뿐이었다. 거기서 조금 떨어진 구석 쪽에는 시커멓게 때가 낀 세면대와 냄새나는 변기가 놓여 있었다. 세면대와 변기에는 항상 바퀴벌레들이 우글거리고 있었다. 처음 그가 독방으로 왔을 때에는 바퀴벌레를 보고 질겁을 했고, 그것들을 때려잡느라고 부산을 떨었지만 지금은 아무렇지도 않게 그것들과 함께 사이좋게 살고 있었다. 어떻든 그 독방은 밖에 나가지 않고도 모든 것을 해결할 수 있게 되어 있었다.

그 늙은 사내는 다름 아닌 카를로스였다. 70년대 테러리즘의 전성기를 주름잡았던 그도 세월 앞에서는 별수 없었는지 많이 늙어 있었다. 사실은 실제 보다 훨씬 더 나이가 들어 보였다. 체포되었을 때의 나이가 51세였고, 종신형을 언도받고 이제 3년 정도 복역했을 뿐인데 머리는 물론 수염까지 허옇게 바랜 것이 죽음밖에 기다릴 것이 없는 70대 노인으로 보였다.

그 동안 그는 두 번이나 탈옥을 시도했지만 번번이 실패하는 바람에 지금은 완전히 격리된 독방에 감금되어 있었다. 다른 죄수들과의 접촉을 완전히 차단하기 위해, 하루 30분씩 주어지는 운동도 그는 텅 빈 운동장에서 혼자서 해야만 했고, 식사도 식당이 아닌 독방에서 혼자 먹어야 했다. 그에게는 노역도 없었다. 하루 종일 독방 안에 갇혀 있는 것이 그에게 주어진 일과의 전부였다. 운동부족으로 그는 점점 살만 쪘고, 외로움에 미칠 것만 같았다. 이러다가는 말하는 능력까지 잃어버릴 것 같아 그는 중얼거리기도 하고 노래를 부르기도 하면서 시간을 보냈다.

이렇게 독방에 가둬 두는 것을 보면 혹시 프랑스 당국이 내가 자연스럽게 죽기만을 기다리고 있는 게 아닐까? 그는 이런 생각이 들 때가 한두 번이 아니었다. 그러면 생에 대한 강한 욕구가 치밀어 오르면서 이를 악물고 어떻게든 살아서 나가고야 말겠다고 자신에게 굳게 다짐한다.

사타구니 사이는 좀처럼 사그라질 기미를 보이지 않는다. 그것으로 얼마나 많은 아가씨들을 농락했던가. 벌거벗은 채 소리소리 지르면서 몸부림치던 여자들의 모습이 주마등처럼 스쳐지나 갔다. 한 번 맛을 본 여자들은 그를 떠나려고 하지 않았고, 입만 열면 그를 사랑하다는 말을 수없이 되풀이하곤 했다. 그래서 그의 주위에는 항상 아름다운 아가씨들이 끊이지 않았고, 그는 언제라도 마음만 먹으면 그녀들을 안을 수가 있었다. 그러나 그 황홀했던 시절은 다 지나가 버렸고, 지금은 한낱 꿈같은 환영으로만 남아 있을 뿐이었다. 그런 시절이 있었기에 그는 독방생활이 더욱 괴로웠다.

갑자기 발자국 소리가 들려왔다. 멀리서도 발자국 소리는 들린다. 그런데 이번에는 여러 사람이 함께 걸어오는 소리였다. 그는 침대 위로 올라가 비스듬히 드러누웠다. 이윽고 그의 방 앞에서 발자국 소리가 멎자 그는 거만한 눈으로 철창 밖에 서 있는 사람들을 바라보았다. 그는 간수는 물론 누구한테도 굽실거리거나 하지 않고 항상 거만하게 굴었다.

"505번, 면회다. 말썽부리지 말고 얌전하게 굴어요."

간수가 몽둥이를 흔들면서 말했다. 그의 뒤에는 네 사람이 서 있었는데 한 명을 제외하고는 모두가 낯선 자들이었다. 그의 눈에 익은 자는 프랑스 첩보국 요원으로 수년 전 그를 날카롭게 심문하던 자였다. 낯선 자들 가운데 두 명은 동양인 모습의 남녀였고, 나머지 한 명은 금발의 서양인이었다. 철문이 열리자 네 명이 방 안으로 들어왔다. 좁은 방 안은 그들로 꽉 차는 것 같았다.

"여어, 지노 반장께서 여긴 웬 일이지?"

카를로스는 여전히 비스듬히 드러누운 채 거만하게 물었다.

"오랜만이오. 잘 있었어요?"

지노 반장은 다부지게 생긴 몸을 흔들면서 앞으로 다가가 손을 내밀었다. 그러나 카를로스는 거들떠보지도 않은 채

"담배나 하나 주쇼."

하고 말했다.

그의 프랑스 말은 아주 유창했다. 지노 반장은 담배를 꺼내 준 다음 친절하게 라이터 불까지 붙여 주었다.

"몇 가지 알아볼 게 있어서 왔으니까 아는 대로 대답해 줘요. 오래 걸리지는 않을 겁니다."

카를로스는 아무 대꾸도 하지 않은 채 담배만 열심히 빨아 댔다. 둘러서 있는 사람들은 완전히 무시한 채 그는 담배 한 대를 다 피울 때까지 침묵만 지키고 있었다.

"요즘은 담배 갖다 주는 놈도 없어."

꽁초를 바닥에다 버리면서 그가 입을 열었다. 지노 반장은 담뱃갑을 꺼내 라이터와 함께 탁자 위에 올려놓았다.

"이거 피워요."

"고맙소. 그런데 날 면회하려면 면회실에서 할 것이지 왜 이런 더러운 곳까지 사람들을 데리고 온 거요?"

"교도소 측에서 당신 방으로 직접 가라고 했어요."

"날 이 방에서 한 발짝도 못 나가게 하려고 그런 거야. 나쁜 자

식들······."

　그는 마침내 몸을 일으키더니 낯선 방문자들을 한 사람씩 눈여겨보았다.

　"모두가 속물들로 보이는군. 용건을 이야기해 봐요. 그 전에 속물들 소개나 해요. 뭐 하는 자들이야?"

　그는 담뱃갑에서 새 담배를 뽑아 들었다.

　"카를로스, 그건 알 필요 없어요."

　지노 반장의 말에 그는 입가에 냉소를 띠면서 담배에 불을 붙였다.

　"소개가 필요 없다니, 그런 무례가 어디 있어. 그럼 난 입을 닫지. 모두 내 방에서 나가 줘요."

　카를로스는 침대 위에 도로 벌렁 드러누웠다. 그 때까지 잠자코 있던 피터 킴이 마침내 입을 열었다.

　"우린 모두 CIA 소속입니다."

　그는 피터를 노려보면서 천천히 상체를 일으켰다.

　"CIA라고? 저 여자도?"

　그는 턱으로 서 형사를 가리켰다.

　"그렇습니다."

　"밥맛없군. 정말 밥맛없어."

　그는 서 형사를 가까이 오게 하더니 그녀를 아래위로 찬찬히 훑어보았다.

　"음, 보기보다는 옷을 벗겨 놓으면 아주 탐스러울 것 같아. 서양애들보다는 동양애들이 품에 안으면 쏙 들어오지. 이봐요, 아가씨, 십만 달러 줄 테니까 나하고 한 번 하는 게 어때요? 여기서는 십만 달러가 아무 소용이 없지만 밖에서는 꽤 쓸 만한 돈일 거야."

"당신은 신사인줄 알았는데 지저분하기 짝이 없군요."

서 형사가 영어로 쏘아붙이자 그는 멈칫했다. 그러나 이내 능글거리며 영어로 말했다.

"여기 독방에 갇혀 있으면 저 바퀴벌레처럼 되는 거야. 하루종일 여자 생각밖에 안 하지. 내 소원을 풀어주면 하느님도 감사하게 생각할 거야."

피터는 더 이상 기다리지 못하고 의자를 갖다 놓고 그와 마주보고 앉았다. 그리고 사진을 한 장 불쑥 내밀었다.

"이 여자 잘 아는 사이죠?"

그것은 채수지가 아기를 안고 있는 사진이었다. 그녀는 빨간 티셔츠에 청바지 차림으로 벤치에 아기를 안고 앉아 있었다. 하얀 옷을 입은 아기는 눈이 부신지 눈을 감고 있었다. 앞에 물이 흐르고 뒤로는 나무들이 서 있는 것으로 보아 공원에서 찍은 사진 같았다. 그 사진을 뚫어지게 보고 있는 동안 카를로스의 능글거리던 표정은 점점 굳어지고 있었다.

"누군지 알겠습니까?"

피터는 정중하게 물었다. 상대방을 기분 나쁘게 하면 듣고 싶은 것을 못들을 수도 있기 때문이었다.

"알지. 채수지라고 한국 아가씨지. 아주 매력적인 아가씨였는데…… 그 놈들이 죽였어요."

"그 놈들이 누구죠?"

"몰라서 묻는 거요? CIA가 그걸 모른다는 게 말이 돼?"

"모릅니다. 누가 그 여자를 죽였습니까?"

"이스라엘 놈들…… 모사드가 살해했어. 한 방으로 죽인 것도 아니고 벌집을 만들었어. 나쁜 놈들!"

그의 두 눈이 충혈 되는 것 같더니 금방 분노의 눈물이 어리는 것 같았다.

"그건 확인되지 않은 소문일 뿐이야."

하고 금발의 사내가 말했다. 카를로스는 성난 눈으로 금발을 노려보았다.

"모사드가 내가 죽였다고 인정한 적이 있나? CIA도 마찬가지지만 놈들은 더 교활하고 잔인해."

"당신도 마찬가지 아니오."

금발이 지지 않고 대꾸했다.

"나는 혼자 행동했지만 모사드는 국가 기관이야. 나하고 놈들을 비교한다는 건 말이 안 돼!"

"모사드가 그 여자를 죽인 게 확실합니까?"

피터가 금발을 제지하면서 물었다.

"내 눈으로 똑똑히 봤어! 그건 부인할 수 없는 사실이야! 내 눈으로 분명히 봤다고!"

자기 눈으로 살해 장면을 분명히 보았다는 말에는 반박의 여지가 없었다.

"자칼, 그렇다면 채수지가 무슨 이유로 살해됐는지, 그리고 피살 당시 현장에서 어떤 일이 벌어졌는지 그 때의 상황을 자세히 이야기해 주시겠습니까?"

피터는 가방 속에서 무엇인가를 꺼내 놓았다. 하나는 소형 녹

음기였고, 다른 하나는 아직 뚜껑을 열지 않은 스카치위스키 한 병과 조그만 주석 컵이었다. 위스키 병을 보자 자칼의 눈에 금방 생기가 돌았다.

"내가 위스키를 좋아한다는 걸 어떻게 알았지?"

"이건 굉장히 비싼 겁니다. 숨김없이 이야기해 주면 이걸 놓고 가겠습니다."

자칼은 피터를 교활한 눈초리로 노려보다가 히죽 웃었다.

"당신 보통내기가 아니야. 알았어. 아는 대로 모두 이야기할 테니까 그거 이리 내 놔요. 위스키를 마시고나면 내 혀가 잘 돌아갈 거야."

그는 피터가 들고 있는 스카치위스키를 낚아채더니 뚜껑을 열었다. 그런 다음 병째로 들고 나발을 불었다. 그 독한 술을 마치 냉수를 벌컥벌컥 들이키듯 그렇게 몇 모금 마시고나서야 병을 내려놓았다.

"아껴 마셔야지."

히죽거리며 웃는 모습에서 피터는 세계를 공포에 떨게 했던 악명 높은 테러리스트의 모습을 찾으려고 했지만 그런 것은 도무지 찾을 수가 없었다. 단지 추하게 쇠락해 버린 교활한 늙은이의 모습만이 보일뿐이었다.

"1976년 12월 20일 밤…… 난 그 날 밤에 일어난 일을 정확히 기억하고 있어. 바로 그 날 밤에 수지가 살해되었어. 그 날 따라 파리에는 함박눈이 내렸지."

목소리가 잦아들더니 심한 기침이 터져 나왔다. 한참 동안 기침을 하고난 후 다시 입을 열었을 때 그의 목소리는 쉬어 있었다. 그는 쉰 목소리로 천천히 말을 이었다.

샹젤리제 거리는 때마침 내리는 함박눈과 크리스마스트리에 장식되어 있는 아름다운 불빛들, 그리고 여기저기서 흘러나오는 캐럴 송과 넘치는 인파로 마치 축제의 마당처럼 홍청거리고 있었다. 콩코드 광장에서 개선문까지 일직선으로 뻗어 있는 대로는 휘황찬란한 불빛들로 넘실거리고 있었고, 그것을 외면한 채 그냥 지나친다는 것은 도저히 불가능할 정도로 그것은 너무도 황홀한 광경이었다. 그래서인지 사람들은 마치 블랙홀에 빨려 드는 것처럼 샹젤리제 거리로 꾸역꾸역 몰려들고 있었다.

채수지가 차에서 내린 것은 밤 9시 조금 지나서였다. 그녀를 태우고 온 검은 색 시트로엥이 멈춰선 곳은 알렉산드르 3세교 아래쪽이었다. 샹젤리제 거리에는 차를 댈 수 있는 공간이 없었기 때문에 할 수 없이 조금 멀리 떨어진 다리 아래쪽에다 차를 세운 것이다. 그녀를 태우고 온 사람은 건장한 키에 몸집이 약간 뚱뚱해 보였다. 그는 캡을 깊숙이 눌러쓰고 있었고, 그 아래로는 조금 어두워 보이는 색깔의 안경을 끼고 있었기 때문에 얼굴 모습을 알아보기가 어려웠다. 거기다 그는 콧수염까지 달고 있었다. 버버리코트 깃을 세우고 고개를 약간 숙인 채 걸어가면서 그는 주위를 조심스럽게 경계하고 있었다.

수지 역시 챙이 둥글게 퍼진 검은 색 모자를 쓰고 있었다. 푸른색이 도는 안경으로 눈을 가리고 있었고, 목에 두른 머플러에 턱을 묻고 있었기 때문에 가까이서 찬찬히 들여다보기 전에는 알아보기 어려울 정도로 그녀의 얼굴은 가려져 있었다.

그 동안 숨어 지냈기 때문에 그녀는 샹젤리제 거리에는 나와 볼 엄두도 내지 못했었다. 런던에서 막 도착한 그녀는 조금 피로했지만 오랜만에 샹젤리제 거리를 걸어 본다는 사실 때문에 꽤 흥분되어 있었다. 그 외에도 그녀를 흥분하게 만든 일이 또 하나 있었다. 그것은 카를로스를 만나게 된다는 사실이었다.

그녀가 위험을 무릅쓰고 감히 샹젤리제 거리에 나오기까지는 적지 않은 진통이 있었다. 무엇보다도 위험부담을 각오한 용기가 필요했다. 그리고 그녀를 보호 감시하고 있는 조직의 허가가 있어야 했다. 조직의 우두머리는 카를로스였다.

이탈리아의 베네치아에 잠복해 있던 그는 수지가 막무가내로 그를 만나기 위해 파리로 가려고 한다는 보고를 받고 적잖이 당황했다. 그는 생각 끝에 파리가 아닌 다른 곳에서 만나자고 했지만 수지는 한사코 샹젤리제 거리를 고집했다. 그 자신도 샹젤리제 거리에 가 보고 싶은 마음은 누구보다도 컸다. 하지만 위험에 노출될 가능성이 컸기 때문에 지금까지 참아 왔던 것이다. 변장을 철저히 하고 인파 속에 섞이면 안전하지 않을까. 그는 마음이 흔들렸다. 크리스마스 분위기에 휩싸여 흥청거리는 샹젤리제 거리를 오랜만에 가 보고 싶었고, 무엇보다도 수지와 아기를 보고 싶었다. 수지가 그의 자식이라고 말한 아기를 그는 지금까지 한 번도 본 적이 없었다. 그 아기는 태어난 지 거의 1년이 되어 가는데 지금 아주 건강하게 자라고 있다고 했다.

마침내 그는 위험부담을 감수하기로 하고 수지에게 샹젤리제 거리에서 만나도 좋다고 말했다. 그들이 안전하게 만날 수 있는 날짜와 시간, 그리고 장소와 방법 등은 그 뒤에 그녀에게 통보되었다.

그녀가 지하로 잠복하게 된 것은 좌파 혁명에 몸담고 있는 동지들과 카를로스를 배신할 수가 없었기 때문이었다. 한국으로 추방되는 도중에 그녀의 아버지가 아슬아슬하게 미국으로 빼돌려져 목숨을 구하게 된 것은 전적으로 그녀가 프랑스 수사당국에 협조하기로 약속했기 때문에 가능했던 일이었다. DST의 잔 에란트 반장은 약속대로 카를로스의 행방을 알아내라고 수시로 그녀를 다그쳤다. 그녀는 이 핑계 저 핑계를 대면서 시일을 끌었지만 그것도 한계가 있었다. 사실 카를로스의 행방을 알아내는 것 자체가 쉬운 일은 아니었다. 의심이 많은 그는 몇 단계를 거쳐야만 가까스로 연락이 닿을 수가 있었다.

아기를 임신한 것은 에란트의 집요한 추궁을 어느 정도 막을 수 있는 좋은 구실이 될 수가 있었다. 배가 불러 오고 움직임이 둔해지면서 그녀는 아예 집에 드러누워 버렸고, 아기를 무사히 낳은 후에는 산후 몸조리를 해야 한다는 핑계를 대고 바깥 출입을 삼갔다.

사정이 그렇게 되자 에란트도 어쩔 수 없이 기다려 주었지만 그렇다고 해서 그녀가 갚아야 할 빚을 포기한 것은 결코 아니었다. 해산 후 두어 달이 지나자 그는 다시 그녀에게 압박을 가해 왔는데 이번에는 노리는 것이 좀 달라져 있었다. 가까운 시일 내에 카를로스의 소재를 알려주지 않을 경우 미국에 있는 아버지를 다시 한국으로 추방시킬 수밖에 없다는 협박과 함께, 하지만 당신의 아름다운 모습을 볼 때마다 당신을 모질게 대할 수 없다는 것이 괴롭다는 말을 슬그머니 흘리는 것이었다. 그가 그녀의 몸을 탐하고 있음을 눈치채는 데는 별로 많은 시간이 걸리지 않았다. 그는 수시로 그녀를 불러내 함께 식사를 하기도 하고 술을 마시기도 하면서 그 때마다 당신의 아름다운 모습만가지고도 모든 문제를 해결할 수 있을 것이라고 말하곤 했다.

그의 유혹에 그녀는 마음이 흔들렸다. 더 이상 물러설 수 없는 데까지 몰린 그녀는 조만간 어떤 결정을 내릴 수밖에 없는 입장이었다. 그런데 그 모든 걱정거리를 잠재울 수 있는 방법을 그가 알려준 것이다. 생각 끝에 그녀는 노골적으로 에란트에게 당신의 연인이 되어 주면 카를로스와 아버지 문제를 한꺼번에 해결해 줄 수 있느냐고 물었다. 에란트는 눈을 번득이면서 자기 선에서 모든 문제를 해결해 주겠다고 약속했다.

일단 아버지와 카를로스를 동시에 구하기 위해 자신을 버리기로 결심하자 그녀는 이것은 매춘행위에 지나지 않으며 자신은 매춘부로 그를 상대하는 것이라고 생각했다. 그러나 한 번 그녀와 관계를 맺고 난 에란트 반장은 그녀를 연인처럼 생각하면서 소유욕을 보이기 시작했다. 관계가 계속되면서 그는 점점 가학 증상을 보이기 시작했는데 그가 사디스트라는 것을 알게 되었을 때는 이미 돌이킬 수 없을 정도로 관계가 깊어져 있었다. 그리고 그가 카를로스와 아버지 문제를 눈감아주겠다고 약속한 것은 순전히 거짓말이었다. 그는 섹스 도중에도 카를로스의 행방을 대지 않으면 죽여 버리겠다고 협박을 하곤 했다. 상스러운 욕설도 서슴지 않았고 따귀를 때리거나 발길질을 하는 것은 예사였다. 누구한테 도움도 못 청한 채 고민만 하던 그녀는 어느 날 벌거벗은 상태에서 그에게 가죽 허리띠로 난폭하게 후려 맞은 후 견디다 못해 마침내 카를로스 조직원에게 자기를 구해 달라고 도움을 청했다. 부하로부터 연락을 받은 카를로스는 즉시 손을 썼다.

그 때부터 그녀는 지하에 숨어들었고, 에란트는 며칠 후 노상에서 총탄 세례를 받았다. 그러나 온몸에 여러 발의 총격을 받았는데도 불구하고 그는 기적적으로 목숨을 건질 수가 있었다. 하지만 그 때문에 그는 1년 이상을 병원 신세를 져야 했다.

수지는 경호원의 팔짱을 끼었다.

누가 보기에도 다정한 연인처럼 보이게 하기 위해서였다. 경호원 루이스는 카를로스의 심복으로 카를로스를 존경한다고 공공연히 말할 정도로 카를로스 신화에 깊이 빠져 있었다. 카를로스는 만일의 사태에 대비해서 일부러 자신을 닮은 그에게 채수지를 경호해 주라고 지시했던 것이다. 수사진이 그를 카를로스로 오인하고 행동을 취할 경우 자신은 안전하게 피신할 수 있는 시간적 여유를 벌 수가 있는 것이다. 그럴 경우 수지까지 위험에 빠질 수가 있는데도 그는 그 방법을 택했던 것이다. 그만큼 그는 교활한데가 있었다. 그는 자기 자신을 보호하기 위해서는 수지의 위험 따위야 얼마든지 무시해 버릴 수 있는 인물이었다.

이윽고 샹젤리제 거리로 들어선 수지와 루이스는 인파 속에 섞여 개선문 쪽으로 느릿느릿 걸어갔다. 수지의 검은 모자와 긴 오버 위에는 금방 흰 눈이 수북이 쌓여 있었다. 그녀는 들뜬 기분으로 마주 오는 사람들을 쳐다보기도 하고 가게를 기웃거리기도 하면서 쉴 새 없이 지껄여 댔다. 아기의 귀여움에 대해서, 샹젤리제의 낭만에 대해서, 자신이 알고 있는 화가들에 대해서,

그리고 자신이 창조하고 싶은 예술 세계에 대해서 끊임없이 이야기했고, 루이스는 잠자코 듣기만 했다.

인도변의 카페에는 사람들이 빈틈없이 앉아 있었다. 노천카페에도 많은 사람들이 자리를 차지하고 있었다. 머리 위에서 가스스토브가 반사열을 내려 주고 있었기 때문에 노천카페에 앉아 있어도 별로 춥지가 않았다. 오히려 오가는 사람들과 황홀한 밤거리를 구경할 수가 있기 때문에 노천카페의 바깥쪽 자리가 더 인기가 있었다.

마침 노천카페에 자리가 비어 있는 것을 발견하고 그들은 서둘러 그쪽으로 다가갔다. 마치 그들을 기다리고 있었던 것처럼 두 개의 테이블이 비어 있었다.

테이블 위에는 예약 표지가 놓여 있었다. 나이 든 웨이터가 그들이 앉으려고 하자 손을 흔들며 다가왔다. 그러자 그 옆 자리에 앉아 있던 나이 든 신부가 손목시계를 들여다보면서 웨이터에게 재빨리 뭐라고 말했다. 그 두 개의 테이블은 그 신부가 예약해둔 것 같았다. 그런데 약속한 사람들이 오지 않자 그 자리들을 도로 내놓는 것 같았다. 적어도 다른 사람들이 볼 때는 그렇게 짐작이 갔다.

"감사합니다."

수지는 신부 옆에 앉으면서 고개를 까닥해 보였다. 루이스는 그녀의 오른쪽에 자리를 잡았다. 그들은 커피를 주문했다.

"아름다운 밤이죠?"

신부가 프랑스어로 말을 걸어왔다.

"네, 정말 멋진 밤이에요."

그녀는 신부의 얼굴을 뚫어지게 쳐다보다가 놀라서 얼른 시선을 돌렸다.

"나를 쳐다보지 마."

신부가 속삭이는 소리로 재빨리 말했다. 그는 검은 색 중절모를 쓰고 있었고, 흰 칼라를 잘 보이게 하려는 듯 고개를 약간 쳐든 채 거리를 바라보고 있었다. 중절모 밑으로 드러난 머리칼은 눈처럼 하얘 보였고, 얼굴은 온통 주름으로 덮여 있었다. 뿔테 안경은 도수가 높은지 흐릿해 보였다. 그의 옆 자리에도 신부가 한 명 앉아 있었는데, 그는 훨씬 젊고 잘 생긴 얼굴을 가지고 있었다.

두 명의 신부는 낮은 소리로 대화를 나누고 있었다. 그러나 나이 든 신부는 사실은 수지를 향해 말하고 있었다. 수지 역시 루이스와 이야기하는 척하면서 그 신부의 말에 응하고 있었다.

"아이는 어디 있지?"

"차 안에 있어요."

"아이를 혼자 차 안에 놔뒀다는 거야?"

"돌보는 사람이 있어요. 아기를 보고 싶지 않으세요? 당신을 닮았어요."

"나를 닮았다고?"

"네, 그래요. 보고 싶지 않으세요?"

"보고 싶어. 차가 어디 있지?"

"저 쪽 알렉산드르 3세교 밑에 세워 뒀어요. 검은 색 시트로앵이에요."

신부는 차번호를 물었다. 그리고 그녀가 불러 준 차번호를 볼

펜으로 손바닥에다 적었다.

"내가 먼저 차에 가서 기다리고 있을 테니까 넌 30분쯤 후에 천천히 와."

"좀 더 여기 앉아 있다 가세요. 오랜만에 왔는데 금방 가는 건 싫어요."

"너무 노출되어 있어."

늙은 신부는 그렇게 말했지만 그대로 앉아 있었다.

"당신하고 오늘 밤 끝없이 걷고 싶어요. 걷고 또 걷고……."

수지는 신부 쪽으로 고개를 돌리고 싶은 것을 가까스로 눌러 참았다.

"넌 나를 흥분시키는 데가 있어. 아기를 낳고나니까 더 예뻐졌어. 목소리도 매력적으로 변하고 말이야."

그는 탁자 밑으로 손을 뻗어 자신의 허벅지 쪽으로 그녀의 손을 잡아당겼다.

"더 이상 못 기다리겠어요."

그녀는 재빨리 속삭였다. 컬러 색 조명을 받고 웅장한 모습을 드러내고 있는 개선문을 바라보면서 그녀는 바지 위로 불룩 솟아오른 사내의 사타구니를 사랑스럽게 어루만졌다.

"저를 사랑하세요? 아니면 저하고 하는 섹스를 사랑하세요?"

"둘 다 사랑해."

"하지만 오래 가지 못할 것 같아요. 요즘은 불길한 꿈을 자주 꿔요. 당신을 자주 만나지도 못하고……. 오늘 헤어지면 또 언제 만나죠?"

"알 수 없어."

그는 냉담하게 대꾸했다.

"주거지도 일정치 않은데다 항상 숨어 지내야 하기 때문에 시간 약속을 한다는 것은 사실상 어려워. 보고 싶으면 내가 연락할 테니까 그 때까지 기다려 줘."

"언제까지 숨어 지내야 하죠?"

"자수하거나 죽기 전에는 평생 숨어 다녀야겠지. 그건 내 운명이고 또 내가 선택한 길이야. 우리 세계에서는 그건 하나도 이상할 게 없는 아주 자연스러운 일이야."

그녀는 찻잔 위로 떨어지는 눈송이를 바라보다가 말했다.

"당신과 함께 햇빛 아래 앉아 식사를 하고…… 아기를 데리고 바닷가를 산책하고 싶어요. 햇빛과 커피…… 와인…… 그리고 당신이 그리워요."

"그런 생각은 집어치워. 모든 걸 다 가질 수는 없어. 그런 걸 가지고 싶었다면 자칼이 되지 않았을 거야. 버릴 것은 과감히 버리고 포기할 것은 빨리 포기하는 게 좋아. 그렇지 않고 미적거리다가는 목숨이 붙어 나지 않아."

"당신 주위에는 여전히 아름다운 여자들이 많죠?"

"그냥 스쳐가는 애들일 뿐이야. 내가 사랑하는 여자는 오로지 너뿐이야."

그녀는 행복한 표정으로 밤하늘을 올려다보았다.

그로부터 40분쯤 지나 신부로 위장한 카를로스는 부하와 함께 알렉산드르 3세교 밑에 세워 둔 시트로엥 승용차 안에 앉아 있었다. 차 안에서 아기와 함께 앉아 있던 여자는 갑자기 신부

두 명이 나타나 차 안으로 들어오자 처음에는 몹시 놀라는 것 같았다. 그러나 카를로스가 수지 이야기를 하자 금방 다소곳해졌다. 그녀 역시 좌파혁명에 동조하는 여대생으로 수지와는 동지애로 결속되어 있었지만 테러에 적극적으로 뛰어들거나 하지는 않고 있었다. 그녀는 나이 든 신부가 아기를 안고 어르는 것을 보고는 다시 한 번 놀랐다. 신부가 아기 얼굴을 보기 위해 실내등을 켜고는 뚫어지게 아기를 쳐다보다가 갑자기 아기 얼굴 여기저기에 입맞춤을 하는 것을 보고는 비로소 그의 정체를 알아보았던 것이다. 좌파노선에 가담하고 있는 여자들에게 있어서 카를로스는 한 번만이라도 만나보고 싶은 흠모의 대상이었기 때문에 그녀는 몹시 흥분했다.

"혹시 카를로스 아니세요?"

자칼은 재빨리 불을 껐다.

"나를 봤단 말하지 말아요."

아기는 놀란 듯이 울어댔다. 그가 한참을 달랬지만 그에게서 벗어나려고 기를 쓰면서 울어댔다.

"이 녀석이 아빠도 몰라보나?"

그는 아기의 뺨에 다시 한 번 입을 맞춘 다음 아기를 여자에게 건네주었다. 그녀의 품에 안기자 아기는 금방 울음을 그쳤다.

"아가씨 이름이 뭐죠?"

"카라……."

"카라?"

그녀가 고개를 끄덕였을 때 저만치 가로등 불빛 아래 수지와 루이스의 모습이 보였다. 눈을 맞으며 다정하게 걸어오고 있는 그들의 모습은 한 폭의 환상적인 그림 같아 보였다. 그 때 벤츠 승용차 한 대가 저만치 떨어져 느린 속도로 굴러 오고 있는 것이 보였다. 자칼이 이상하게 생각한 것은 그 차가 헤드라이트도 켜고 있지 않다는 사실이었다. 수지와 루이스 뒤쪽에서 일정한 간격을 유지한 채 다가오고 있는 것을 보고 미행이 틀림없다는 생각이 들었지만 그는 그대로 미동도 하지 않고 전면을 주시하고 있었다.

수지가 위험하다고 생각한 순간 승용차가 갑자기 속력을 내어 달려오다가 수지 옆에서 급정거했다. 그리고 차 안에서 여자가 한 명 내리더니 그들 곁으로 다가갔다. 그것을 보고 자칼은 재빨리 운전석으로 옮아앉은 다음 차에 시동을 걸었다. 차에서 내린 여자가 그들에게 말을 거는 것으로 보아 길을 묻는 것 같기도 했다. 그러나 다음 순간 차에서 사내가 한 명 내리는 것을 보고, 그리고 그의 손에 기관단총이 들려 있는 것을 보고 자칼은 모든 희망을 접었다.

기관단총 소리는 조용하고 거룩한 밤을 미친 듯 휘저어 놓았다. 수지와 루이스가 쓰러지는 것이 보였고, 쓰러진 그들을 향해 계속해서 기관단총을 쏘아대는 사내의 모습은 더없이 기계적으로 보였다. 그것을 보고 카라가 비명을 질렀다. 자칼은 재빨리 그녀의 입을 막았다.

"조용히 해!"

"왜 가만 있는 거예요?! 수지를 구해야 해요!"

그녀가 겁에 질린 목소리로 말하자 자칼은 냉정하게 고개를 흔들었다.

"이미 늦었어."

임무를 끝낸 여자와 사내가 급히 차에 오르자 차는 튕기듯 앞으로 달려왔다. 자칼은 헤드라이트를 켜는 것과 동시에 앞으로 돌진했다. 달려오던 차는 당황한 듯 갑자기 속력을 줄이면서 급히 방향을 왼쪽으로 틀었다. 순간 뒷좌석에 앉아 있는 사내의 모습이 헤드라이트 불빛 속에 나타났다가 사라졌다. 잠깐 사이였지만 그 사내는 조금 전 기관단총을 쏘아 댄 사내가 아닌 또 다른 사내였다. 그는 잿빛 머리에 주름으로 뒤덮인 얼굴을 하고 있었다.

"클레멘트!"

자칼은 악을 쓰면서 가속 페달을 밟았다. 시트로엥이 상대 차의 뒷부분을 세차게 들이받았다. 쿵하는 소리와 함께 벤츠 승용차는 한 번 기우뚱하더니 그대로 앞으로 달려가 버렸다. 놀란 아기가 악을 쓰면서 울어대고 있었다. 자칼은 뒤따라가는 것을 포기했다. 경찰도 아닌 1급 수배인물이 도심에서 공공연히 추적극을 벌인다는 것은 어리석고 위험한 짓이었다. 그가 얼른 차에서 내리자 카라와 젊은 신부도 뒤따라 내렸다.

시트로엥 앞부분은 심하게 찌그러져 있었다.

수지와 루이스는 눈밭에 처참하게 나뒹굴어 있었다. 가로등 불빛에 드러난 그들의 몸뚱이는 온통 피에 젖어 있었다. 그들의 몸에서 흘러내린 검붉은 피는 흰 눈을 적시면서 주위를 검게 물들이고 있었다. 그리고 그 위로 눈은 계속 내리고 있었다. 자칼은 수지 곁에 구부리고 앉아 잠시 그녀의 뺨을 어루만지다가 몸을 일으켰다.

"나는 여기 오래 머물 수가 없어. 카라가 알아서 처리해. 누구한테도 나를 봤단 말을 해서는 안 돼."

흐느끼고 있던 카라는 고개를 끄덕였다.

"아기는 어떡하죠?"

"카라가 데리고 가. 나중에 연락할게. 난 아기를 데리고 다닐 수가 없어."

그는 카라의 연락처를 물어본 다음 젊은 신부와 함께 급히 그곳을 떠났다.

"그 날 밤 벤츠 뒷자리에 앉아 있던 그 늙은이는 틀림없는 클레멘트였어. 클레멘트가 누군지 알아?"

지노 반장과 금발의 사내는 고개를 끄덕였지만 동양인 남녀는 가만히 있었다.

"그 놈은 이스라엘 살인부대의 우두머리야. 유럽에서 활동하는 모사드 특수부대인 '신의 분노'라는 부대의 지휘자야. 놈이 하는 일은 이스라엘에 적대적인 자들을 찾아내 제거하는 것이 주 임무야. 그래서 놈한테는 도살자라는 별명이 따라다녔어."

자칼은 치미는 분노를 억제하지 못해 두 눈에 핏발이 서면서 온몸을 부르르 떨었다.

"놈은 유럽을 돌아다니면서 닥치는 대로 나의 동지들을 죽였어. 남의 나라에서 모사드 암살자들이 떼지어 돌아다니면서 사람들을 살해하고 있는데도 어느 나라도 그들을 제지하지 않았어. 모른 체 눈감아준 거야. 모두 한 통속이야.그 놈을 내 손으로 죽였어야 하는 건데 그렇지 못한 게 한이야."

그는 자신이 사람들을 닥치는 대로 살해한 사실에 대해서는 잊은 것 같았다.

"놈은 지금은 현역에서 은퇴해서 런던에 살고 있다는 말을 들었어. 내가 살아서 나가기만 하면 내 손으로 반드시 놈을 처치하고 말 거야."

자칼은 이를 갈면서 살기어린 무서운 눈으로 방문자들을 노려보았다.

"모사드가 왜 수지를 살해했을까요?"

"수지는 덤으로 죽은 거야. 놈들은 루이스를 나로 오인하고 살해한 거야. 그리고 수지는 더 이상 이용가치가 없고, 오히려 방해물이라고 판단했기 때문에 함께 죽여버린 거야. 가엾은 것 같으니……."

"그 후 아기는 어떻게 됐습니까?"

"아기는 아랍의 어느 부호한테 맡겨졌다고 들었어. 그 날 밤 잠깐 그 애를 안아 봤지만 내 아들이라는 확신이 서지 않았어. 비록 내 아들이라 해도 난 그 애의 장래를 책임질 수가 없는 입장이었기 때문에 다른 사람한테 줘 버렸을 거야. 그 애는 나를 닮은 게 아니고 제 엄마를 닮았어."

"그 애가 아들이었나요?"

"아들이었어."

"딸이라고 들었는데 아닌가요?"

피터는 다시 한 번 확인해 보았다.

"아들이야. 오줌 누는 것을 보지는 않았지만 수지가 분명히 아들이라고 했어. 그것도 한두 번 말한 게 아니야. 살아 있다면 지금 스무 살이 넘었겠군. 여자처럼 아주 예쁜 아기였어."

피터와 서 형사는 의미 있는 시선을 주고받았다.

"그 아기의 이름은 뭐였습니까?"

"가발라…… 엘라 가발라…… 내가 지어 준 이름이야. 그 애를 보기도 전에 수지가 아기 이름을 지어 달라고 해서 전화로 불러 줬지. 아주 옛날 시리아 사람들이 숭배한 태양의 신전을 가리키는 말이지. 그런데 왜 그 애에 대해서 관심이 많지? 그 애를 해치려고 그러는 거 아니야?"

"아닙니다. 그런 건 아니고…… 채수지와 관계된 사람들에 대해서 모두 알아보고 있는 겁니다. 특히 아기의 행방이 묘연해서 그럽니다."

그 아기가 커서 현재 국제테러리스트로 암약하고 있다는 사실을 자칼은 아직 모르고 있는 것 같았다. 외부와 연락이 두절된 채 독방에 갇혀 있으니 그럴 수밖에 없을 것이라고 피터는 생각했다.

"수지는 20여 년 전에 이미 죽었는데 왜 지금 와서 주변 인물들을 조사하는 거지? 또 무슨 수작을 부리는 거지?"

자칼은 눈을 부라렸다. 그러자 기다렸다는 듯이 서 형사가 입을 열었다.

"난 한국인이에요. 우연히 수지에 대한 이야기를 듣고 그 비극적인 삶에 같은 한국 여자로서 연민을 느꼈어요. 그래서 수지의 집안에 대해 알아봤는데, 그 집안은 현재 한국에서 손꼽히는 대부호 집안이에요. 수지의 아버지는 이미 돌아가셨지만, 세상을 떠나기 전 수지가 낳은 자식을 찾아오라는 유언을 남겼대요.

그래서 수지의 오빠들이 지금 그 애를 애타게 찾고 있습니다. 그 애가 지금 살아 있으면 수지한테 남겨진 막대한 재산을 그대로 물려받을 수가 있습니다."

"한마디로 벼락부자가 된다는 말이군."

눈을 번득이는 것이 부지런히 머리를 굴리고 있는 것 같았다.

한 편 피터는 서 형사의 재치있는 말에 마음 속으로 경탄하고 있었다.

"가발라는 한국에 가서 살 수도 있습니다. 한국에 가면 대환영을 받을 거예요. 수지 씨의 오빠들이, 그러니까 가발라의 외삼촌들이 삼우라는 대기업 그룹을 운영하고 있기 때문에 원한다면 거기서 일할 수도 있구요. 가능성은 얼마든지 있어요."

자칼은 잠시 생각에 잠겼다가 위스키를 다시 한 모금 삼키고 나서 손등으로 입술을 닦았다.

"과거 내가 한창 날릴 때 둘도 없는 동지가 있었어. 미셸 무카르벨이라는 친구인데 레바논 출신의 고고학자였어. 오리엔트 미술 연구로 박사학위까지 받은 친구인데, 좌파혁명과 반이스라엘 전선에 뛰어들어 나와 동지가 되었지. 어느 날, 정확히 말하면 1975년 6월 27일 밤이었는데, 갑자기 프랑스 첩보국 요원들이 내가 숨어 있는 툴리에가의 아파트에 들이닥쳤어. 나는 그 때 수지하고 열심히 섹스를 하고 있었는데 그들한테 완전히 발각되고만 거지. 그 때 나를 잡으러 온 놈들 가운데 우두머리는 잔 에란트 반장이라는 놈이었는데…… 이 봐, 지노 반장, 그 놈은 지금 뭘 하고 있지?"

자칼은 다부지게 생긴 DST 요원 쪽으로 시선을 돌렸다.

"엘리제궁에서 안보보좌관으로 일하고 있습니다."

지노 반장은 숨길 것 없다는 듯이 거침없이 대답했다.

"대통령 안보보좌관이란 말이야?"

"그렇습니다."

"여우 같은 자식, 출세했군. 그 날 밤 에란트와 부하 두 명을 쐈는데 에란트만 살아남고 두 명은 그 자리에서 죽었어. 에란트는 부상만 입고 살아났는데 나중에 수지를 농락까지 하면서 내 행방을 대라고 계속 협박한다는 말을 듣고 가만 둘 수가 없었어. 우리 조직의 누군가가 놈을 사살해서 세느강에 버렸는데 나중에 시체를 검사해 보니까 놈이 아니고 놈하고 비슷하게 생긴 사람이었어. 놈은 그만큼 목숨이 질겼어. 나는 놈이 틀림없이 죽은 줄 알았는데 나중에 알고 보니 놈은 살아 있었어. 놈이 살아 있다는 것은 한참 동안 비밀에 부쳐졌는데, 그것은 수지를 잡기 위해서 그랬던 것 같아. 아무튼 교활한 놈이야."

그는 자기 말을 확인해 주기를 바라는 듯 게슴츠레한 눈으로 지노 반장을 쳐다보았다. 지노 반장은 고개를 끄덕였다.

"그 때 에란트 반장은 약 1년 동안 숨어 지냈다고 합니다. 죽은 것으로 하고 완전히 변장한 채 수지와 자칼을 추적했다고 들었습니다."

"그런 교활한 놈이 아직도 살아남아 대통령 안보보좌관이 됐다니 프랑스 정부의 수준을 알만하군."

자칼의 빈정거림을 묵살한 채 지노 반장이 말을 이었다.

"1975년 6월에 일어난 그 사건은 툴리에가의 비극이라고 DST 요원들한테는 결코 잊을 수 없는 치욕적인 사건이었죠. 거기에 대해서는 많이 들었기 때문에 잘 알고 있습니다."

지노 반장의 얼굴이 벌게져 있었다. 자칼은 곁눈질로 그를 째려보면서 말했다.

"그 때 그 현장에서 내가 쏴 죽인 사람은 모두 세 명이었어. DST 요원들 외에 나의 심복이나 다름없는 무카르벨까지 죽인 거야. 가슴 아픈 일이었지만 그럴 수밖에 없었어. 그가 에란트 반장을 안내해서 내 은신처로 데려왔기 때문이야. 그건 분명히 배신행위였고, 그래서 나는 그를 용서할 수가 없었어. 나는 지금도 그가 왜 그런 짓을 했는지 이해가 안 돼. 그 나름대로 다른 생각이 있었는지는 모르지만 아무튼 내가 보기에는 그건 배신행위였어."

그는 괴로운지 이번에는 위스키를 두 모금이나 마셨다.

"화가 나서 무카르벨을 쏴 죽이긴 했지만 나는 괴로웠어. 그래서 보상할 길이 없을까 하고 생각하다가 가발라를 그 집안에 보내기로 했어. 무카르벨의 부친은 레바논의 부호로, 죽은 외아들을 대신해서 손자를 받으면 무척 기뻐할 거라고 생각했지. 내 생각은 적중해서 가발라를 받아들인 그는 그 애를 외아들처럼 애지중지 키운다고 들었어."

"그러니까 가발라를 무카르벨의 아들이라고 속인 겁니까?"

피터가 재빨리 물었다.

"속였다고 볼 수는 없지. 그 애의 아버지가 누군지 정확히 모르는 상황에서는 그런 말을 할 수가 없지."

모두가 이해가 잘 안 된다는 표정으로 자칼을 쳐다보았다. 자칼의 얼굴에 미묘한 미소가 나타났다가 사라졌다.

그는 새 담배에 불을 붙였다.

"내가 가발라를 무카르벨의 집안으로 보낸 데에는 내 나름대로 근거가 있었기 때문이야. 그것은 나와 수지, 그리고 무카르벨만이 알고 있는 사실이지. 20여 년 전 일이고 두 사람은 이미 죽었으니까 지금 와서 그 이야기를 한들 누가 뭐라고 할 사람도 없겠지. 우리 세 사람은 혼숙을 자주 했어. 무카르벨은 내 은신처에서, 내 은신처라고 하지만 사실은 수지의 아파트였지, 거기서 자고 갈 때가 많았어. 그럴 때는 으레 수지하고 한바탕 일을 치르곤 했어. 수지는 물론 나하고도 섹스를 했는데, 한마디로 말하면 그룹 섹스라는 거였어. 무카르벨과 나는 아주 공정하게 수지를 나누어 가졌고, 수지도 우리 두 사내를 섹스 파트너로 상대하는데 아주 만족했어. 우리는 서로 사랑했지. 적어도 수지의 말을 빌리면 말이야. 내 이야기에 공감이 가나?"

그는 희번덕거리는 눈으로 사람들을 쳐다보다가

"흐흐흐"

하고 웃었다.

"수지를 먼저 차지했던 것은 무카르벨이었어. 그런데 나중에 그가 나를 수지 아파트에 데리고 가서 수지를 소개시켜 준 거지. 은신처와 미녀를 한꺼번에 나한테 제공한 거야. 수지는 내 명성을 익히 알고 있었기 때문에 잔뜩 흥분해서 나를 기다리고 있었고, 그 집에 처음 들어간 바로 그 날 우리는 섹스 파티를 열었지. 수지 아파트에서 셋이 지냈을 때가 나한테는 제일 좋은 시절이었어. 우리는 지나칠 정도로 섹스에 푹 빠져지냈어. 그러던 것이 무카르벨이 내 손에 죽으면서 엉망이 되고만 거야."

"섹스 파티 때는 마약도 했나요?"

하고 서 형사가 호기심을 보이며 물었다.

"물론 했지. 그룹 섹스 할 때는 약은 필수품이야. 무카르벨이 죽기 서너 달 전인가 하루는 파티 중에 수지가 이런 말을 했어. 나 지금 배란중인데 어쩌면 오늘 밤 아기를 갖게 될지도 모른다. 난 피할 생각이 없다. 내가 만일 임신하면 아버지가 두 사람이 되는 거니까 나중에 내가 아기를 낳더라도 당신들이 나를 사랑했던 것처럼 똑같이 아기를 사랑해 달라. 나를 공유했던 것처럼 아기도 공유해 달라. 우리는 웃으면서 오우케이했지. 그것은 아주 근사한 일이었거든. 그 때만 해도 수지와 무카르벨이 그렇게 빨리 죽을 거라고는 아무도 생각지 못했지. 아무튼 두 사람이 불행하게도 일찍 죽는 바람에 아기 아버지는 나 한 사람밖에 남지 않았어. 하지만 난 항상 쫓기는 입장이고 앞장서서 테러활동을 벌여야 하기 때문에 아기를 키울 수가 없었지. 그래서 생각해낸 것이 무카르벨의 집안에 가발라를 넘겨주는 것이었어. 그렇게 결정하고 나니까 그보다 더 적당한 곳이 없는 것 같았어."

모두가 고개를 끄덕이는 것을 보고 자칼은 계속해서 말했다.

"가발라는 무카르벨의 진짜 아들일 수도 있고, 아니면 반쪽 아들일 수도 있거든. 누구 아들인지는 검사해 보면 알 수 있겠지만 굳이 그럴 필요가 없었지. 심정적으로 그 애는 무카르벨과 나의 공동 아들이라는 생각이 진하게 와 닿았고, 그런 생각을 나는 굳이 과학적으로 따지고 싶지가 않았어. 내 말이 좀 억지 같이 들리나?"

그는 서 형사의 얼굴을 빤히 쳐다보았다. 그녀는 서둘러 고개를 저었다.

"아, 아니에요. 아주 현명한 결정이었던 것 같아요."

"그래. 내가 보기에도 아주 현명한 결정이었던 것 같아. 나중에 들은 바로는 무카르벨의 부모는 외아들의 자식이라는 바람에 눈물까지 흘리며 그 애를 받아들였다는 거야. 그 애가 유복자라는 것과 아기 엄마까지 모사드의 총에 죽은 것을 알고는 그 애를 아들 이상으로 끔찍이 사랑했던 것 같아. 그런 소식을 들을 때마다 나는 마음이 놓였고, 더 이상 가발라의 장래에 대해서 걱정하지 않아도 되었어. 그리고 그 애의 존재는 내 머리 속에서 점점 잊혀져 갔어."

"그 동안 가발라를 한 번이라도 만나본 적이 있었나요?"

"수지가 죽던 날 밤 본 것이 처음이자 마지막이었어."

"가발라는 후에 어떻게 됐나요? 소식은 들었을 게 아닙니까?"

"처음 얼마 동안은 소식을 들었지만 나중에는 어떻게 됐는지 몰라. 좋은 집안에 들어갔으니까 아마 잘 컸으리라고 생각해."

"어떤 사람으로 성장하기를 바랐습니까?"

피터가 의미가 있는 질문을 던졌다. 그러자 술기운으로 풀려 있던 자칼의 표정이 다시 진지해졌다. 그는 잠시 생각해 보는 것 같더니

"거기에 대해서는 깊이 생각해 보지 않았어."

하고 말했다. 이어서 이렇게 덧붙였다.

"하지만 굳이 말한다면 평범한 시민으로 성장하기를 바랐을 거야. 나나 무카르벨, 또는 수지처럼 세계 혁명이념에 휩쓸려

비극적인 인생을 살게 아니라 이 지구라는 세계에서 세계인으로 자유롭고 평범하게 살기를 바라고 싶어. 아마 지금쯤 훌륭한 청년으로 성장했으리라고 생각해."

"보고 싶지 않습니까?"

"물론 보고 싶지. 하지만 만날 수 있다해도 이런 몰골을 보이기는 싫어. 그리고 할 이야기도 없어. 실패한 혁명에 대해서 이야기한다면 몰라도……."

얼핏 그의 얼굴에 회한의 빛이 나타났다가 사라지는 것 같았다. 그는 잠시 숙연한 표정으로 허공에 시선을 던지고 있다가 다시 술병을 들어 입으로 가져갔다.

"그 애를 만나면 사진이나 한 장 얻어다 줘요. 어릴 때 사진 말고 최근 사진으로 말이야."

"하지만 어디에 가야 가발라를 만날 수가 있죠? 당신이 연락처를 모른다면 우린 연락할 방법이 없는데?"

"나도 연락처는 몰라. 레바논에 있는 무카르벨의 집안에 직접 연락해 보는 게 가장 손쉬운 방법일거야. 나한테 그 애의 행방을 묻지 마."

그는 침대에서 내려오더니 거칠게 숨을 몰아쉬면서 실내를 왔다 갔다 했다. 방문객들은 그가 쉽게 움직일 수 있게 한편으로 비켜서서 그의 움직임을 지켜보았다. 그는 걸음을 멈추더니 시멘트벽에 두 손을 짚고 벽에다 천천히 머리를 찧기 시작했다.

카를로스를 면담하고 나온 피터와 서 형사는 다음 날 확대회의를 갖기로 하고 일행과 헤어져 호텔로 향했다. 그들이 호텔방에 함께 투숙하는 것은 이제 아주 자연스러운 일이 되어 있었다.

쉴 틈도 없는 강행군으로 몹시 피곤했지만 그들은 프랑스까지 날아온 보람이 충분히 있었기 때문에 긴장과 흥분상태 속에서 새벽녘까지 이야기를 나누었다.

카를로스를 면담한 결과 얻은 소득 가운데 가장 큰 것은 제3의 여인이 여자가 아니라 남자라는 사실이었다. 그러니까 그는 여장남자로 지금까지 수사진을 감쪽같이 속여 온 것이다. 그러나 비록 여장남자이긴 하지만 그는 완벽할 정도의 여자 모습을 하고 있었다. 한국어학당에서 함께 공부했던 학생들도, 그의 외삼촌인 채무림 회장도 그가 여자라는 사실을 의심하지 않았다.

"겐죠가 그렇게 어이없이 당한 이유를 알만해. 상대가 진짜 여자였다면 젊은 남자가 그렇게 맥없이 당할 리가 없어. 가발라는 고도의 살인훈련을 받은 남자 테러리스트였어. 그런 암살자가 겐죠 같은 사내 하나 처리하는 것은 식은 죽 먹기지."

피터의 말에 서 형사는 이렇게 대꾸했다.

"이제부터 그의 암호명을 바꿔야 하지 않을까요? 제3의 여인은 어울리지가 않잖아요."

"맞아. 뭐라고 하지?"

"호모…… 아니, 게이라고 하는 게 어때요?"

피터는 손뼉을 쳤다.

"딱 들어맞는 말이야. 좋아. 이제부터 가발라는 게이가 되는 거야. 그런데 말이야, 게이라는 두 글자는 너무 단순하니까 그 앞에다 형용사 같은 걸 하나 붙이는 게 어떨까?"

"그게 좋겠어요. 생각나는 거 있어요?"

"슬픈 게이…… 어때요?"

"슬픈 게이? 왜 슬픈 게이가 되어야 하는지 설명이 필요할 것 같은데요."

"음, 특별한 이유는 없고…… 가발라의 출신 배경과 어린 나이에 잔인한 테러리스트가 된 것을 보면 왠지 가발라라는 존재에 대해 슬픈 느낌이 들어요. 어머니는 사살당하고, 아버지는 정확히 누군인지 모르고, 게다가 레바논까지 흘러들어 가서…… 결국은 암살자로 성장했으니 말이야."

"충분히 공감이 가요. 비극의 주인공 같다는 생각이 들어요. 슬픈 게이…… 더 이상 다른 암호명은 필요 없을 것 같은데요. 슬픈 게이…… 확실히 그는 슬픈 게이에요."

카를로스를 만나고 나오면서 그들은 카를로스 시대가 끝났다는데 의견을 같이 했었다. 다른 사람들도 같은 생각이었다. 그리고 또 하나의 큰 소득이 있었다면 그것은 슬픈 게이의 본명을 알게 된 것이었다. 엘라 가발라—이 이름을 가지고 추적해 보면 그의 성장과정과 배경이 드러날지도 모른다고 그들은 생각했다. 그런데 그 기회는 의외로 빨리 찾아왔다.

암호 해석

인터폴 파리지국, 1997년 6월 21일 오후 5시 16분.

서 형사는 창밖으로 에펠탑의 웅장한 모습을 멍하니 바라보았다. 멋지다는 한마디밖에 다른 말은 생각나지 않는다. 에펠탑 주위에는 사람들이 개미떼처럼 몰려 있었다. 관광버스들이 쉴 새 없이 사람들을 쏟아내고 있었다.

파리에 온 지 나흘째 되는 날이다. 어제는 종일 채수지의 과거 흔적을 찾아 돌아다니다가 몽빠르나스 거리에서 주저앉아 버렸었다.

수지가 에꼴 데 보자르에 다닌 것은 사실이었다. 그녀는 1학년까지 서양화 공부를 하다가 2학년이 되면서 조형 쪽으로 전공을 바꿨는데, 다행히 그녀를 지도했던 교수가 아직도 그 대학에 재직하고 있었기 때문에 그녀에 관한 것을 어느 정도 들을 수가 있었다.

잿빛 머리에 비쩍 마른 그 노교수는 수지 사진을 보자 안경 너머로 눈을 빛내면서 묻지도 않은 것을 열심히 이야기했다. 한마디로 그녀는 아름답고 재기 넘치는 학생이었다는 것이었다. 그의 이야기는 처음부터 끝까지 수지에 대해 칭찬 일변도였다. 그러면서 그녀가 계속 조형 공부를 했다면 지금쯤 크게 성공했을 것이라고 말하면서 그녀가 도중에 학교를 그만둔 것을 몹시 애석하게 생각했다. 그는 수지의 죽음도 알고 있었다. 하지만 그 이유에 대해서는 정확히 모른 채 단지 어느 미치광이의 총에 맞아 죽은 것 정도로만 알고 있었다.

세느강변에는 비키니 차림의 젊은 여자들과 웃통을 벗어젖힌 청년들이 여기저기 드러누워 선탠을 즐기고 있었다. 여자들의 미끈한 몸매는 기울어진 태양의 붉은 빛을 받아 아름답게 반들거리고 있었고, 시테 섬 쪽에서 다가오고 있는 유람선 바토 무슈 위에 가득 타고 있는 관광객들은 그들을 향해 열심히 손을 흔들어 대고 있었다.

활짝 열어젖힌 창으로는 무더운 열기가 몰려들어 오고 있었다. 파리는 벌써 한 여름의 분위기를 연출하고 있었다. 요란스러운 구둣발 소리에 서 형사는 몸을 돌렸다. 뒤늦게 몇 사람이 안으로 들어와 자리를 잡느라고 실내는 조금 소란스러웠다. 거의가 간편한 복장이었지만 양복 차림을 한 사람들은 저고리를 벗어 의자 등받이에 걸쳐놓고 있었다.

누군가가 더워 죽겠는데 왜 에어컨을 켜지 않느냐고 볼멘소리로 투덜거리자 사무실 직원이 에어컨이 고장나서 그러니 양해를 바란다고 말했다.

10분쯤 지나 회의가 열렸는데 거기에는 국제수사회의라고 부를 수 있을 정도로 각국 수사요원들이 상당수 참석하고 있었다. 한 사람씩 돌아가면서 소개되었는데 그 면면을 보면 인터폴, 프랑스 첩보국 DAT, CIA, FBI, 모사드, 영국대외첩보국 MI6, 독일 정보국 BND 등에 소속되어 있는 사람들로, 모두 해서 15명이나 되었다. 회의는 영어로 진행되었고, 피터 킴이 먼저 발언했다.

"우리는 제3의 여인을 앞으로는 '슬픈 게이'라고 부르기로 했습니다. 그 이유를 지금부터 설명 드리겠습니다."

그는 지금까지의 수사 결과를 가감 없이 그들에게 이야기해 주었다. 그들은 심각한 표정으로 이야기를 듣고 있다가 중간에 피터가 서 형사를 가리키면서 그녀의 우수한 수사능력을 지적하자 모두가 호기심어린 눈으로 그녀를 바라보았다. 별 특징도 없이 평범하게 생긴 동양인 여자 형사가 그들의 눈에는 신통하게 보이는 것 같았다. 그리고 그뿐이었다. 그녀한테서 시선을 돌린 그들은 더 이상 그녀를 쳐다보려고 하지 않았다.

피터는 자칼을 면담하고 나온 이야기를 마지막으로 한 다음 이렇게 덧붙였다.

"슬픈 게이의 본명이 엘라 가발라로 밝혀진 이상 여러분들이 적극 협조해 주신다면 그에 대한 정보를 확보하는 것은 별로 어렵지 않을 거라고 생각합니다. 보내드린 자료에 대해 그 동안 알아보신 것이 있다면 지금 이 자리에서 말씀해 주시면 고맙겠습니다. 불과 이틀 정도밖에 안 됐지만……"

말을 마친 피터는 상체를 뒤로 젖히면서 각국의 수사요원들을 바라보았다.

이틀 전 그는 각국 수사기관에 엘라 가발라에 대해 알아봐 줄 것을 부탁했었다. 가발라에 관한 것으로는 그가 제3의 여인으로 알려져 있는 테러리스트의 본명이며 사실은 여자가 아니고 남자라는 것, 그리고 20여 년 전 사살된 채수지의 아들로, 갓난 아기 때 레바논에 있는 미셸 무카르벨의 집안에 보내졌다는 것 등을 알려주었다.

한동안 침묵이 흘렀다. 이틀이라는 기간이 너무 짧았는지 가발라에 관한 이렇다 할 정보를 확보한 사람이 없는 것 같았다. 이들은 유럽에서 활동하는 수사요원 들인 만큼 가발라에 대해 캐려고만 들면 어느 정도의 정보는 확보할 수 있을 것으로 기대했었는데 모두가 꿀 먹은 벙어리처럼 앉아 있는 것을 보고 피터는 속으로 적잖게 실망하지 않을 수 없었다. 그 때 한 조그만 사내가 입을 열었다. 이스라엘 정보기관 모사드 요원인 유리라는 사내였다. 그는 작은 몸집에 피골이 상접해 보일 정도로 깡말랐는데 넓은 이마 밑에 움푹 들어간 두 눈만은 유난히 반짝이고 있었다.

"우리가 확보한 정보에 의하면 미셸 무카르벨의 아버지 살레 무카르벨은 호텔업과 무기거래 등으로 큰 돈을 벌었는데, 겉으로 드러난 것만 그렇지 사실은 뒤로 마약 거래까지 한 인물입니다. 그리고 더욱 주목할 것은 테러조직에 자금을 대주고 있었다는 사실입니다. 그는 1985년 5월에 죽었습니다."

"살해당했나요?"

"그렇습니다."

"모사드의 짓이군요?"

모두가 이렇게 말하고 싶은 것을 상대방을 생각해서 참고 있는 것 같았다.

"왜 살해당했나요?"

피터가 물었다.

"이유는 모릅니다. 적대관계에 있는 조직에서 암살했을 거라는 추측이 있었지만 자세한 것은 알 수 없습니다. 그의 가족 가운데 엘라 가발라 무카르벨이라는 이름이 있는데 아마 그 자가 슬픈 게이인 것 같습니다. 가발라를 입양시키면서 뒤에다 무카르벨이라는 성을 붙인 것 같습니다."

"그 자의 성장과정은 알 수 없습니까?"

피터가 초조한 눈길로 그를 쳐다보았다.

"어느 정도 알아냈습니다. 이걸 한 번 봐주시겠습니까?"

그는 두 장의 사진을 보여주었다. 한 장은 교복차림을 한 미소년의 모습이었고, 다른 한 장은 황량한 사막에서 전투훈련을 하고 있는 모습이었다. 수사요원들은 차례대로 그 사진들을 돌려보았다. 서 형사도 그것들을 보면서 속으로 경탄을 금하지 못하고 있었다. 소문대로 모사드의 능력을 처음으로 확인할 수가 있었기 때문이다.

그녀는 자신이 가지고 있는 슬픈 게이의 사진을 꺼내 그것들과 비교해 보았다. 남장과 여장의 차이만 있을 뿐 두 장의 사진에 드러난 슬픈 게이의 모습은 틀림없는 가발라의 모습이었다.

"교복을 입고 있는 모습은 가발라가 고등학교에 다닐 때 찍은 겁니다. 그는 영국에서 교육을 받았습니다."

유리가 사진에 대해 설명하기 시작했다. 모두가 긴장한 얼굴로 귀를 기울였다. 개중에는 메모를 하는 사람도 있었다.

"스코틀랜드에 있는 명문사립학교인 스트래스앨런에서 공부했습니다. 학교 성적은 최상위였고, 졸업하자 프랑스로 건너가 파리 제4대학인 소르본느 대학에 들어갔습니다. 그 때가 열일곱 살이었습니다. 영리한 그는 계속 월반을 했기 때문에 어린 나이에 대학에 들어갈 수가 있었던 겁니다. 소르본느 대학에서 그는 국제정치학을 공부했는데, 대학을 졸업하자 사회에 진출하거나 공부를 계속하지 않고 갑자기 행방을 감추었습니다."

실내는 기침소리 하나 없이 조용했다. 실내는 무더웠지만 더이상 아무도 그런 것에는 개의치 않고 있었다.

"학교 다닐 때 그는 독실한 이슬람 신자였습니다. 겉으로 드러나지는 않았지만 그는 남모르게 이슬람 사원을 방문했고 이슬람 원리주의자들로부터 교육을 받았습니다. 그가 외국에서 엘리트 코스의 유학까지 마쳤고 머리가 명석한 특출한 인물인데다 동양인 모습을 하고 있다는 사실에 주목한 이슬람 원리주의 과격파 수뇌부는 일찍부터 그의 머릿속에 이슬람 원리주의를 주입시켰고, 그의 적이 누구인지 정확히 각인시키는데 정성을 기울였습니다. 그의 어머니와 아버지, 그리고 할아버지까지 이스라엘과 미국, 그리고 서방 여러 나라의 검은 커넥션에 의해 암살되었다고 말했습니다. 어렸을 때부터 그런 식으로 세뇌시키는 바람에 그의 인생은 증오와 복수로 가득 찼고, 자신이 앞으로 해야 할 일이 무엇인지 이미 결정되어 있었습니다."

"모사드는 그렇게 자세한 부분까지 어떻게 알게 되었습니까? 슬픈 게이는 얼마 전까지만 해도 세상에 전혀 드러나지 않은 인물이었는데?"

프랑스 DST의 다발 부장이 긴장된 분위기를 휘저어 놓으면서 중간에 끼어들었다. 그는 거구에 잔등이 휘어진 유난히 큰 코를 가지고 있었다. 모사드 요원은 두 눈을 깜박거리면서 그를 쳐다보았다.

"우리는 별로 알려지지 않은 인물들에 대해서도 많은 파일을 확보하고 있습니다. 다양한 분야에 걸쳐 앞으로 충분히 문제를 일으킬 수 있다고 생각되는 인물들에 대한 파일 말입니다."

"그런 자료들은 어디서 입수하는 겁니까?"

MI6의 웨스턴 부장이 물었다. 그는 쇼 무대에서 사회나 보면 어울릴 것 같은 매끈한 모습을 하고 있었다. 올백으로 빗어 넘긴 머리는 기름이 발라져 번들거리고 있었고, 깨끗이 손질된 왼손에는 유난히 큰 반지가 끼워져 있었다.

"이슬람 과격단체에는 우리한테 협조하는 사람들이 있습니다. 많은 단체가 있지만 몇 명의 핵심 인물만 포섭하면 귀중한 정보들을 손에 넣을 수가 있습니다. 그들 핵심 인물들은 양다리를 걸쳐놓고 있기 때문에 조심스럽게 접근하면 그들한테서 다양한 정보들을 입수할 수가 있습니다. 가발라에 대한 정보도 그렇게 해서 얻은 것들입니다. 그에 대해 평소에 우리가 가지고 있는 파일은 그렇게 많지가 않았습니다. 그런데 그저께 CIA로부터 연락을 받고 즉시 우리 정보망을 가동시켰죠. 최대한 빨리, 그리고 자세하게 정보를 알려 달라고 했더니 즉시 상당한 자료가 들어왔습니다. 그렇게 한꺼번에 적지 않은 자료가 들어왔다는 것은 가발라가 벌써 요주의 인물로 부각되었다는 것을 의미하는 겁니다."

"대단하군요."

누군가가 그렇게 말했고, 실내는 잠시 술렁거렸다.

사실 모사드 외에는 가발라에 대한 정보를 확보하고 있는 기관은 한 군데도 없었다. 세계 최고를 자랑하는 CIA도 그 점에서는 모사드에게 완전히 뒤지고 있었다. 유리가 다시 입을 열자 실내는 금방 조용해졌다.

"그런데 슬픈 게이가 소속되어 있는 단체는 타크피르 왈 히즈라라는 단체입니다. 타크피르가 어떤 조직인지 아십니까? 타크피르에 대해 들어보셨나요?"

"대강은 알고 있습니다. 극단중의 극단으로 이슬람의 파시즘이라고 불릴 정도로 비민주적이라고 들었습니다. 적의 목을 자르는 기술이 뛰어난 것으로 알고 있습니다."

피터의 말에 유리는 조금 놀란 듯 고개를 끄덕였다.

"맞습니다. 이슬람 원리주의를 신봉하는 과격단체들 가운데 가장 극단적인 조직인데, 같은 이슬람이라 해도 교리가 다르면 살인도 서슴지 않는 그런 조직입니다. 가장 폭력적으로 알려져 있는 알 카에다도 거기에 비하면 오히려 온건하게 생각될 정도로 과격한 조직입니다. 일찍이 알 카에다도 타크피르한테 폭력을 당했고, 그를 통해서 극단적인 폭력을 배웠다는 말이 있습니다. 이집트에서 시작된 단체인데 지금은 이슬람 단체들 사이에서도 별종으로 인식되고 있습니다. 하지만 극단으로 치닫는 젊은이들은 타크피르의 강한 흡인력에 급속히 빠져들고 있습니다. 그런 젊은이들은 회유니 설득이니 협상이니 하는 말 자체를 혐오하고 있습니다. 따라서 슬픈 게이가 거기에 빠져든 것은 당연하다는 생각이 듭니다. 그는 자기 신념에 따라 행동할 겁니다. 자기 신념에 이미 목숨을 바쳤다고 생각하고 있기 때문에 상상할 수 없을 정도의 엄청난 테러를 자행하면서도 눈 하나 깜짝하지 않을 겁니다."

"도시 하나를 날려 버릴 수 있는 강력한 시한폭탄이라고 할 수 있죠."

피터의 말에 유리는 그렇다고 응답했고, 그 말에 수사요원들의 얼굴은 납덩이처럼 굳어졌다. 그들은 조금 넋 나간 듯한 표정으로 유리의 다음 말을 기다렸다.

"그런데 슬픈 게이가 겉으로는 타크피르 소속이지만, 좀 더 깊이 들어가 보면 그 어디에도 소속되어 있지 않은, 그 어디에도 소속되기를 거부하는 독립적인 테러리스트라는 정보도 있습니다. 그러면서도 모든 조직이 그를 선호하고 있기 때문에 어느 그룹에서나 통하는 그런 인물이라는 겁니다. 그 점에서는 과거 카를로스가 커넥션을 이루면서 카를로스 콤플렉스라는 신조어까지 생겨났는데, 슬픈 게이의 경우도 그와 유사한 점이 있습니다. 대학 졸업 후 그는 여기저기 훈련장을 돌아다니면서 테러 훈련을 받았고, 세계 각지를 여행한 것으로 알고 있습니다. 그는 나이는 어리지만 이슬람 원리주의에 깊이 빠져 있어 정신적으로 전혀 흔들리지 않고 있는데다 자기 부모와 할아버지를 죽인 자들에 대한 복수심으로 불타고 있습니다. 거기다 고도의 테러

훈련까지 받았기 때문에 현존하는 테러리스트들 가운데 최고의 위험인물이라고 할 수 있습니다. 과격파 조직에서는 그를 비장의 카드로 생각하고 있을 겁니다. 따라서 시시한 테러에 그를 동원할 리가 없고 단 한 번으로 엄청난 효과를 낼 수 있는 치명적인 테러에 그를 써먹을 가능성이 큽니다. 과격파 조직에서는 그에 대한 기대가 아주 크다고 합니다."

"보진카 계획이 좋은 예입니다."

목이 자라처럼 짧고 머리가 벗겨진 사내가 말했다. 그는 CIA 파리지부 책임자인 그레이엄이었다. 그는 계속해서 말했다.

"실패하긴 했지만 그는 교황의 목숨을 노렸습니다. 만일 계획대로 교황이 암살되었다면 전 세계에 엄청난 쇼크를 안겨 줬을 겁니다. 교황 암살이 실패하거나 취소될 경우에는 제2의 테러도 계획하고 있었는데 그것은 슬픈 게이 자신이 직접 대형 여객기를 몰고 가서 CIA본부에 충돌시키겠다는 계획이었습니다. 보진카 계획은 그 정도로 끝나는 게 아니었습니다. 무라드라는 자는 거의 같은 시간에 다른 비행기로 펜타곤을 공격하기로 되어 있었습니다. 그리고 10대의 여객기를 또 납치해서 공중에서 폭파하기로 되어 있었습니다. 아주 어마어마한 테러 계획이었는데, 만일 그것이 성공했다면 전 세계는 대공황에 빠졌을 겁니다. 계획이 실패했기에 망정이지…… 생각만 해도 몸서리가 쳐집니다."

"하지만 제2의 보진카 계획은 얼마든지 일어날 수가 있습니다. 슬픈 게이는 이제부터 본격적인 추적을 받기 때문에 위기감을 느낀 나머지 빨리 한 건 하려고 들 겁니다. 물론 그 한 건이란

시시한 게 아니고 어마어마한 대형 테러일 가능성이 그 어느 때
보다도 큽니다."

유리의 말에 이어 피터가 입을 열었다.

"슬픈 게이는 비행기 조종술까지 익혔습니다. 보진카 계획을
수사하는 과정에서 밝혀진 것인데, 그는 대형 보잉 여객기도 조
종할 수 있는 기술을 가졌습니다."

"어디서 비행기술을 익혔죠?"

독일 정보국 BND의 파리지부 책임자인 요한슨이 불만스러
운 표정으로 물었다. 그는 머리도 눈도 갈색이었다. 단단한 인
상의 그는 유난히 억센 턱을 가지고 있었다. 그는 독일 정보국이
정보 입수에 항상 뒤쳐지고 있는데 대해 불만을 가지고 있었다.
그 원인을 미국과 영국, 그리고 이스라엘이 똘똘 뭉쳐 자기들끼
리만 정보를 공유하기 때문이라고 생각하고 있었다.

"플로리다 주 베니스에 있는 호프만 비행학교에서 교육을 받
았는데 거기에 등록된 이름은 노르웨이 국적의 소피아 사벨이
었습니다. 거기서도 철저히 여자로 행세하면서 260시간 비행
교육을 받았습니다. 그리고 데드 카운티에 있는 심센터에서도
교육을 받았는데, 거기서는 주로 대형 여객기인 보잉 727기의
모의 조종훈련을 집중적으로 받았습니다."

"모의 훈련만으로도 대형 여객기를 조종할 수 있습니까?"

"비행기술만 기본적으로 갖추면 어떤 비행기도 조종할 수 있
습니다."

CIA의 그레이엄이 자라목을 울리면서 자신 있게 말했다.

"난 CIA가 아니었으면 비행기 조종사가 됐을 겁니다. 조종술

은 젊었을 때 익혔는데 조종사 자격증도 가지고 있어요. 헬리콥터 자격증도 있어요. 그래서 말인데 가발라가 그 정도의 교육을 받았다면 충분히 대형 여객기를 조종할 수 있어요. 가발라 같은 테러범의 경우에는 조종하기가 더욱 쉬워요. 왜냐하면 대형 여객기 같은 것은 이륙과 착륙이 가장 어려운데 테러범은 그런 것을 생략할 수가 있거든요. 운행 중에 있는 비행기를 납치해서 자기가 조종간을 잡고 방향만 틀면 되니까요. 착륙할 필요도 없고 비행기와 함께 자폭할 거니까 조심해서 조종할 필요도 없죠. 위잉하고 몰고 가서 꽝하고 부딪치면 되니까요."

그는 뭐가 우스운지 하마 같은 입을 벌린 채 킬킬거리고 웃다가 다른 사람들이 모두 심각한 표정으로 그를 바라보자 슬그머니 웃음을 거두었다.

"어떻게 하면 슬픈 게이를 빨리 체포할 수가 있죠? 그가 숨어 있는 곳을 알 수 없을까요?"

서 형사는 묻고 나서 너무도 빤한 질문을 한데 대해 조금 부끄러운 생각이 들었다. 모두가 그녀를 무표정하게 바라보다가 유리쪽으로 시선을 돌렸다. 아무래도 그가 가장 많은 정보를 가지고 있기 때문인 것 같았다. 유리는 고개를 천천히 가로저었다.

"지금으로서는 알 수가 없습니다. 갑자기 사라져 버린 데다 연락이 두절됐기 때문에 행방이 묘연합니다. 정보망을 풀가동하고 있는데 그의 행방에 대한 정보는 하나도 들어오지 않고 있습니다. 모든 조직과 연락을 끊고 있는 거로 알고 있습니다. 단독으로 행동하고 있는지도 모릅니다. 그럴 경우 추적은 더욱 어려워질 겁니다."

서 형사는 내친김에 자기 생각을 이야기했다.

"제 생각에는 공격 목표가 어디인지 그것만 빨리 알 수 있으면 수사범위를 좁힐 수 있을 것 같은데…… 그 정도는 가능하지 않을까요?"

여기저기서 웃음소리가 일었다. 서 형사는 창피를 당한 것 같아 얼굴이 달아올랐다.

"그자의 공격 목표를 어떻게 미리 안다는 거예요? 그자가 에펠탑을 공격하겠다고 공개적으로 선언하면 몰라도……. 안 그래요?"

DST의 다발 부장이 조롱하듯 말하자 모두가 또 웃었다.

서 형사는 거기서 끝내지 않고 계속해서 자기 생각을 말했다.

"제가 말씀드린 공격 목표는 적어도 슬픈 게이가 어느 한 국가를 지정해서 바로 그 나라에서 테러를 일으킨다면 과연 그 나라가 어느 나라일 것인지 그 정도는 알아낼 수 있지 않을까 하는 겁니다. 그가 노리는 국가 말입니다."

사람들의 얼굴에서 미소가 사라졌다. 그들은 비로소 서 형사의 질문이 충분히 고려해 볼 가치가 있다고 생각한 것 같았다.

"내가 보기에는 슬픈 게이가 최종적으로 노리고 있는 나라는 미국이라고 생각합니다."

피터가 거의 단정적으로 말했다. 모두가 그쪽으로 시선을 돌렸다.

"최근 세계 도처에서 일어나고 있는 크고 작은 테러는 거의가 미국과 관계가 있는 것들입니다. 주로 미국인과 미국 시설들이 집중 공격대상이 되고 있는데 이것은 바로 앞으로의 주공격 목표가 미국이 될 거라는 것을 의미합니다. 그런데 지금까지는 미국 본토 밖에서 미국이 공격을 받았는데, 테러범들은 그 정도에 만족하지 않고 그 이상을 노리고 있습니다. 그것은 바로 미국 본토 내에서의 테러를 의미합니다. 그들이 최종적으로 노리는 것은 미국 내에서의 가공할 테러입니다. 거기에 대해서는 의문의 여지가 없다고 생각합니다."

"정확히 보셨습니다. 각종 정보를 종합해 보면 모든 테러의 초점은 미국을 향하고 있습니다. 우리가 파악한 바에 의하면 현재 상당수의 많은 테러범들이 미국으로 잠입한 것으로 알고 있습니다. 그들은 미국 여기저기에 잠복한 채 명령만을 기다리고 있습니다."

유리의 말에 모두가 동의한다는 듯 무겁게 고개를 끄덕였다. 피터가 다시 말했다.

"지난 달 5월 24일 슬픈 게이는 한국을 떠나 도쿄에 갔습니다. 거기서 겐죠라는 대학원생을 만났습니다. 겐죠는 게이가 여자인줄 알고 그를 사모했던 것 같습니다. 그들은 알게 된지 1년쯤 됐는데 한국에서 한국어를 배우면서 알게 되었다고 합니다. 도쿄에 있는 겐죠의 아파트에 여장을 푼 게이는 겐죠 여동생이 자신의 정체를 알고 오빠에게 전화연락을 해 오자 겐죠의 목을 잘라 잔혹하게 살해하고 도주했습니다. 다음 날, 그러니까 5월 25일 그는 위조된 미국 여권으로 후쿠오카 공항을 통해 워싱턴으로 날아갔습니다. 그 위조여권에 기록된 이름은 린다 웨이드로, 26세의 여성이었습니다. 지금까지 밝혀진 슬픈 게이의 행적은 여기까지입니다. 워싱턴에 도착한 그는 행방을 감추었습니다."

그레이엄이 상체를 앞으로 기울이더니 서류철을 들여다보며 피터의 뒤를 이었다.

"린다 웨이드라는 이름을 조회해 본 결과가 나왔는데, 그 여권에 부합된 26세의 린다 웨이드라는 여자는 샌프란시스코에 살고 있는 것으로 밝혀졌습니다. 그 여자는 현재 유치원 교사로 일하고 있고, 2년 전에 결혼해서 남편과 딸이 하나 있습니다. 그 여자의 말에 의하면 수년 전 파리를 여행하다가 여권을 잃어버렸다고 합니다. 그게 사실이라면 슬픈 게이는 그 여권을 변조해서 사용하고 있는 겁니다. 현재 미 전역에서는 가짜 린다 웨이드를 찾기 위한 수사가 진행 중에 있습니다만 아직까지 아무런 소식이 없습니다."

"미국에 잠입한 게이가 그 이름을 계속 사용할 리가 없지요."

인터폴 파리 지부장인 프랑도의 말이었다. 그는 우람한 체격에 목소리까지 우렁우렁했다.

"그자가 현재 사용하고 있는 이름을 알아내야 하는데 지금 당장은 그게 어렵지 않은가요?"

"그렇습니다."

하고 그레이엄이 말했다. 피터가 뒤를 이었다.

"하지만 얼굴이 알려졌기 때문에 가능성은 있습니다. 수사망을 세밀하고 견고하게 구축하면 언젠가는 걸려들 거라고 생각합니다."

"그 전에 게이가 테러를 일으키면 어떡하죠?"

지노 반장이 걱정스러운 표정으로 물었다. 거기에 대해서 아무도 대꾸하는 사람이 없었다.

"일어나지 않기를 바랄 수밖에 없겠지."

다발 부장이 휘어진 코를 매만지며 말했다. 모사드의 유리가 조심스럽게 끼어들었다.

"어느 때보다도 정보 교환이 필요합니다. 미국이 공격 목표라고 하지만 미국 내에서의 정보만 가지고는 한계가 있습니다. 미국은 이슬람 과격파들의 본거지가 아니기 때문입니다. 그들의 본거지는 유럽입니다. 유럽에서 중요한 음모가 이루어지고 유럽에서 거의 모든 명령이 내려지고 있습니다. 유럽에는 수천만 명의 이슬람 교도들이 뿌리를 내리고 있기 때문에 그곳에 과격파들이 본거지를 마련하고 있는 것은 별로 어렵지 않은 일이고 또 그들의 입장에서는 아주 당연한 일로 받아들여지고 있는 실정입니다. 따라서 유럽 쪽에서의 정보 협조가 필요합니다. 대형 테러를 앞두고 있다면 유럽과 미국 사이에 테러범들의 교류가 활발해질 것이 틀림없습니다. 유럽에서 적합한 인물들을 선정해서 미국으로 보낼 가능성이 가장 큽니다. 유럽은 다른 어느 곳보다도 아랍계 인적자원이 풍부하기 때문입니다. 다른 이슬람권 국가에서도 데려올 수도 있지만 그들은 외국어가 서툴고 지적 수준도 형편없습니다. 거기에 비해 유럽 출신 지원자들은 외국어에 능통하고 세련된데다 학력 수준도 높아 테러에 써먹기가 안성맞춤입니다. 그들이 미국으로 잠입할 경우 그 뒤를 추적하면 슬픈 게이와 어떤 식으로든 줄이 닿을 겁니다. 그리고 앞으로 유럽과 미국 사이에 암호 통신이 빈번하게 오가리라 생각합니다. 그들은 여러 가지 통신을 이용해 서로 긴밀하게 연락을 주고발을 것입니다. 그것을 잡아내어 해독해야 합니다. 그러려면 유럽과 미국 사이에 수사공조체제가 긴급히 이루어져야 합니다. 수사공조가 없는 것은 아니지만 진정으로 슬픈 게이를 체포하고 대형 테러를 막고 싶으면 지금까지의 형식적이고 기만적인 수사공조는 지금 이 시간부터 없어져야 합니다. 그렇지 않으면 전 세계를 재앙으로 몰고 갈 가공할 테러를 결코 막을 수 없을 겁니다. CIA와 모사드의 힘만으로는 역부족입니다.”

실내는 찬 물을 끼얹은 듯 조용해졌다. 자그마한 사내의 입에서 나온 말은 하나같이 수사의 베테랑이라고 할 수 있는 사나이들의 가슴을 날카롭게 찌른 것 같았다. 한동안 계속된 무겁고 긴장된 분위기를 깨뜨린 것은 누군가의 박수소리였다. 혼자서 박수를 친 사람은 독일 정보국의 요한슨이었다. 그 뒤를 이어 인터폴의 프랑도 박수를 쳤다. 피터와 서 형사도 동시에 박수를 치기 시작했다. 이윽고 나머지 사람들도 뒤따라 박수를 쳐 댔다.

“유리 씨는 아주 중요한 지적을 해 주셨습니다. 이렇게 솔직한 지적을 듣기는 처음입니다.”

박수가 가라앉기를 기다려 요한슨이 억센 턱을 움직이면서 말했다.

그는 할 말이 많았는데 마침 기회가 왔다는 듯 말을 쏟아내기 시작했다.

“지금까지의 국제 수사공조가 형식적이고 기만적이었다는 것은 아무도 부인할 수 없는 사실입니다. 제가 소속되어 있는 BND는 국제 수사에 항상 적극적이었고 협조적이었습니다. 하지만 결과를 놓고 보면 언제나 아웃사이더에 지나지 않았습니다. 진짜는 다른 쪽에서 가져가 버리고 우리는 항상 쓸모없는 쓰레기만 치우는 꼴이었습니다. 같은 직업에 종사하는 입장에서는 소외감이 얼마나 견딜 수 없는 분노를 가져다주는지를 잘 아실 겁니다. 나는 이 자리에서 여러분들이 좀 더 깊이 있는 역사관과 통찰력으로 문제를 직시해 주셨으면 합니다. 그렇지 못할 경우 앞으로 발생할 테러 수사는 지금까지처럼 형식적이고 기만적인 수사가 될 수밖에 없을 것입니다. 이건 독일 측의 경고일 수도 있습니다. 그만큼 지금까지의 국제 공조수사에는 문제점이 많았습니다. 그것은 무엇보다도 독일의 중요성을 인식하지 못한데서 온 것이라고 나는 생각합니다. 여기서 말하는 독일의 중요성은 일차적으로 국제적인 테러와 관련된 점에서 그렇다는 것입니다."

요한슨은 갈색 눈으로 사람들의 표정을 한 번 훑었다. 모두가 귀를 기울이고 있는 것을 보고 그는 계속해서 말을 이었다.

"아시는 분들은 아시겠지만 좌파 테러리즘은 공산주의의 몰락과 함께 수면 아래로 가라앉은데 반해 이슬람 테러리즘은 오히려 전 세계 무슬림 사회로 깊숙이 파고들어 오랜 숙성과정을 거치면서 이제는 더 이상 종교가 아닌 정치세력으로 무슬림들을 하나로 묶는데 성공했습니다. 여기서 주목해야 할 것이 유럽에 뿌리를 내리고 있는 무슬림 사회입니다. 유럽의 무슬림 사회는 현재 수천만 명에 이르고 있고, 그들은 깊은 신앙심으로 단결되어 있습니다. 그 중에서도 독일 거주 무슬림 사회는 유럽에 산재하고 있는 무슬림 사회의 중심이자 본거지라고 할 수 있습니다. 독일에는 현재 3백여만 명의 무슬림들이 거주하고 있는데 그 가운데서 전 세계 무슬림들의 이념과 행동강령이 나오고 있습니다. 독일에 거주하는 무슬림들은 다른 곳에 살고 있는 무슬림들보다 지적수준과 생활수준이 월등히 높습니다. 이슬람이라는 확고한 이념으로 무장되어 있고 역사관이 뚜렷한 그들은 전 세계를 상대로 한 기나긴 전쟁의 시나리오를 만들고 있고, 그 구체적인 방법으로 테러를 확산시키고 있습니다. 그에 대한 모든 아이디어는 그들에게서 나오고 있고 지시나 명령도 그들에게서 나오고 있습니다. 현재 주목을 받고 있는 알 카에다도 사실 따지고 보면 그 배후는 독일의 무슬림 사회입니다. 독일에서 공부한 고급 두뇌들이 알 카에다의 지도부를 장악하고 있는 것이 그것을 말해 주고 있습니다. 그런 점에서 알 카에다는 독일 무슬림 지도부의 지시를 받는 하나의 전투부대에 지나지 않습니다."

그 때 문이 열리면서 한 사내가 불쑥 안으로 들어왔다. 그와 함께 황량한 바람이 몰려 들어왔다. 아니, 그 사내가 황량한 바람을 몰고 들어온 것 같았다. 건장한 체격에 광대뼈가 튀어나오고 얼굴이 시커멓게 그을린 사내는 목례를 한 다음 입구에 가까운 쪽 의자에 조용히 앉았다.

"잠깐, 실례하겠습니다."

그레이엄이 요한슨의 말을 중지시키면서 방금 들어온 낯선 사내를 가리켰다.

"CIA의 파비트 씨를 소개합니다. 방금 아프간 전장에서 오신 걸로 알고 있습니다."

파비트는 둘러앉아 있는 사람들을 향해 몇 번 고개를 끄덕였는데 얼굴에 미소라고는 전혀 없었다.

"방해해서 미안합니다. 계속하십시오."

요한슨은 갈색 눈으로 파비트를 눈여겨보고 있다가 다시 입을 열었다.

"독일의 이슬람 사회는 그 탄생과 배경이 다른 지역의 이슬람 사회하고는 아주 다릅니다. 독일의 그것은 슬픈 역사적 배경을 가지고 태어났습니다. 듣기에 좀 따분할지 모르지만 그 배경을 알게 되면 이슬람 테러에 대한 새로운 인식의 계기가 될지도 모르기 때문에 간단히 말씀드리겠습니다. 독일이 이슬람 급진 과격세력의 온상이 된 것을 설명하기 위해서는 50여 년 전으로 거슬러 올라가야 합니다. 2차 대전이 발발하고 얼마 후 나치 독일이 소련을 침공하자 스탈린은 수백만 명의 소련군을 전선에 투입했습니다. 당시 소련군에는 소비에트 연방에 속해 있는 그루지아, 아르메니아, 아제르바이잔, 카자흐, 투르크멘, 우즈베크, 키르키스, 타지크 등 이슬람권에서 수많은 청년들이 징집당해 전선에 보내졌고, 그들은 소모품으로 수없이 희생되고 있었습니다. 수없이 죽어 가고 있는 그들의 뒤를 이어 소연방에 속해 있다는 이유 하나만으로 이슬람권 출신의 신병들은 계속 수혈되고 있었고, 그렇게 해서 희생된 병사들까지 합치면 그 수가 수백만 명에 이를 정도로 엄청나게 많았습니다. 그러나 소련을 위해 나치와 싸우면서도 이슬람 청년들은 스탈린의 압제에 반감을 품고 있었습니다. 그들은 자신들이 그렇게 죽어야 할 이유를 알지 못했고, 그래서 약소민족의 비애를 뼈아프게 느끼고 있었습니다."

한 사람이 담배를 피우기 시작하자 여기저기서 담배를 꺼내 물었다. 이야기가 길어질 것 같아 모두가 심리적으로 부담을 느끼는 것 같았다. 그러나 서 형사는 요한슨의 이야기를 하나도 놓치지 않으려는 듯 열심히 귀를 기울이고 있었다. 요한슨은 개의치 않고 하고 싶은 이야기를 계속했다.

"소련과의 개전 초기 나치 독일군은 강력한 화력으로 소련군을 제압했고, 그 과정에서 수백만 명의 소련군이 포로가 되었습니다. 그들 가운데 이슬람 신도는 백만 명이 넘었는데 그들은 모두 소련의 억압 통치에 고통을 받았던 터라 나치 친위대의 설득에 쉽게 넘어갔습니다. 나치는 그들 무슬림 포로들을 석방하는 대신 그들에게 독일군 군복을 입혀 도로 전장에 내보냈습니다. 그들은 이번에는 나치군이 되어 소련군과 싸우게 된 것입니다. 역사적 비극의 서막이었습니다. 그러나 나치 독일이 패망하고 연합군이 진주하자 무슬림 포로 출신 나치 군인들은 처형을 기다리는 신세로 전락하고 말았습니다. 소련은 소련군에게 총부리를 겨눈 그들을 배신자로 보고 처형하려고 들었고, 독일에 진주한 서방 연합군은 그들을 친 나치 부역자로 처단하려고 벼렀습니다. 결국 소연방 출신 무슬림 청년들은 오갈 데 없는 국제미아로 처벌만 기다리는 비극적 신세가 될 수밖에 없었습니다. 그러나 역사는 그들을 쓸모없는 국제미아로 방치하지 않았습니다. 대전 후 소련과 대치하게 된 서방 세계는 공산주의에 대항하기 위해 그들을 최대한 이용하기로 정책을 바꾸었습니다. 그들은 누구보다도 소련을 잘 알고 있었고, 소련에 관한 귀중한 정보들을 많이 가지고 있었습니다. 또한 그들은 러시아어 실력이 아주 뛰어났습니다. 이와 같은 여러 가지 점들이 고려된 끝에 그들은 냉전체제에서 써먹을 수 있는 소중한 인적 자산으로 평가받게 되었던 것입니다."

"계속 이용만 당했군요."

피터가 한마디 하자 그레이엄이 퉁명스럽게 대꾸했다.

"소련으로 이송되어 강제노동수용소에서 평생을 보내는 것보다는 우리 쪽에 이용당하는 편이 차라리 나았어요. 그렇게 생각지 않아요?"

"글쎄, 그렇게 단정적으로 말할 수는 없다고 생각합니다. 제 이야기를 마저 끝내기로 하겠습니다. 미국과 영국, 그리고 서독 정보국은 그들의 서독 망명과 정착을 지원하는 한 편 소련과의 냉전에 그들을 투입했습니다. 밀월은 수십 년 동안 계속되었습니다. 소련 출신 무슬림들이 서방을 등에 업고 냉전에서 실력을 발휘하자 참다못한 소련은 KGB를 보내 그들을 암살하기도 했습니다. 하지만 그들을 모두 막을 수는 없었습니다. 그 사이에 독일을 비롯한 유럽 각국에는 무슬림들의 숫자가 계속 늘어났고, 마침내 그들 사이에서는 냉엄한 국제정치에서 이용만 당할 것이 아니라 이슬람의 위상을 확고히 하고 하나의 정치세력으로 역사의 전면에 나서야 한다는 자각운동이 일어나기 시작했습니다. 서방 세계, 특히 미국은 무슬림들을 조직적으로 이용했습니다. 1979년 소련이 아프가니스탄을 침공하자 미국은 석유 에너지 확보를 위해 소련과 정면 충돌하는 대신 무슬림들을 현대 무기로 무장시켜 소련군과 싸우게 했습니다. 전 세계에 흩어져 살고 있던 회교 청년들은 이른바 성전을 수행하기 위해 아프간으로 속속 모여들었고, CIA는 이들 외인부대원들을 훈련시켜 전선에 내보냈습니다. 심지어 CIA는 뉴욕에 공공연히 모병소를 설치해 놓고 미국에 살고 있는 아랍계 청년들을 모아서 아프간으로 공수하기까지 했습니다. 이 무렵 CIA와 빈 라덴의 밀애관계는 이때 절정을 이룹니다. 그는 CIA의 충실한 파트너였습니다."

"이야기가 이상한 쪽으로 흐르는군요. 서방 세계가 이렇게 풍요를 누리기까지 CIA가 흘린 피에 대해서는 모두가 언급을 피하고 있는데 난 그게 견딜 수가 없어요."

그레이엄이 얼굴을 붉히면서 흥분한 어조로 말했다.

"세계 어느 정보기관치고 칭찬을 받는 곳이 있습니까? 욕을 먹게 마련이죠."

모사드의 유리가 씁쓸한 표정으로 말했다. 요한슨은 그들의 말을 묵살한 채 다시 말을 계속했다.

"무슬림 전사들 사이에서 인기가 많고 영향력이 큰 빈 라덴은 이슬람 극단주의에 심취해 있었습니다. 그가 조직한 알 카에다는 모두 이슬람 극단주의자들로 이루어져 있었고, 아프간에 집결한 일반 무슬림들은 알 카에다의 이념에 쉽게 동화되어 모두 극단주의자로 변신했습니다. 그들은 무자헤딘(아프간 회교반군)이 되어 성전에 목숨을 바치는 것을 영광으로 생각했고, 10년간 이어진 전투경험을 통해 강력한 무장 세력으로 성장할 수가 있었습니다. 10년간의 전쟁에서 소련은 패배했고 미국은 아프간을 손에 넣은 듯했습니다. 반면 무슬림들은 강대국 소련을 물리쳤다는 승리감과 함께 고조된 혁명적 열정에 도취되었고, 그것은 오랜 굴욕의 역사에서 벗어나 자존심을 회복하는 계기가 되었습니다. 또한 그들은 현대무기로 무장된 강력한 무장 세력으로 국제정치에 영향력을 발휘할 수 있다는 자신감을 획득할 수가 있었습니다. 그들은 더 이상 미국의 요구에 호락호락 넘어가지 않았고, 독자적인 노선을 걷기 시작했습니다. 여러 나라에서 모여들었던 무슬림들은 승리감을 안고 자기 나라로 뿔뿔이 흩어져 돌아갔습니다."

요한슨은 잠시 내로라하는 수사관들을 둘러보았다. 어떻든 그들은 정보 수사 분야에서는 베테랑들이었고, 그런 만큼 자부심도 대단했다. 그들의 다양한 표정에 그는 조금 당혹해 하는 것 같았다.

"간단히 말씀드리려고 했는데 이야기가 길어졌습니다. 좀 더 이야기를 하고 싶지만 아시는 분들도 계신 것 같고 해서 더 이상 인내심을 갖고 들어 달라는 말을 할 수가 없군요. 미안합니다."

그의 말이 끝나기 무섭게 피터가 손을 흔들었다.

"아닙니다. 계속하십시오. 이슬람 테러리즘에 대해 처음 듣는 내용이 많습니다. 역사적 배경을 알고 나면 그들에 대해 좀 더 깊이 있는 이해를 할 수 있을 것 같습니다."

"그렇게 이해해 주시니 감사합니다. 알고 있는 분들도 계시겠지만 한 번 정리해 보는 차원에서 간단히 마무리를 짓도록 하겠습니다. 10분 내에 끝내겠습니다."

피터와 서 형사가 박수를 치자 파비트도 따라서 박수를 쳤다. 뒤늦게 참석한 그는 잔뜩 호기심어린 눈으로 독일인을 쳐다보고 있었다. 요한슨은 고개를 끄덕거린 다음 다시 입을 열었다.

"승리감에 도취되어 자기 나라로 돌아간 무슬림 전사들은 부패한 정권을 몰아내고 이슬람 혁명을 이룩하려고 기도했습니다. 특히 부패한 왕정 국가들은 그들 때문에 불안해했습니다. 빈 라덴도 전쟁이 끝나자 자기 나라인 사우디아라비아로 돌아갔습니다. 사우디 국민들은 그를 마치 전쟁영웅처럼 맞이했습니다. 한동안 그는 정말 영웅처럼 행동했습니다. 사우디 왕정은 불안한 눈으로 그의 일거수일투족을 감시하고 있었습니다. 이슬람 혁명주의자인 그에게는 사우디 왕정이야말로 타도의 대상일 수밖에 없었습니다. 불안한 시간이 얼마 동안 흐른 뒤 빈 라덴과 왕정이 결정적으로 적대관계로 대치하는 상황이 발생했습니다. 이라크가 쿠웨이트를 침공하자 미국이 이라크를 상대로 걸프전을 일으킨 것입니다. 빈 라덴은 기다렸다는 듯이 미국을 지원하는 사우디 왕정을 격렬히 비난하고 미국과도 결별을 선언했습니다. 그는 미국에 선전포고를 하고 테러라는 이름의 전쟁을 시작했습니다. 이때부터 상황은 복잡 미묘하게 돌아가기 시작했습니다. 미국은 단기간 내에 이라크군을 궤멸시켰지만 아프가니스탄 사태는 마음대로 되지가 않았습니다. 아프간은 소련군이 물러나자 각 군벌들간의 세력 다툼으로 다시 전쟁터로 변했습니다. 내전은 치열해져 갔고, 결과가 어떻게 끝날지 예상할 수가 없었습니다. 미국은 그대로 두고 볼 수가 없었습니다. 친미적인 세력이 아프간을 지배해야 마음을 놓을 수가 있는데 그럴 만한 세력이 보이지가 않았습니다. 미국은 고심 끝에 파키스탄을 부추겨 파키스탄 난민 캠프에 살고 있는 아프간 청년들을 동원했습니다. 그 청년들은 대부분 대학생들로 처음에는 학생조직으로 출발했는데 얼마 후 탈레반으로 불리면서 급속히 세력을 확장해 나갔습니다. 미국의 적극적인 지원으로 미제 무기로 무장한 그들은 내전에 뛰어들었고, 순수성과 열정으로 단기간 내에 아프간 국민들의 열렬한 지지를 얻어 마침내 내전의 승자가 되었습니다. 하지만 이슬람 극단 중의 극단인 탈레반은 정권을 잡자 미국에 등을 돌리고 미국이 기대했던 민주체제와는 상반되는 공포정치로 국민들의 기본권을 마구 유린했습니다. 미국은 결국 뒤통수를 얻어맞은 꼴이었습니다. 미국이 더욱 견딜 수 없었던 것은 탈레반이 빈 라덴을 보호하고 있다는 사실이었습니다."

빈 라덴이라는 이름이 나오자 파비트의 얼굴이 붉어졌다. 그는 무슨 말인가 하고 싶은 것을 꾹 참는 것 같았다.

"탈레반이 아니면 놈은 벌써 체포됐거나 사살됐을 겁니다."
하고 그레이엄이 퉁명스럽게 말했다. 요한슨은 알겠다는 듯 고개를 끄덕이고 나서 다시 말을 이었다.

"탈레반이 빈 라덴을 넘겨 달라는 미국의 요청을 묵살한 채 계속 그에게 은신처를 제공하고 있다는 것은 더 이상 미국의 손에 놀아나지 않고 이슬람권 혁명국가로 아이덴티티를 공고히 하겠다는 의미입니다. 그들에게 있어서 미국이라는 존재는 더 이상 지원 국가가 아닌 적국입니다. 미국은 잘못된 정책으로 막대한 돈만 쏟아 부었고, 결국 이슬람권에서 가장 과격한 이슬람 원리주의 정권을 세워 준 셈이 되고 말았죠. 미국이 그렇게도 싫어하는 이슬람 원리주의 정권을 말입니다."

"거기에 대해서는 입이 열 개라도 할 말이 없습니다. CIA의 최대 실책이었으니까요."

그레이엄이 자라목을 더욱 움츠리면서 중얼거리듯 말했다. 요한슨의 갈색 눈에 냉소가 나타났다가 사라졌다.

"이슬람 극단주의자들이 신봉하는 이슬람 원리주의는 1920년대 이집트에서 시작된 개혁운동에서 그 뿌리를 찾을 수 있습니다. 오랜 역사적 질곡을 통해 현실과 타협하고 그 과정에서 왜곡될 대로 왜곡된 이슬람 정신을 원래의 모습으로 되돌리자는 취지로 출발한 원리주의는 현실과 충돌하면서 공격적인 성향으로 변해 갔고, 몇몇 야심가들에 의해 전 세계의 이슬람화를 통한 이슬람 신정국가, 즉 칼리프국 건설을 그 최종 목표로 삼게 되었습니다. 이와 같은 원대한 계획은 유럽사회의 비주류로 궁핍한 생활을 면할 수 없었던 소외된 무슬림들에게 희망으로 다가왔고, 순진무구한 청년들은 다투어 원리주의에 심취하게 되었습니다. 이들을 배후에서 조종하고 교육시킨 두뇌들이 모여 있는 곳이 바로 독일의 이슬람 사회입니다. 독일의 이슬람 지도부에 의해 유럽 일원에 뿌리를 내린 원리주의는 더욱 공격적으로 변해 결국 젊은 무슬림들을 시한폭탄으로 개조시키는 계기가 되었고, 마침내 전 세계를 점점 테러의 공포 속으로 몰아넣게 되었습니다. 얼마 전까지만 해도 아랍인들에 의한 테러는 거의가 팔레스타인 문제 때문에 일어났습니다. 팔레스타인 문제만 해결되면 더 이상 테러가 안 일어날 줄 알았습니다. 그러나 그렇지가 않았습니다. 팔레스타인 문제는 이제 하나의 지엽적인 문제로 격하되었고, 그보다는 전 세계 무슬림들이 하나로 뭉쳐 서구 사회에 도전하는 상황으로 사정은 악화되었습니다. 그것은 이슬람 사회와 기독교 사회가 첨예하게 대립하는 양상으로 변질되고 확대되고 있습니다. 이런 사태는 이슬람 극단주의자들에 의해 주도되고 있시만 일반 무슬림들도 심정적으로 점점 동화되어 가고 있다는데 문제의 심각성이 있습니다. 특히 서구사회에서 소외되고 차별받고 있는 일반 무슬림들은 서구 사회에 대한 기대감이 무너지면서 날이 갈수록 적대감이 쌓여 가고 있고, 그것은 증오심과 함께 공격적 패턴으로 변질되고 있습니다."

그는 앞에 놓인 서류철을 뒤적여 종이 한 장을 집어 들었다.

"이건 최근에 우리 정보망에 포착된 정보인데 좀 과장된 면도 있지만 참고삼아 들어보시기 바랍니다. '제목은 전 세계 이슬람화 7단계 계획' 입니다. 이 계획은 앞으로 25년 내에 전 세계를 이슬람화하겠다는 것을 목표로 하고 있습니다."

모두가 메모 준비를 하는 것을 보고 요한슨은 잠시 숨을 고른 뒤 다시 서류를 들여다보았다.

"그 구체적인 실천단계를 보면 첫째 지금까지와는 비교도 안 될 정도의 대형 테러를 연속적으로 일으킴으로써 무슬림들을 일깨우는 각성단계입니다. 두 번째는 젊은 무슬림들을 대군으로 충원하는 개안 단계, 세 번째는 2010년까지 시리아와 터키, 이스라엘을 공격하는 봉기 단계입니다. 네 번째는 2013년까지 사우디와 요르단 등 아랍 산유국 왕정을 무너뜨려 미국 경제를 붕괴시킨다는 시나리오입니다. 다섯 번째는 2016년까지 칼리프국 건설, 여섯 번째는 무슬림과 비무슬림간의 성전 수행, 마지막 단계는 2020년까지 확고부동한 승리를 쟁취한다는 것입니다."

베테랑 수사관들은 가소롭다는 듯 미소를 짓기도 하고 고개를 갸우뚱거리기도 했다.

"그들은 5억 명의 무슬림 전사들을 동원한 전 세계적인 전쟁을 통해 칼리프 국을 건설할 수 있다고 확신하고 있습니다. 서방 세계와 타협하거나 아니면 서방 세계에 굴복하지 않는 한 이슬람 테러리즘은 앞으로도 계속 일어날 것입니다."

말을 마친 요한슨은 각국의 수사요원들을 둘러보았다.

"매우 비관적인 전망이군요."

MI6의 웨스턴 부장이 말했다.

"연구를 많이 하셨군요."

인터폴의 프랑도 부장도 한마디 했다.

"잘 들었습니다. 혼란스럽던 머릿속이 일목요연하게 정리된 기분입니다. 새로운 것들을 많이 알게 됐습니다."

이렇게 말한 사람은 피터 킴이었다. 거기에 대해 요한슨은 이렇게 응답했다.

"제가 말씀드리고 싶은 것은 이슬람 원리주의의 중심은 독일에 있다는 사실입니다. 그 점을 간과한다면 중요한 정보원을 잃은 채 이슬람 테러에 대처하겠다는 것인데, 그렇게 되면 수사는 겉돌 수밖에 없습니다."

"무슨 말씀인지 알겠습니다."

하고 인터폴의 프랑도가 우렁우렁한 목소리로 말했다.

뒤이어 모사드의 유리가 발언했다.

"앞으로 슬픈 게이를 추적하는데 전력을 기울여야 합니다. 국제 공조수사 없이는 그를 추적하는 것은 불가능합니다. 그를 추적하는 데는 무엇보다도 정보가 필요합니다. 따라서 우리는 정보 교환과 공유가 어느 때보다도 필요합니다. 요한슨 씨의 말대로 형식적이고 기만적인 공조수사는 이 시간부터 없어져야 합니다. 사심 없는 적극적인 공조수사, 시간을 다투는 공조수사를 요청합니다."

그의 어조는 강경했다. 모두가 기다렸다는 듯이 박수를 쳤다.

"슬픈 게이가 누굽니까?"

파비트가 낮은 목소리로 그레이엄에게 물었지만 그의 말은 다른 사람들한테도 모두 들렸다.

"잠시 커피 브레이크를 갖도록 합시다."

그레이엄의 제안에 모두가 환영하는 제스처를 보이면서 자리에서 일어났다. 잠시 어수선해진 사이에 그레이엄은 파비트에게 회의에서 오간 이야기들과 슬픈 게이에 대해 대충 이야기해 주었다. 이야기를 듣고 난 파비트는 사뭇 놀라는 표정이었다.

커피 한 잔씩을 마시고 난 요원들은 다시 자기 자리로 가서 앉았다. 실내가 다시 조용해지자 그레이엄이 먼저 입을 열었다.

"파비트 요원이 중요한 내용을 말씀드릴 것 같습니다. 아프간에서 막 돌아왔기 때문에 여러분들은 생생한 뉴스를 기대하셔도 좋을 겁니다."

파비트는 두 손을 펴 보이면서 고개를 흔들었다.

"새로운 뉴스는 없습니다. 아프간은 여전히 폐쇄적이고 국민들은 암흑 속에서 살고 있습니다. 기본적인 권리 같은 것은 아예 생각할 수도 없고•여자들은 학교에도 직장에도 다닐 수 없습니다. 그리고 외출할 때는 머리에서부터 발끝까지 오는 차도르를 뒤집어쓰고 다녀야 합니다. 앞을 볼 수 있게 눈 부위만 구멍이

나 있기 때문에 여자의 얼굴 모습은 알아볼 수가 없습니다. 탈레반은 이슬람 신정국가를 건설하려고 하고 있습니다. 현대문명을 완전히 등진 채 말입니다. 탈레반은 아프간을 거의 차지했고, 북쪽에서 소규모 전투가 있을 뿐입니다. 더 이상 그대로 두고 볼 수가 없어 미국은 아프간 봉쇄에 들어갔습니다. 아프간으로 들어가는 도로와 항로는 폐쇄되었고, 아프간은 현재 고립무원의 상태에 놓여 있습니다. 국경 산악지대를 도보나 당나귀를 이용해서 통과할 수밖에 없습니다. 하지만 탈레반은 완강히 버티고 있습니다. 갈수록 미국에 적대적으로 변하고 있습니다. 그들은 대화 자체를 거부하고 있습니다. 빈 라덴은 그 안에서 특별대접을 받으며 안전하게 은신해 있습니다. 이 지구상에서 빈 라덴이 안전하게 숨을 데는 아프간밖에 없습니다. 그가 추구하는 이슬람 원리주의는 탈레반의 이념과 잘 맞아 떨어지기 때문에 그는 그곳에서 환영을 받고 있는 겁니다."

"아프간에는 들어가 봤습니까?"

하고 웨스턴 부장이 물었다.

"네, 들어가 봤습니다. 대낮에 이런 모습으로는 들어갈 수가 없습니다. 이런 모습으로 들어갔다가는 금방 체포되고 맙니다. 밤에 위장을 하고 안내인을 따라 들어갔는데 상황은 절망적이었습니다. 지구상에 그와 같은 나라가 존재하고 있다는 것이 믿어지지가 않았습니다."

"앞으로 상황이 어떻게 될 것 같습니까?"

유리가 물었다.

"매우 비관적입니다."

"봉쇄작전으로 나간다 해도 한계가 있지 않습니까?"

"그렇죠. 결국 무력을 동원할 수밖에 없는데 그건 우리가 결정할 일이 아니기 때문에 여기서 뭐라고 말씀드릴 수가 없습니다. 백악관은 거기에 대해 고민하고 있는 모양입니다. 하지만 결국 그쪽으로 결론이 나리라고 봅니다."

미국인들을 제외하고는 모두 이해할 수 없다는 표정으로 고개를 갸우뚱했다. 독일 정보국의 요한슨이 먼저 의문을 제기했다.

"세계 최강을 자랑하는 소련군도 10년 동안 아프간 전쟁에서 시달리다가 결국 물러나고 말았는데 미국이 과연 가능성이 있을까요?"

"잘못하다가는 제2의 베트남이 될지도 모르죠. 두 번 다시 베트남의 악몽에 시달릴지도 모르는데 백악관이 고민하는 것도 무리는 아니겠는데요."

웨스턴 부장의 말이었다. 그러자 모사드의 유리가 나섰다.

"소련의 실패가 오히려 좋은 전범이 될지도 모릅니다. 소련이 왜 실패했는지 그 원인을 분석해서 대책을 세우면 미국은 충분히 승산이 있다고 봅니다. 아프간을 저대로 둘 수는 없습니다."

"저도 같은 생각입니다."

하고 피터가 말했다.

"현재 미국의 전력은 20년 전의 소련과는 비교가 안 될 정도로 강력하고 첨단화되어 있습니다. 탈레반의 장기인 게릴라전도 미국 전투기의 공격에는 맥을 못 출겁니다."

"빈 라덴의 소재는 아직도 오리무중입니까?"

인터폴의 프랑도가 엉뚱한 질문을 던졌다.

순간 파비트의 안색이 굳어졌다. 그는 굳어진 표정을 풀려는 듯 담배를 피워 물었다.

"빈 라덴의 은신처를 알아냈는데…… 우리가 덮쳤을 때는 거기에 이미 없었습니다."

물을 끼얹은 듯 실내가 갑자기 조용해졌다.

"파비트 씨는 빈 라덴부대를 지휘하고 있습니다. 빈 라덴 부대는 빈 라덴 제거를 전담하고 있습니다."

그레이엄의 말에 모두가 고개를 크게 끄덕였다.

"빈 라덴의 은신처에 미군을 직접 투입했나요?"

웨스턴 부장이 물었다. 파비트는 실패한 초승달 작전에 대해서 자세히 말하고 싶지는 않았지만 내친김에 대강 이야기해야겠다고 생각했다.

"미군은 단 한 명도 투입하지 않았습니다. 빈 라덴에 불만을 품고 있는 파슈튜족을 50명쯤 뽑아서 훈련을 시킨 다음 작전에 투입했는데 그 안에 첩자가 있었습니다. 칸다하르 공항 부근에 있는 타르나크 팜즈라는 마을에 빈 라덴이 은신하고 있는 것을 확인하고 덮쳤는데 함정이었습니다. 포위되어 거의 전멸하고 겨우 두 명만이 빠져나왔습니다. 하지만 그 뒤에 일어난 탈레반의 보복으로 파슈툰족 마을 하나가 불에 타고 2백 명이 넘는 주민들이 살해됐습니다."

참담한 실패에 대해 책임 추궁을 당할 줄 알고 그는 단단히 각오하고 있었지만 상부에서는 아무런 조치도 없었다. 빈 라덴을 계속 추적하라는 지시만 내려왔을 뿐이었다. 그는 가슴이 뻥 뚫린 것 같은 기분을 안고 한 달 가까이 카라치 해변을 방황하다가 중요한 수사회의에 참석하라는 긴급 연락을 받고 파리로 날아온 길이었다.

실내에는 한동안 무거운 침묵이 흘렀다. CIA가 주도한 중요한 극비작전이 실패로 돌아간데 대해 다른 나라 사람들이 꼬치꼬치 캐물을 입장이 아닌데다 파비트의 표정이 보기에 민망할 정도로 일그러져 있었기 때문이었다. 결국 파비트가 먼저 침묵을 깼다.

"당분간 빈 라덴 추적은 어려울 것 같습니다. 그 대신 그와 관련된 대형 테러를 막는데 전력을 기울일 생각입니다. 조금 전 보진카 계획을 주도했던 제3의 여인이 남자라는 사실을 알고 깜짝 놀랐습니다. 일당 중에 요세프라는 자가 있는데 그 자는 마닐라에서 체포되어 뉴욕으로 이송되었습니다. 그 자는 폭탄제조 전문가로 마닐라에 나타나기 2년 전에 뉴욕 무역센터 지하 주차장에 폭탄테러를 가한 녀석입니다. 나는 아프간에 가기 전에 그자를 직접 심문했습니다. 그자의 소지품 가운데 찢어진 메모지가 있었는데 거기에 이런 말이 있었습니다. '보진카가 끝나면 봄은 오지 않을 것이다.' 처음에는 그 말을 보진카 계획이 성공하면 서방 세계에는 두 번 다시 봄이 찾아오지 않을 것이라는 의미로 받아들였습니다. 보진카 계획에 대해서는 잘 아시죠?"

파비트가 둘러보자 모두가 고개를 끄덕였다.

"봄이 오지 않을 것이다라는 말은 암흑을 의미한다고 생각했습니다. 하지만 다르게 생각하니까 전혀 다른 의미로 해석이 되었습니다. 봄은 오지 않을 것이다라는 말을 하나의 암호명으로 생각해 본 겁니다. 그렇게 생각하니까 이런 의미가 됐습니다.

즉 보진카를 끝내면 다음 작전은 봄은 오지 않을 것이다가 될 것이다. 그러니까 거기에는 두 개의 테러가 함축되어 있었습니다. 보진카 다음에 또 하나의 다른 테러 말입니다."

사람들은 미동도 하지 않고 그를 응시하고 있었다. 파비트는 목소리를 조금 높였다.

"하지만 확신할 수가 없었습니다. 봄은 오지 않을 것이다, 그것이 암호인지 아니면 상징어인지 판단을 내릴 수가 없었습니다. 그런데 그것이 암호임이 드러났습니다. 최근 인터넷을 비롯한 각종 통신 암호를 체크하고 해독한 결과 봄은 오지 않을 것이다라는 말이 빈번하게 오간 것이 밝혀졌습니다. 그 문장 앞에 있던 보진카가 끝나면 이라는 말은 사라지고 봄은 오지 않을 것이다라는 말만 단독 용어로 사용되고 있었습니다. 그것이 단독으로 사용되고 있다는 것은 그것이 암호라는 의미라고 생각합니다. 한 예를 들면 이런 내용이 있습니다."

파비트는 파일을 꺼내 한 곳을 들여다보며 말했다.

"무쿠아텐 오리온에게. 봄은 오지 않을 것이다. 우리 모두는 거기에 기대를 걸고 있다. 두 번 다시 실수하지 않기를 바란다. 그것이 미국에서 성공하면 우리 역사상 최초의 미 본토 상륙전이 되는 것이다. 그것은 또한 전 세계 이슬람화의 성공적인 첫번째 거보가 될 것이다. 첫 번째 전투에 성공하여 교두보를 확보하면 두 번째 전투는 보다 쉬워질 것이다. 우리는 반드시 성공할 것이다. 알라신의 가호를."

파비트는 읽는 것을 멈추고 나서 사람들의 표정을 살폈다.

"암호명이 틀림없군요."

유리가 굳은 표정으로 말했다.

"무슨 암호명일까?"

그레이엄이 두 눈을 번득이면서 물었다. 거기에 대해 모두가 침묵을 지켰다. 파비트가 덧붙였다.

"분명한 것은 두 가지입니다. 첫째 미국 본토가 타깃이라는 것, 두 번째는 대형 테러일 거라는 점입니다. 그것도 우리가 일반적으로 보아 온 그런 대형 테러가 아니고 지금까지 경험하지 못했던 가히 상상할 수 없을 정도로 엄청난 피해를 안겨 줄 테러일 거라는 사실입니다. 2, 3백 명 정도 죽이는 그런 테러는 아닐 겁니다. 적어도 미국 본토에 가해지는, 그들의 표현을 빌리자면 역사적인 거보를 내딛는 테러인 만큼 2, 3천 명 정도의 인명 피해를 내는 테러가 되지 않을까 생각합니다."

참석자들의 얼굴이 납덩이처럼 굳어지고 있었다. 서 형사는 가슴이 서늘해지는 것을 느꼈다.

"그 암호명이 무엇을 노리는 건지 빨리 알아내야 합니다. 그렇지 않으면……."

피터는 말끝을 흐렸다.

"빨리요? 좋은 말이죠. 하지만 어떻게 빨리 알아낸다는 거죠?"

다발 부장이 자조적인 표정으로 묻자 웨스턴 부장이 끼어들었다.

"무쿠아텐 오리온이 누굽니까?"

"모릅니다. 암호명 같은데 누구인지는 아직 알 수 없습니다. 무쿠아텐이라는 말은 알라의 전사라는 뜻입니다만……."

"혹시 슬픈 게이가 아닐까요?"

서 형사가 물었다.

"그럴 수도 있지요. 하지만 지금으로서는 어떤 것도 확실하지가 않습니다."

"우선 미국 전역에 비상경계령을 발동하고 모든 공항에 대해 검문검색을 강화해야 합니다. 지금까지와는 차원이 다른 아주 정밀한 검문검색을 실시해야 합니다. 그리고 모든 여객기에는 무기를 소지한 보안요원들을 적어도 2명 이상씩 탑승시켜야 합니다."

모사드의 유리가 굳은 표정을 풀지 않은 채 말했다.

그레이엄이 손까지 흔들면서 무겁게 고개를 흔들었다.

"그건 힘들어요. 결국 대통령의 재가가 나와야 하는데 거기까지 올라가려면 여러 단계를 거쳐야 합니다. 대통령의 재가를 받기 전에 안보관계 보스들이 대책회의를 하겠지만 거기서 제동이 걸릴 것이 뻔합니다."

"아니, 왜 제동이 걸린다는 겁니까? 언제 터질지도 모르는 대형 테러 정보를 입수하고서도 망설이는 이유가 뭡니까? 이렇게 결정적인 정보가 있는데도 불구하고 대책을 세우지 않는다는 것은 직무유기가 아닌가요? 그리고 결과적으로 테러범들을 돕는 게 아닙니까?"

유리가 도무지 이해할 수 없다는 듯 자못 흥분한 목소리로 따지듯 말하자 그레이엄은 씁쓸한 표정으로 고개를 흔들었다.

"그 사람들은 뉴욕 번화가나 워싱턴 D.C.에 대형 폭탄이 하나 떨어져야 그제야 놀라서 대책을 세우고 부산을 떨 거예요. 폭탄이 눈에 보이지 않으면 믿으려고 하지를 않아요."

말도 말라는 듯 그는 다시 손을 내젓고 나서 말을 이었다.

"미국은 거대하기 때문에 뭘 하나 결정을 내리고 거기에 따라 실행에 옮기기가 쉽지가 않아요. 이스라엘처럼 작고 인구가 적으면 전광석화처럼 결정하고 행동에 옮길 수가 있지만 미국이라는 나라는 크고 복잡하기 때문에 대책을 하나 세우는데도 말이 많고, 그래서 시간이 오래 걸려요. 대책 회의라는 것이 회의 또 회의, 그리고 또 회의…… 끝도 없이 회의가 열리는데, 결국 회의만 하다가 시간을 다 보내요. 그런데 사실 나라가 크다 보니까 뭘 하나 결정해서 실행에 옮기기가 어려운 것은 사실이에요. 일단 경비가 많이 들기 때문에 예산 확보가 쉽지 않고, 둘째 시스템이 크고 복잡하기 때문에 그것을 단시간에 바꾸기가 여간 어렵지가 않아요."

"결국 테러가 발생한 뒤에야 부랴부랴 뒷수습을 하겠군요."

요한슨이 한심하다는 듯 말했다. 그레이엄은 미간을 조금 찌푸렸다가 도로 폈다.

"유리 씨의 말씀대로 미 전역에 비상경계령을 발동할 수만 있으면 더 이상 바랄게 없겠지요. 하지만 눈에 보이는 실체, 이를테면 레이더 상에 미사일이 날아오는 것이 보인다든가 하지 않으면 비상경계령 발동은 거의 불가능합니다. 일단 비상경계령을 발동하면 미 전역에서 수십만 병력이 귀가도 못한 채 경계태세에 들어가야 합니다. 수백 수천 대의 전투기와 함정들은 초계 활동에 들어가게 되고 대통령 이하 참모들은 수시로 보고를 받고 대책을 숙의하면서 대기상태에 있어야 합니다. 국민들 역시 긴장상태에 놓이게 됩니다. 당연히 경제활동은 위축되고 주식시장도 얼어붙게 됩니다. 그뿐이 아닙니다. 미 전역에 있는 모든 공항에 대해 지금까지와는 차원이 다른 아주 정밀한 검문검색을 실시해야 한다고 하셨는데 그럴 경우 전 세계 항공사가 입게 될 경제적 손실은 막대할 겁니다. 모든 항공기들이 연발착하게 될 거니까 그에 따른 추가비용은 누적될 경우 엄청날 것으로 봅니다. 또한 그 많은 승객들의 몸을 뒤지고 짐들을 검색하려면 지금보다 몇 배의 인원이 투입되어야 합니다. 거기에 대한 예산을 확보하는 것도 쉽지가 않을 겁니다. 그리고 모든 비행기에 무기를 휴대한 보안 요원을 두 명 이상씩 탑승시켜야 한다고 하셨는데 그건 더욱 어려운 일입니다. 미국 국적의 국내선 비행기와 국제선 비행기만 해도 하루에 미 전역에서 수천 대가 날아다닙니다. 그 모든 비행기에 보안요원을 두 명 이상씩 태운다면 그 수는 얼마나 될 것 같습니까?"

"그렇다고 아무 대책도 세우지 않은 채 고스란히 당할 수만은 없는 것 아닙니까?"

유리가 볼멘소리로 말했다.

"미국이 위기에 대한 대책을 세우는데 너무 뭉그적거리면서 시간을 끌게 된 데에는 너무 많은 정보들이 쏟아져 들어오는 것도 큰 원인이라고 할 수 있어요. 미국에는 하루에도 수없이 많은 정보들이 들어오고 있는데 그 중에는 미국의 안보에 큰 위협이 되는 정보들이 수두룩합니다. 하지만 조사를 해 보면 거의가 엉터리들이에요. 그런 쓰레기 정보들이 쌓이다 보니까 거기에 면역이 되어 웬만해서는 움직이려 들지를 않는 겁니다. 테러리스트들이 주고받는 정보도 하루에 수십 건씩 잡히고 있는데 워낙 빈번하게 오가고 있다 보니까 이제는 대수롭지 않게 보는 분위기가 대세를 이루고 있어요. 무쿠아텐 오리온 앞으로 보낸 정보도 무선통신에서 잡힌 정보일 뿐 확실한 증거가 없잖아요. 장난일 수도 있다는 겁니다. 테러리스트들은 허위정보를 남발하고 있어요. 어떤 것이 진짜인지 모르게 혼란을 일으켜서 진짜에 대한 대책을 방해하려고 그러는 것이죠. 정보기관에 있다 보니까 울화통이 터질 때가 한두 번이 아닙니다. 분명히 긴급 상황인데도 인정하려 들지를 않고 꾸물거리는 것을 보고 있노라면 더 이상 참을 수가 없어 책상 앞에 앉아 서류만 주무르고 있는 자들한테 달려가 고래고래 욕설을 퍼붓고 싶어요."

"무쿠아텐 오리온한테 보낸 통신의 발신자는 누굽니까?"

프랑도가 파비트를 향해 물었다.

"W.울프라고만 되어 있었습니다."

"W.울프라……. 발신지와 수신지를 알 수 있습니까?"

"발신지는 마드리드이고 수신지는 뉴욕입니다."

"마드리드에도 과격분자들이 상당수 잠복하고 있습니다."

"결국 이 문제는 미국이 주도적으로 나서서 해결할 수밖에 없다고 생각합니다. 그들이 말하는 암호명 '봄은 오지 않을 것이다'가 미국 내에서 발생할 것이 확실하다면 CIA가 중심이 되어 테러를 막을 수밖에 없습니다. 백악관에서 어떤 조치가 내려질 때까지 팔짱을 끼고 기다릴 게 아니라 거기와는 상관없이 즉시 미국 내에 존재하는 모든 정보기관과 수사기관들이 공조해서 수사에 나서야 합니다. 우리도 물론 적극적으로 협조하겠지만 우리나라가 아니기 때문에 돕는데 한계가 있습니다."

이렇게 말한 사람은 영국 정보국의 웨스턴 부장이었다.

"당연한 말씀입니다. 동원 가능한 모든 기관들을 동원해야 한다고 건의할 생각입니다. 백악관이야 어떤 생각을 갖고 있고 어떤 조치를 취하든 CIA는 상관하지 않을 겁니다. 그러기에는 사태가 너무 급박합니다. 모사드와 MI6, DST와 인터폴, 그리고 BND는 적극적으로 미국을 도와줘야 합니다. 우리는 수시로 연락하고 정보를 교환해야 합니다."

피터의 말이었다.

"뉴욕에 주재하는 우리 요원들이 적극적으로 협조할 겁니다."
하고 유리가 말했다.

영국과 독일, 프랑스와 인터폴도 미국에 주재하고 있는 자기 요원들을 동원시키겠다고 다짐했다.

"무쿠아텐 오리온과 슬픈 게이가 봄은 오지 않을 것이다를 수행할 인물들이 확실한 만큼 그들이 동일 인물이든가 아니면 공범일 가능성이 큽니다."

"그들이 소속되어 있는 조직은 어떤 조직이죠?"
하고 서 형사가 물었다. 피터가 재빨리 대답했다.

"그것도 아직 확실하지 않아요."

맨해튼 살인

뉴욕, 2001년 7월 17일 오후 2시 34분.

야잠은 뉴욕 맨해튼 남쪽에 있는 세계무역센터가 마주보이는 스타벅스 커피숍에 앉아 있었다. 밖에는 한여름의 무더위를 식혀 주는 거센 빗줄기가 쏟아지고 있었다. 태풍을 예고하는 바람과 함께 비는 아침부터 쉬지 않고 내리고 있었다. 비가 그렇게 내리고 있는데도 거리에는 수많은 사람들이 오가고 있었다. 그들 가운데 적어도 절반 이상은 관광객들 같았다. 사실 맨해튼에 돌아다니는 사람들 가운데 진짜 뉴요커라고 부를 수 있는 사람은 얼마 되지 않았다. 그 밖에는 단기 체류비자로 온 사람들, 관광객들, 불법 체류자들, 이런저런 일 때문에 온 사람들, 아시아 아프리카와 남미, 그리고 중동에서 몰려온 유색 이민자들이 서로 뒤엉켜 있었다.

날씨가 나쁜데도 불구하고 무역센터 앞에는 관광버스들이 계속해서 달려와 관광객들을 토해내고 있었다.

무역센터는 여러 개의 건물 군으로 이루어져 있다. 그 중 메인 빌딩은 110층 높이의 쌍둥이 빌딩이다. 높이 415미터로 세계 4위를 자랑하는 그 두 쌍둥이 빌딩 가운데 북쪽 빌딩 106층에 전망대가 있고, 관광객들은 그 곳에 올라 뉴욕 시를 조망하기 위해 끊임없이 몰려들고 있는 것이다. 야잠은 몇 번 전망대에 올라가 본 적이 있었다. 소피에게 프러포즈한 곳이 바로 그 전망대였기 때문에 그에게는 의미가 깊은 곳이었다. 전망대 한쪽에 있는 레스토랑에서 소피는 그의 프러포즈를 받아들였고, 얼마 후 그들은 결혼했던 것이다. 지난 두 번의 결혼기념일에도 그는 소피와 함께 그 곳에 올라갔었는데, 특히 새로 태어난 아기를 유모차에 태우고 그 곳에 갔을 때를 그는 잊을 수가 없었다. 그 날 밤 식탁 위에서 타오르던 촛불에 비친 아내의 모습은 너무 아름다워 그의 뇌리에 깊이 박혀 있었다. 이제는 소피와 아기와 함께 지냈던 그 모든 시간들은 두 번 다시 돌아올 수 없는 슬픈 추억으로 남아 있을 뿐이었다. 그 동안 4년이라는 세월이 흘렀지만 아내와 아기 생각을 하면 지금도 그는 목이 메이면서 가슴이 찢어지는 것 같았다.

초승달 작전에서 그가 빈 라덴을 제거하지 못한데 대해 소피와 아기를 인질로 잡고 있던 납치범들은 그들이 말했던 대로 그에게 가족을 살려서 돌려보내지 않았던 것이다. 소피와 아기의 시체는 어느 해안가 절벽 밑에 반쯤 물 속에 가라앉아 있는 승용차 안에서 발견되었는데, 소피는 아기를 품속에 꼭 끌어안은 채 숨겨 있었다.

그 동안 그는 자신이 미치거나 폐인이 되지 않은 것을 스스로 의아하게 여길 정도로 정상적인 생활을 유지해 왔었다. 겉으로 보기에 그는 조금도 이상하지 않은 아주 평범한 모습을 한 홀아비였다. 그러나 속을 들여다보면 전혀 그렇지가 않았다. 그의 가슴 속은 분노와 증오의 감정으로 항상 끓어오르고 있었고, 지금까지 단 한시도 복수심이 사라진 적이 없었다. 복수는 그를 지탱해 준 힘이었고, 이제는 생존의 철학이 되어 있었다.

그는 아내와 아기에게 돌아갈 날만을 손꼽아 기다리고 있었다. 그것만이 그의 유일한 희망이었고 위안이었다. 그는 친구도 만나지 않았고, 아무리 아름다운 여자가 옆에 있어도 눈길 한 번 주지 않았다. 그는 더 이상 신을 믿지 않았기 때문에 이슬람 사원에도 가지 않았다.

우람한 체격에 구리 빛으로 빛나던 그의 얼굴은 많이 야위어 있었다. 움푹 들어간 두 눈은 공허한 빛을 띠고 있었고 양쪽 뺨도 홀쭉해져 광대뼈가 많이 튀어나와 있었다.

문득 미국 자본주의의 상징이나 다름없는 저 어마어마한 건물이 테러 공격을 받아 무너지면 어떡하나 하는 생각이 들었다. 그것을 볼 때마다 그런 생각이 들곤 했는데 이내 방정맞은 생각인 것 같아 실소를 하곤 했었다.

자유의 여신상이나 엠파이어스테이트 빌딩, 국회의사당과 뉴욕의 세계무역센터 같은 구조물들은 상징성이 강하기 때문에 항상 테러의 목표가 되기 십상이다. 하지만 그 때문에 다른 어떤 곳보다도 경비가 삼엄하다. 테러리스트들도 그것을 잘 알고 있기 때문에 섣불리 접근하려고 하지를 않는다. 그러나 그와 같은 삼엄한 경비의 허를 찌른 테러가 없었던 것은 아니었다. 1993년 2월 26일에 발생한 세계무역센터 폭탄테러가 그것이었다. 그 날 정오경 아랍 테러리스트들은 밴에 폭탄을 싣고 북쪽 타워 주차장으로 들어가 지하 2층에 차를 세우고 밖으로 빠져나왔다. 잠시 후 엄청난 폭발음이 들려왔고, 주위가 지진이라도 난 듯 흔들렸다. 폭발로 생긴 분화구의 지름은 무려 45.7미터, 깊이는 1.5미터였다. 그러나 북쪽 타워는 끄덕도 하지 않았다. 대서특필된 보도 내용에는 건물 붕괴의 위험성보다는 오히려 무역센터 빌딩 구조물의 견고성에 대한 전문가들의 칭찬이 봇물을 이루고 있었다. 그 사건 이후 무역센터에 대한 경비는 최첨단 시스템으로 훨씬 더 강화되었고, 그와 같은 경비망을 뚫고 들어간다는 것은 불가능한 일로 여겨졌다.

1973년에 완공된 세계무역센터의 부지 면적은 19,584평으로, 그 위에는 광장을 중심으로 7개의 건물 군이 자리 잡고 있다. 제1관과 제2관은 110층짜리 쌍둥이 빌딩으로 무역센터의 중심 건물이라고 할 수 있다. 나머지 건물들은 층수가 낮고 옆으로 넓게 벌어져 있거나 직각으로 꺾이면서 광장을 에워싸는 형태로 지어져 있어 안정된 분위기를 연출하고 있다. 그 낮은 건물군 때문에 쌍둥이 빌딩은 더욱 더 그 위용이 돋보인다. 그 상징성 때문에, 만일 또다시 누군가가 무역센터를 공격한다면 그것은 당연히 쌍둥이 빌딩일 수밖에 없다. 그렇지 않고 다른 건물들을 공격한다면 테러 효과가 떨어질 뿐 아니라 그 의미도 반감될 것이 분명하다.

야잠은 식어 버린 커피를 입으로 가져갔다. 그는 커피숍 앞에 놓여 있는 의자에 앉아 있었다. 차양을 타고 흘러내린 빗물이 발치에 떨어지고 있었지만 그는 개의치 않고 그대로 앉아 있었다. 차양 밑에는 탁자가 몇 개 놓여 있었는데 주로 흡연자들이 점령하고 있었다. 실내는 금연구역이기 때문에 담배를 피우기 위해 바깥 자리를 차지한 것이다.

노란 색 비옷을 입은 자그마한 여자가 한 사람 종종 걸음으로 다가오더니 커피숍 안으로 들어갔다. 잠시 후 그녀는 커피 잔을 들고 밖으로 나와 두리번거리다가 야잠의 옆 테이블에 다가와 앉았다. 빈 테이블이 거기밖에 없었던 것이다. 그녀는 비옷을 벗어 빈 의자에 걸쳐놓고 나서 자리에 앉더니 담배부터 피우기 시작했다. 푸른 기가 도는 안경을 끼고 있었지만 인형처럼 예쁘게 생긴 얼굴을 가릴 수는 없었다. 동양계 얼굴을 한 그녀는 담배를 피우면서 무역센터를 무표정하게 바라보다가 커피 잔을 집어 들었다. 그녀가 입고 있는 하늘색 블라우스와 그 위에 늘어뜨려져 있는 하얀 진주 목걸이는 아주 잘 어울려 보였다. 그녀의 아랫도리는 검정색 바지 차림이었다. 잠시 후 그녀는 디지털 카메라를 꺼내 무역센터를 찍기 시작했다. 카메라로 무역센터를 찍는 모습은 아주 흔히 볼 수 있는 모습이기 때문에 조금도 이상할 것이 없었다.

야잠은 가끔씩 그녀 쪽으로 시선을 던지곤 했다. 그가 낯선 여자에게 관심을 보인 것은 처음 있는 일이었다. 아내와 아기를 잃은 후 지난 4년 동안 그는 여자를 거들떠보지도 않았다. 그런데 오늘 처음 동양계 여인에게 이상하게도 마음이 끌렸던 것이다. 그녀에게는 서양 여자들과는 분명히 다른 매력이 있었다. 그 매력의 한 부분은 그녀의 미모에서 나오고 있는 것 같았다. 그러나 그것이 전부는 아닌 것 같았다. 자신을 드러내기를 싫어할 것 같은 내밀한 침묵이 그녀를 감싸고 있는 것 같았다. 그녀는 세련되어 보였지만 어딘지 모르게 맨해튼에는 어울리지 않는, 다른 곳에서 온 사람 같아 보였다. 열심히 사진을 찍어 대고 있었지만 그렇다고 관광객 같아 보이지는 않았다. 무슨 일을 하는 여자일까 하고 생각했지만 그녀에게 어울리는 직업은 얼른 떠오르지가 않았다. 그녀는 누군가를 기다리고 있는 것 같지도 않았다. 차와 함께 케이크를 먹으면서 사진을 찍기도 하고 거리에 오가는 사람들을 가만히 쳐다보기도 했다.

야잠은 더 이상 그녀에게 관심을 갖지 않기로 했다. 그가 그렇게 마음을 정리했을 때 파비트가 나타났다.

"아, 대령님……."

그는 일어서서 파비트와 악수를 나누었다. 그에게 있어서 파비트는 언제나 스티브 대령이었다. 파비트는 청바지에 체크무늬 재킷을 걸치고 있었다.

"비가 와서 다행이야. 더워서 죽는 줄 알았어."

"커피 드시겠습니까? 제가 가서 가져오겠습니다."

"고맙네. 아메리칸 블랙으로……."

커피숍 안에는 열 명쯤 되는 사람들이 카운터 앞에서 차례를 기다리며 줄을 서 있었다. 야잠은 한참 동안 기다린 후에야 커피를 주문할 수 있었다. 그가 커피가 담긴 커다란 종이컵을 들고 자리로 돌아왔을 때 파비트는 담배를 뻑뻑 피워대고 있었다. 그의 얼굴은 불만으로 가득 차 있는 것 같았다. 그들은 한 달 만에 만나는 것이었다. 파비트는 연락이 안 될 때가 많았다. 그는 어디론가 갑자기 사라졌다가 불쑥 나타나 연락을 해 오곤 했다.

"좋은 소식 있습니까?"

커피 잔을 내려놓으면서 야잠이 물었다. 파비트는 고개를 설레설레 흔들었다.

"없어."

그는 미간을 찌푸리면서 무역센터를 올려다보다가 커피 잔을 입으로 가져갔다.

"전 지쳤습니다. 자살이라도 하고 싶은 심정입니다."

"나도 마찬가지야."

"왜 지금까지 아무 일 없는 겁니까? 벌써 4년이나 지났는데 아무 일 없는 거 보니까 괜히 헛다리짚은 거 아닙니까? 인내심에도 한계가 있습니다."

"알고 있어. 하지만 아무 일 없는 게 좋은 거 아니야? 자넨 테러가 일어나기를 바라고 있나? 참을 수 없는 건 나도 마찬가지지만 말이야."

"제 말은 테러가 일어나기를 바라는 게 아니라…… 잠복기가 너무 길다는 뜻입니다. 분명히 테러가 일어날 것을 전제로 할 경우 말입니다. 대령님은 틀림없이 미국 한 복판에서 엄청난 테러가 발생할 거로 믿지 않았습니까? 그런데 그런 조짐도 전혀 없었고 수사도 완전히 답보상태에 빠져 있지 않습니까?"

파비트는 커피를 한 모금 급히 마시고나서 손을 흔들었다.

"스피너는 반드시 실행될 거야. 단지 잠복기가 너무 길다는 것뿐이야. 안 일어나면 좋겠지만 틀림없이 일어나게 돼 있어."

스피너는 암호명 '봄은 오지 않을 것이다'가 발음하기에 너무 길어 부르기 쉽게 간단하게 바꾼 것으로, 영문 'Spring will never come'을 'Spiner'로 줄인 것이다.

"그렇다면 왜 수사에 진전이 없습니까?"

"그 동안 놈들은 전혀 움직이지 않았어. 자질구레한 몇 건만 미국 아닌 다른 곳에서 선보였을 뿐 거짓말처럼 조용히 있었어. 내가 보기에는 이것도 하나의 작전인 것 같아. 지구전을 벌림으로써 우리를 지치게 만드는 거야. 우리가 스피너를 알아내고 적색경보를 발령한 97년부터 지금까지 모든 공항과 주요 건물들, 그리고 주요 시설들에 대해 경비를 강화해 왔어. 물샐 틈 없는 경비였다고 해도 과언이 아니야. 그리고 대대적인 검문검색과 수사를 통해 테러 용의자들을 대거 검거했어. 그것을 알고 놈들은 꽁꽁 숨어 버린 채 지구전으로 들어간 거야. 우리가 지쳐서 경비가 느슨해질 때까지 기다리고 있다가 구멍이 뚫리는 순간 일격을 가하려고 기다리고 있는 거야. 그러니까 이건 인내심의 싸움이야. 놈들도 우리처럼 지쳐 있을 거란 말이야."

"그게 정말이면 좋겠습니다만……."

파비트는 잠시 야잠을 쏘아보다가 시선을 돌렸다. 그의 눈에 처음으로 동양계 여인의 모습이 들어왔다. 그녀는 휴대폰으로 전화를 걸고 있었다.

"인내심 싸움에서 우리가 이기게 되면 놈들은 지친 나머지 스피너를 아예 포기해 버릴 거야. 그게 내가 진심으로 바라는 거야. 하지만 그렇게 되기는 어려울 것 같아. 벌써 그런 조짐이 여기저기서 나타나고 있어."

"어떤 조짐 말입니까?"

"97년 이전 상태로 경비가 돌아가고 있어. 지난 4년 동안에 대테러 대책이 강화되는 바람에 20억 달러를 날렸다고 국회에서 국무장관이 호되게 당했어. 결국 예산이 10분지 1로 깎였는데, 그 바람에 벌써부터 경비가 눈에 띠게 허술해지고 있어. 어제 발목에 피스톨을 차고 케네디 공항 검색대를 지나가 봤는데 그냥 무사통과됐어. 전 같으면 어림도 없었는데 말이야."

그는 걱정스러운 표정으로 야잠을 쳐다보다가 시선을 돌려 동양 여자를 슬쩍 쳐다보았다. 야잠의 얼굴에는 걱정스러워 하는 표정 같은 것은 전혀 나타나 있지 않았다. 그는 파비트와는 입장이 다르고 생각하는 것부터가 차이가 있었다. 파비트는 야잠의 그런 점이 걱정스러웠고, 그래서 가능한 한 그를 자극하지 않으려고 조심하고 있었다.

야잠이 노리는 것은 오로지 복수였다. 아내와 아기를 살해한 자들을 찾아내 복수하고야 말겠다는 일념밖에는 다른 어떤 생각도 갖고 있지 않았다. 타크피르 조직원이면 모두가 복수의 대상이었고, 한 발 더 나아가 이슬람 테러리스트 는 모두가 제거 대상이었다. 그러나 그는 CIA 도움 없이는 그들에 관한 어떤 정보도 얻을 수가 없었고, 정보 없이는 그들에게 접근한다는 것 자체가 불가능했다. 그래서 그는 파비트에게 목을 걸고 있었던 것이다.

파비트의 입장에서는 복수심에 불타고 있는 야잠을 볼 때마다 마음이 편치가 않았고 어떤 때는 곤혹스럽기까지 했다. 야잠이 사랑하는 가족을 잃은 것은 순전히 그를 도와 CIA 작전에 동참했기 때문에 일어난 사건이었다. 거기에 대해 깊은 책임감을 느끼고 있는 파비트로서는 보상심리로 야잠의 복수심을 어느 정도 충족시켜 주고 싶었다. 그것은 잘만 하면 야잠의 손을 빌려 테러범을 제거할 수도 있는 이중 효과가 있었다. 그러나 지나친 복수심은 일을 그르칠 우려가 있고 나중에 말썽이 될 소지도 있기 때문에 그는 여간 조심스럽지가 않았다.

"경비가 허술해진 것을 알면 조만간에 놈들이 움직이기 시작할 거야. 그렇게 되면 감시망에 포착될 거고, 그 때부터 우리도 바빠질 거야. 스피너가 아직 포기되지 않았다면 그걸 사전에 분쇄해야 해. 그게 내 임무야."

파비트는 야잠이 들으라는 듯 임무라는 말을 강조했다. 너는 복수만을 생각하고 있겠지만 나는 임무만을 생각하고 있어. 그는 이렇게 말하고 싶은 것을 피해 그렇게 말했던 것이다. 복수라는 말을 들먹임으로써 야잠의 상처를 건드리고 싶지 않았기 때문이다.

그들은 약속이라도 한 듯 동양계 여인을 바라보았다. 그러나 이내 시선을 돌렸다. 그들이 그렇게 쳐다보고도 그녀를 알아보지 못한 것은 우연이지만 불행한 일이었다. 파비트는 사진을 통해 슬픈 게이의 얼굴 모습을 익혀 두었지만 그것으로 사람을 알아본다는 것은 어려운 일이었다. 변화가 별로 없는 남자와는 달리 여자들은 화장술이 뛰어나고 헤어스타일도 다양하게 바꿀수가 있기 때문에 얼마든지 다른 모습을 연출할 수가 있다.

슬픈 게이는 어깨까지 흘러내리는 풍성한 가발로 얼굴을 반쯤 가리고 있었다. 그는 남자들의 시선을 아까부터 의식하고 있었지만 모른 체했다. 그녀는 무역센터가 마주보이는 그 곳 커피숍에 자주 들르곤 했다. 목표는 벌써부터 정해져 있었다. 하지만 D데이까지 기다리는 시간이 워낙 길었기 때문에 목표물을 두 눈으로 확실히 익혀 두기 위해 그 곳을 찾아오곤 했던 것이다. 커피숍에 앉아 커피를 마시면서 무역센터 건물을 가만히 바라보고 있으면 처음에는 가슴이 뜨겁게 달아오르면서 마구 뛰기 시작했었다. 그러나 자주 찾다 보니 지금은 이상하리만치 담담한 기분으로 무역센터를 바라볼 수가 있었다. 자신과 함께 사라질 건물이라고 생각하니 묘하게도 친근감이 들기도 했다.

그는 날씨가 좋을 때는 무역센터 광장에서 시간을 보내기도 하고 관광객들 틈에 끼여 전망대에 올라가 보기도 한다. 북쪽 타워 106층에 있는 레스토랑에 가서 식사를 할 때도 있다. 그는 언제나 혼자 행동했다.

쌍둥이 건물과 그 밖의 부속건물들을 속속들이 다녀 본 그는 그 엄청난 규모에 온몸이 떨릴 정도로 희열을 느꼈었다. 보면 볼수록 자신이 선택한 목표가 더 이상 달리 선택할 수 없을 만큼 최적의 목표라는 생각이 들었다. 무역센터의 사무실은 그 넓이만도 1백만 평방미터에 이르고, 거기에는 전 세계 60여 개국에서 온 사람들이 입주해 있다. 상주인구만도 5만 명에 이르고, 거기다 매일 찾아오는 관광객 수가 7만 명에 달한다. 연간 2천5백만 명의 관광객들이 무역센터를 찾아오고 있는 것이다.

그는 북쪽 타워를 점찍고 있었다. 대형 여객기로 충돌하면 미사일을 맞은 것이나 다름없는 충격을 받을 것이다. 110층 타워는 반드시 무너져야 하고, 그렇게 되면 엄청난 수의 사람들이 목숨을 잃을 것이다. 될 수록 많은 사람들이 희생되어야 효과가 크다. 여객기로 저 높은 빌딩을 공격할 줄이야 상상이나 하겠는가! 그는 소리 없이 가만히 웃었다. 남쪽 타워는 다른 팀이 맡기로 되어 있었다. 하나도 아니고 두 개의 빌딩을 동시에 비행기로 공격하는 것이다. 비행기에 타고 있는 승객들과 함께 빌딩 속으로 충돌해 형체도 없이 산화하는 것이다. 공포에 사로잡혀 울부짖는 소리, 지축을 흔드는 굉음, 폭포처럼 쏟아져 내리는 파편더미들, 시뻘건 불기둥……. 핵폭발이 그보다 무서울까.

준비는 모두 끝났다. 비행 훈련도 충분히 받았다고 생각된다. 유감인 것은 대형 여객기를 실제로 조종해 보지 못한 점이다. 비행학교에서는 주로 경비행기로 훈련을 시키기 때문에 대형 여객기를 조종해 볼 기회가 없었다. 하지만 모의 훈련이긴 하지만 시뮬레이션을 통해 대형 여객기 조종 훈련을 5백 시간 넘게 받았기 때문에 별 문제는 없을 것이라고 자신했다. 일단 비행기를 납치하면 이착륙은 필요 없어진다. 그래서 이착륙 훈련은 일부러 피했다. 시간 낭비일 뿐이기 때문이었다. 일단 비행기를 납치하면 항로를 바꿔 뉴욕으로 향하면 된다. 전투기가 나타나 진로를 방해할지도 모른다. 하지만 승객들이 타고 있는 여객기를 차마 미사일로 격추시킬 수는 없다. 어떤 방해가 있더라도 상관하지 않고 빠른 속도로 날아가 맨해튼 상공으로 접어들면 세계무역센터의 모습이 시야에 들어올 것이다. 무역센터에 접근하려면 고도를 낮추면서 어느 정도의 곡예비행이 필요할 것이다. 커브를 그을 때 속도를 최고로 올린 다음 직선거리에서 곧바로 돌진해 버린다. 찰나의 굉음과 충격 후에 찾아오는 것은 죽음이 겠지. 죽음에 이르는 고통은 느껴 보지도 못할 것이다.

슬픈 게이는 다시 카메라를 꺼냈다. 무역센터를 찍는 척하다가 슬쩍 초점을 돌려 아까부터 이쪽을 흘끔거리던 사내 두 명을 재빨리 찍었다. 두 명 가운데 한 명은 어디선가 본 듯한 얼굴이었다. 하지만 옆모습을 찍었기 때문에 보다 확실한 모습을 찍고 싶었다. 그는 자리에서 일어나 커피숍 출입구 쪽으로 다가갔다. 출입하는 사람들을 살피던 그의 눈에 작은 키의 청년 한 명이 눈에 들어왔다. 가무잡잡한 것이 아시아 계인 것 같았다. 등에 배낭을 지고 차림이 남루한 것이 배낭여행 중인 것 같았다. 그는 커피 잔을 손에 든 채 비를 피하고 있었다.

"실례합니다. 사진 좀 찍어 주시겠어요?"

그가 사진기를 내밀면서 자신을 가리키자 배낭족은 금방 알아듣고 활짝 웃으며 고개를 끄덕였다.

"배낭여행 중이신가 보죠?"

그녀가 영어로 물었다.

"네, 그렇습니다."

청년도 영어로 능숙하게 대답하면서 사진기를 받아 들었다. 슬픈 게이는 10달러짜리 지폐를 꺼내 그에게 내밀었다. 청년은 당황해서 그를 쳐다보았다.

"이, 이건 뭡니까?"

"수고비예요. 사진 찍기가 좀 까다롭거든요. 받아두세요. 잘 부탁해요."

청년은 어쩔 줄을 몰라 하다가 지폐를 받았다.

"가, 감사합니다. 수고비치고는 너무 많은데요."

게이는 파비트와 야잠을 가리켰다.

"저 두 남자 보이죠? 제가 그 부근에 가서 앉으면 앞으로 오셔서 저를 찍어 주세요. 하지만 저 사람들도 함께 찍어 주셔야 해요. 저 사람들만 따로 찍어도 돼요. 그 대신 저 사람들이 눈치채지 못하게 찍어야 해요. 저를 찍는 척하면서 저 사람들을 찍어 주세요. 여러 장 찍어 주세요. 좀 까다롭죠?"

"아, 아닙니다. 그 정도야 뭐……. 한번 해 보죠."

"어디서 오셨죠?"

"필리핀에서 왔습니다."

게이가 자기 자리로 돌아가 앉자 뒤 따라온 청년이 커피 잔을 그녀의 탁자 위에 올려놓은 다음 뒤로 몇 걸음 물러섰다.

파비트와 야잠은 게이와 배낭족 청년을 번갈아 쳐다보다가 고개를 돌리고 하던 이야기를 계속했다. 신경 쓸 일이 아닌 것이 그들이 보기에 그 청년은 아름다운 동양계 여인과 일행인 것 같았기 때문이었다.

필리핀 청년은 남자들이 전혀 눈치채지 못하게 게이를 찍는 척하면서 그들을 찍어 댔다. 비를 맞으면서 열심히 사진을 찍는 것을 보고 게이는 그에게 10달러를 준 것이 큰 효과를 보고 있다고 생각했다. 비에 흠뻑 젖어서 돌아온 청년은 사진기가 비에 젖은 것을 걱정했다.

"몇 컷이나 찍었죠?"

"열 컷 정도 될 겁니다. 잘 나왔는지 모르겠습니다."

청년은 순박해 보였다. 잠시 시간을 끌기 위해 게이는 대화를 유도했다.

필리핀 청년은 대학생으로 지리학을 공부하고 있다고 했다. 현재 2학년에 재학 중인 그는 미국을 여행해 보는 것이 꿈이었는데 그 동안 모은 돈으로 미국에 오긴 했지만 여행비가 턱도 없이 모자라 닥치는 대로 아르바이트를 하면서 한 달 넘게 여행을 하고 있다고 했다. 내친김에 일자리가 계속 있으면 학교에 휴학계를 내고 일 년 동안 미국 전역을 샅샅이 돌아볼 계획이라고 했다. 그의 이름은 페르난데스였다. 게이는 자기를 바바라 채라고 소개했다. 그는 갑자기 페르난데스가 부러운 생각이 들었다. 얼마나 소박하고 신선한가. 이 세상에 적이라고는 없는 것 같은 선한 그의 모습이 신기해 보이기까지 했다. 미국인들이 모두 적으로 보이는 자신하고는 달라도 너무나 달라 보였다.

"점심 먹었어요?"

"네, 햄버거 하나 먹었습니다."

"난 점심 안 먹었는데 괜찮으면 함께 식사하는 게 어때요?"

페르난데스는 사양하면서도 그를 따라 일어섰다. 그 곳을 떠나면서 보니 두 사내는 무엇인가 심각한 이야기를 주고받고 있었다. 그녀가 그들 앞을 지나칠 때 그들은 대화를 중단하고 그녀에게 힐끗 눈길을 한 번 주고 나서 다시 이야기를 시작했다.

게이는 청년을 고급 레스토랑으로 데리고 갔다. 주눅이 든 청년은 몸 둘 바를 몰라 하다가 스테이크를 보자 순식간에 그것을 먹어 치웠다. 케이크와 아이스크림까지 먹은 뒤에야 어느 정도 허기에서 풀려난 것 같았다.

"이거 여비에 보태 쓰세요."

게이가 백 불짜리 지폐를 가볍게 내밀자 그는 멈칫하면서 잔뜩 긴장하는 것 같았다.

"무슨 시키실 일이라도……?"

"없어요. 그냥 주는 거니까 부담 갖지 말고 가지세요. 동생 같아서 주는 거예요."

"고, 고맙습니다."

페르난데스는 얼굴이 빨개진 채 빳빳한 지폐를 반으로 접어 주머니 속에 집어넣었다.

"혹시 여행하다가 어려운 일이 있으면 연락해요. 도움이 될지도 모르니까요. 휴대폰 있나요?"

"없습니다. 이메일로 연락하면 안 될까요?"

"좋아요."

그들은 이메일 주소를 주고받았다.

"저기…… 실례지만 어느 나라 사람인지 물어봐도 될까요?"

"국적은 미국이지만 피는 여기저기 섞였어요."

헤어질 때 페르난데스는 너무 감동했는지 눈물까지 글썽이면서 황홀한 눈으로 게이를 바라보았다. 묘령의 아름다운 여인이 자기한테 아무 이유 없이 베푼 도움이 도무지 믿어지지 않는다는 듯 그는 게이가 멀리 사라질 때까지 그 자리에 서서 그녀의 뒷모습을 바라보고 있었다.

슬픈 게이는 자신이 쓸데없는 짓을 했다는 것을 깨달았다. 하지만 후회는 되지 않았다. 왜 알지도 못하는 배낭 여행자에게 자신이 그렇게 인심을 썼는지 알 수가 없었다. 오직 적대감만 키워 온 자신이 그 동안 무엇인가 잃어버린 것이 있었기 때문에 그런 것이 아니었을까?

인간이 그리웠기 때문일까? 문득 그는 인간들 속에 살고 있으면서도 한 번도 인간을 만나지 않은 것 같은 생각이 들었다.

그는 거리의 간판을 보면서 챔버스 거리 쪽으로 걸어가다가 사진 현상소를 발견하고 길을 건너갔다. 여주인은 두 사내의 모습을 담은 사진을 찾으려면 내일 오후에나 가능하다고 말했다. 게이가 100달러를 내놓자 그녀는 금방 안색이 달라지면서 한 시간 후에 와 달라고 말했다. 현상소를 나온 게이는 문방구에 들러 절단용 커터를 네 개 구입했다. 아직 시간이 좀 남아 있었기 때문에 그는 손님이 별로 없는 카페에 들어가 창가에 앉아 커피를 주문했다. 커피를 마시면서 그는 커터 하나를 꺼내 날을 밀어냈다가 도로 집어넣는 짓을 반복했다. 다르륵하는 마찰음을 즐기면서 그러고 있자 웨이터가 조금 떨어진 곳에서 이상한 눈으로 그를 쳐다보았다. 예쁘게 생긴 여자가 칼을 꺼내 들고 날을 꺼냈다 집어넣었다 하고 있으니 이상하게 보는 것도 무리는 아니었다. 게이는 웨이터에게 아무렇지도 않은 듯 웃어 보인 다음 그것을 숄더백 속에 집어넣었다.

한 시간 후 현상소에 가자 여주인은 주문했던 사진 외에 큰 사이즈로 몇 장을 더 뽑아 놓고 기다리고 있었다. 비가 오기 때문인지 택시 잡기가 쉽지 않았다. 가까스로 택시를 잡은 그는 모마(MoMA)로 가자고 했다.

"모마?"

검은 피부가 유난히 번들거리는 중년의 살찐 흑인 운전수가 잘 모르겠다는 듯 고개를 갸우뚱하면서 물었다.

"53 스트리트에 있는 뮤지엄 오브 모던 아트……."

"아, 모던 아트, 오케이."

차를 출발시키면서 흑인 사내는 백미러로 그를 흘끔 쳐다보았다. 그는 도수가 높아 보이는 안경을 끼고 있었다.

모마는 현대미술관을 줄여서 부르는 이름이다. 그는 뉴욕에 올 때마다 그 곳에 자주 가곤 했다.

"아가씨, 일본 사람입니까?"

흑인이 또 흘끔거리면서 말을 걸어왔다.

"아닙니다."

게이는 무표정하게 대꾸했다.

"그럼 중국?"

"아뇨."

신호등 앞에서 차가 멈춰 서자 흑인은 아예 고개를 돌려 그를 쳐다보고 물었다.

"그럼 어느 나라죠?"

"코리아."

"아, 코리아."

택시가 다시 움직이기 시작했다.

"그런데 코리아가 어디 있죠?"

"세계지도를 놓고 한 번 찾아보세요. 너무 작아서 눈이 나쁘면 잘 안 보일 거예요."

흑인은 어깨를 으쓱했다.

"왜 아가씨 국적을 물었냐 하면 아가씨가 너무 예뻐서 물어본 거예요."

"감사합니다."

10분쯤 지나 택시에서 내린 게이는 현대식으로 지은 모마 안으로 들어가 입장권을 구입했다.

날씨가 나쁜데도 미술관 안에는 많은 관람객들이 있었다.

모마에서는 에드워드 호퍼라는 작가의 특별전이 열리고 있었다. 게이는 그 특별전을 보기 위해 이틀째 연이어 모마에 오고 있었다.

그는 2, 3층에 전시되어 있는 후기 인상파와 야수파, 입체파와 표현주의, 미래파, 초현실주의 화가들의 방대한 그림들은 거들떠보지도 않은 채 3층으로 곧장 올라갔다. 그리고 호퍼의 그림들을 유심히 눈여겨보다가 'Nighthawks'(밤샘하는 사람들)라는 제목의 그림 앞에서 얼어붙은 듯 걸음을 멈추었다.

가로 144cm, 세로 76.2cm 크기의 그림은 한밤중 바에 앉아 있는 네 명의 남녀를 그린 사실적인 유화였다. 거리에는 개미새끼 한 마리 보이지 않고 대형 유리창을 통해 불이 환히 켜져 있는 바의 내부가 훤히 들여다보이고 있다. 바 앞에는 중년으로 보이는 한 쌍의 남녀가 나란히 앉아 있다. 그들은 흰 옷 차림의 바텐더와 이야기를 나누고 있는데 중절모를 쓰고 있는 사나이의 오른손에는 담배가 들려 있다. 조금 떨어진 곳에는 중절모를 쓴 또 한 명의 사나이가 동행도 없이 혼자서 등을 보인 채 쓸쓸하게 앉아 있다. 1942년 작이다.

"안녕하세요?"

반가운 목소리에 게이는 깜짝 놀라 고개를 돌렸다.

"어머나……."

게이는 지극히 여성적인 태도와 목소리로 놀라움을 표시하면서 필리핀 대학생 페르난데스를 쳐다보았다. 페르난데스는 반가워서 어쩔 줄 모르며 흰 이를 드러낸 채 웃고 있었다.

"또 만났군요. 나를 미행했나 보군요."

"아, 아닙니다."

페르난데스는 당황해서 말했다.

"그냥 구경하러 왔는데 미스 바바라의 모습이 보였습니다."

"아무튼 반가와요."

게이는 필리핀 청년이 자신을 미행한 것 같지는 않았지만 그렇다고 경계심을 늦추거나 하지는 않았다. 그는 한 발 뒤로 물러서서 그림을 바라보았다.

"이 그림이 마음에 드시나 보죠?"

페르난데스의 물음에 그는 고개를 끄덕였다.

"유명한 그림입니까?"

"이 그림 처음 보나요?"

"그림책에서 한두 번 본 것 같기도 합니다. 설명 좀 해 주시겠습니까?"

페르난데스는 그의 곁으로 가까이 다가섰다. 게이는 그가 귀찮은 녀석이라는 생각이 조금도 들지 않았다.

"호퍼는 지극히 미국적인 작가라는 생각이 들어요. 그는 토박이 뉴요커로 미국의 거리와 집들, 실내에 있는 사람들의 모습 등을 사실적으로 그렸는데 작품 전체에서 공통적으로 느껴지는 것은 적막과 고독 같은 거예요. 정지해 있는 인간들의 모습에서 고독이 느껴지지 않나요?"

"네, 그런 것 같습니다."

"그리고 작품 전체에는 적막한 분위기가 감돌고 있어요. 그렇게 느껴지지 않나요?"

"네, 그렇게 느껴집니다."

"어떤 그림을 볼 때는 설명 보다는 직감적으로 와 닿는 느낌이 중요하다고 봐요. 이 그림 나이트호크는 분위기로 봐서 지금 몇 시쯤 된 것 같아요?"

"자정은 지난 것 같고…… 새벽 두세 시쯤 된 것 같은데요."

"바로 그거예요. 이 그림에서는 정지되어 있는 시간이 분명히 느껴져요. 모두가 집에 돌아가고 없는, 행인 하나 없는 텅 빈 거리, 어둠 속에서 유일하게 불을 밝히고 있는 바, 그 안에서 시간을 죽이고 있는 밤샘하는 손님들……. 작품 전체를 가득 채우고 있는 적막감 속에서 그들 각자는 한없이 고독한 모습으로 앉아 있어요. 하지만 고독한 분위기인데도 불구하고 얼굴 표정을 자세히 보면 이상하게도 고독해 보이지가 않아요. 그리고 호퍼의 그림에서는 빛의 대비가 아주 선명하게 느껴져요. 그것이 그의 그림에 무게를 더해 주고 있는 것 같아요. 철학적인 무게까지 느껴져요."

"혹시 화가 아니십니까?"

조금 놀란 듯한 얼굴로 페르난데스가 물었다. 슬픈 게이는 미소를 지으며 고개를 흔들었다.

"어머니처럼 화가가 되고 싶었지만…… 전혀 아니에요."

그의 얼굴 위로 회한의 빛이 나타났다가 사라지는 것 같았다.

페르난데스는 모마에서 문 닫을 때까지 그림을 더 구경하겠다고 했기 때문에 게이는 그와 헤어져 밖으로 나왔다. 페르난데스는 출입구까지 따라와 아까는 정말 고마웠다고 하면서 주신 돈은 요긴하게 쓰겠다고 말했다.

브로드웨이와 휴스턴 거리가 만나는 소호 구역에서 택시를 내린 게이는 19세기 말에 지은 어느 붉은 벽돌 건물로 들어가 덜컹거리는 엘리베이터를 타고 맨 위층으로 올라갔다. 9층에서 내려 좌우를 살핀 다음 더럽고 좁은 복도의 왼쪽 끝까지 걸어가 909호실 문을 두드렸다. 2—3—4를 두 번 반복하자 안에서
"누구십니까?"
하는 여자 목소리가 들려왔다.
"알라 하 아크발."
게이는 가만히 말했다. 쇠줄과 문고리를 벗기는 소리가 나더니 곧이어 문이 열렸다. 말없이 고개를 끄덕이는 사람은 잿빛 머리를 뒤로 묶은 중년 여인이었다. 비쩍 마른 그녀는 수년 전 서울로 게이를 만나러 왔던 한스 아이힝거였다. 방 안에는 그녀 혼자 있었다.
"무슨 일이에요?"
두더지가 긴장을 풀지 않은 채 선 채로 묻자 게이는 잠자코 탁자 위에다 가지고 온 사진들을 펼쳐 놓았다.
"이거 어디서 났지?"
두더지가 사진 한 장을 집어 들면서 물었다.
"제가 찍은 거예요. 한 사람은 안면이 있는 사람인데 백인은

처음 보는 얼굴이에요. 안면이 있는 사람은 어디서 봤는지 기억이 안 나요."

"어떻게 해서 이걸 찍었지?"

"커피숍에서 우연히 봤어요. 그래서 찍은 거예요."

"사진 찍는 걸 그 사람들이 봤나요?"

"어느 배낭 여행하는 청년한테 부탁해서 몰래 찍었기 때문에 눈치채지 못했어요. 아는 사람들인지 한 번 봐 주세요."

"백인은 CIA 요원이고 아랍계로 보이는 남자는 그 앞잡이에요. CIA 요원은 대테러 임무를 맡고 있는데 주로 뉴욕에서 활동하고 있어요. 스티브 대령이라고 우리가 가장 경계해야 할 인물이에요. 커피숍에서 그 사람들을 우연히 봤나요?"

두더지는 세 사람이 함께 찍힌 사진을 집어 들었다. 두 사내는 나란히 붙어 앉아서 이야기를 나누고 있었고 게이는 그들과 세 개의 탁자를 사이에 두고 오른쪽에 앉아 있었다.

"그자들도 아크발을 봤겠죠?"

그녀는 의혹의 눈길로 그를 쳐다보았다.

"네, 하지만 전혀 못 알아봤어요. 알아봤으면 그대로 가만 있지 않았겠죠."

"하지만 미행했을 수도 있잖아요?"

"미행은 없었어요. 그렇지 않아도 미행이 있을까 봐 조심했는데 그런 것은 없었어요. 이 아랍계 남자는 누구죠?"

게이는 턱이 시커먼 털로 뒤덮인 아랍계 남자를 손가락으로 가리켰다.

"야잠이라고 아프간 출신이에요. 하지만 아프간 출신이라고 깔보면 안 돼요. 보스톤대를 나온 인텔리니까. 아버지는 주미 아프간 부대사를 지낸 아바스란 자로 소련이 아프간을 침공했을 때 가족을 데리고 미국으로 망명했어요. 그 덕분에 야잠은 미국에서 공부할 수가 있었던 거예요. CIA가 소련군과 싸울 이슬람 용병을 미국에서 모집해서 아프간 전장으로 보낼 때 아바스는 앞장서서 그 일을 도와줬어요. 야잠도 아버지 일을 도우면서 자연스럽게 CIA와 가까워졌어요. 야잠은 소련군 철수 후 내전이 일어났을 때 탈레반으로 아프간에서 싸우기도 했어요. 나중에 탈레반과 미국이 적대 관계로 변하자 그는 탈레반을 배신하고 미국으로 돌아왔어요. CIA 앞잡이 아바스는 결국 우리 손에 제거됐고, 야잠은 가족까지 잃었어요. 그는 CIA 작전을 도와 빈 라덴을 제거하는 작전에 투입됐는데 그걸 알고 우리는 그의 가족을 인질로 잡았어요."

"아, 바로 그 사람이군요. 이제 알겠습니다."

"빈 라덴을 제거하는 것은 우리도 바라는 바였기 때문에 그에게 빈 라덴을 반드시 제거하라고 명령했어요. 만일 제거하지 못하면 두 번 다시 가족을 만날 수 없을 거라고 말했어요. 하지만 그는 빈 라덴 제거에 실패했고, 우리는 약속대로 그의 가족을 살려 둘 수가 없었어요. 우리는 약속한 것을 반드시 지켜야 하기 때문에 그들을 제거할 수밖에 없었어요."

"그건 충분히 이해할 수 있어요."

"문제는 야잠이에요. 가족을 잃은 그는 지금 복수심에 불타고 있어요. CIA와 손잡고 대테러작전에 참가하고 있어요. 이슬람과 이슬람 사회에 대해 잘 알고 있는 그는 CIA에 큰 도움이 되고 있어요. 그는 이슬람을 완전히 떠난 배교자로 혈안이 되어 우리를 찾고 있어요. 앞으로 그를 조심하지 않으면 안 될 거예요. 스티브 대령도 조심해야겠지만 야잠은 더욱 위험한 인물이에요. 왜냐하면 복수를 위해 물불을 가리지 않을 테니까요."

"그를 먼저 제거해 버리면 안 될까요?"

아이힝거는 게이를 가만히 응시하다가 창밖으로 시선을 돌렸다.

"당신은 큰일을 앞두고 있어요. 한눈팔지 말고 앞으로 나가야 해요. 쓸데없이 자질구레한 일에 손을 댔다가 일을 망칠 수가 있어요."

이 여자는 너무나 많은 것을 알고 있다고 게이는 생각했다. 그녀는 한마디로 정보통이었다. 그녀는 조직에 대해서 훤히 꿰뚫고 있었고 적에 대해서도 놀라울 정도로 많은 정보를 가지고 있었다. 어떻게 그렇게 많은 정보를 확보하고 있는지 도무지 이해가 가지 않을 때가 많았다.

그녀는 수년 전 새로 결성된 조직인 '무에르테'의 간부로 이번 작전을 총괄하고 있는 책임자였다. 그녀의 말은 곧 무에르테의 말이었고, 그녀가 내리는 지시는 무에르테가 내리는 지시나 다름없었다. 따라서 이번 작전에 참가하는 전사들에게는 그녀는 절대적인 권한을 가진 지휘자라고 할 수 있었다.

무에르테는 '무에르테 아 토다 아우토리타드'(Muerte a toda autoridad)의 준 말로 '모든 권력에 죽음을!'이라는 뜻이다. 그리고 그것은 과격파 그룹들이 연합해서 급조해낸 일종의 비상조직이었다.

만일 두더지가 CIA에 체포되면 어떻게 될까? 게이는 그녀를 쳐다보면서 엉뚱한 생각을 하고 있었다. 과연 이 여자가 온갖 고문에 견딜 수 있을까? 고문에 견딜 수 있는 사람은 아무도 없을 것이다. 단지 죽음만이 고문에 견딜 수 있을 뿐이다. 하지만 이 여자가 자결하리라고 어떻게 믿을 수 있단 말인가. 이건 하나의 가정이지만 이 여자가 스파이가 아니라고 어떻게 단정할 수 있을까? 양쪽 정보들을 많이 움켜쥐고 있는 것을 보면 양다리를 걸치고 있는 이중 스파이일지도 모른다. 그러니까 이렇게 오랫동안 손끝 하나 다치지 않고 안전하게 지내고 있는 게 아닐까. 그녀는 대낮에도 거리낌 없이 활보하고 다닌다. 많은 사람들을 만나고 있고 쇼핑도 많이 한다. 물론 그런 것은 위장일 수도 있다. 하지만 석연찮은 구석이 한두 가지가 아니다.

슬픈 게이는 자신이 마지막을 향해 한 치의 오차도 없이 가고 있다고 생각했다. 아니, 한 치의 오차도 없이 가야 한다고 생각했다. 이미 D데이는 정해져 있었다. 그 날 그가 해야 할 일 외에는 어떤 것도 의미가 없다고 생각했다. 걸림돌이 되는 것은 과감하게 정리해 버리는 것이 좋을 것이다.

목덜미에 입김이 느껴졌다. 게이는 가만히 있었다. 입김이 뜨거워지더니 입술이 목덜미에서 옆으로 움직였다. 떨쳐 버리고 싶은 칙칙하고 끈적거리는 감촉을 애써 참으면서 그는 목을 뒤로 젖혔다. 언젠가는 그녀가 이런 식으로 접근해 올 거라고 예상하고 있었다. 그녀는 레즈비언이었고, 아직도 게이를 여자로 알고 있었다. 그녀의 입술이 게이의 목을 더듬다가 마침내 입술로 올라왔다. 게이가 입술을 피하자 그녀는 포기하지 않고 따라왔다. 마침내 두 사람의 입술이 포개지고, 그녀의 혀가 입 속으로 들어와 뱀처럼 자신의 혀에 감기자 게이는 신음소리를 내면서 몸을 뒤틀기 시작했다. 그의 손이 하얀 티셔츠 안으로 미끄러져 들어가 그녀의 젖가슴을 주물러 대자 그녀의 입에서도 신음소리가 터져 나오기 시작했다. 그녀의 젖가슴은 작고 납작했다. 그러나 매우 민감해서 그의 손이 닿자 마치 전류에 감전되기라도 한 듯 온몸을 바르르 떨었다.

처음에는 그녀가 능동적으로 움직이는 것 같았지만 어느 새 그녀의 몸은 게이의 손에 맡겨져 있었다. 게이는 그녀의 뒤에서 그녀를 껴안고 애무하다가 티셔츠를 벗겨 냈다. 뼈만 남은 앙상한 상체가 드러나자 게이는 그녀의 등을 손바닥으로 몇 번 쓰다듬다가 갑자기 오른팔로 그녀의 가는 목을 휘어감았다. 그녀가 미처 상황 판단을 못한 채 그에게 몸을 맡기고 있는 사이 그는 왼쪽 팔꿈치로 그녀의 목덜미를 밀어붙였다. 그녀는 목을 움직여 보려고 했지만 꼼짝도 할 수가 없었다. 그녀의 눈에 비로소 공포의 빛이 나타났지만 그것도 잠시였다. 그녀는 두 팔을 허우적거리면서 빠져나오려고 발버둥 쳤지만 그럴수록 목을 휘어감은 팔은 더욱 강해지기만 했다. 그녀는 강철 같은 팔을 불가사의하게 생각했다. 아크발한테서 그런 힘이 솟아난다는 것이 믿어지지가 않았다. 숨이 막히자 그녀의 얼굴은 시뻘겋게 부풀어 올랐다. 그녀는 뭐라고 한마디 하고 싶었지만 아무 소리도 낼 수가 없었다. 그 때 이런 말이 들려왔다.

"난 여자가 아니야. 여자 같이 생긴 남자야. 나는 내 맘대로 변신할 수가 있어. 넌 더 이상 필요하지 않아. 오히려 방해가 될 뿐이야."

목을 뒤틀면서 힘을 가하자 목이 부러지는 소리와 함께 그녀의 몸뚱이가 파르르 경련을 일으켰다.

잠시 후 다리가 풀리면서 그녀의 몸뚱이가 축 늘어졌다. 게이는 목을 감았던 팔을 풀면서 그녀를 앞으로 확 밀었다. 이미 숨이 끊어진 그녀는 탁자와 의자에 연달아 세게 부딪친 다음 방바닥에 나가떨어졌다. 그는 즉시 백 속에서 아까 문방구에서 구입한 커터를 한 개 꺼내 들었다. 그것을 시험해 볼 수 있는 좋은 기회였다. 그는 시신을 깔고 앉은 다음 머리칼을 움켜잡고 머리를 쳐들었다.

"이건 의식이야."

길고 가는 목이 활처럼 휘자 그는 지체하지 않고 커터를 거기에다 대고 그었다. 가로 그어진 틈으로 검붉은 피가 솟구쳤다. 그는 귀 밑 부분까지 완전히 자른 다음 움켜잡고 있던 머리칼을 놓았다. 카펫은 검붉은 피로 금방 흥건히 젖어 들고 있었다. 그는 시신의 옷에다 카터에 묻은 피를 깨끗이 닦았다. 카터는 생각보다는 아주 훌륭한 무기였다. 그것으로 목을 자르는 데는 조금도 불편하지 않을 것 같았다. 그는 구두에 피가 묻을까 봐 한쪽으로 비켜섰다.

맞은 편 건물에서는 한 사내가 망원경에서 눈을 떼지 않고 있었는데 게이는 그런 줄도 모르고 자기 할 일을 계속했다.

그가 다음에 한 일은 방에 있는 전화로 어디론가 전화를 건 것이었다.

"알라 하 아크발……. 아마드 선생님과 통화하고 싶습니다."

그는 아랍어로 말했다.

"내가 아마드입니다."

상대방은 착 가라앉은 조용한 목소리로 응답했다.

"두더지를 방금 제 손으로 제거했습니다."

"두더지라면 '무쿠아텐 오리온'을 말하는 겁니까?"

"그렇습니다."

잠시 침묵이 흘렀다. 게이는 초조하게 기다렸다.

"그의 목을 잘랐나요?"

"네, 가르침대로 잘랐습니다."

"왜 그런 짓을 했나요? 그는 아주 중요한 인물인데……."

"너무 많은 것을 알고 있었습니다. 적에 대해 그렇게 소상히 알고 있다는 것은 내통하지 않고는 불가능합니다. 오리온은 이중 첩자일 가능성이 큽니다."

"증거가 있나요?"

"그런 건 없습니다만 그 여자가 체포될 경우 이번 거사는 수포로 돌아가고 맙니다. 두더지는 너무 많은 것을 알고 있습니다. 봄은 오지 않을 것이다—에 대해서 자세히 알고 있는 사람은 그 여자 밖에 없습니다. 작전에 참가하는 우리 전사들도 그룹별로 움직이기 때문에 다른 팀에 대해서는 전혀 모릅니다. 하지만 두더지는 전체 계획을 설계한데다 관장까지 하고 있기 때문에 모든 것을 속속들이 알고 있습니다. 그건 매우 위험한 일입니다. 이제 모든 것은 다 준비되었기 때문에 오리온의 도움은 더 이상 필요치 않습니다. 그 여자는 오히려 부담이 되고 있습니다. 봄은 오지 않을 것이다—에 대해 아는 사람이 적을수록 우리한테는 유리합니다. 오리온의 이용가치는 이제 끝났다고 생각되어 제거한 겁니다."

"아크발의 판단이 그렇다면 거기에 맡기겠소. 단 작전이 성공할 경우에 해당되는 말이오. 만일 실패하면 책임을 물을 거요."

"알겠습니다. 이제부터는 저는 독립적으로 행동할 겁니다. 더이상 조직과 연관도 없을 것이고 연락도 하지 않을 겁니다. 저는 어느 조직에도 속하지 않은 개인 자격으로 작전에 참가하는 겁니다. 그리고 이것이 마지막 전화입니다. 작전이 성공하면 전화를 하고 싶어도 못할 겁니다. 안녕히 계십시오, 선생님."

게이는 전화를 끊자마자 밖으로 나갔다. 이제 이 세상에서의 모든 관계는 끝났다고 생각했다. 남은 것은 D데이까지 기다리는 것뿐이다. 그는 그림자처럼 조용히 기다릴 생각이었다. 현장에 남긴 지문이나 발자국 같은 것에 신경이 쓰였지만 굳이 그런 것들을 정성들여 지울 생각도 없었다. 수사팀이 추적해 온다면 어느 정도 허용할 생각도 가지고 있었다. 체포되기 전에 무역센터를 날려 버릴 것이니까 D데이까지만 버티면 되는 것이다.

그녀가 나가자마자 CIA요원들은 즉시 행동을 개시했다. 두더지가 꼬리가 잡힌 것은 2주일쯤 전이었다. 정보망에 걸려든 그녀는 그 때부터 24시간 감시를 받았고, 그녀의 움직임과 통화내용은 낱낱이 도마 위에 올려져 분석되었다. 하지만 지금까지는 이렇다 하게 의심을 살만한 결정적인 단서는 포착되지 않고 있었다.

아무튼 그런 줄도 모르고 그녀는 그 아파트에서 잠복생활을 계속하고 있었던 것이다. 그런 점에서 게이가 그녀를 제거한 것은 정확히 불안요인을 꿰뚫어 보고 조금도 지체하지 않고 취한 과단성 있는 행동이었다고 볼 수 있었다. 어떤 문제점을 감지하고 그것을 행동으로 옮기기까지의 전광석화 같은 결단은 게이가 아니고는 할 수 없는 짓이었다. 그 점에서 그는 자칼을 닮았다고 할 수 있었다. 그러나 냉혹한 면에서는 게이가 자칼보다 더하면 더 했지 결코 덜하지는 않았다.

건너편 건물에서 두더지가 살고 있는 아파트를 감시하던 팀은 항상 속이 탔다. 그도 그럴 것이 망원경으로 감시하는 창문이 너무 작아 안에서 움직이는 모습을 자세히 포착할 수가 없었던 것이다. 더구나 오늘은 비까지 내려 방 안은 어두웠고, 누군가가 찾아와 격렬히 싸우는 것 같았지만 모든 것이 흐릿해서 자세한 것은 알 수 없었다.

그러나 도청 팀은 사정이 양호했다. 그들은 오랜만에 놀라운 내용의 통화를 엿들을 수가 있었던 것이다. 밖에서 대기하고 있던 감시조에게 즉시 방문객을 체포하라는 명령이 떨어졌다. 감시조는 두 명이었는데 한 명은 하필 그 시간에 소변을 보러 가고 없었고 나머지 한 명은 졸고 있다가 전화를 받았다. 그는 흑인으로 거한이었다.

"누구를 체포하라는 겁니까?"

그 아파트 건물 안에서는 마침 무슨 모임이 있었는지 십여 명이나 되는 사람들이 몰려나오고 있었다.

"노란색 비옷을 입은 젊은 여자다!"

"아, 저기 나오고 있습니다! 체포하라고 했습니까?"

"그래! 생포해!"

노란 색 비옷을 입은 여인은 시끄럽게 떠들며 나오고 있는 사람들 속에 섞여 걸어 나오다가 따로 떨어져서 걸어가기 시작했다. 작별인사도 없이 혼자 걸어가고 있는 것으로 보아 그들과 일행이 아닌 것 같았다. 감시 요원은 빠른 걸음으로 그녀를 뒤쫓아 갔다. 그녀가 모퉁이로 사라지자 그는 놓칠까 봐 서둘러 뛰어갔다. 모퉁이를 돌자 그녀가 바로 앞에서 보통 걸음걸이로 걸어가고 있었다. 상대는 연약해 보이는 자그마한 여자에 지나지 않았다. 그녀는 노란 비옷에 우산까지 받쳐 들고 있었다. 이런 여자를 체포하는데 유치하게 피스톨까지 사용해야 할까. 그는 피스톨을 꺼내지 않았다. 그 대신 꽤 점잖게 앞을 가로막았다.

"실례합니다."

여자는 멈칫하면서 멈춰 섰다. 흑인은 신분증을 슬쩍 보여줬다.

"함께 좀 가 주셔야겠습니다."

"무슨 일이죠?"

"가 보면 압니다. 함께 갑시다."

그가 다가서서 팔짱을 끼자 여자는 그의 손을 뿌리쳤다.

"왜 이러는 거예요? 체포하려거든 영장을 보여주세요."

"현행범이기 때문에 영장 같은 건 없습니다. 나중에 청구해서 보여드리겠습니다."

"그래도 이유를 알아야 할 거 아니에요?"

"아무튼 가 보면 압니다."

그가 다시 팔짱을 끼려고 하자 그녀는 또 뿌리쳤다.

"이유도 모르고 갈 수는 없어요."

"당신은 테러 용의자에요. 순순히 말을 듣지 않으면 수갑을 채울 수밖에 없어요. 그건 좀 창피하지 않아요?"

흑인 수사관은 수갑을 꺼내 흔들었다.

"알았어요."

그녀는 우산을 접었다. 그리고 번개같이 우산 끝으로 흑인의 오른쪽 눈을 사정없이 찔렀다.

"어이쿠!"

흑인은 두 손으로 눈을 가리면서 비틀거리다가 그대로 주저앉았다. 길 가던 사람들이 당황한 모습으로 멈춰 서서 그 광경을 지켜보는 사이 게이는 서두르지 않고 그대로 걸어가다가 택시를 집어탔다.

"콜럼버스 서클로 가주세요."

파비트는 야잠과 함께 조금 늦게 사건 현장에 도착했다. 목이 잔인하게 잘린 시체를 본 다음 망원 카메라에 찍힌 여러 장의 흐릿한 사진들을 확인하고 난 그는

"게이의 짓이 틀림없어."

하고 말했다.

"드디어 놈이 움직이기 시작했어."

"이 노란 비옷이 눈에 익은데요."

야잠이 사진을 들여다보면서 말했다.

"노란 비옷이 어디 한둘이야?"

"하지만 아까 낮에 스타벅스에서 보았던 여자하고 비슷해 보

이는데요."

"그 예쁜 동양계 여자 말이지?"

파비트는 사진에 희미하게 찍힌 그녀의 모습을 뚫어지게 노려보다가 주머니 속에 간직하고 있는 사진 한 장을 꺼냈다. 그것은 슬픈 게이의 사진이었다.

슬픈 게이의 사진은 처음 한국 경찰이 서울에서 확보한 것이었는데 지금은 세계 각국의 수사기관에 배포되어 있을 정도로 거의 전 세계에 걸쳐 깔려 있었다. 그리고 그 사진은 야잠도 한 장 가지고 있었다.

"스타벅스에 있을 때 난 그 여자 자세히 보지 않았어. 그냥 얼핏 보고 예쁘다고만 생각했어. 이 사진의 주인공이 그 여자라고 할 수 있어?"

야잠은 혼란을 느끼는지 잠시 머뭇거리다가 고개를 갸우뚱했다.

"아닌 것 같은데요. 이렇게 생기지 않았습니다."

"거 보라고. 변장하면 알아보기 힘들어."

현장을 나온 그들은 병원으로 달려갔다.

흑인 요원은 오른쪽 눈에 두껍게 가제를 댄 채 침대 위에 누워 있었다. 몹시 고통스러운지 계속 신음소리를 내고 있었다. 그의 오른쪽 눈은 완전히 실명한 것 같았다.

"그 계집애가 우산으로 눈을 찌를 줄은…… 상상도 못했습니다."

흑인은 분을 삭이지 못해 식식거리다가 다시 신음소리를 냈다.

"죽지 않기 다행이야."

파비트는 냉정하게 말했다.

"제가 너무 방심했어요. 저는 한쪽 눈을 잃은 겁니까?"

"괜찮을 거야. 이 사진을 한 번 봐 줄 수 있겠나?"

파비트가 게이의 사진을 보여주자 흑인은 한 손을 들어 그것을 잡고 눈앞에 갖다 댔다.

"한쪽 눈으로 보니까 잘 보이지 않는데요."

그는 거리를 조정한 다음 한참 동안 뚫어지게 사진을 노려보았다. 한참 후 사진을 내려놓으면서

"그 여자가 틀림없습니다."

하고 말했다.

"정말 틀림없나?"

"틀림없습니다. 아주 가까이서 그 여자를 봤는데, 화장을 진하게 하고 색깔이 조금 들어간 안경을 끼고 있었고…… 헤어스타일이 많이 달랐지만…… 이 여자가 틀림없습니다."

그는 사진을 집어 들고 다시 한 번 들여다보고 나더니 얼굴을 찡그리면서 신음소리를 냈다.

"그 때 상황에 대해서 좀 자세히 말해 주겠나? 그 여자에 대해서도 자세히 말해 주면 좋겠는데……."

흑인은 자신이 당한 치욕적인 사건을 차마 말하기 싫은 듯하다 동안 무겁게 침묵을 지키고 있다가 어렵사리 입을 열었다.

"차 안에 앉아 대기하고 있는데 갑자기 연락이 왔습니다. 무조건 노란 비옷을 입은 여자를 체포하라는 거였습니다. 그 여자가 어떤 위험인물이라는 걸 설명해 줬으면 경계를 했을 텐데 그

런 말은 없이 무조건 체포하라고 했습니다. 물론 제가 잘못했죠. 설명이 없었어도 체포대상이면 제가 알아서 경계를 했어야 했는데 제가 상대를 너무 얕잡아 본 게 실수였습니다. 그 때 하필이면 파트너가 자리를 비우고 없었습니다. 화장실에 다녀오겠다고 나갔는데 세컨드를 보는지 한참이 지나도 돌아오지를 않았습니다. 마침 노란 비옷 차림의 여자가 그 아파트에서 나오기에 혼자서 뒤쫓아 갔습니다. 여자를 세우고 나서 연행하겠다고 하자 좀 놀라는 것 같았습니다. 아주 예쁘게 생긴 동양계 아가씨였는데 훅 불면 날아가 버릴 것 같은 조그만 여자였습니다. 그런 여자한테 피스톨을 내밀면서 '손들어!' 한다는 게 여간 우습게 생각되지 않았습니다. 그래서 팔짱을 끌고 연행하려고 했죠. 그런데 보면 볼수록 예쁜 여자였습니다. 너무 예뻐서 제가 그만 판단력을 잃어버렸던 것 같습니다. 여자는 완강히 저항했습니다. 이유를 물으면서 체포영장을 보여 달라고 했습니다. 그래서 테러혐의로 체포하는 거라고 했죠. 그래도 거부하면 수갑을 채울 수밖에 없다고 하자 그제야 알았다고 하면서 우산을 접었습니다. 왜 그 때 그 여자가 거기서 우산을 접었는지, 그 행위를 당연히 경계했어야 했는데 저는 그 때 그걸 조금도 이상하게 생각하지 않았습니다. 비가 그친 것도 아니고 비는 계속 내리고 있었는데 차를 세워 놓은데 까지 가려면 백여 미터 이상을 걸어가야 했거든요. 그런데 저는 그 여자가 우산을 접는 것을 아주 당연한 것으로 본 겁니다. 그리고 나서 조금 후에 눈을 찔린 겁니다. 우산을 접자마자 우산 끝으로 갑자기 눈을 찔렀는데 어찌나 번개 같던지 미처 피할 사이도 없었습니다. 정말 번개 같았습니다. 주저앉아서 보니까 그 여자는 아주 침착하게 걸어가고 있었습니다. 구경꾼들이 있었지만 그 여자를 붙잡지 않고 오히려 저를 치한쯤으로 생각하는 것 같았습니다."

"자넨 큰 실수를 한 거야. 그는 1급 테러리스트야."

"그 조그만 여자가 1급 테러리스트라고요? 믿어지지가 않는데요."

"여자가 아니고 남자야. 여장을 한 거라고."

"네에?!"

외눈이 동그래졌다.

"그럴 리가 있습니까? 제가 볼 때는 틀림없는 여자였습니다."

"여자가 아니고 사내야."

"사내가 그렇게 예쁠 수가 있습니까?"

"그게 그자의 특징이고 무기야."

"어쩐지……. 그러고 보니까 우산으로 제 눈을 찌른 솜씨가 남자 이상으로 강했습니다."

"그자의 본명은 엘라 가발라라고 해. 가발라를 모르나?"

"잘 모르겠습니다. 처음 듣는 이름인데요."

파비트나 한심하다는 듯 환자를 내려다보다가

"자넨 이 일을 한지 얼마나 됐지?"

하고 물었다.

"센터에서 일한지는 2년쯤 됐는데 그 동안 본부 자료실에서 일하다가 1주일 전부터 외근으로 돌았습니다. 감시팀에서 일하기 시작한 것은 이틀 전부터입니다."

센터는 CIA를 말하는 그들만의 별칭이었다.

"이 여자에 대해서 아무 말도 못 들었나?"

파비트는 게이의 사진을 흔들어 댔다.

"못 들었습니다."

"기가 막혀서…… 엉망이군."

병원을 나온 파비트는 화가 머리끝까지 치밀어 어쩔 줄을 몰라 했다.

"완전히 풀렸어. 이러니까 게이가 헤엄치고 다니지. 수사요원이 게이에 대해 전혀 사전 지식이 없다니 도대체 말이 되느냐 말이야."

"CIA는 교육도 안 시킵니까?"

"책임의식이 없어. CIA가 매너리즘에 빠진 것은 어제 오늘의 일이 아니야. 썩을 대로 썩었다고 해도 과언이 아니야. 너무 비대해져서 어디가 썩었는지도 모르고 있어. 모두가 책임감이나 의무감도 없고 오로지 돈과 출세만 쫓아 움직이고 있어. 일이 터지고 나면 그 때 가서 호들갑을 떨지만 또 시간이 지나면 도로 매너리즘에 빠지는 거야. 현재 CIA에 가장 무서운 적은 자만심이야. 모두가 자만심에 차서 폼만 재고 있어. 미국은 세계 최강이기 때문에 누구도 건드리지 못할 것이라는 자만심, 그리고 그런 미국에서 세계 최고의 정보기관에 근무하고 있다는 자만심…… 이게 문제야. 모사드처럼 도무지 절박한 게 없어. 미국은 절대 무너지지 않는다는 생각. 이건 거의 신앙에 가까워. 하지만 천만의 말씀이지. 미국도 무너질 수 있어. 언제라도 무너질 수 있어."

파비트는 병원 앞 대리석 계단에 서서 두 손을 흔들며 잔뜩 흥

분해서 말했다. 야잠은 그의 머리 위로 우산을 받쳐 든 채 그를
쏘아보고 있다가

"우리가 큰 실수를 했다는 걸 모르십니까?"
하고 물었다.

"왜 몰라. 가슴이 뻥 뚫린 기분이야."

"바로 옆에 앉아서 커피를 마시고 있었는데도 몰라봤다니 정
말 기가 막힙니다. 우리가 장님이라면 몰라도 어떻게 그럴 수가
있죠?"

강풍에 우산이 뒤집혀지면서 비바람이 두 사람을 후려쳤다.
그들은 허둥지둥 주차장 쪽으로 뛰어갔다.

멕시코 만에서 발생한 허리케인은 플로리다를 초토화시킨 후
동북 방향으로 빠른 속도로 다가오고 있었다. 그 동안 세력이 약
해지긴 했지만 여전히 위력적이어서 마음 놓고 다닐 수 없을 정
도로 강한 바람이 불고 있었다. 차도에는 차들이 길게 늘어서 있
었고 어떤 건물에서는 한쪽이 떨어져 나간 대형 간판이 금방이
라도 떨어질 듯 대롱거리고 있었다. 빌딩에 부딪쳐 회오리를 일
으키며 윙윙 불어 대는 바람소리는 너무도 위협적이어서 거리
를 온통 공포어린 폐허처럼 만들어 놓고 있었다.

"전 그 여자를 한두 번 쳐다본 게 아닙니다. 그렇게 여러 번 훔
쳐보았는데도 몰라보다니 제 눈에 뭔가 씌웠던 것 같습니다."

두 사람 모두 비에 흠뻑 젖어 차에 올랐을 때 야잠이 중단되었
던 이야기를 다시 꺼냈다. 파비트는 손수건으로 비에 젖은 머리
칼을 닦아낸 다음 차에 시동을 걸었다.

"여자가 아니고 남자야."

"하지만 제가 본 것은 완벽한 여자였습니다. 그것도 아름다운 여자였습니다. 도저히 남자라고 볼 수 없는 완벽한 여자였습니다. 속은 남자라도 여자라고 부를 수밖에 없습니다."

"난 자세히 보지 않았어. 게이도 자넬 쳐다보았나?"

"확실하진 않지만 별로 쳐다본 것 같지 않았습니다. 한두 번 쳐다본 것 같기도 한데 잘 모르겠습니다."

"게이를 몰라본 걸 가지고 너무 자책하지 마."

"너무 오래 기다리다 보니까 우리도 긴장이 풀릴 대로 풀려 사람을 못 알아본 겁니다."

"충분히 그럴 수 있는 일이야. 우리 옆에서 게이가 차를 마시고 있을 줄 상상이나 했느냐 말이야. 그 동안 4년이나 흘렀고, 게이는 변신의 천재야. 못 알아본 게 당연해."

"아까 그 흑인 친구는 사진을 보고 알아보지 않았습니까?"

"그 친구의 경우는 우리하고 좀 달라. 그 친구는 가까이서 정면으로 게이를 마주 쳐다보았기 때문에 머리에 인상이 남은 거야. 그리고 사진을 보고 바로 알아본 게 아니야. 한참 동안 들여다보고 나서야 그 여자가 틀림없다고 말했어. 그건 눈으로 맞춘 게 아니고 생각으로 맞춘 거야. 머릿속에서 불확실한 차이를 맞춰 보고나서야 비로소 단정을 내린 거야."

차량들 사이로 가까스로 끼어들었지만 더 이상 차는 앞으로 나갈 수가 없었다.

"신이 그 여자를 잡으라고 저한테 계시를 준 건데 제가 우둔해서 그걸 모른 겁니다. 어떻게 그렇게 적들이 나란히 앉아서 차를 마실 수가 있습니까? 그렇게 기막힌 우연히 있을 수 있을까요?

두 번 다시 그런 식으로 그 여자를 만날 수는 없겠죠?"

"결정적인 순간에 만나게 되겠지. 그 때는 우리가 죽든가 그 자가 죽든가 둘 중의 하나겠지."

"혹시 게이가 우리가 거기서 만나는 걸 알고 따라왔던 게 아닐 까요?"

"그럴 리가 없어. 두 시간 전에 전화로 약속하고 만난 건데 그 자가 그걸 어떻게 알겠어? 그리고 알았다해도 위험한 장소에 나 올 리가 없지."

"그렇군요."

"난 사진을 찍어 댄 청년이 의심스러워. 그 카메라에 우리 모 습이 찍혔을지도 몰라. 지금 생각해 보면 게이가 우리를 알아보 고 그 청년을 시켜 우리 모습을 찍으라고 했는지도 몰라."

"그럼 그 청년도 같은 일당이란 말입니까?"

"이건 어디까지나 가정이야."

"제가 혼자 대령님을 기다리고 있을 때 그 여자는 카메라로 무 역센터를 많이 찍었습니다. 지금 생각하니까 그냥 찍은 게 아니 고 어떤 목적을 가지고 찍은 것 같다는 생각이 듭니다."

"정말이야?"

파비트는 눈을 부릅떴다.

"정말입니다. 다른 것도 찍는 것 같았지만 주목표는 무역센터 인 것 같았습니다."

뒤에서 클랙슨 소리가 요란스럽게 들려왔다. 앞에 서 있던 차 들이 슬슬 움직이고 있었다.

"이제야 목적이 분명해지는군."

"게이가 노리는 게 무역센터입니까?"

"무역센터를 집중적으로 찍었다면 그럴 가능성이 커. 스피너는 바로 무역센터를 공격하는 거야."

파비트는 단정적으로 이야기했다. 야잠은 거기에 대해 더 이상 이의를 달고 싶은 마음이 추호도 없었다. 그 대신 더 이상 우물쭈물하지 말고 서둘러야 한다는 생각이 그를 압박하기 시작했다.

슬픈 게이가 집에 돌아온 시간은 밤 11시가 조금 지나서였다. 그의 몸은 비에 흠뻑 젖어 있었다. 비옷을 입고 우산까지 받쳤지만 거센 비바람에는 속수무책이었다.

그는 맨해튼 남쪽 라파예트 거리와 스프링 거리가 만나는 리틀 이태리 구역에 은신처를 정해 놓고 있었다. 뒷골목에 자리 잡고 있는 허름한 건물의 옥상에 다락방처럼 만들어 놓은 곳에 6개월째 살고 있는 그는 그 곳이 마음에 들어 떠나고 싶은 생각이 별로 없었다. 그러나 지금부터는 그 어떤 것에도 미련을 가져서는 안 된다고 자신에게 타이르고 있었기 때문에 내일은 주인에게 방세를 주고 떠나겠다고 말할 참이었다. 유태계 주인은 방세를 조금이라도 더 받아 낼 요량으로 옥상에다 방을 하나 더 만들어 세를 주고 있었는데, 원룸이긴 하지만 방이 큰데다 시설이 잘돼 있어 그는 꽤 비싼데도 불구하고 그 방을 구했던 것이다.

그는 만일의 경우에 대비해 브루클린의 로렌스 거리에도 원룸을 하나 얻어 놓고 있었다. 재빨리 피해야 할 경우 아무 데나 가서 숨을 수가 없기 때문에 제2의 은신처까지 확보해 두고 있었던 것이다.

바람은 옥상에 있는 것들을 모두 날려 버릴 것처럼 불어대고 있었다. 기상예보에 의하면 태풍은 오늘 밤을 고비로 북동쪽으로 빠져나갈 것으로 예상되고 있었다. 기상예보에 이어 긴급 뉴스가 텔레비전을 통해 흘러나오고 있었다. 아이힝거라는 독일계 여인이 오늘 오후 잔인하게 목이 잘려 살해되었다는 뉴스보도와 함께 사건 현장으로 소호 지역에 있는 한 오래 된 아파트의 내부가 화면에 비춰지고 있었다. 이어서 살인 용의자로 한 동양계 여인의 얼굴이 화면 가득히 나타나고 있었다. 용의자의 이름은 엘라 가발라이고 국적은 프랑스였다.

"……피살자는 독일 국적의 사우디계 여인 한스 아이힝거로 그 동안 국제테러 혐의로 FBI의 감시를 받고 있었던 것으로 알려졌습니다. 한편 살인 용의자는 동양계 20대 여성이자 일급 테러리스트로 현재 수배중인 자로 밝혀졌습니다. 사건을 수사 중인 FBI는 이번 사건을 단순 살인사건이 아닌, 모종의 국제테러 음모가 진행되고 있는 과정에서 발생한 살인사건으로 보고 노란 색 비옷을 입은 용의자의 뒤를 쫓고 있습니다. 한 편 수사관한 명은 용의자를 체포하려다 범인이 휘두른 우산 끝에 눈이 찔려 현재 실명상태에 있다고 합니다."

게이는 현재의 자신의 모습이 텔레비전 화면에 나온 용의자의 모습과 사뭇 다른 것을 보고 다소 안심이 되었다. 하지만 더 이상 마음 놓고 다닐 수는 없게 되었다고 생각했다. 수사진은 이미 노란 색 비옷을 입은 여자와 엘라 가발라를 동일 인물로 보고 있는 이상 앞으로는 살얼음판 위를 걷는 기분으로 여간 조심해서

행동하지 않으면 안 될 것 같았다. D데이가 가까워 올수록 수사
망이 좁혀져 오고 있음을 그는 피부로 확연히 느끼고 있었다. 다
행인 것은 그가 여장 남자라는 사실이 아직 밝혀지지 않은 점이
었다. CIA도 그것은 알 수 없을 것이라고 생각했지만, 혹시 알
고 있으면서도 일부러 공표하지 않는 것인지도 모른다는 생각
이 들기도 했다.

　그 동안 너무 오래 기다리느라고 경계심이 풀린 채 행동한 것
을 그는 후회하고 있었다. 아무리 화장으로 얼굴을 고치고 안경
과 가발로 변장을 한다해도 누군가가 마음먹고 유심히 눈여겨
보면 용의자의 모습을 찾아낼 수가 있을 것이다. 우산에 눈이 찔
린 그 흑인 수사관이 가발라의 사진을 보고 동일 인물임을 알아
본 것이 아닐까.

　가발을 잡아당기자 짧은 머리가 나타났다. 그는 젖은 옷을 모
두 벗은 다음 욕실로 들어가 샤워기를 틀었다. 머리 위로 쏟아지
는 차가운 물에 열기를 식히며 한동안 미동도 하지 않고 가만히
서 있을 때 휴대폰의 벨이 울리는 소리가 가느다랗게 들려왔다.
그는 샤워기를 잠갔다가 도로 틀었다. 전화벨 소리는 한참 동안
울리고 있었다. 그것은 한 번 멈췄다가 다시 울리기 시작했다.
그러나 그는 서두르지 않고 샤워를 계속했다.

　10분쯤 지나 밖으로 나오자 다시 휴대폰이 울렸다. 발신자의
이름이 화면에 나타나 있었다. 그는 잠시 생각하다가 전화를 받
았다.

　"알라 하 아크발……."

　"나…… 아마드요."

부드럽고 점잖은 목소리가 말했다.

"무슨 일입니까, 선생님?"

"뉴스 봤나요?"

"네, 봤습니다."

"아크발의 말이 맞았어요. 오리온을 제거하지 않았으면 작전이 실패로 돌아갈 뻔 했어요. 우리 쪽 피해도 컸을 것 같고……. 당신은 정말 뛰어난 예지력을 가졌어요."

"감사합니다. 저는 본능적으로 움직였을 뿐입니다."

"그 본능이 탁월하다는 거요."

칭찬 따위는 듣기 싫다고 말하고 싶은 것을 그는 참았다.

"앞으로는 마음 놓고 통화하는 것도 어렵게 됐습니다. 아주 간단히 필요한 말만 해야 합니다. 미국의 감시망은 전 지구를 덮고 있습니다. 말씀드렸던 대로 저는 독자적으로 행동하기로 했고, 그래서 연락도 끊을 생각입니다."

"알겠소. 아크발의 판단은 옳았지만 그 대신 잃은 것도 있어요. 당신의 정체가 드러난 것은 유감이오."

"언젠가는 밝혀질 거라고 생각했습니다. 그것이 조금 앞당겨졌지만 저는 걱정하지 않습니다. 이미 작전은 시작되었고, 그 누구도 저를 막을 수 없습니다. D데이까지는 무사히 견딜 수 있습니다."

"아크발, 독자적인 행동은 허락할 수 없소."

아마드의 목소리가 갑자기 엄숙해졌다.

"이유가 뭡니까? 목적만 달성하면 되지 않습니까?"

"당신에게 '스프링 작전' 전체의 지휘권을 맡기기로 했소. 당신이 4개 팀 모두를 책임지고 관장하고 구체적인 지시를 내리시오. 이건 당신에 대한 나의 신뢰의 정도가 얼마나 큰가를 말해 주는 거요."

스프링 작전은 봄은 오지 않을 것이 다를 의미하는 말이었다.

"그건 안 됩니다. 저는 단독 행동이 좋습니다. 혼자서 그것을 충분히 파괴할 수 있습니다."

"만일 그것 하나만 파괴하고 나머지는 실패한다면 어떻게 할 거요? 나는 4개 팀이 모두 성공하기를 바라고 있소. A만 파괴하면 별 의미가 없소. ABCD 모두를 남김없이 파괴해야 해요. 완벽한 파괴, 그것이 내가 바라는 거요."

"다른 팀들도 성공하리라고 봅니다."

"그들은 아크발만큼 우수하지 못해요. 아크발가 관장하지 않으면 실패할 가능성이 커요. 벌써 내분이 일어나 갈팡질팡하고 있어요. 아크발가 맡아 주시오. 다른 사람들한테는 이미 당신의 지휘를 받으라고 지시를 해 놨어요."

"그건 곤란합니다. 저는 A만으로도 벅찹니다. 나머지 세 개까지 책임진다는 것은 제 능력 밖이라 안 됩니다."

"아크발, 당신은 충분히 할 수 있어요. 당신의 능력은 오리온보다도 훨씬 뛰어나요."

"왜 갑자기 이런 결정을 내리신 겁니까? 저를 시험하시는 겁니까?"

"시험하는 게 아니오. 이런 결정을 내리게 된 첫 번째 이유는 당신이 오리온을 제거했기 때문에 그 자리를 당신이 책임지라는 거요. 오리온이 갑자기 사라지는 바람에 실질적인 책임자가 없어 관리와 지휘에 혼란이 일어나고 있어요. 거기에 대해 책임질 사람은 당신밖에 없어요. 또 한 가지 이유는 당신의 탁월한 판단력과 과감한 행동성을 높이 산 거요. 그 점에서 우리 조직원 중에는 아크발 만한 인물이 없어요. 세 번째 이유는 아크발에 대한 신뢰감이오. 당신은 정체가 드러나 위험한 처지에 놓여 있어요. 만일 다른 사람 같으면 의당 제거 대상이 됐을 거요. 하지만 당신을 처단하지 않고 오히려 중책을 맡기는 것은 아크발 당신을 그만큼 신뢰하기 때문이오. 내 신뢰감을 저버리지 마시오."

잠시 침묵이 흘렀다. 게이는 판단력이 빨랐다.

"만일 제가 거절하다면 어떻게 하시겠습니까?"

"이번 작전에서 제외될 거요. 그리고 명령을 거역한데 대해 처벌을 받게 될 거요."

그 처벌이란 죽음을 의미한다는 것을 게이는 잘 알고 있었다. 그러나 그것이 무서워서 자신이 명령에 복종하는 것은 아니라고 게이는 생각했다. 그는 이번 작전에 자신이 참가하는 것은 운명이라고 생각하고 있었다. 때문에 거기서 제외되는 것을 참을 수가 없었다.

"알겠습니다. 선생님의 말씀에 따르겠습니다."

"고맙소. 신의 가호가 따를 것이오."

"그 대신 몇 가지 제안할 것이 있습니다."

"말해 보시오."

"저는 계획을 조금 수정할 생각입니다. 각 팀도 새로 점검해서 부족한 점이 있으면 보완할 생각입니다. 그러려면 준비할 시간이 필요합니다. 따라서 작전 일자를 1주일 정도 늦췄으면 합니다."

"정확히 며칠을 말하는 거요?"

"전화로는 말씀드릴 수 없습니다."

"그럴 테지. 수년을 기다려왔는데 1주일 정도를 못 참겠소. 작전일자는 아크발이 알아서 하시오."

"감사합니다. 그리고 30만 달러가 필요합니다."

"알겠소. 계좌로 송금하라고 하겠소."

아마드는 아무 것도 묻지 않고 쾌히 승낙했다.

"그리고 저한테 전권을 위임한 이상 그 누구도 간섭해서는 안 됩니다."

"간섭하지 않겠소."

"다시 말씀드리지만 이 시간 이후부터는 일절 연락을 두절하고 독자적으로 행동할 것입니다. 저한테 연락하려고 하지 마십시오. 그 대신 지원이 필요하면 제가 연락하겠습니다. 세부적인 계획은 비밀이기 때문에 선생님한테도 알려 드릴 수 없습니다."

"알겠소. 오로지 성공하기만을 빌겠소."

"마지막으로…… 작전이 성공하면 제 이름을 거론하지 마십시오. 죽은 저를 영웅으로 만들 생각은 하지 마십시오. 다른 전사들은 영웅으로 만들어 주셔도 좋지만 저는 안 됩니다. 저는 작전에 참가하지 않은 것으로 해 주십시오. 이 세상에서 조용히 사라지고 싶습니다."

유난히 길고 무거운 침묵이 흐른 뒤 아마드가 엄숙하게 입을 열었다.

"알라신이 당신을 보호할 것이오."

세계무역센터

CIA본부, 2001년 7월 19일 오후 7시 18분.

세 군데에 설치되어 있는 검색 문을 통과하자 파비트는 비로소 CIA를 지휘하고 있는 국장실 앞에 도착할 수가 있었다. 그러나 마지막으로 통과해야 할 코스 하나가 그를 가로막고 있었다. 다름 아닌 비서실이었다. 그는 여비서에게 자신의 이름을 댄 후 들고 온 가방을 내려놓고 잠시 기다렸다가 안내를 받고 안으로 들어갔다.

블랙은 와이셔츠 바람으로 창가에 서서 기울어진 햇빛을 받아 검게 빛나는 무성한 숲을 바라보고 있다가 인기척에 고개를 돌렸다.

"어서 오게. 오랜만이군."

그는 파비트에게 다가와 손을 내밀었다.

"그 동안 안녕하셨습니까?"

파비트는 블랙과 악수하면서 최대한 예의를 갖추려고 했다.

CIA를 지휘하고 있는 책임자의 방답게 실내는 크고 장중한 분위기를 풍기고 있었다. 벽은 진한 커피색의 목재로 마감이 되어 있었고 한쪽 벽면은 서가로 채워져 있었다. 그 맞은 편 벽면에는 거대한 세계지도가 걸려 있었고, 그 앞에는 지름이 1미터쯤 되는 지구의가 놓여 있었다. 또 다른 벽면에는 현직 대통령의 큼직한 초상화와 함께 역대 CIA 국장을 지낸 인물들의 사진이 걸려 있었다.

마호가니로 만든 책상은 가로 길이가 2미터 50센티쯤 될 정도로 커 보였고, 그 위에는 다섯 대의 전화기가 가지런히 놓여 있었다. 책상 뒤쪽에는 성조기와 CIA마크기가 세워져 있었다.

파비트가 블랙을 마지막으로 만난 것은 4년여 전인 97년 5월이었다. 빈 라덴을 제거하기 위한 초승달 작전에 대해 차 안에서 블랙으로부터 최종적으로 승인을 받고 헤어진 이후 그 동안 한번도 만나지 못했던 것이다. 작전이 실패로 돌아가자 그는 블랙을 대할 면목이 없었고, 블랙 역시 그를 찾지 않았다. 작전이 실패로 돌아간 직후 두 사람은 전화통화를 한 번 한 적이 있었다. 그 때 블랙이 한 말을 파비트는 결코 잊지 않고 있었다.

"5백만 달러를 날린데 대해 각하한테 뭐라고 변명해야 할지, 그리고 국회에서 뭐라고 둘러대야 할지 그걸 생각하고 있는 중이야. 언젠가는 실패를 만회할 수 있는 기회가 올 테니까 너무 억울해 하지 말고 그 때까지 기다리게. 빈 라덴은 아직 신으로부터 버림받지 않은 모양이야."

블랙이 말한 5백만 달러의 내력은 이런 것이었다. CIA는 초승달 작전에 동원된 파슈툰족에게 선금으로 150만 달러를 지불했었다. 작전이 성공할 경우 추가로 나머지 150만 달러를 지불하기로 되어 있었다. 그에 앞서 그들을 훈련시키는데도 2백만 달러의 비용이 들었었다. 그리고 작전이 실패로 돌아간 뒤 파슈툰족들이 대량 학살의 보복을 받은데 대한 위로금으로 나머지 150만 달러를 추가 지불했던 것이다.

"실패를 만회하려고 찾아온 것은 아닙니다."

블랙은 눈을 휘둥그렇게 떴다가 그의 말뜻을 알고는 껄껄거리고 웃었다. 그는 자기가 4년 전 파비트에게 해 주었던 말을 기억하고 있었다.

"그 말을 기억하고 있나?"

블랙은 부하에게 자리를 권하면서 책상 앞에 다가앉았다.

"한 시도 잊은 적이 없습니다."

파비트는 책상 앞에 놓여 있는 의자에 앉았다. 블랙은 시가에 불을 붙인 다음 그를 지그시 바라보았다.

"부시가 클린턴의 정책 가운데서 가장 충실하게 계승 발전시키고 있는 게 뭔지 아나?"

"여자관계는 아닐 테고…… 잘 모르겠습니다."

"금연정책이야. 부시가 집권하면서 금연구역이 더 늘어나고 있어. 하지만 두 대통령도 나를 막지는 못해."

클린턴 대통령은 미국 내 모든 공공기관 내에서의 흡연을 강력히 규제했는데 부시 대통령은 한수 더 떠 일반 건물에까지 금연을 확대했다. 레스토랑은 물론 카페와 나이트클럽까지 금연을 실시하는 바람에 애연가들은 실외가 아니면 담배를 피울 데가 없었다. 그런데도 그것을 무시하고 블랙은 자기 방에서 태연히 시거를 피우고 있었다.

"자넨 지금 어디서 활동하고 있지?"

훤히 알면서도 일부러 묻는 것이라고 파비트는 생각했다.

"워싱턴과 뉴욕을 자주 오가고 있지만 주 활동 무대는 뉴욕입니다."

"무슨 일을 하고 있지?"

"대테러 부서에서 일하고 있습니다."

블랙이 시침을 떼고 능청을 떠는 이유를 그는 알 수가 없었다.

실내에는 담배연기가 푸르스름한 빛을 띠며 떠돌고 있었다. 담배 냄새가 마치 꽃향기처럼 코끝을 간질이고 있었다.

"자네의 뛰어난 능력이 인정받지 못하고 있는 것은 유감이야. 빈 라덴 부대장으로서 자넨 상승세를 타고 있었어. 그런데 빈 라덴 때문에 덫에 걸린 거야. 놈을 제거하는데 성공했으면 자넨 지금쯤 별을 달고 간부회의에 참석할 수 있었을 거야. 초승달 작전은 자네한테 치명타를 안겼어. 누군가가 책임을 져야 했고, 자넨 그 작전의 지휘자로서 책임을 면할 수가 없었어. 5백만 달러를 날려 버린데 대한 책임 추궁은 아주 집요했어."

"죄송합니다."

블랙은 의자를 좌우로 돌리다가 멈추면서 후우하고 담배연기를 내뿜었다.

"지금 와서 그 이야기를 하고 싶지는 않겠지. 그건 그렇고 실패를 만회하려고 찾아온 게 아니면 뭐지?"

상체를 뒤로 젖히며 블랙이 물었다.

"아주 중요한 정보를 가지고 왔습니다. 직접 말씀을 드리는 것이 좋을 것 같아서 절차를 생략하고 이렇게 찾아온 겁니다."

"비밀스럽고 긴급한 일이라면 그렇게 하는 것이 효율적이지. 그보다는 사실 난 자네 얼굴이라도 한 번 보고 싶었어."

"감사합니다. 저기…… 슬픈 게이에 대해 보고는 받으셨습니까?"

"받았지. 양성을 가진 테러리스트라고 하더군."

"성은 남성이 분명한데 외모가 여자 뺨칠 정도로 아름답습니다. 그래서 여장을 하고 다니면서 지금까지 두 건의 살인을 저질 렀는데, 밝혀진 것만 그렇지 드러나지 않은 살인이 몇 건이나 더 있는지는 알 수가 없습니다. 두 건의 살인은 모두 잔인하게 목을 잘랐습니다. "

"사진을 봤는데 정말 참혹하더군."

"몸이 조그마한데다 얼굴까지 예뻐서 테러리스트의 이미지하 고는 너무 다릅니다. 그게 그자의 장점입니다. 그자 앞에서는 모두가 경계심을 풀고 엉뚱한 생각을 품기가 십상입니다. 겉모 습만 봐서는 그자가 1급 테러리스타라고는 감히 상상조차 할 수 가 없습니다."

"그자는 지금 어디 있지?"

"아주 가까운 곳에 있을 겁니다."

"그런데도 체포하지 못하나? 사진까지 있는데도 체포하지 못 하나?"

"그게 쉽지가 않습니다."

"그자가 가까운 곳에 있을 거라고 생각하는 이유는?"

블랙의 눈에서 미소가 사라지고 있었다.

"그자는 조만간에 무역센터를 공격할 것 같습니다. '봄은 오지 않을 것이다'가 무역센터를 노리는 암호명이란 것이 거의 분명해졌습니다."

"그렇게 보는 근거가 있나?"

"네, 있습니다."

파비트는 비바람이 치던 7월 17일에 일어났던 일들을 이야기하기 시작했다.

무역센터 앞에서 게이를 알아보지 못한 것으로부터 시작해서 게이가 카메라로 무역센터 건물을 집중적으로 찍은 일, 감시 카메라에 잡힌 아이힝거 아파트 안에서의 게이의 움직임, 아이힝거를 살해한 후 게이가 아마드와 통화한 도청 내용, 흑인 요원이 거리에서 게이를 체포하려다 오히려 눈을 찔려 실명한 일, 아이힝거 피살현장 등을 소상히 이야기했다.

"일본에서 확보한 게이의 지문과 아이힝거 피살현장에서 확보한 범인의 지문이 일치했습니다. 그자가 슬픈 게이라는 데는 더 이상 의심의 여지가 없습니다."

"왜 그자는 사건 현장에 자기 지문을 남기고 다니지? 지문을 남겨서는 안 된다는 것은 잘 알고 있을 텐데?"

"저도 그 점을 이상하게 생각했는데…… 어쩌면 죽음을 앞두고 그런 것이 필요 없다고 생각했는지도 모릅니다. 어차피 조만간에 죽을 거니까 지문 같은 것을 남긴들 어떻게 하겠는가. 체포되기 전에 자기는 죽을 거라고 생각했는지도 모릅니다. 제 생각이 맞다면 죽음에 대한 그의 의지를 엿볼 수 있는 부분입니다. 도망다니는 기간이 길다면 지문을 남기지 않는 등 추적을 피하려고 노력했을 겁니다. 하지만 그 기간이 짧기 때문에 굳이 그럴 필요성을 못 느꼈는지도 모릅니다. 그것은 곧 조만간에 그가 자살 테러를 일으킬 것이라는 것을 의미합니다."

무거운 침묵이 꽤 한참 동안 계속되었다. 블랙은 팔짱을 낀 채 골똘히 생각에 잠겨 있다가 불이 꺼진 시거에 다시 불을 붙였다.

"지난 4년 동안 그를 추적했지만 흔적도 찾을 수가 없었습니다. 그 동안 아주 깊숙이 잠복해 있었던 게 분명합니다. 하지만 마침내 놈이 움직이기 시작했습니다. 경비가 허술해진 틈을 타서 마침내 움직이기 시작한 겁니다. 그것도 눈에 띌 정도로 아주 활발히 움직이고 있습니다."

"그렇게 경비가 허술해졌나?"

"지난 몇 년 동안 미국 내에서의 이슬람 테러에 대한 대책은 아주 적극적이고 또 철저했습니다. 그 바람에 미국 내에서의 테러를 노리는 게이 같은 테러리스트들은 꼼짝할 수가 없었습니다. 테러 용의자들은 가차 없이 체포됐고, 미국으로 들어오는 모든 공항과 항만, 그리고 국경 도로에는 물샐틈없는 경비망이 펴져 있었습니다. 그런데 그와 같은 긴장상태가 너무 오래 지속되다 보니 모두가 지치고 회의가 일기 시작했습니다."

"국회에서 먼저 긴장이 풀리기 시작했어. 의원들이 예산 낭비라면서 불만을 쏟아내기 시작하더니 대테러 대책 예산을 대폭, 그것도 10분의 1로 감축해 버렸어. 형편없는 작자들 같으니. 현재 미국의 경비망은 구멍이 뻥 뚫린 상태일 걸."

"알고 계시는군요. 얼마 전 공항 경비상태가 어느 정도인지 시험해 보려고 다리에다 피스톨을 숨기고 케네디 공항 검색 대를 지나갔는데 검색에 걸리지 않고 무사히 통과했습니다. 저는 그걸 보고 큰 일 났다고 생각했습니다."

"무역센터를 노리는 게 확실할까? 게이가 무역센터를 집중적으로 사진을 찍었다고 해서 그 곳을 노린다고 할 수 있을까?"

블랙은 상체를 앞으로 숙이면서 파비트를 응시했다.

"백 퍼센트는 아니지만 90퍼센트 정도는 확실하다고 생각합니다."

"무역센터는 93년에도 폭탄테러가 있었어. 건물에 폐해를 주지 못하고 실패로 끝났는데 또 그걸 노릴까? 다른 어떤 건물보다도 경비가 삼엄하다는 걸 알 텐데?"

"그건 그렇습니다. 하지만 무역센터가 가지고 있는 상징성이 있습니다. 무역센터는 미국 자본주의의 상징이자 미국의 심장입니다. 다른 어떤 건물보다도 상징성이 크기 때문에 그걸 파괴할 경우 극적효과를 볼 수가 있습니다. 그리고 일일 상주인구와 관광객 수가 10만이 넘기 때문에 인명 피해를 최대화할 수 있습니다."

"그렇긴 해. 하지만 백악관이나 자유의 여신상, 케네디 공항 같은 곳도 있지 않나?"

"하지만 인명피해를 노린다면 그런 곳들은 무역센터에 비할 바가 못 됩니다."

"자네 말처럼 무역센터가 목표라면 어떤 식으로 공격한다는 거지? 또 폭탄테러를 할건가?"

거기서 파비트는 잠시 머뭇거렸다. 그것은 뭐라고 단정을 내리기가 어려운 문제였다. 하지만 가능성을 짚어 볼 수 있는 여지는 충분했다.

"지난 93년에 발생한 무역센터 폭탄테러는 실패로 끝났습니다. 실패로 끝난 뒤 그들은 그 원인을 꼼꼼히 분석했을 겁니다. 그 결과 무역센터가 워낙 견고하게 지어졌기 때문에 전처럼 건물 안에서 폭탄을 터뜨려서는 건물이 무너지지 않을 거라는 것을 알았을 겁니다. 경비가 삼엄한 건물 안으로 들어가 폭탄을 설치하는 것도 어려운 일입니다. 그렇다면 틀림없이 다른 방법을 생각했을 겁니다. 방해를 받지 않고 건물을 폭파할 수 있는 방법 말입니다."

"그게 뭐지?"

"가장 확실한 것은 비행기를 몰고 와서 무역센터에 충돌하는 겁니다. 기름을 가득 실은 비행기가 무역센터에 충돌하면 그 자체가 가공할 위력을 지닌 미사일이 되는 겁니다."

블랙은 두 눈을 크게 떴다가 웃기지 말라는 듯 쓴 웃음을 지으며 고개를 흔들었다.

"그건 상상 속에서나 할 수 있는 만화 같은 이야기야. 현실적으로 불가능해."

"그렇지 않습니다."

파비트는 단호하게 말했다. CIA라는 거대한 조직에서 파비트 같은 요원은 눈에 띄지도 않는 하루살이 같은 존재에 지나지 않았다. 그에 비해 블랙은 CIA를 움직이는 황제 같은 존재였다. 그 앞에서 하루살이 같은 존재가 단호한 태도로 감히 자기 의견을 주장한다는 것은 생각할 수도 없는 일이었다. 황제가 불손하다고 생각하고 상대를 안 하게 되면 그것으로 대화는 끝나는 것이었다. 그것이 신상에 어떤 영향을 미칠지는 황제 이외에는 누구도 모르는 일이었다. 그러나 블랙의 얼굴에는 불쾌한 기색이 보이지 않았다. 비록 그가 불쾌하게 생각했다해도 파비트는 뒤로 물러서지 않았을 것이다. 여기서 물러서면 상상할 수도 없는 엄청난 재앙이 닥칠지도 모른다는 위기감이 그로 하여금 앞뒤를 가리지 않게 만들었던 것이다. 앞에 버티고 있는 황제가 문제가 아니었다. 문제는 미국의 심장부가 강타 당할지도 모르는 위기의 순간이 시시각각 다가오고 있다는데 있었다.

"어떤 이유로 그렇지 않다는 거야?"

시가 연기를 공중으로 내뿜으면서 블랙이 여유 있는 태도로 물었다. 하지만 그가 긴장하고 있다는 것을 파비트는 느낄 수가 있었다.

"비행기 충돌로 목표를 공격하는 행위는 이미 2차 대전 때 일본 공군이 많이 써먹었습니다. 이른바 가미가제 공격이 그것입니다. 그리고 95년에 일어날 뻔 한 보진카 계획에도 비행기 충돌 공격은 들어 있었습니다. 슬픈 게이는 그 때 대형 여객기를 몰고 CIA본부를 공격할 계획이었고 무라드라는 자는 펜타곤을 공격하기로 되어 있었습니다. 그것을 위해 게이와 무라드는 비행기 조종 훈련까지 받은 것으로 밝혀졌습니다. 그리고 다른 대원들은 10대의 여객기를 납치해서 공중 폭파할 계획이었습니다. 이처럼 그들은 오래 전부터 가미가제식 공격을 계획하고 있었습니다."

"그건 나도 알아. 하지만 현실적으로 그건 불가능해."

블랙은 고개를 설레설레 흔들었다.

"왜 불가능하다는 겁니까?"

파비트는 물러서지 않고 따지듯 물었다.

"워싱턴과 뉴욕을 커버하는 방공망은 새 한 마리 뚫고 들어올 수 없을 정도로 촘촘한 그물망으로 짜여 있어. 관제사의 허락을 받지 않고 항로를 이탈하여 워싱턴 상공이나 뉴욕 상공에 뛰어들면 레이더 스크린에 즉각 나타나게 돼 있어. 관제탑의 통제를 받지 않고 발신음도 보내지 않은 채 멋대로 날아간다 해도 레이더 스크린에는 조그만 초록색으로 나타나게 돼 있어. 그것을 보고 관제사는 비상사태로 간주하고 비상버튼을 누르게 돼 있고, 그것은 연방항공국(FAA)을 거쳐 국가군사령부센터(NMCC)로 즉시 연결돼 수분 안에 공군 요격기가 출동해. 이건 한마디로 말하면 비행기 저지 자동 시스템이야. 이 시스템은 아주 완벽하게 구축되어 있어. 그런데 어떻게 150톤이나 되는 여객기를 몰고 뉴욕 하늘로 날아와 무역센터를 들이받겠다는 거야? 현실적으로 도저히 불가능한 이야기야. 위스키 한 잔 하겠나?"

"네, 주십시오."

블랙은 시거를 재떨이에 비벼 끈 다음 자리에서 일어나 옆방으로 들어가더니 잠시 후 글라스 두 개에 얼음과 위스키를 담아 가지고 돌아왔다.

"좀 피곤할 때는 위스키가 제일이야. 나한테는 이게 정력제인 것 같아."

잔 하나를 파비트 앞에 내려놓은 다음 그는 창가로 가서 기대

섰다.

"어디까지 이야기했지?"

"비행기 저지 자동시스템이 완벽하기 때문에 무역센터 공격은 불가능하다고 말씀하셨습니다."

"응, 그래. 거기에 대해 자넨 어떻게 생각하지? 자넨 그걸 믿고 싶지 않겠지?"

파비트는 잔을 흔든 다음 위스키를 한 모금 마셨다.

"그와 같은 완벽한 시스템을 의심하는 건 아닙니다. 목숨을 걸고 덤비면 그런 시스템도 어이없이 구멍이 뚫릴 수 있다는 것을 말씀드리고 싶습니다. 예를 들면 문 앞에 방책을 세워 놓고 무장 병력이 삼엄한 경비를 서고 있어도 폭탄을 실은 트럭이 돌진해 와서 폭탄을 터뜨리면 속수무책입니다."

"납치된 비행기가 뉴욕 상공에 들어오자마자 공군 요격기가 격추시켜 버릴 텐데 속수무책이라고 할 수 있나?"

"바로 거기에 문제가 있습니다."

"어떤 문제가 있다는 거야?"

블랙은 잔을 흔들면서 그에게서 눈을 떼지 않았다. 얼음이 잔에 부딪치는 소리가 달그락달그락 들려왔다.

"공군 요격기가 승객을 가득 태운 민간 여객기를 격추시키는 것은 그렇게 간단하지가 않을 겁니다. 더구나 그 비행기가 다른 나라가 아닌 우리 미국 비행기일 경우에는 격추시킨다는 것이 여간 어려운 일이 아닐 겁니다."

"쉬운 일은 아니지."

블랙은 술을 쭉 들이켰다.

"민간인을 태운 여객기가 정상 코스를 벗어나 비행 금지구역에 들어왔다고 해서 요격기가 즉각 그 여객기를 격추시키는 일은 결코 없을 겁니다. 적어도 한참 동안 경고를 하고 듣지 않으면 위협사격 정도는 하겠지만 곧바로 격추시킬 수는 없을 겁니다. 여객기를 격추시키려면 국방장관이나 국무장관, 또는 대통령의 재가를 받아야 할 겁니다. 전투기 조종사가 멋대로 결정해서 격추시킬 수는 없습니다. 방공을 책임지고 있는 사령관도 결정을 못 내리고 상부의 지시를 기다릴 수밖에 없을 겁니다. 여객기를 격추시킨다는 것은 그렇게 간단한 일이 아니라고 봅니다."

블랙은 책상 앞으로 다가와 앉더니 고개를 끄덕였다.

"맞아. 그건 그래. 아까 내가 한 말은 그냥 원칙을 이야기한 것뿐이야. 비행금지 구역에 들어온 비행기는 그 종류가 무엇이든 전투기의 유도나 경고를 듣지 않으면 무조건 격추시키도록 돼 있어. 원칙은 그렇게 돼 있지만 승객을 가득 태운 여객기를, 그것도 미국 국적의 여객기를 격추시키는 것은 쉬운 일이 아니야. 그 결정을 내리는 일은 미합중국 대통령만이 할 수 있는 일이야. 엄청난 비극을 초래할 결정인데 대통령이 아니고 누가 결정을 내리겠나."

"대통령도 쉽게 결정을 못 내리지 않을까요?"

"그야 물론이지. 하지만 더 큰 희생을 막기 위해서는 어떻든 결정을 내려야겠지. 그 때 처음으로 자기가 대통령이 된 것을 후회하겠지."

"대통령이 여객기 격추 명령을 내리기까지는 시간이 얼마나 걸릴까요?"

"적어도 30분 이상은 걸릴 거야. 관제사의 연락을 받고 요격기가 출격하기까지의 시간, 그리고 대통령이 상황을 보고받고 비상참모회의를 소집하기까지의 시간, 마지막으로 결정을 내리기까지의 시간…… 그런 과정을 감안하면 적어도 30분 이상은 걸릴 거야. 한 시간 이상도 걸릴 수가 있지."

"그러면 계산이 나옵니다."

파비트는 조금 남아 있는 술을 마저 들이켰다.

"계산이라니? 무슨 계산 말이야?"

"게이는 30분에서 한 시간 정도의 비행을 계산하고 있을 겁니다. 일단 비행기를 납치해서 무역센터에 충돌하기까지의 비행 시간 말입니다. 그 이상 납치 비행을 계속하면 결국 격추될 것이 분명하기 때문에 자신이 벌 수 있는 시간을 30분에서 한 시간 정도로 보고 계획을 짰을 겁니다."

"음…… 가능한 이야기야. 격추를 피하려면 그래야겠지. 아주 좋은 지적을 해 주었어."

블랙이 비로소 자신의 말을 인정해 주고 있다고 생각하자 파비트는 기분이 한결 좋아졌다.

"놈이 어떤 여객기를 선택할 것인가는 대강 다음과 같은 점들을 생각해 보면 알 수가 있을 겁니다. 첫째 그 여객기는 대형이어야 합니다. 그래야 승객을 많이 태울 수가 있습니다. 둘째 장거리 코스 비행기여야 합니다. 왜냐하면 기름을 많이 실을 수가 있기 때문입니다. 미국 내에서 최장 거리는 대륙횡단 코스입니다. 그러니까 동부에서 서부로 가는 여객기를 택할 가능성이 가장 크다고 볼 수 있습니다."

"음, 그럴듯한데······."

블랙은 미간에 주름을 모으며 고개를 끄덕였다.

"워싱턴이나 뉴욕, 또는 보스톤을 출발하여 로스앤젤리스, 샌프란시스코, 시애틀로 향하는 비행기를 노릴 거라고 생각합니다."

"서부에서 동부로 가는 비행기는 어떤가?"

"그건 게이가 기내에 머무는 시간이 너무 길기 때문에 피할 거라고 봅니다. 이를테면 로스앤젤리스를 출발한 비행기가 뉴욕에 도착하려면 다섯 시간 정도 걸리는데 탑승한 직후에 비행기를 납치하든 나중에 뉴욕에 가까워졌을 때 납치하든 간에 기내에서 견뎌야 하는 비행시간이 너무 깁니다. 그건 그만큼 위험에 노출되는 시간이 길어진다는 것을 의미하기 때문에 동부에서 서부로 비행하는 여객기는 납치 대상이 될 가능성이 적다고 생각합니다. 그 대신 동부에서 서부로 출발하는 비행기는 뉴욕이 가깝기 때문에 출발하자마자 비행기를 납치한다면 무역센터에 충돌하기까지 비행시간이 별로 많이 걸리지 않습니다. 비행시간을 줄이기 위해 대략 한 시간 이내에 비행기를 납치할 것이고, 항로를 바꾸어 곧장 무역센터를 향해 날아갈 것입니다. 그렇게 해서 통제 불능 상태에 빠진 여객기가 무역센터에 충돌하기까지는 다시 한 시간쯤 걸릴 겁니다. 그러니까 여객기가 출발해서 무역센터에 충돌하기까지는 모두 두 시간쯤 걸리는데, 이건 최대한 잡아 본 시간입니다. 빠르면 한 시간 이내에도 작전이 종료될 수 있을 겁니다. 아무튼 게이는 최단 시간 내에 작전을 끝낼 수 있는 여객기를 노리고 있을 거라고 생각합니다. 그러려면 뉴욕을 중심으로 그 부근의 공항에서 출발하는 여객기가 피랍될 가능성이 가장 큽니다."

블랙은 가만히 그를 응시하다가 몸을 일으키면서

"한 잔 더 하겠나?"

하고 물었다.

"네, 좋습니다."

블랙이 자리를 뜬 사이 파비트는 게이가 시간을 최대한 단축할 수 있는 항공노선은 어떤 것일까 하고 생각했다. 그러나 그는 항공노선을 정확히 알 수가 없어 더 이상 생각을 진전시킬 수가 없었다.

"자네 이야기를 듣고 나니까 온몸에 소름이 끼치는데."

블랙은 아예 위스키 병을 들고 와서 잔에다 술을 따랐다.

"제 이야기가 비현실적으로 들릴까 봐 걱정됩니다."

"아니야. 아주 설득력이 있는 이야기야. 충분히 이해가 돼."

"국장님한테는 이해가 되겠지만 다른 사람들은 어떻게 생각할지 모르겠습니다."

"아무리 옳은 이야기를 해도 전혀 먹혀들지 않은 사람들이 있어. 그런 사람들은 다른 의견을 제시해서 시비를 거는 것이 몸에 배어 있어. 백악관은 물론 국무부와 펜타곤에도 그런 사람들이 진을 치고 있어. 국회는 더 심하지."

블랙은 입가에 묻은 술을 혀로 핥았다. 파비트는 이 정도면 충분하다고 생각했다.

"부탁이 있습니다."

"말해 보게."

"무역센터 주위에 비상경계망을 펴고 가능한 한 사람들의 출입을 통제 해 주십시오. 테러가 발생했을 경우 피해를 최대한 줄이려면 일차적으로 그 방법밖에 없습니다."

그의 말이 끝나기 무섭게 블랙은 술잔을 내려놓으면서 손을 내저었다.

"그건 현실적으로 불가능해. 언제 일어날지 모르는 테러 때문에 그 곳에 상주하는 사람들의 출입까지 막을 수는 없어. 분명히 말하는데 그건 어려워."

"어려운 건 알고 있습니다. 하지만 수천수만의 인명이 희생되는 것을 알고 있으면서도 그대로 방임한다는 것은……."

파비트의 말이 채 끝나기도 전에 블랙이 손을 흔들어 그를 제지했다.

"이 봐. 무역센터에는 아까도 말했지만 그 곳에서 근무하는 인원이 자그마치 5만 명이 넘어. 그뿐인 줄 알아? 일일 관광객이 또 5만이 넘어. 많을 때는 7만 명까지 이를 때가 있어. 그러니까 매일 10만 명 이상이 그곳을 드나들고 있어. 그들을 어떻게 막는다는 거야? 상주하고 있는 직원들을 모두 내쫓고 관광객들의 접근을 차단시키면 가능하지. 하지만 언제 일어날지도 모르는 테러에 대비한다고 그런 조치를 취할 수 있겠어? 테러 날짜가 정해져 있다면 하루 이틀 정도 무역센터 전체를 폐쇄시킬 수 있겠지. 어떻든 그 곳을 출입하는 사람들을 전면적으로 통제한다는 것은 현실적으로 불가능해."

"그렇다면 관광객들만이라도 통제해 주십시오. 그건 가능하지 않습니까?"

블랙은 심각한 표정으로 한참 동안 입을 다물고 있다가

"그것도 쉬운 일은 아니야. 하지만 해 보지. 그 친구들이 말을 들을지 모르겠지만……."

파비트는 굳이 그가 말하는 그 친구들이 누구인지는 묻지 않았다. 하지만 그들이 권력을 행사할 수 있는 위치에 있는 사람들이라는 것은 물어보나마나 한 일이었다.

"또 부탁드릴 게 있습니다. 비상경비체제로 전환시켜 주십시오. 미 전역을 비상체제로 하기가 어렵다면 적어도 뉴욕을 중심으로 보스턴과 워싱턴, 디트로이트, 피츠버그까지를 통제할 수 있는 체제가 즉시 이루어져야 합니다. 이 구역 안에서 출발하고 도착하는 모든 비행기의 승객들에 대해서는 아주 엄격한 체크가 이루어져야 하고, 허락 없이 정상 코스를 이탈하거나 이상한 조짐을 보이는 비행기에 대해서는 즉각 전투기를 출동시켜 격추시켜야 합니다. 여기서 가장 중요한 것은 절대 시간을 끌어서는 안 된다는 점입니다. 머뭇거리면서 시간을 끄는 사이 게이는 무서운 속도로 날아와 무역센터에 돌진할 것입니다."

다시 침묵이 흘렀다. 너무 무겁고 조용해서 살얼음판 위를 걷는 기분이었다.

"어려운 문제야. 뉴욕 부근의 경계를 강화하는 것은 내가 강력하게 주장해 보겠지만…… 여객기를 즉시 격추시키는 문제는 결국 각하의 몫이야. 잘못하다가는 대통령 자리까지 위험해져. 과연 각하를 비롯해서 그 사람들이 그런 위험을 감수하려고 하겠어?"

"하지만 강력히 주장하셔야 합니다. 게이를 막지 못하면 엄청난 재앙을 맞을 수 있다는 것을 그들에게 주지시켜야 합니다."

그의 말은 매우 건방지게 들릴 수도 있는 것이었다. 그러나 블랙의 얼굴에는 불쾌한 기색이 조금도 나타나 있지 않았다.

"자네의 그와 같은 확신이 부럽군. 미국을 재앙에서 구해야 한다는 순수한 사명감이 아니고는 그와 같은 확신은 나올 수가 없겠지."

"미국 시민이라면 모두가 저와 같은 생각일 겁니다. 재앙은 지금 당장이라도 일어날 수 있습니다."

블랙은 자리에서 일어났다. 이제 이야기를 끝내려고 하는 것 같았다. 파비트도 따라 일어섰다.

"알았어. 최대한 노력해 보지."

"감사합니다."

"자네가 감사해야 할 일이 아니지."

"사태가 매우 긴박합니다. 빨리 조치를 취하지 않으면……."

"알고 있어. 그건 그렇다치고 놈이 무역센터뿐만 아니라 다른 것도 노리고 있을지 모르잖아. 십중팔구 그럴 가능성이 클 것 같은데……."

"그렇습니다. 보진카 계획 때도 하나만 노리지 않았습니다. 교황 암살이 실패하면 CIA본부와 펜타곤을 동시에 공격하고 그 외에도 10대의 여객기를 납치해서 공중폭파하기로 되어 있었습니다. 이번 계획, 그러니까 '봄은 오지 않을 것이다.'의 경우, 저희는 그것을 '스피너'라고 줄여 부릅니다만, 스피너는 보진카 계획보다 더 크면 크지 작지는 않을 거라고 생각합니다. 틀림없이 무역센터뿐만 아니라 다른 것도 동시에 노리고 있을 겁니다. 하지만 그것이 무엇인지는 알 수가 없습니다. 주목할 것은 무역센터는 게이가 맡고 있을 거라는 점입니다. 아마드 선생이란 자와 통화한 내용을 보면 목표물을 명확히 적시하지는 않았지만 놈은 독자적으로 임무를 수행하겠다고 했습니다. 누구의 간섭도 받지 않은 채 조직과도 관계를 끊은 채 완전히 독자적으로 일을 하겠다고 했습니다. 그것은 거사일이 임박해 오면서 혹시 있을지도 모르는 기밀 누설을 방지하기 위해 그러는 것 같았습니다. 그리고 다른 팀들에 대해서도 언급했는데, 각 팀마다 목표물이 다르고 다른 팀이 무슨 일을 하는지 모르고 있는 것 같았습니다. 비밀 유지를 위해 점조직으로 움직인다면 서로 무슨 일을 하는지 모르는 것은 당연할 것입니다. 하지만 두 사람의 대화에서 다른 팀들도 게이처럼 테러를 준비하고 있는 것 같은 인상을 강하게 받았습니다.”

블랙은 창문 쪽으로 다가가 문을 활짝 열어젖혔다. 무더운 바람이 방 안으로 몰려들어 오자 그는 심호흡을 하면서 머리를 흔들었다.

“다시 머리가 지근거리기 시작하는데……. 이쪽으로 오게.”

파비트는 창가로 다가가 블랙과 나란히 서서 밖을 내다보았다. 서쪽 하늘에는 아직 불그스레한 잔영이 남아 있었다. 그 잔영을 가로질러 기러기 떼가 북쪽을 향해 날아가고 있었다.

“슬픈 게이는 혼자서 비행기를 납치해서 무역센터에 충돌하겠다는 것인가?”

“그렇지는 않을 겁니다. 혼자서 단독으로 승객들이 가득 탄 대형 여객기를 납치해서 죽음의 비행을 시작한다는 것은 불가능합니다. 제 생각에는 하나의 팀을 지휘할 것으로 보입니다. 당장 지금부터라도 뉴욕을 중심으로 그 인근에서 출발하는 모든 여객기에 무장 보안요원들을 우선 탑승시켜야 합니다. 그것도 절차상 시간이 걸린다면 급한 대로 CIA 요원들만이라도 무장을 시켜 탑승시켜야 합니다. 그 정도는 국장님께서 임의대로 하실 수 있다고 생각됩니다만……."

"음, 아주 중요한 이야기야. 무장요원을 탑승시키는 일은 가장 우선적으로 처리해야 할 아주 중요한 일이라고 생각해. 최대한 빨리 조치를 취할 테니까 여기서 나가는 즉시 자네는 테러에 관련된 중요한 정보들을 그때그때 나한테 보고해 주게. 다른 사람 통하지 말고 나한테 직접 연락해 주게."

블랙은 파비트에게 전화번호 하나를 알려주었다.

"이 번호로 연락하면 내가 직접 받을 거야. 밖에 노출되지 않은 전화야."

"마지막으로 또 하나 부탁이 있습니다."

파비트는 지금까지와는 달리 조심스럽게 말문을 열었다.

"또 마지막 부탁이야? 뭔데 그래?"

새 시거에 불을 붙이면서 블랙이 물었다.

"슬픈 게이만 전담해서 추적할 수 있는 특별 팀을 하나 만들고 싶습니다. 공식적으로 존재하지 않는, 그래서 누구의 간섭도 받지 않는 비밀 팀 말입니다. 그런 전문팀이 있으면 아주 효과적으로 일할 수가 있을 것 같습니다."

"꼭 그런 게 있어야 하나? 지금도 자네를 비롯해서 게이를 추적하는 요원들이 있지 않나? 이중으로 그런 걸 만들 필요가 있을까?"

"게이를 추적하는 요원들이 있긴 하지만 효율적으로 움직이지를 않고 있습니다. 그들에게는 게이를 빨리 잡아야 한다는 절박한 의식도, 사명감 같은 것도 없습니다. 지시에 따라 마지못해 움직이는 정도입니다. 그래 가지고는 게이는커녕 고양이도 못 잡습니다."

블랙은 고개를 돌려 똑바로 그를 쳐다보았다.

"우리 CIA가 그 정도인가?"

파비트는 망설이다가 말했다.

"이런 비유가 옳을지 모르겠습니다만…… 너무 살이 찐 나머지 비게 덩어리의 무게 때문에 제대로 움직이지를 못하는 그런 모습입니다. 하지만 그 비게 덩어리를 제거하는 것도 쉬운 일이 아닐 겁니다. 별로 하는 일도 없이 빈둥거리면서 월급만 타 먹는 자들은 부지기수이고, 아무 것도 아닌 걸 가지고 아주 중요한 임무를 수행중인 것처럼 가장해서 수당을 타 먹는 일은 다반사입니다. 시스템 전체가 매너리즘에 빠져 있고, 승진만 바라고 있습니다. 근무가 열악한 곳은 피하고 인기 지역에만 몰리고 있기 때문에 정작 필요한 곳에는 전문요원들이 부족해서 초년생들이나 얼치기들이 자리를 채우고 있습니다. 모두가 별일 없이 무사하게 지내는 것을 가장 중요하게 생각하고 있을 정도입니다. 이런 경향은 요즘 젊은 세대일수록 더 두드러지게 나타나고 있습니다. 그들은 위험한 일은 아예 하지 않으려고 합니다. 과거 특수 임무를 띠고 적지에 들어가 활동한다거나 특수작전에 참가해서 임무를 수행하는 열정 같은 것은 찾아보려야 찾아볼 수가 없습니다. 그냥 책상 앞에 앉아서 컴퓨터나 두드려 대면서 거기서 나오는 결과를 가지고 모든 것을 해석하고 해결하려고 합니다. 도대체가 발로 뛰려고 하지를 않습니다."

블랙은 어금니를 지그시 깨물면서 침울한 얼굴로 고개를 끄덕였다.

"알겠네. 특별 팀을 만들게. 그리고 그 팀에 대해서는 전권을 위임할 테니까 게이를 빨리 잡도록 해."

"팀을 구성하고 운영하려면 당장 돈이 필요합니다."

"얼마면 되겠나?"

"우선 20만 달러 정도가 필요할 것 같습니다."

"좋아. 내일 보내 주지. 게이 쪽도 그만한 돈은 쓰고 있을 거야. 참, 아마드 선생이란 자는 누구야?"

"전혀 감이 안 잡히는 인물입니다. 선생님이라고 부르는 것으로 보아 이슬람 원리주의를 가르치는 수장쯤 되는 자인 것 같습니다. 조직의 정신적인 스승이자 테러를 지휘하는 보스인 것 같습니다."

"알 카에다는 아닌가?"

"알 카에다하고는 또 다른 조직인 것 같습니다. 과격파 조직들간에는 서로 협조하는 수도 있지만 그보다는 반목이 더 심한 걸로 알고 있습니다."

밖에는 이제 완전히 어둠이 내렸지만 후덥지근한 열기는 조금도 가라앉지 않고 있었다. 여기저기 잔디밭에는 더위를 식히려는 사람들이 삼삼오오 모여앉아 한가롭게 시간을 보내고 있었고, 유난히 많아보이는 데이트 족들은 거의가 키스에 열중하고 있었다.

서주희가 파비트의 전화를 받은 것은 밤 10시가 가까워서였다. 그녀는 파비트와 반갑게 인사를 주고받은 다음 전화기를 피터 킴에게 넘겼다. 피터 킴은 꽤 심각한 표정으로 파비트의 이야기를 듣고 나서 전화를 끊었다. 그리고 궁금한 듯 그를 쳐다보고 있는 주희에게 이렇게 말했다.

"출동이야. 드디어 게이가 움직이기 시작했대. 게이를 추적하기 위해 특별 팀을 만든다는 거야. 아주 급한 모양이야. 내일 만나기로 했어. 함께 나오라는데."

지난 4년 동안 그들에게는 많은 변화가 있었다. 가장 큰 변화는 두 사람이 법적으로 부부가 된 것이었다. 그들은 만난 지 1년쯤 지나 결혼식을 올렸고, 그 후 피터가 뉴욕으로 근무지를 옮기는 바람에 주희도 한국에서의 경찰 생활을 그만두고 그를 따라 뉴욕으로 왔다. 그 동안 피터의 노력과 그녀의 한국에서의 경찰 경력, 그리고 게이의 과거를 추적하는 과정에서 그녀가 보여준 수사 능력 등이 참작되어 그녀는 2년간의 교육과정을 이수한 뒤 이제 막 어엿한 CIA 요원으로 근무를 시작하고 있었다. CIA 입장에서는 많은 문제를 안고 있는 한국이라는 무대를 생각할 때 그녀는 앞으로 충분히 이용가치가 있었다. 그러나 지금 당장은 게이를 추적하는 것이 더 급한 문제였다. 누구보다도 게이에 대해 깊이 알고 있고 같은 동양계라는 점에서 그녀만큼 게이 추적에 적합한 인물은 없었다. 그래서 피터와 함께 그녀에게는 게이를 체포하거나 제거하라는 명령이 떨어져 있었다. 그러나 게이가 갑자기 흔적도 없이 잠적해 버리는 바람에 그들 부부는 닭 쫓던 개 지붕 쳐다보는 격으로 한동안 아무 하릴없이 시간만 축내고 있었다. 그러던 참에 드디어 파비트로부터 전화가 걸려 왔던 것이다.

주희는 결혼한 지 1년 후에 딸을 하나 낳았다. 그리고 1년쯤 딸을 기르다가 미국으로 피터를 따라오면서 아무래도 CIA 업무 때문에 아이를 제대로 돌보는 것이 힘들 것 같아 친정어머니에게 아기를 맡기고 한국을 떠나왔던 것이다. 하루에도 몇 번씩 딸이 보고 싶어 가슴이 미어지곤 했지만 언제 딸을 미국으로 데리고 올 수 있을지 지금으로서는 자신 있게 말할 수가 없었다. 이제 본격적인 추적이 시작되면 정신없이 바빠질 것이고, 그렇게 되면 다른 문제는 생각해 볼 여유도 없을 것이다.

그 동안 그녀는 국적과는 상관없이 동양계로 보이는 사람들의 사진을 분석하고 정리하는데 시간을 보내고 있었다. CIA는 그들에 대해 방대한 자료들을 축적해 놓고 있었다. 그중에서도 특히 사진 자료는 시시각각 쏟아져 들어오고 있었기 때문에 그것들을 분석하고 정리하는 일에 많은 인력이 동원되고 있었다. 공항이나 역, 항만과 공공기관, 또는 호텔이나 병원 같은데 설치해 놓은 감시 카메라에 찍힌 사진들은 흐릿한 것들이 대부분이지만 아주 중요한 단서가 될 수 있기 때문에 특별하게 다루어지고 있었다.

그녀는 그 많은 사진들을 하루 종일 다루다보니 나중에는 머릿속이 멍해지면서 분석력이 떨어지고 그 사람이 그 사람처럼 모두가 비슷해 보이는 것이었다. 그 가운데서 슬픈 게이를 찾아

내려고 안간힘을 썼지만 바로 이거다 하고 딱 짚이는 인물은 아직까지 나타나지 않고 있었다.

피터 킴은 스트레스가 많이 쌓이는 때문인지 밤늦게 술에 취해 돌아올 때가 많았다. 거기다 가끔씩 아내에게 난폭하게 굴 때도 있었다.

주희는 아무리 피터가 시비를 걸어도 거기에 맞대응하거나 하지 않았다. 다소곳이 모든 것을 다 받아 주곤 했기 때문에 부부싸움이 일거나 하는 일은 결코 없었다. 그러다 보면 결국 피터쪽에서 먼저 사과를 하곤 했다.

피터는 열정적이고 정력이 넘치는 사내였다. 그런 사내가 별로 하는 일 없이 시간만 보내다 보니 스트레스가 쌓이고 성격까지 이상하게 변하고 있었던 것이다. 그런 그가 파비트의 전화를 받고나서부터는 표정부터 달라지고 있었다. 얼굴에 생기가 돌면서 온몸에 긴장이 서리는 것 같았다. 마치 무사가 비로소 그동안 갈고 닦은 솜씨를 써먹을 기회가 생기자 기뻐 어쩔 줄 몰라하는 그런 모습 같았다.

"특별 팀을 만드는 것을 보면 상당히 구체적으로 움직일 모양이야. 게이가 앞으로 바싹 다가왔다는 증거야. 그 사람 목소리에서 긴박감이 느껴졌어."

"저도 그런 걸 느꼈어요."

주희는 흥분을 누르면서 피터의 표정을 살폈다.

"일이 시작되면 집에 들어올 시간도 없을 거야."

"저도 그 팀에 들어가면 안 돼 나요?"

피터는 그녀의 눈을 가만히 들여다보다가 말했다.

"부부가 함께 위험에 빠져서는 안 되잖아. 아기를 위해서 말이야."

"꼭 위험에 빠진다고 단정할 수는 없잖아요?"

"그렇게 그 일을 하고 싶어?"

"하고 싶어요. 게이를 알아볼 수 있는 사람은 그렇게 많지 않아요. 같은 동양계로 그자를 쉽게 알아볼 수 있는 사람은 저 말고는 없을 거예요. 얼마 전에 그자를 찍은 비디오테이프를 찾았다는 소식을 듣고 보내 달라고 부탁을 했어요. 아마 곧 도착할 거예요."

"그게 무슨 말이야? 어디에 그런 테이프가 있다는 거야?"

"서울에 있는 국제한국어학당에 있어요."

그 동안 생각지 못했던 것이 문득 생각난 것은 얼마 전의 일이었다. 슬픈 게이가 서울에 있는 Y대 부설 국제한국어학당을 마 띨드라는 이름으로 수석 졸업한 것은 1997년 5월 13일의 일이었다. 서 형사는 그 때 게이가 찍은 사진만을 구하려고 했지 비디오테이프에 대해서는 미처 생각이 미치지 못했었다. 그런데 4년이 지난 지금 문득 거기에 생각이 미쳤던 것이다. 졸업식 때에는 누군가가 비디오카메라를 가지고 와서 졸업생 당사자와 함께 식장을 찍기 마련이다. 그렇다면 게이도 다른 학생들과 함께 묻혀서 자신도 모르는 사이에 카메라에 찍혔을 수도 있었다. 게이의 움직이는 동영상을 구할 수만 있다면 그를 알아보는데 결정적인 도움을 줄 것이라는데 생각이 미치자 주희는 가만 있을 수가 없었다.

그녀의 연락을 받은 국제한국어학당 직원은 매우 친절하고 적극적이었다. 이미 마띨드의 정체를 알고 있는 그는 수사에 도움이 된다면 최대한 노력을 아끼지 않겠다는 의지를 보이고 있었다. 그러나 그 날 졸업식 때 학교 측에서 비디오카메라를 가지고 식장을 찍은 일은 없었다고 말했다. 그리고 4년 전의 일이라 축하객들 가운데 비디오카메라를 가지고온 사람이 있었는지 잘 기억이 나지 않는다고 했다. 주희는 졸업생들에게 연락해서 그 날 비디오카메라를 찍은 사람이 없는지 알아봐 줄 수 없겠느냐고 물었다. 그 직원은 세계 각지로 흩어진 졸업생들에게 연락해서 확인해 봐야 하기 때문에 쉬운 일은 아니지만 한 번 알아봐 주겠다고 약속했다.

며칠 후 주희가 그 직원에게 다시 전화를 걸었더니 그는 미국에 있는 에드워드 헤일이라는 졸업생이 그 날 졸업식장을 찍은 비디오테이프를 가지고 있는 것을 알아냈다고 말했다. 그러면서 헤일이 그 테이프를 복사해서 자기한테 보내 주기로 했으니 그것이 도착하는 대로 즉시 그녀에게 보내 주겠다는 것이었다.

"헤일이 사는 곳이 어디야? 우편물이 도착하기를 기다릴 게 아니라 거리가 가까우면 우리가 직접 그 사람을 찾아가 보는 게 어때?"

이야기를 듣고 난 피터가 상기된 표정으로 물었다.

"마이애미에 살고 있대요."

"그렇게 멀지 않군."

"하지만 직접 찾아가면 그 사람이 이상하게 생각하고 테이프를 내놓지 않을 수도 있잖아요."

"그거야 말하기에 달렸지. 헤일은 게이의 정체를 아직 전혀

196

모르나?"

"학교 직원은 게이에 대해서 일절 말하지 않고 졸업식 때 찍은 테이프에 대해서만 말했대요. 테이프가 있으면 기념으로 학교에 보관하고 싶다고 했더니 두 말 않고 보내 주겠다고 했다나 봐요. 이미 보냈을지도 모르잖아요."

"그 직원한테 다시 전화 걸어서 테이프를 보냈는지 알아보라고 해. 아직 보내지 않았으면 우리가 직접 마이애미로 찾아갈 테니까 헤일의 주소하고 전화번호 좀 가르쳐 달라고 해. 우리가 직접 갈 거라는 걸 헤일한테 미리 말해 두라고 해. CIA라는 말은 하지 말고 Y대에 근무하는 직원들이 마이애미에 간 길에 찾아갈 거라고 적당히 둘러대라고 해."

주희는 피터의 말에 굳이 반대하지 않았다. 그 편이 오히려 빨리 테이프를 입수할 수 있는데다 헤일로부터 게이에 대한 새로운 정보를 입수할 수 있을지도 모르기 때문이었다.

그 외에도 말로만 듣던 마이애미 해변에서 수영을 즐기고 싶은 욕심도 있었다.

시나리오

마이애미 2001년 7월 21일 금요일 오후 1시 5분.

에드워드 헤일은 여느 때처럼 카페 소레이(Soleil, 태양) 앞에 놓여 있는 나무의자에 앉아 담배를 피워 물면서 왼쪽에서 걸어오고 있는 조그만 여자를 눈여겨보았다. 여자는 눈처럼 흰 옷을 팔랑이며 아주 느리게 걸어오고 있었다. 머리에는 밀짚모를 쓰고 있었고 두 눈은 짙은 선글라스로 가려져 있었다.

헤일은 4년 전 국제한국어학당에 다니던 모습이 아니었다. 그의 얼굴은 시커먼 구레나룻으로 덮여 있었고, 금발은 어깨까지 내려와 있었다. 마이애미의 태양에 흰 얼굴은 검게 그을려 있었고, 온몸은 마약과 술에 절어 있었다. 그는 한때 직장생활을 하기도 했지만 적성에 맞지 않아 이내 그만 두고 해변에서 미녀들의 엉덩이나 쫓아다니다가 결국 마약 조직에 발을 들여놓았고,

거기서 생활비를 얻어 쓰고 있는 형편이었다. 그가 하는 일은 마약을 공급하거나 여자를 낚아채서 조직에 팔아넘기는 것이었다. 마약 수요는 증가일로에 있었고 마이애미에는 전 세계에서 미녀들이 몰려들고 있었기 때문에 그는 적은 노력으로 아주 쉽게 돈을 벌 수가 있었다.

흰 옷을 팔랑이며 다가오고 있는 조그만 여인의 뒤쪽으로 해안을 따라 끝없이 서 있는 고층 호텔들이 보였고, 그 앞으로는 바닷가의 눈부신 모래밭과 대서양의 파란 바다가 현기증을 일으킬 정도로 환상적인 광경을 보여주고 있었다. 헤일이 앉아 있는 카페 앞으로는 아슬아슬하게 중요한 부위만 살짝 가린 비키니 차림의 늘씬한 미녀들이 무수히 오가고 있었다.

모두가 차마 옷을 다 벗어버리지는 못하고 아슬아슬한 차림으로 다니고 있는데 반해 흰 옷을 입은 여인은 머리부터 발끝까지 온몸을 모두 가린 차림으로 걸어오고 있었다. 그리고 그것이 오히려 노출증에 걸려 있는 여자들보다 사람들의 시선을 더 끌고 있었다.

헤일은 동양계 여인에게 특별한 호감을 가지고 있었다. 한국에서 한국어학당에 다니면서 사귀었던 한국 아가씨들의 인상이 너무 좋았기 때문이기도 하지만 특히 마띨드에게 품었던 일방적인 연정이 동양계 여인들에 대한 호감으로 나타나고 있었던 것이다. 밀짚모자에 흰 옷을 팔랑이며 다가오고 있는 조그만 여인은 멀리서 보기에도 동양계임을 알아볼 수가 있었다.

그녀는 혼자인 것 같았다. 한쪽 어깨에 걸치고 있는 검정색 숄더백이 흰 옷 차림과 잘 어울리고 있었다. 이윽고 소레이 앞에

다다른 그녀는 노천에 가득 앉아 있는 사람들은 거들떠보지도 않은 채 바다 쪽만 바라보면서 지나쳐 갔다. 헤일은 그녀를 가까이서 보는 순간 눈에 익은 듯한 느낌이 와 닿았다. 아니, 그럴 리가! 그렇게 생각하면서도 그는 엉거주춤 몸을 일으켰다. 비록 선글라스를 끼고 있기는 했지만 옆모습이나 걸음걸이, 그리고 몸매가 마띨드와 너무도 비슷해 보였다. 한국어학당에 다닐 때 그는 그녀에게 빠져 일방적으로 구애를 했지만 데이트를 신청할 때마다 번번이 거절당하곤 해서 졸업할 때까지 단 한 번도 단둘이서 그녀를 만난 적이 없었다. 결국 졸업식 날 그녀에게 장미꽃다발을 전해 준 것이 마지막으로, 지금까지 한 번도 만나거나 소식을 들은 적이 없었다. 그에게 있어서 그녀는 첫사랑이자 짝사랑의 여인으로 변함없이 남아 있었다. 마이애미에서는 손만 벌리면 몸을 던져 오는 여인들이 부지기수였다. 그는 마약과 함께 항상 여자들을 끼고 살았다. 그것도 새 여자들만 데리고 놀았다. 이처럼 여자라면 신물이 날 정도로 속속들이 알고 있으면서도 마띨드 다르쟈크를 닮은 여인을 보는 순간 소년처럼 가슴이 뛰기 시작했다.

자리에서 벌떡 일어난 그는 구겨진 10달러짜리 지폐 세장을 탁자 위에 얹어 놓은 다음 거스름돈도 받지 않은 채 밀짚모를 비스듬히 쓴 여인의 뒤를 따라가기 시작했다. 4년 전 졸업식 날 그는 장미꽃다발과 함께 메모지를 그녀에게 건넸었다. 거기에는 미국에 오면 꼭 들러 달라는 말과 함께 마이애미 주소와 전화번호가 적혀 있었다. 그러나 그녀한테서는 그 동안 전화조차도 걸려 온 적이 없었다. 그는 그녀를 잊기로 했고, 마약과 여자에 탐

닉하면서 정말로 그녀를 잊은 줄 알았었다. 그러나 잊은 줄 알았던 그녀가 느닷없이 나타나 그를 과거로 되돌려 놓고 있었다. 그는 4년 전과 조금도 다름없었다.

그는 여자 뒤로 바싹 다가서서 따라갔다. 긴 옷자락이 그의 몸에 닿을 듯 하늘거리고 있었다. 그녀한테서는 남자를 취하게 만드는 값비싼 향수 냄새가 풍기고 있었다. 그는 숨을 깊이 들이키면서 눈을 스르르 감았다가 떴다. 그리고 멈칫 섰다. 뒤돌아선 그녀가 그를 쏘아보고 있었다. 지저분하게 생긴 사내가 뒤에 바싹 붙어서 따라오는 것을 눈치챈 것 같았다. 그러나 그를 알아보지는 못한 것 같았다. 얼굴은 온통 털투성이에다 장발에 짙은 선글라스까지 끼고 있으니 못 알아보는 것도 당연했다.

갑자기 불어 닥친 돌풍에 그녀의 밀짚모가 공중으로 날아올랐다. 뒤로 수 미터 날아간 모자는 이리저리 뒤척이며 굴러가다가 모래밭으로 떨어졌다.

헤일은 재빨리 달려가 모자를 집어들고 돌아왔다. 그리고 웃으며 모자를 그녀에게 내밀었다.

"고마워요."

그녀가 손을 뻗어 모자를 받으려고 하자 그는 얼른 그것을 등 뒤로 숨겼다.

"마띨드, 나 모르겠어요?"

순간 그녀의 움직임이며 표정이 정지했다. 이윽고 그녀가 고개를 갸우뚱하는 것을 보고 그는 천천리 선글라스를 벗었다. 선글라스 뒤에서 그녀의 두 눈이 커지는 것이 보였다. 입도 벌어지고 있었다.

"헤일!"

그녀는 낮은 소리로 그를 불렀다.

"마띨드! 여긴 웬 일이에요?"

그는 너무 기뻐서 그녀를 와락 껴안았다. 그리고 그녀의 뺨에 재빨리 입을 맞추었다.

"내 직감이 틀림없어요! 지나가는 것을 본 순간 마띨드가 틀림없다고 생각했어요."

"마이애미에 살고 있죠?"

그녀가 그의 품에서 빠져나오면서 물었다.

"네, 맞아요. 졸업식 때 내가 꽃다발하고 주소를 적은 메모지를 줬는데 왜 여기까지 왔으면서 연락을 안 했죠?"

"헤일이 여기에 살고 있다는 건 알고 있었지만 메모지를 잃어버리는 바람에 연락할 수가 없었어요."

"그랬었군요. 어디, 얼굴 좀 봐요."

그가 선글라스를 벗기려고 하자 그녀는 그의 손길을 피하면서 자기 손으로 선글라스를 벗었다.

"여전히 아름답군요! 하나도 안 변했어요!"

헤일은 눈부신 듯 그녀의 얼굴을 쳐다보다가 그녀를 데리고 소레이로 갔다.

"여기까지 웬 일로 왔어요? 나를 만나러 온 건 아닌 것 같은데?"

노천카페에 자리를 잡자 헤일이 성급하게 물었다.

"친구 만나러 왔어요. 온 김에 헤일도 만나야겠다고 생각했는데 메모를 잃어버려서 포기하고 있었어요."

"결혼했어요?"

"아뇨. 그쪽은 했어요?"

"난 결혼 생각 없어요."

헤일은 고개를 흔들고 나서 그녀에게 맥주를 시켜도 괜찮겠느냐고 물었다. 그녀는 고개를 끄덕였다.

"여기서 무슨 일 하고 있죠?"

"조그만 사업을 하고 있는데 괜찮게 돌아가고 있어요. 거긴 무슨 일 하고 있어요?"

"전 프리랜서 일을 하고 있어요."

"프리랜서라고요? 뜻밖인데요."

"그게 자유롭고 제 성격에 맞는 것 같아요. 수입도 괜찮고요."

"무슨 글을 쓰고 있어요?"

"주로 지구상에서 일어나고 있는 각종 전쟁을 심층 취재하고 있어요."

"그럼 종군기자란 말인가요?"

"그런 셈이에요."

"그건 위험하잖아요."

"위험하긴 하지만 스릴이 있고 보람도 있어요."

"그런 연약한 몸으로 전쟁터에 나간다는 거예요?"

"직업인데 할 수 없잖아요. 전쟁은 저한테는 생활의 일부가 됐어요. 지금 지구상에서 일어나고 있는 전쟁은 한마디로 웃기는 전쟁이에요."

"왜 웃기는 전쟁이죠?"

"싸움이 안 되는 싸움을 하고 있는 게 대부분이에요. 전쟁이란 실력이 서로 비슷해야 진정한 전쟁이라고 할 수 있는데, 지금 전쟁은 한쪽이 엄청난 힘으로 약자를 일방적으로 학살하고 있는 게 대부분이에요. 그건 전쟁이 아니고 학살이에요. 초토화된 조국에서 약한 백성들은 숨어서 겨우 게릴라전으로 버티고 있을 뿐이에요."

갑자기 전쟁 이야기가 나오면서 그녀가 단호한 어조로 말하는 것을 보고 헤일은 조금 어리둥절한 표정이 되었다.

"미국을 말하는 것 같은데……."

"그래요. 현재 이 지구상에는 미국이 개입하지 않는 전쟁이 없을 정도로 미국은 전쟁광이에요."

그녀가 갑자기 한국어로 말했다. 헤일은 주저하다가 더듬거리며 한국어로 응했다.

"그 동안 안 쓰니까…… 한국어 다 잊어 먹었어요. 애써 배운 건데 안 쓰니까 아까워요. 미국이 전쟁광이라는 건 맞는 말이에요. 난 전쟁에 반대해요. 전쟁은 무조건 반대해요."

"전쟁으로 피해를 입고 있는 나라에 가 보면 그 비참한 상황은 상상을 초월해요. 거리에는 시체가 쓰레기처럼 널려 있고, 그 사이를 팔다리 잘린 사람들, 눈을 잃은 사람들이 유령처럼 헤매고 있어요. 고아와 과부들은 돈과 먹을 것을 찾아 시체를 뒤지고 다니고 있고, 밤이면 부서진 담벼락 밑에서 넝마를 뒤집어쓴 채 밤이 새기만을 기다리면서 떨고 있어요. 그 시간에 전쟁을 지시하고 구체적인 공격명령을 내린 자들은 지구 반대쪽의 호화로운 파티 장에서 미녀들과 술잔을 부딪치면서 쾌락을 위해 노닥거리고 있어요. 이게 현실이라고요."

그런 말을 하는 그녀가 헤일의 눈에는 갑자기 다른 사람처럼 보였다. 그녀의 입에서 그런 말이 나올 것이라고는 생각지도 못했던 것이다.

"저, 전쟁이란 뭐…… 다 그런 거 아닌가요? 난 그런 건 잘 모르지만……."

"다 그런 거라는 식으로 덮어두면 안 돼요."

그녀가 딱 잘라 말하는 바람에 헤일은 당황했다. 오랜만에 만났는데 웬 전쟁 이야기인가 싶어 조금 못마땅한 기분이 들기도 했다. 그것을 눈치챘는지 마띨드가 명랑한 목소리로 말했다.

"괜히 쓸데없는 이야기했네요. 헤일 씨는 천국에 살고 있어요. 여기 앉아 있으면 심심하지는 않겠어요."

풍만한 엉덩이를 씰룩이며 걸어가고 있는 젊은 여인들의 모습을 눈으로 쫓으며 그녀는 맥주잔을 집어 들었다. 헤일은 히죽 웃었다.

"여긴 정말 지상 낙원이라고 할 수 있죠."

"하지만 그건 돈 있는 사람들한테나 해당되는 말 아닌가요?"

"그, 그렇죠."

게이는 그 곳에서 더 이상 시간을 끌고 싶지 않았다. 그녀는 중요한 모임에 가는 길이었다. 그런데 도중에 느닷없이 헤일을 만난 것이다. 그녀는 헤일에 대해서는 까맣게 잊고 있었다. 4년 전 헤일이 건네주었던 메모지에 대해서도 잊고 있었기 때문에 그가 마이애미에 살고 있을 것이라고는 생각지도 못했었다. 그녀는 반쯤 마신 맥주잔을 내려놓았다. 헤일이 뭐라고 말하고 있었는데 별로 듣고 싶지도 않았다.

"한 번도 당신을 잊은 적이 없어요. 하나님이 내 마음을 알고 당신을 마이애미, 그것도 소레이 앞으로 인도했나 봐요. 난 영 감을 믿어요. 며칠 전 당신 꿈을 꾸었어요."

혜일은 두 손으로 그녀의 한 손을 감싸 쥐고 열정어린 눈으로 그녀를 응시했다. 마띨드는 그에게 손을 내맡긴 채 바람에 흔들리는 야자수를 바라보았다.

"약속이 있어서 가 봐야 해요."

"그냥 가면 안 돼요. 숙소는 어디죠?"

"아는 친구 집에 있어요."

"그러지 말고 내가 호텔을 잡아 줄게요. 비용은 내가 다 댈 테니까 걱정하지 말고 바다 전망이 최고인 호텔에 들어요. 지금 당장 나하고 갑시다."

"가 봐야 해요. 나중에 다시 연락할 테니까 전화번호나 가르쳐주세요."

그녀가 자리에서 일어나려고 하자 그는 다급히 그녀의 손을 잡아끌었다.

"내 호의를 거절하지 말아요. 멋진 호텔에 숙소를 정한 다음 이 일대 관광이나 해요. 내가 안내해 줄게요."

"호의는 고맙지만 그럴 수가 없어요."

그녀가 완곡하게 거절하자 혜일은 안타까운 눈으로 그녀를 쳐다보았다. 그리고 그녀를 더 이상 붙잡을 수 없다는 것을 알자 명함을 주면서 다짐을 받았다.

"전화하겠다고 약속하지 않으면 놔줄 수 없어요."

"약속해요. 꼭 전화할게요."

마띨드가 일어서자 헤일도 따라 일어섰다. 그는 헤어지기 아쉬운 듯 그녀를 따라 걸으면서 그녀에게 꼭 전화를 걸어 달라고 신신당부했다. 마띨드는 그가 차로 데려다 주겠다는 것도 거절했다. 그리고 멈춰 서서 여기서 헤어지는 것이 좋겠다고 하면서 그가 더 이상 따라오지 못하게 했다. 헤일은 우물쭈물하다가 생각난 듯 이런 말을 했다.

"참, 얼마 전에 서울에서 전화가 왔었는데 우리가 졸업식 때 찍은 비디오테이프를 보내 달라고 했어요. 그래서 보내 주겠다고 했어요."

막 돌아서려던 마띨드는 고개를 돌려 그를 쳐다보았다.

"서울서 누가 전화를 했다는 거예요?"

"한국어학당 직원이라는 사람이 전화를 했는데 혹시 졸업식 때 비디오카메라로 졸업식 장면을 찍지 않았느냐고 묻기에 그렇다고 했더니 그 테이프를 좀 복사해서 보내 줄 수 없겠느냐고 하더라고요. 그래서 뭐 좋다고 했죠. 대답하고 나니까 괜히 쓸데없는 약속을 했다는 생각이 들었어요. 그걸 복사해가지고 우편으로 부치는 일이 여간 귀찮은 일이 아니잖아요. 그 직원 말로는 학교에 기념으로 보관하고 싶어서 그런다고 했지만 4년이나 지난 지금에 와서 왜 그걸 찾는지 알다가도 모르겠어요."

"그래서 보냈나요?"

"아니오. 아직 복사도 못했어요."

"그 테이프에 저도 나와 있나요?"

"그럼요. 헤헤……."

그녀가 정색을 하고 묻자 그는 겸연쩍은 얼굴로 그녀를 쳐다보았다.

"정말이에요?"

"그럼요. 아주 확실히 찍었죠. 마띨드라는 아가씨를 너무 사모한 나머지 몰래 찍었죠. 나중에 두고두고 볼려구요. 주로 당신을 집중적으로 찍었어요. 그 직원 말로는 마띨드 씨가 찍힌 테이프를 특별히 구한다고 했으니까 잘 된 거죠."

"맙소사!"

그녀는 입 밖으로 나오려는 그 말을 얼른 목으로 삼켰다.

"그 테이프 좀 볼 수 있어요?"

"그럼요. 보시면 마음에 들 거예요. 감회도 새로울 거고……. 지금 보러 가실래요?"

"지금은 안 돼요. 다음에 전화할 테니까 그 때 만나서 보기로 해요."

"꼭 전화하세요. 혹시 전화가 불통이거나 하면 소레이로 오세요. 난 주로 거기에 있으니까요."

게이는 얼른 지나가는 택시를 잡아탔다. 뒷자리에 기대앉자 등으로 식은땀이 흐르는 것이 느껴졌다. 4년이나 지난 지금 누가 무슨 이유로 그 테이프를 찾고 있는지 굳이 묻지 않아도 알 수 있을 것 같았다. 그것이 만일 서울로 보내질 경우 그것은 순식간에 전 세계 수사기관의 손으로 넘어가 그의 목줄을 조여들 것이 뻔하다. 그는 독 안에 든 쥐새끼처럼 옴짝달싹 못한 채 전전긍긍하다가 결국 체포되거나 사살당하고 말 것이다.

택시에서 내린 그는 다른 택시로 바꿔 탔다. 해변에서 우연히 헤일을 만났을 때는 매우 당황한 나머지 얼른 그와 헤어지고 싶었지만 비디오테이프 이야기를 듣고 나서는 그를 만난 것이 천만다행이라는 생각이 들었다. 마치 앞 일을 예견하는 누군가가 있어 그에게 위험에 대처할 수 있는 기회를 준 것만 같이 여겨졌다. 어쩌면 이렇게 맞아떨어질 수가 있단 말인가.

마이애미 해변을 걸은 것은 약속시간까지 두 시간 정도 시간 여유가 있었기 때문이었다. 그는 마지막일지도 모르는 마이애미의 아름다운 해변을 혼자서 생각에 잠겨 걷고 싶었던 것이다. 그가 마이애미에 나타난 것은 아주 중요한 결정을 앞두고 각 팀의 리더들을 소집했기 때문이었다. 리더들을 소집하기로 했지만 모두가 뿔뿔이 흩어져 있기 때문에 적당한 집결장소를 물색하는 것이 쉽지가 않았다. 그러던 차에 마이애미에 은신해 있는 모하메드 아타라는 인물이 휴식도 취할 겸 관광지라 경비가 허술한 마이애미에서 모이는 것이 어떻겠느냐고 제의하는 바람에 모임장소로 이곳을 택했던 것이다. 사실 큰일을 앞둔 시점에 리더들이 한 곳에 모이는 것은 매우 위험한 일이고, 따라서 안전을 위해서 장소 문제는 매우 중요한 일이었다. 뉴욕이나 워싱턴, 또는 보스턴 같은 대도시에서 모임을 갖는 것은 상당히 위험한 일이었다. 도처에 정보원들이 깔려 있고, 24시간 수없이 많은 수사관들의 눈초리가 번득이고 있는 곳이 대도시이다. 그녀는 대도시에서 당분간 벗어나 있고 싶었다.

뉴욕 같은 대도시에 비하면 마이애미는 전 세계에서 몰려드는 관광객들 때문에 항상 흥청거리고 있고, 휴양지임을 고려해서 경비도 느슨한 편이다. 관광객들 틈에 묻혀 있으면 특별하게 주목받는 일도 없기 때문에 은신처로는 안성맞춤인 곳이다. 게이는 결국 마이애미에서 모이기로 결정했고, 바로 어제 이곳에 도착했던 것이다. 그런데 느닷없이 헤일을 만나게 된 것이다.

듀퐁 플라자 호텔은 마이애미비치 한쪽에 자리 잡고 있는 아담한 호텔로 다른 호텔들에 비해 비교적 이용객들이 적어 실내 분위기가 조용한 편이었다. 걸어서 갈 수 있는 그 호텔을 게이는 일부러 택시를 두 번씩이나 갈아타면서 주변을 빙빙 돌다가 호텔 뒤쪽 출입구를 통해 안으로 들어갔다. 호화 호텔을 모임 장소로 정한 것은 사람들 출입이 적은 개인 아파트나 콘도보다는 관광객들이 우글거리는 유명 호텔이 오히려 안전할 것 같았기 때문이었다.

엘리베이터를 타고 12층으로 올라간 그녀는 긴 복도를 걸어가다가 1219호실 앞에서 멈춰 섰다. 사내 아이 두 명이 그녀 곁을 스치듯이 뛰어가면서 깔깔대는 바람에 그는 미간을 찌푸리면서 아이들을 노려보았다. 아이들은 카펫 위에서 뒤엉킨 채 엎치락뒤치락하고 있었다. 그는 아이들을 싫어했다.

1—2—3—4—5. 그는 약속한 숫자대로 문을 두드렸다. 그것을 두 번 반복하자 잠시 후 안에서 인기척이 났다.

"누구십니까?"

굵은 남자 목소리였는데 영어로 묻고 있었다.

"관광 가이드 건으로 왔습니다."

"어느 여행사죠?"

"페닌슐러 여행사입니다."

"성함이 어떻게 되시죠?"

"신시아 하킨스라고 합니다."

"아, 어서 오십시오. 그렇지 않아도 기다리고 있었습니다."

문이 조금 열리더니 한 사내가 그를 확인한 다음 문고리를 벗겼다. 게이는 조용히 안으로 들어섰다.

호화롭게 꾸며진 방 안에는 긴장된 표정의 사내들이 앉아 있었다. 게이는 창을 통해 보이는 짙푸른 바다와 눈부신 햇빛에 순간적으로 현기증을 느꼈다. 현실과 동떨어진 실내 분위기에 얼른 익숙해지지 않아 그녀는 잠시 두 눈을 깜박거리며 서 있었다. 방 안에서는 죽음의 냄새가 나고 있었다. 그녀는 그 냄새를 맡고 싶지 않은 듯 창가로 다가가 창문을 활짝 열어젖혔다. 그리고 심호흡한 다음 손목시계를 들여다보았다.

"30분이나 늦었군요. 오는 도중에 일이 생기는 바람에 늦었습니다. 미안합니다."

"우리는 사고가 난 줄 알고 가려던 참이었습니다. 늦으면 늦는다고 전화연락이라도 주셔야죠."

눈매가 사납게 생긴 사내가 볼멘 목소리로 말했다. 사내들은 어느 새 모두 일어서 있었다. 앉아 있을 때는 몰랐는데 서 있는 모습들을 보니 하나같이 건장한 사내들이었다. 그 앞에 마주 서 있는 슬픈 게이는 더욱 왜소해 보였다.

"미안합니다."

그렇게 말했지만 게이의 얼굴에는 조금도 미안해 하는 기색이 보이지 않았다. 그는 여덟 명이나 되는 사내들과 일일이 악수를 나눈 다음 창가에 걸터앉았다. 사내들은 하나같이 불만스럽고 깔보는 듯한 표정을 얼굴에 노골적으로 드러내면서 자리에 앉았다. 방 안에는 2인용 소파 한 개와 의자가 한 개밖에 없었기 때문에 나머지 사람들은 침대에 걸터앉거나 방바닥에 주저앉기도 했다.

게이는 그들의 얼굴에서 실망하는 빛을 뚜렷이 읽을 수가 있었다. 그들과는 첫 대면인 만큼 그럴 수밖에 없을 것이라고 게이는 생각했다. 게이는 그 동안 그들에 관한 자료를 보면서 그들에 대해 숙지했기 때문에 사내들의 모습을 살피면서도 별로 생소한 느낌이 들지 않았다. 하지만 그들은 다른 것 같았다. 그들은 게이에 대해 소문으로만 들었지 그에 관한 자료를 접해 본 적이 없었다. 게이에 관한 정리된 자료는 존재하지 않았기 때문에 그럴 수밖에 없었다. 심지어 그들은 그가 여장 남자라는 사실조차도 모르고 있었다. 그런 만큼 얼굴이 예쁜 조그맣고 연약한 여자가 그들을 지휘할 총책임자랍시고 나타났으니 그들이 어이없어하는 것도 당연했다. 그들이 보기에 그녀는 훅 불면 날아가 버릴 것 같은, 데리고 놀기에나 적당할 것 같은 그런 아가씨에 지나지 않았다.

"일이 끝날 때까지 나를 사마라라고 불러 주세요. 지금부터 사마라가 내 암호명이에요."

그녀는 팔짱을 낀 채 여덟 명의 사내들을 무표정하게 바라보았다. 그녀는 수시로 암호명을 바꿨다. 그들은 아무런 반응도 보이지 않은 채 그녀를 쳐다보고만 있었다.

"모두 참석했죠? 모임에 빠지거나 아니면 대리로 온 사람은 없나요?"

"없어요."

눈매가 사납게 생긴 사내가 여전히 볼멘소리로 말했다.

"먼저 일정을 알려 드리겠어요. 공격 날짜는 조금 연기됐어요. 정확히 9월 11일로 결정됐어요. 앞으로 52일 남았어요."

"왜 연기됐죠?"

"앞으로 52일이나 기다려야 하는 거야?"

여기저기서 불만에 찬 목소리가 터져 나왔다.

"보다 완벽한 준비를 위해서 며칠 연기된 거예요. 그리고 9월 11일은 뉴욕시장 민주당 후보 예비선거가 있는 날이에요. 뉴욕은 전통적으로 민주당 아성이기 때문에 예비선거 당선자는 뉴욕 시장이 된 거나 다름없어요."

실내에는 여전히 냉랭한 분위기가 흐르고 있었다. 사마라는 그런 것에는 전혀 개의치 않은 채 팔짱을 끼고 그들을 찬찬히 바라보았다.

"그 날은 또 제56차 유엔총회가 열리는 날이에요. 때문에 뉴욕의 유명 호텔들은 유엔총회에 참석하는 각국 정상들과 외교관들로 붐빌 거고, 따라서 거의 모든 경비력은 뉴욕을 중심으로 각국 정상들과 외교관들에게 집중될 거예요. 한마디로 그 날 뉴욕은 들뜨고 축제분위기 같은 날이 될 거예요. 그 때 우리는 비행기로 뉴욕을 비롯해서 몇 곳을 공격하는 거예요. 절호의 기회라고 생각해요. 미국을 비롯해서 각국 정상들은 기절초풍할 거예요. 9월 11일은 공격 효과를 극대화할 수 있는 날이라고 생각해요."

무거운 침묵이 흘렀다. 열린 창을 통해 파도소리가 들려오고 있었다. 사마라의 목소리는 매끄러우면서도 거기에는 기계적인 차가움 같은 것이 서려 있었다. 그녀는 기다렸지만 그녀의 조리 있는 말에 아무도 반박하는 사람이 없었다. 그들의 얼굴에서 깔보는 듯한 기색이 서서히 사라지면서 그 대신 호기심어린 표정이 나타나고 있는 것을 지켜보고 있다가 사마라는 다시 입을 열었다.

"그럼 지금부터 구체적인 작전계획을 말씀드리겠어요. 먼저 여러분들에게 양해를 구하고 싶은 것은 지금 이 자리에서는 변경된 작전계획에 대해서 토의를 하거나 하지는 않을 거라는 점이에요. 바꿔 말씀드리면 여기는 이미 결정된 작전계획을 알려드리고, 그것을 결정대로 집행하겠다는 다짐을 받는 자리가 될 거예요."

그녀는 머뭇거리거나 눈치를 보지 않고 거침없이 말했다. 사내들은 긴장된 얼굴로 입을 다물고 있었다.

"방을 또 하나 예약해 둔 걸로 알고 있는데 어느 방이죠?"

갑자기 엉뚱한 질문을 던지는 바람에 사내들의 굳어 있던 표정이 흔들렸다.

"바로 맞은 편 방입니다."

얼굴이 네모꼴로 생긴 이집트 출신의 아타가 조용한 어조로 말했다. 그는 어마어마한 비행기 테러를 노리고 있는 인물치고는 인상이 너무 얌전하고 유순해 보였다.

"비행기를 조종할 각 팀장들만 남고 나머지 사람들은 다른 방에서 잠시 기다려 주세요. 시간이 길어지더라도 자리를 떠서는 안 됩니다."

실내가 잠시 소란스러워졌다. 모두가 의아해하는 표정들이었지만 그렇다고 이유가 뭐냐고 묻지는 않았다. 투덜거리는 사람이 있기는 했지만 결국은 소처럼 느린 동작으로 네 사람이 빠져나갔고, 문이 닫히자 방 안은 다시 조용해졌다. 사마라는 창문을 닫고 빈 의자에 가서 앉았다.

"이렇게 팀장들만 남아 있게 한 것은 당신들만이 알아두어야 할 중요한 사항이 있어서 그런 거예요. 비밀을 유지하려면 그 비밀을 알고 있는 사람들 숫자가 적어야 한다는 건 상식이에요. 지금부터 말하는 탑승 비행기, 비행 코스, 그리고 목표물 등에 대해서는 당신들만 알고 있어야 해요. 물론 나중에 다른 대원들과 함께 비행기를 타게 되면 탑승 비행기와 비행 코스는 다른 사람들도 다 알게 되겠지만 비행기를 타는 순간까지는 비밀을 유지해 달라는 말입니다. 그리고 목표물에 대해서는 끝까지 입을 다물어야 합니다. 그것은 우리들의 죽음과 함께 가져가야 할 마지막 비밀이에요."

"그건 이미 모두가 알고 있는데요. 비행기 예약까지 해 두었는데요."

뚱한 목소리로 대꾸한 사람은 눈이 크고 긴 눈썹 끝이 처진 갸름한 얼굴의 사내였다.

사마라는 그 사내가 사우디 출신의 하니 한쥬르일 것이라고 생각했다.

"각 팀이 지금까지 진행해 온 계획들은 이 시간부터 모두 중지하고 예약한 것들이 있으면 취소시키세요. 모든 계획들은 변경되었고 새로 짜여졌어요. 비밀이 새어나갔을 가능성이 있기 때문에 변경시킨 거예요. 대원들 모두가 알고 있다는 것부터가 내 마음에 들지 않아요. 만일 한 사람이 체포될 경우 그 사람이 끝까지 비밀을 유지할 거라고 어떻게 보장하죠?"

"각 팀이 알아서 계획한 일인데 이렇게 갑자기 취소시킨다는 것은 말이 안 됩니다. 각 팀은 현재 결속이 잘 되어 있고 독자적으로 계획을 세워서 치밀하게 준비해 왔습니다. 그리고 비밀을 유지하기 위해 다른 팀에게는 일절 말하지 않았습니다. 공격 날짜만 알고 있을 뿐 다른 것은 각 팀간에도 비밀로 되어 있습니다. 그리고 준비를 위해 지금까지 많은 돈을 썼습니다. 그 모든 것을 포기하라니 말이 됩니까? 비밀이 새어나간 무슨 증거라도 있나요?"

길쭉한 얼굴에 턱이 억세 보이고 왕방울 같은 눈을 가진 사내가 따지듯 물었다. 드디어 반격이 시작된 모양이라고 생각하면서 사마라는 머릿속을 더듬었다. 그리고 이내 그 사내가 레바논 출신의 지아드 자라임을 알았다. 사마라는 미소를 살짝 지어 보였다.

"그렇게 말씀하시는 것, 충분히 이해가 갑니다. 이곳 마이애미에서 모임을 갖게 된 것은 새로 변경된 계획도 계획이지만 그것을 각 팀별로 비밀리에 진행시키지 않고 내가 통합관리하기 위해서예요. 각 팀은 독자적으로 계획을 진행시키되 비밀리에 하지 않고 서로 유기적으로 협조하면서 일해 나가야 합니다. 그 모든 것을 내가 관리하고 거기에 필요한 지시를 그때그때 내릴 겁니다. 여러분들은 지시에 무조건 따라야 합니다. 나는 아마드 선생으로부터 전권을 위임받았습니다. 다른 사람들도 연락은 받았을 거로 알고 있습니다."

워낙 당당하게 말하는 바람에 사내들은 잠시 동안 어안이 벙벙한 모습으로 앉아 있었다.

"아마드 선생님으로부터 연락받았습니다."

모하메드 아타가 다소곳이 말했다. 사마라는 담배를 꺼내 입에 꽂고 나서 라이터 불을 붙였다. 사내들은 약간 놀란 듯이 그녀를 쳐다보았다.

"그 동안 들어간 비용에 대해서는 조금도 아까워하지 마세요. 거기에 대해서는 아무도 추궁하지 않을 거예요. 비밀이 새어나갔다는 증거는 아직 없어요. 하지만 가능성은 얼마든지 있어요. 그럴 가능성이 있다면 거기에 빨리 대비해야 한다는 것이 내 방침이에요. 가능성이 있는데도 불구하고 그대로 방치해 둔다는 것은 배신행위 못지않게 나쁜 짓이라고 생각해요. 비밀이 새어나갔을지도 모른다는 생각은 벌써부터 하고 있었어요. 그 가능성의 하나를 나는 빈 라덴한테 두고 있어요. 이 자리에는 각 파벌을 초월해서 진정코 성전에 목숨을 바치려고 하는 전사들만이 모였어요. 그래서 나는 감히 빈 라덴을 지적하는 거예요. 빈 라덴을 흠모하는 전사가 듣기에는 불쾌하고 모욕적으로 들릴지도 모르겠지만 나는 죽음을 앞둔 마당에 숨길게 없다고 생각하고 사실대로 말하는 거예요. 빈 라덴, 우리들에게 영웅처럼 비쳐지고 있는 그는 한마디로 잘 포장된 실속 없는 허깨비에 지나지 않아요."

사우디 출신의 하니 한쥬르의 눈썹이 꿈틀거렸다. 그의 갸름한 얼굴이 어느 새 벌게져 있었다.

"그 분을 모욕하지 마십시오."

그는 감정을 억누르면서 마치 맹수가 으르렁거리듯 말했다. 빈 라덴과 같은 사우디 출신인 그는 빈 라덴의 추종자로 알 카에다의 간부이기도 했다.

"참을 수가 없군."

이렇게 말한 사람은 안경을 끼고 턱 주변이 온통 시커먼 털로 뒤덮인 사내였다. 사마라는 에미리트 출신의 마르완 알 셰히일 거라고 생각했다. 그 역시 빈 라덴의 추종자인 것 같았다.

이슬람 진영은 내면적으로 미국에 대한 성전을 결의하면서 그 어느 때보다도 결속이 잘 되어 있는 것처럼 보였다. 그것은 여러 조직들이 단결해서 미국에 대항하지 않으면 공멸할 수 있다는 자각에서 비롯된 것이었다. 그와 같은 결속을 보여주는 하나의 작품으로 선정된 것이 바로 '봄은 오지 않을 것이다' 였다. 한마디로 그것은 각 조직이 참여하는 연합전선의 성격을 띠고 있었다. 그것을 위해 각 조직의 우두머리들은 여러 번 모임을 가졌고, 핵폭탄 이상의 충격을 가하자는데 의견이 모아지자 '무에르테' 라는 이름의 비상조직을 결성, 아마드 선생에게 그 구체적인 계획과 실행을 맡겼던 것이다. 아마드는 어느 쪽에도 거부감이 없는 원칙주의자이자 덕망이 높은 인물이었다.

"빈 라덴이 없으면 우리는 당장 무너져요. 그 분은 단순한 전사가 아니고 우리 이슬람 세계의 지도자예요. 우리가 이렇게 활동할 수 있는 것도 모두 그분의 지원 때문이야. 뭘 모르는군."

알 셰히는 과격한 성격을 가진 인물이라 분을 이기지 못해 벌떡 일어나더니 안경을 벗고 손수건으로 이마에 번진 땀을 닦았다. 그런 그를 아타가 손을 잡아끌어 다시 앉혔다. 그것을 보고 있으면서도 사마라는 눈 하나 까닥하지 않고 하던 이야기를 계속했다.

"빈 라덴을 비판하는데 대해서 기분이 상하는 사람도 있겠지만 나는 지금 사실을 있는 그대로 이야기하고 있어요. 그는 합동 회의에서 봄 작전이 결정되자 그 사실을 떠벌리고 다녔어요. 알카에다 본부를 찾아온 사람들에게 걸핏하면 미국에 대한 대규모 공격을 준비 중이라고 하면서 그 모든 것을 자기 혼자 계획하고 있는 것처럼 떠벌렸어요. 그리고 그런 말들은 금방 서방 정보기관에 포착됐고, 서방 정보기관의 알 만한 사람들 사이에서는 빈 라덴을 가리켜 떠벌이(big mouth)라는 별명이 굴러다니고 있어요. 오죽해야 아마드 선생이 빈 라덴에게 제발 입 좀 다물고 있으라고 경고를 했겠어요. 아마드 선생이 계획과 일정을 바꾼 것도 다 그런 이유 때문이었어요. 아마드 선생은 더 이상 빈 라덴에게 보고를 하지 않고 있어요. 완전히 등을 돌리고 작전에만 몰입하고 있어요."

한쥬르와 알 셰히는 사마라를 쏘아보다가 시선이 마주치자 얼른 눈을 돌렸다.

"나도 빈 라덴이 떠벌이라는 말을 들은 적이 있어요. 그 말을 듣고 실망이 컸어요."

하고 지아드 자라가 사마라의 말을 거들고 나왔다. 그 바람에 무슨 말인가 하려던 한쥬르는 도로 입을 다물어 버렸다.

"내가 만나 본 빈 라덴은 어떤 야망이나 비전도 없는 소심한 인물에 지나지 않았어요."

사마라가 거침없이 또 내뱉자 알 셰히의 얼굴이 잔뜩 일그러졌다.

"더 이상 빈 라덴을 모욕하면 난 이번 작전에 참가하지 않을 겁니다."

"나도 참가하지 않을 겁니다."

한쥬르가 일어설 듯이 하면서 말했다. 사마라는 담배를 재떨이에 비벼 끄고 나서 두 사람을 노려보았다.

"당신들은 알라신을 위해서 싸우는 건가요, 아니면 빈 라덴을 위해서 싸우는 건가요?"

금방이라도 뛰어 일어날 것 같던 두 사람은 멈칫해서 그녀를 쳐다보았다. 사마라는 자리에서 일어나 출입문 쪽으로 가서 버티고 섰다.

"알라신에 비하면 빈 라덴은 발바닥 때만도 못한 존재예요. 우리가 목숨을 바쳐 싸우는 성전을 빈 라덴의 이름으로 더럽히지 마세요. 빈 라덴 때문에 성전을 포기하겠다니 그건 우리의 성전과 알라신에 대한 모독이에요."

"그런 뜻이 아니에요! 오해하지 마십시오!"

사마라가 교묘하게 역공을 가하자 두 사람은 당황한 나머지 어쩔 줄을 몰라 했다. 사마라는 틈을 들이지 않고 단호하게 공격을 계속했다.

"만일 당신들이 이번 작전에서 빠지겠다면 두 가지 이유로 당신들을 용서할 수 없어요. 첫째는 성전을 욕되게 했기 때문이에요. 성전에 목숨을 바치기로 맹세를 해 놓고 포기하는 것은 성전에 대한 모욕이에요. 우리 전사들은 그것을 배신으로 받아들이고 결코 용서하지 않을 거예요."

"우리는 성전을 욕되게 할 생각은 추호도 없어요! 오해하지 마십시오!"

자리에서 일어난 그들은 두 손을 흔들면서 거칠게 항의했다.

"둘째, 당신들은 이미 공격 날짜를 알고 있고, 우리들의 얼굴을 알고 있고, 그 밖에 많은 정보를 알고 있어요. 한마디로 너무 많은 비밀을 알고 있기 때문에 비밀을 지키기 위해서도 살려 둘 수가 없어요."

그녀는 더 이상 조그맣고 연약한 여자가 아니었다.

"우리를 죽이겠다는 겁니까?"

알 세히가 눈을 부릅뜨면서 물었다.

"명령에 거역하면 살아서 이 방을 나갈 수가 없어요."

그런 말을 하는 그녀는 눈 하나 까닥하지 않았다. 방 안은 찬물을 끼얹은 것처럼 조용해졌다. 계속되는 무거운 침묵을 깨려는 사람은 아무도 없었다. 사마라는 화장대 쪽으로 조용히 걸어가더니 그 위에 올려놓은 백을 들고 다시 출입구 쪽으로 걸어갔다. 그런 다음 백 속에서 무엇인가를 꺼냈다. 그것은 조그만 권총으로 총구에는 소음기가 부착되어 있었다. 찰칵하고 장전하는 소리가 방 안의 정적을 깼다. 그것을 본 사내들의 얼굴이 납덩이처럼 굳어지고 있었다.

"나는 피를 싫어해요. 하지만 어쩔 수 없는 경우에는 피를 볼 수밖에 없어요. 용서를 빌고 다시 작전에 참가하겠다고 약속하면 받아들일 수 있어요."

서 있는 두 사내는 다른 사내들을 쳐다보았다. 도움을 바라는 눈치였지만 아타와 자라는 냉정한 얼굴로 앉아 있기만 했다. 잠시 후 아타가 두 사람에게 눈짓을 보내자 그들은 수치심으로 얼굴까지 붉히면서 고개를 숙였다.

"소란을 피워 미안합니다. 이번 작전에 빠질 생각은 추호도 없습니다."

한쥬르가 말했다.

"저도 마찬가지입니다."

알 셰히가 무뚝뚝하게 말했다.

두 사람이 자리에 앉는 것을 보고 사마라는 권총을 도로 백 속에 집어넣은 다음 자리에 돌아와 앉았다.

"지금부터 각 조가 맡아야 할 임무를 말씀드리겠어요. 잘 듣고 그대로 실행해 주기 바랍니다."

살벌하던 분위기를 순식간에 부드럽게 바꾸어 버리는 부드러운 목소리였다.

"먼저 확인해 둘 게 있어요. 여러분들은 대형 여객기를 조종할 수 있나요?"

이미 확인하고 온 것이지만 사마라는 본인들 앞에서 분명히 확인해 두고 싶어서 우선 그것부터 물었다. 모두가 무겁게 끄덕이고 나자 아타가 입을 열었다.

"대형 여객기를 실제로 몰아 본 사람은 아무도 없을 겁니다. 대형 여객기를 훈련용으로 사용하는 비행학교는 세계 어디에도 없습니다. 경비행기는 수 백 시간 조종해 보았고, 대형 여객기를 대신해서 시뮬레이션을 가지고 모의 조종훈련을 충분히 했습니다."

"모두가 사정이 같은가요?"

"그렇습니다."

자라가 왕방울 같은 눈을 굴리며 말했다. 사마라는 새 담배를 꺼내 물고 거기에다 불을 붙였다.

"그럼 됐어요. 그게 우리의 한계예요. 그 정도의 실력으로 공격을 시도할 수밖에 없어요. 사실 이번 공격비행은 전문가 수준의 비행 실력이 아니라도 충분히 가능하다고 봐요. 비행기를 이륙시키는 실력도 필요 없고 착륙시키는 기술도 필요 없어요. 비행하고 있는 상태의 비행기를 납치해서 목표물로 몰고 가서 충돌시키기만 하면 되는 거예요. 때문에 고도의 비행기술이 없다 해도 공격비행은 얼마든지 가능해요."

사내들은 갑자기 침묵을 지켰다. 살아날 길이라고는 전혀 없는 죽음의 비행에 대해서 이야기가 나오자 모두가 벙어리라도 된 듯 입을 다물고 있었다. 사마라는 백 속에서 검은 표지의 조그만 수첩을 꺼내 들고 펼쳤다. 거기에는 그 혼자만이 알아볼 수 있는 각종 암호문자로 뭔가가 빼곡히 적혀 있었다.

"이번 공격은 작전상 조종기술이 있는 여러분들이 각 팀의 지휘를 맡을 수밖에 없어요. 아타 씨는 제1팀의 팀장을 맡아 주세요. 제1팀은 뉴욕의 세계무역센터 북쪽 타워를 공격해 주세요. 단순한 공격이 아니라 완전히 붕괴시켜야 합니다."

다소곳이 앉아 있던 아타의 얼굴에서 핏기가 가시고 있었다.

"북쪽 타워는 내가 맡기로 했습니다. 처음부터 그렇게 하기로 하고 준비를 해 왔습니다."

알 셰히가 볼멘 목소리로 말했다. 그가 끼고 있는 안경이 번득이고 있었다. 사마라는 고개를 저었다.

"처음 말했지만 모든 계획은 변경되었어요. 새로 준비한 작전 계획은 바꿀 수가 없어요."

"하지만 난 북쪽 타워를 맡고 싶어요. 거기에 내 모든 것을 걸고 싶어요."

"그럴 수가 없어요. 북쪽 타워는 아타 씨가 공격해야 합니다."

"그럼 남쪽 타워를 맡게 해 주십시오."

알 셰히는 타는 듯한 눈으로 사마라를 쏘아보고 있었다.

"그렇지 않아도 남쪽 타워는 알 셰히 씨에게 맡기기로 결정되었어요."

그 말 한마디에 알 셰히의 이글거리던 눈빛이 금방 사그라지고 있었다.

"고맙소."

"알 셰히 씨는 제2팀의 팀장입니다. 그리고 무역센터 남쪽 타워를 산산조각 내 주세요."

"알겠습니다. 개미새끼 한 마리 살아남지 못하게 가루로 만들어 버리겠습니다."

시커먼 털로 뒤덮인 알 셰히의 턱이 실룩거렸다. 그러자 한쥬르가 나섰다.

"알짜배기는 다 가져가 버리고 우리는 쓰레기만 맡으라는 겁니까? 말도 안 됩니다. 남쪽 타워는 내 몫이었어요! 난 양보할 수 없어요!"

사마라는 자애로운 눈빛으로 그를 바라보았다. 죽음의 장소를 놓고 마치 장난처럼 다투는 아이들을 호기심어린 눈으로 바라보는 것 같았다.

"한쥬르 씨, 무역센터는 알짜배기이고 나머지는 쓰레기라는 말은 뭘 잘못 생각한 거예요. 펜타곤과 CIA본부가 쓰레기라는 생각은 크게 잘못된 거예요. 당신이 맡게 될 펜타곤은 세계 최고 최강의 군사력을 자랑하는 미국의 무력을 총괄하는 국방부예요. 미국방의 총본산이라고 할 수 있어요. 그 곳은 무역센터하고는 비교도 안 될 정도로 중요한 곳이에요. 그런 곳을 공격하는 것은 바로 미국의 심장을 강타하는 것이에요. 얼마나 멋진 일이에요?"

한쥬르의 긴 눈썹이 꿈틀했다.

"펜타곤을 공격할 겁니까? 그건 들어 있지 않았는데……?"

"펜타곤 공격은 계획안을 변경하면서 새로 집어넣은 거예요. 공격이 성공해서 그 곳을 잿더미로 만들 수만 있다면 미군 지휘부에 있는 자들이 많이 죽게 될 것이고, 그렇게 되면 지휘부도 붕괴될 거예요. 뿐만 아니라 중요 시설들도 파괴될 것이고 엄청난 자료 손실도 입게 될 거예요. 당신은 제3팀의 팀장으로 펜타곤을 반드시 파괴해야 해요."

"하지만 펜타곤은 도심에 있지 않기 때문에 무역센터처럼 상징적인 효과는 없는 셈이죠."

"상징적인 효과는 적을지 몰라도 실질적인 효과는 아주 엄청날 거예요."

한쥬르의 표정이 흔들리다가 차갑게 가라앉는 것 같았다. 그는 결코 만족하는 것 같지 않았다. 하지만 더 이상 반발하는 것을 삼갔다. 사마라는 마지막으로 지아드 자라를 쳐다보았다. 자라의 왕방울 같은 두 눈이 더욱 커지는 것 같았다.

"자라 씨는 제4팀을 맡아 주세요."

"알겠습니다. 자유의 여신상을 공격하는 겁니까?"

"아니에요. CIA 본부를 공격해 주세요. CIA는 미국이 저지르는 악의 총본산이에요. 미국의 모든 악은 그곳에서 계획되고 만들어지고 있어요. 그 곳을 철저히 파괴해 주세요. 알라신도 기뻐하실 거예요."

"알겠습니다."

자라는 억센 턱을 끄덕였다. 그는 아무런 이의도 제기하지 않았다.

사마라는 담배연기를 허공에다 길게 내뿜었다. 남자들 가운데에서는 알 셰히만이 담배를 피웠다.

"자, 그럼 지금까지 한 말을 정리해 보도록 하죠. 제1팀의 아타 씨는 무역센터 북쪽 타워, 제2팀의 알 셰히 씨는 같은 센터의 남쪽 타워, 제3팀의 한쥬르 씨는 펜타곤, 제4팀의 자라 씨는 CIA본부…… 잘 아시겠죠?"

사마라의 시선이 한 번 차갑게 훑고 지나가자 사내들은 일제히 고개를 끄덕였다. 사마라의 얼굴이 흥분으로 벌겋게 달아오르고 있었다. 그녀는 담배꽁초를 비벼 끈 다음 자리에서 일어나 창가로 다가가 창문을 활짝 열어젖혔다. 무더운 바람이 몰려들어 오자 그녀는 숨을 깊이 들이마시며 아까처럼 창가에 걸터앉았다.

"이보다 더 좋은 계획은 나올 수가 없어요. 아마드 선생님은 최상의 시나리오라고 극찬하셨어요. 하지만 이 계획은 아마드 선생님과 우리들만 알고 있는 거예요. 아마드 선생님은 비밀을 유지하기 위해 지도부에도 이 계획을 알리지 않았어요. 지도부에 스파이가 있을지도 모르니까요. 지도부는 작전이 끝난 뒤에야 알게 될 거예요."

각 팀장들의 얼굴도 벌겋게 달아오르고 있었다.

"사마라, 목표물 선정은 당신이 했습니까?"

아타가 눈을 빛내며 물었다.

사마라는 천천히 고개를 끄덕였다.

"내가 했어요. 그리고 아마드 선생님의 허락을 받았어요. 아마드 선생님은 몹시 기뻐하시면서 여러분들이 꼭 성공하라고 말씀하셨어요."

사내들한테서는 처음 사마라의 조그만 모습을 보았을 때의 어이없어 하던 표정, 그리고 노골적으로 깔보던 태도는 씻은 듯이 사라지고 지금은 불가사의한 존재에 대한 놀라움 같은 것이 나타나 있었다.

"지금부터 필요한 것은 메모를 하도록 하세요. 메모한 것은 외운 다음 없애 버리든가, 외울 자신이 없으면 자기만이 아는 암호로 적어 두세요."

사마라는 다시 수첩을 펴 들었다.

"9월 11일…… 작전개시는 여러분들이 각자 대원들을 데리고 비행기에 탑승하는 시간부터 시작됩니다. 그 시간을 나는 아침 이른 시간으로 잡았어요. 그리고 비행기를 납치해서 목표물을 공격하는 마지막 시간대는 아침 출근 시간인 9시 전후, 가장 붐비는 시간으로 잡았어요."

사마라는 창틀에 기대고 있던 몸을 일으켜서 방안을 왔다 갔다 하기 시작했다. 그녀는 다시 입을 열면서 오른손을 들고 흔들었는데 체구가 작은 것에 비해 손은 남자처럼 커 보였다. 그러나 사내들 가운데 그것을 유심히 지켜보는 사람은 아무도 없었다.

"먼저 각 팀의 암호명을 알려주겠어요. 제1팀은 페르시아 고양이, 제2팀은 히말라야 고양이, 제3팀은 버마 고양이, 제4팀은 타이 고양이…… 외워 두세요."

그녀는 각 팀의 암호명을 다시 한 번 되풀이해서 말한 다음 비행 스케줄에 대해서 말하기 시작했다.

"4개 팀이 목표물을 같은 시간에 정확히 공격하는 것은 불가능해요. 왜냐하면 비행기 출발시간이 각기 다른데다 목표물까지의 비행시간도 각기 다르기 때문이에요. 하지만 가능한 한 서로 가까운 시간대에 목표물을 공격할 수 있도록 시간을 조정하는 것은 가능해요. 공격 시간이 너무 차이가 나면 그 사이에 비상경계가 내려져 나중에 공격하는 팀은 미공군기의 공격을 받게 될 것이 뻔하기 때문에 공격시간을 비슷한 시간대에 맞출 필요가 있어요. 그래서 시간을 조정해 본 결과 첫 번째 공격에서 마지막 공격까지의 시간 차이를 약 한 시간대로 좁힐 수가 있었어요. 이것은 정교한 게임이나 마찬가지이기 때문에 여러분들은 한 시간 이상 차이가 나지 않도록 최대한 노력해야 합니다. 그러려면 비행기를 빨리 납치해야 되고 조종실을 장악한 다음에는 최대한 빨리 목표물을 향해 비행해야 합니다. 우물쭈물할 시간이 없어요!"

사마라는 주먹을 쥐고 흔들었다. 그 때의 그녀의 목소리는 남자 같았고, 주먹을 흔드는 모습도 여자 같지가 않았다. 그것을 깨달은 듯 그녀의 목소리는 다시 여자처럼 연약한 목소리로 돌아갔다.

"그래서 생각한 것이 공격 시간대를 좁히기 위해 출발지를 같은 곳으로, 또는 서로 가까운 곳으로 정하게 됐어요. 여러분이 출발하게 될 공항은 보스턴 로건 공항과 워싱턴 덜레스 공항, 그리고 뉴저지에 있는 뉴어크 리버티 공항으로 결정됐어요. 그리고 맨 처음에 출발하는 비행기의 이륙시간은 7시 45분, 맨 마지막에 출발하는 비행기의 이륙시간은 8시 10분이예요. 그러니까 예정대로라면 여러분들은 25분 사이에 모두 공항을 이륙하는 거예요. 이것이 내가 최소한으로 좁혀 본 출발시간차예요. 더 이상은 안 돼요."

사마라의 말에 이의를 제기한다는 것은 더 이상 의미가 없어 보였다. 그만큼 그녀의 계획에는 빈틈이 없어 보였다. 사내들은 거기에 전적으로 동의한다는 듯 모두 고개를 크게 끄덕였다. 사마라는 계속 움직이면서 말을 이어나갔다.

"페르시아 고양이는 9월 11일 아침 보스턴 로건 공항에서 7시 45분에 출발하는 로스앤젤리스행 아메리칸 에어라인에 탑승하세요. 7시 45분이에요. 히말라야 고양이는 같은 날 보스턴 로건 공항에서 아침 7시 58분에 출발하는 로스앤젤리스행 유나이티드 에어라인에 탑승하세요. 7시 58분입니다. 버마고양이는 같은 날 워싱턴 덜레스 공항에서 아침 8시 10분에 출발하는 로스앤젤리스행 아메리칸 에어라인에 탑승하십시오. 8시 10분입니다. 타이 고양이는 9월 11일 뉴저지에 있는 뉴어크 리버티

국제공항에서 아침 8시 1분에 출발하는 샌프란시스코행 유나이티드 에어라인에 탑승하세요. 8시 1분입니다. 각 팀은 출발 공항과 출발 시간을 외워 두십시오."

"항공권 예약은 되어 있습니까?"

아타가 조심스럽게 물었다.

"아뇨. 아직 안 돼 있어요. 하지만 아직 한 달 이상 기간이 남아 있기 때문에 항공권은 얼마든지 구할 수 있어요. 인터넷으로 알아봤더니 좌석은 충분히 남아 있어요. 내가 혼자서 집중적으로 항공권을 구입하면 정보망에 걸려들지도 모르기 때문에 하지 않았어요. 항공권은 각 팀이 알아서 구입하되 표를 못 구하는 일이 없도록 미리 손을 써 두세요. 그리고 조종실과 가까운 1등석 표를 구입하도록 하세요."

"1등석은 굉장히 비쌀 텐데요?"

지아드 자라가 말했다. 사마라는 보일 듯 말 듯 미소를 지었다.

"돈은 걱정하지 마세요. 여러분들이 노리는 목표물에 비하면 그 정도의 비용은 휴지만도 못해요."

사내들의 얼굴에 희미한 미소가 나타났다가 사라졌다. 한쥐르가 불쑥 이런 말을 던졌던 것이다.

"죽음의 비행에 필요한 장례비라고 생각하면 돼."

가슴을 짓누르는 듯한 정적이 흘렀다. 사마라는 선 채로 새 담배에 불을 붙인 다음 창가로 다가가 바다를 바라보았다. 하얀 돛을 올린 요트들이 파도에 출렁이며 수평선 쪽으로 달려가고 있었다. 햇볕에 검게 그을린 남녀들이 요트 위에 잔뜩 타고 있었고, 특히 여자들의 머리칼이 바람에 마구 휘날리고 있는 모습이

멋있어 보였다. 문득 부럽다는 생각이 들었지만 그런 생각을 지워 버리기라도 하려는 듯 그녀는 몸을 돌려 네 마리의 수고양이를 바라보았다.

"중요한 것은 예행연습이에요. 여러분들은 자기가 탈 비행기를 반드시 두 번 정도는 미리 탑승해 봐야 해요. 그리고 빈틈없이 체크해야 해요. 보안과 검색 상태, 기내의 분위기, 조종실과 1등석 사이, 조종실을 어떻게 하면 쉽게 장악할 수 있는지…… 그런 것들을 세밀히 체크해 봐야 해요. 그런 준비도 없이 무턱대고 비행기를 탔다가는 십중팔구 실패하기 마련이에요. 비행기 내부를 상세히 그리던가, 사진을 찍어서 그것을 놓고 작전을 짜는 게 좋을 거예요. 비행기를 납치해서 조종실을 장악하고 목표물을 향해 돌진하는 것은 각 팀이 알아서 할 일이에요. 여기서는 기본적인 것만 이야기할 수 있을 뿐이에요. 탑승해서 행동개시에 들어가면 어떤 변수가 생길지 아무도 알 수 없어요. 승객 중에 특수부대 요원들이 탔을 수도 있고 가라데 유단자가 있을 수도 있어요. 무기를 휴대한 보안요원들이 잠복하고 있을 수도 있어요."

"사마라, 당신은 어느 비행기에 탑승할 겁니까?"

알 세히가 안경 너머로 그녀를 뚫어지게 쳐다보면서 물었다. 모두가 궁금해 하는 눈으로 그녀를 쳐다보고 있었다.

사마라는 팔짱을 낀 채 다시 움직이기 시작했다.

"여기서 그것을 말할 수는 없어요. 아직 어느 비행기에 타야 할 지 결정하지 못했어요. 하지만……."

"작전에 직접 참가하기는 하는 겁니까?"

알 셰히가 추궁하듯 물었다. 사마라는 미소를 지었다.

"물론 참가할 거예요. 틀림없이 여러분들과 함께 죽음의 비행을 할 거예요. 나 혼자 살기 위해 비행기를 타지 않거나 하는 일은 결코 없을 거예요."

"기대가 큽니다."

"작전은 반드시 성공해야 하고 성공할 거예요. 여러분들은 조금도 의심하지 말고 확신을 가지세요. 각 팀의 숫자를 확인하겠어요. 페르시아 고양이는 모두 몇 명이죠?"

"다섯 명입니다."

"히말라야 고양이도 다섯 마리입니다."

알 셰히의 말에 그 때까지 긴장하고 있던 사내들이 소리 내어 웃었다.

"버마고양이는?"

"다섯 명입니다."

"타이 고양이는 네 마리밖에 없습니다."

자라가 마지막으로 말했다.

"작전요원을 추가로 더 늘이고 싶은 팀은 없나요?"

"없습니다."

아타의 말에 모두가 수긍하는 듯 가만히 있었다.

"이번 작전에 빠지고 싶거나 또는 빼고 싶은 사람이 있으면 지금 말씀하십시오."

모두가 일제히 고개를 흔들었다.

"잘 생각해서 대답하십시오. 그 숫자로 대형 여객기를 납치할 수 있겠어요? 변변한 무기도 없이 말이에요? 2백여 명이나 되는 승객들을 어떻게 굴복시키죠?"

"무기만 있으면 되는데 그게 문제입니다. 무기가 없으면 승객들을 제압하는 것은 불가능합니다."

아타가 근심스러운 표정으로 말했다. 사마라는 집게손가락을 세워 보였다.

"바로 그게 문제예요. 무기 없이 비행기를 납치하는 것은 불가능해요. 그렇다고 기내로 무기를 반입할 수 있느냐 하면 그것도 어려워요. 무기를 숨겨 가지고 탑승하려다가 걸리면 체포되는 것은 물론이고 작전은 수포로 돌아갈 수밖에 없어요. 여러분들은 권총이나 수류탄을 들고 탑승할 생각인가요?"

갑자기 그들은 멍한 표정으로 돌아갔다. 어떻게 해야 할지 모르겠다는 그런 표정들이었다.

"권총이나 수류탄, 또는 폭탄 같은 것을 가지고 탑승하는 것은 아예 생각지도 마세요. 그건 나를 잡아가 달라고 고백하는 것이나 다름없어요."

"그럼 어떻게 해야 합니까? 처음 계획대로라면 칼을 숨겨 가지고 들어갈 수밖에 없는데…… 사실 그건 무기라고 볼 수도 없지 않습니까?"

"칼은 권총에 비하면 무기라고 볼 수도 없죠. 하지만 어떻게 활용하느냐에 따라서 그것은 강력한 무기가 될 수 있다고 봐요. 잘만 활용하면 그것은 권총 이상의 효과를 볼 수 있어요. 더구나 여러분들은 칼솜씨가 아주 뛰어난 걸로 알고 있어요."

그녀는 담배를 비벼 끄고 나서 품속에서 무엇인가를 꺼내 들었다.

"잘 보세요. 이건 종이상자를 절단할 때 쓰는 커터예요."

그것은 어디서나 흔히 볼 수 있는 칼로, 사용하다가 날이 무디어지면 앞부분을 절단해서 사용할 수 있는 매우 편리한 물건이었다. 그녀가 엄지손가락으로 옆에 부착되어 있는 손톱 크기의 장치를 앞으로 밀자 날카로운 칼날이 쑥 밀려나왔다.

"숨겨 가지고 비행기에 타기에는 이게 제일 좋아요. 난 이걸 여러 개 가지고 비행기에 타 봤는데 한 번도 걸리지 않았어요. 다른 칼은 무기로 보이기 때문에 금방 걸려요. 하지만 이 커터는 별로 주목을 받지 못해요. 이런 걸 가지고 비행기를 납치할 것이라고는 상상도 할 수 없기 때문에 그럴 거예요. 비행기 납치사상 이런 걸 가지고 비행기를 납치한 경우는 한 번도 없어요."

"검색을 통과할 때 그걸 몸에 숨겨 가지고 통과했습니까, 아니면 가방 속에 넣은 상태로 통과했습니까?"

"안전하게 통과할 수 있는 방법을 알려 드리겠어요. 여러 번 실험을 해 본 결과 기내에 들고 들어갈 수 있는 트렁크 안에 숨기는 게 가장 안전했어요. 혹시 바퀴 달린 트렁크 있나요?"

아타가 재빨리 일어나 구석 쪽에 세워져 있는 검정색 작은 트렁크를 들고 오자 그녀는 트렁크 안을 살펴보고 나서 안에 들어 있는 것들을 모두 비워 달라고 말했다. 아타는 안에 들어 있는 양말이며 팬티 같은 것들을 바닥에다 쏟아 버린 후 빈 트렁크를 사라마 앞에 내려놓았다. 그녀는 그것을 침대 위에 올려놓은 다음 사내들을 가까이 오게 했다. 그들은 일어서서 침대 주위로 다가섰다.

"잘 보세요. 트렁크를 검색대 위에 올려놓을 때 세워 놓지 말고 면이 넓은 쪽으로 눕혀 놓으세요. 대개 이렇게 눕혀 놓는데 일부러 세워 놓지는 마세요. 검색대 앞에는 직원이 서 있는데 그들을 자세히 보면 트렁크나 그 밖의 서류 가방 같은 기내 휴대 물품을 일일이 눕혀 놓고 있어요. 왜 그런지 아세요?"

그녀는 트렁크 뚜껑을 덮은 다음 그것을 바로 눕혀 놓았다.

"전자 감식기에 잘 보이게 하려고 그러는 거 아닙니까?"

누군가가 말했다.

"맞아요. 트렁크의 넓은 면을 비치면 안에 들어 있는 것들을 모두 투시할 수가 있기 때문이에요. 하지만 거기에도 사각지대가 있어요. 전자 감식기는 위에서 아래로 투시해요. 그래서 옆을 투시하지 못하는 단점이 있어요. 옆면까지 투시할 수 있는 감식기가 설치되어 있는 공항이 따로 있는지는 확실히 모르지만 내가 보기에는 없는 것 같아요. 왜냐하면 보스턴의 로건 공항과 뉴욕의 케네디 공항은 미국 내에서 보안 검색 시스템이 가장 잘 되어 있는 공항으로 알고 있는데 카터가 다섯 자루나 들어 있는 내 트렁크는 두 공항의 검색대를 아무런 체크도 받지 않고 무사히 통과했어요. 그렇게 통과할 수 있었던 것은 옆면에 부착되어 있는 주머니에 카터를 넣어 두었기 때문이에요. 그러니까 그건 로건 공항과 케네디 공항에는 트렁크의 옆면까지 비추는 감식기가 없다는 증거예요. 그 두 공항에 없으면 다른 공항은 알아보나마나예요."

신중한 아타가 잘 이해가 안 간다는 듯 고개를 갸우뚱했다.

"감식기가 옆면을 투시하지 못한다는 것은 어떻게 알 수가 있습니까?"

"그 방면의 전문가에게 물어봤어요. 그 전문가 말이 전자 감식기는 위에서 아래로 비추기 때문에 트렁크가 눕혀져 있을 경우 벽처럼 서 있는 옆면을 감지하지 못한 채 지나칠 가능성이 크다는 거예요."

그녀는 트렁크 뚜껑을 젖힌 다음 안쪽 옆면을 만졌다.

"이 트렁크에는 옆면에 주머니가 없지만 내 트렁크에는 여기에 주머니가 달려 있어요. 여기에다 커터를 넣어 가지고 검색을 받았는데 한 번도 걸리지 않았어요. 시험 삼아 한 번은 옆 주머니에 커터를 넣지 않고 뚜껑 안쪽에 달려 있는 주머니에다 넣어 봤어요. 그랬더니 바로 걸렸어요. 커터는 물론 압수당했어요. 이제 준비물 1호가 뭔지 아시겠죠?"

"커터를 숨길 수 있는 트렁크를 구입해야겠군요."

하고 알 셰히가 무뚝뚝하게 말했다.

"안쪽 옆면에 주머니가 달려 있는 트렁크를 구입하세요."

"알겠습니다."

"신발 속에 숨겨도 안전한 걸로 알고 있는데 그 방법은 어떻습니까?"

아타가 두 눈을 깜박이며 물었다.

"그건 사실이에요. 짐을 검사하는 검색대와 몸을 검사하는 검색 게이트는 그 시스템이 달라요. 짐 검사는 전자 감식기로 투사해서 검사하는 것이고 몸 검사는 전자 감응장치로 검사하는 거예요. 그런데 전자 감응장치는 발목 아래 부분은 감응을 하지 못해요. 그래서 신발 속에 숨겨 가지고 통과하면 경보음이 울리지가 않아요. 하지만 그렇다고 해서 안심할 수는 없어요. 걸음걸이가 수상하거나 낌새가 좀 이상하면 신발까지 벗겨서 철두철미 몸수색을 하는 경우가 있어요. 만일 커터를 신발 속에 숨겨 가지고 들어가다가 적발되면 트렁크 속에서 발견되는 것하고는 사정이 다르기 때문에 체포되거나 탑승이 거부될 가능성이 커요. 그러니까 신발 속에 숨기는 것은 피하는 게 좋겠어요."

"잘 알겠습니다. 커터가 아닌 단검 같은 것은 안 될까요? 커터보다는 단검이 훨씬 사용하기가 좋고 위협적일 텐데요?"

한쥬르가 밤색 가죽집에서 단검을 꺼내 보이며 물었다. 날이 시퍼런 것이 보기에도 섬뜩한 느낌을 주고 있었다. 사마라는 웃으며 고개를 저었다.

"그런 건 곤란해요. 크기 때문에 옆 주머니에 숨긴다 해도 발각될 가능성이 커요. 커터는 손가락 굵기에다 날을 안으로 숨길 수가 있기 때문에 별로 주목을 받지 못해요."

"그렇다면 과연 커터로 승객들을 제압하고 비행기를 납치하는 게 가능할까요? 우리가 무기라고는 고작 커터밖에 가지고 있지 않은 것을 알면 승객들이 가만 있지 않을 거고, 만일 싸움이 벌어지면 우린 수적으로 우선 승객들을 당할 수가 없을 겁니다. 거친 승객들이나 재수 없이 무기를 휴대한 보안요원이라도 있으면 우린 비행기 납치는 고사하고 얻어맞아 죽거나 사살당할 게 뻔합니다."

알 셰히는 부정적으로 말하면서 얼굴까지 붉혔다. 그리고 사마라가 뭐라고 말하기도 전에 다시 말을 이었다.

"지금까지 칼로 비행기 납치에 성공한 예도 없었고, 또 칼로 비행기를 납치하려고 기도한 어리석은 사람도 없었습니다. 이-

건 실낱같은 가능성을 가지고 한번 시도해 보겠다는 아주 바보 같은 짓입니다. 실패할게 뻔 한데 그걸 알면서 해야 합니까?"

그가 워낙 거세게 이의를 제기하고 나오는 바람에 모두가 긴장해서 사마라의 눈치를 살폈다. 그러나 그녀의 얼굴에는 아무런 표정도 나타나 있지 않았다. 그녀는 무표정한 얼굴로 이렇게 말했다.

"아무도 시도해 보지 않았다는 사실이 중요하다고 봐요. 시도한 적이 없기 때문에 적들은 거기에 전혀 대비가 되어 있지 않아요. 그 틈을 나는 노리겠다는 거예요. 그러니까 번개처럼 허를 찌르겠다는 거예요."

웃음소리가 들렸다. 알 셰히 혼자 웃는 소리였다.

"번개처럼 허를 찌른다고 해서 그게 가능할까요?"

"확신을 가지세요. 할 수 있다는 확신만 가지면 바늘을 가지고도 비행기를 납치할 수 있어요. 여러분들은 이번 작전을 위해 오랫동안 기다려왔고 온갖 어려움을 무릅쓰고 준비를 해 왔어요. 그리고 마침내 그 기회가 온 거예요. 여기서 우리가 좌절하면 알라신에 대한 배신이나 다름없어요. 이번 작전은 그야말로 세계를 뒤흔드는, 세계 역사에 길이 남을 작전이라고 할 수 있어요. 우리가 작전에 성공하면 이 세계는 분명히 달라질 거예요. 그걸 포기하시겠어요?"

"포기한다는 게 아니라 종이상자나 자르는데 사용하는 커터로는 성공할 수 없다는 겁니다."

"이제부터 내가 하는 말을 잘 들으십시오. 이번 작전에서 가장 중요한 것은 시간 절약과 단호하고 과감한 행동이에요. 이 두

가지만 지키면 작전에 송공할 수가 있어요. 최대한의 시간 절약과 단호하고 과감한 행동은 기관단총이나 수류탄보다도 더 효과적이라는 것을 알아야 해요. 납치에서 목표물 공격까지 걸리는 시간을 나는 30분 정도로 잡아야 한다고 생각해요. 시간을 최대한 절약하면 30분 정도에서 작전을 완료할 수 있다고 봐요. 그 이상 걸리면 우리가 밀리게 되고, 결국 실패할 확률이 커요. 우리 쪽이 열세이기 때문에 30분 동안만 버텨 주면 우리는 성공할 수 있어요. 그리고 30분 안에 작전을 끝내려면 과감하고 단호하게 움직여야 해요. 우물쭈물할 시간이 없어요. 또 과감한 행동과 단호한 태도는 승객들을 일거에 제압하는데 꼭 필요해요. 일단 비행기에 타면 기회를 봐서 작전에 돌입하는데, 제일 중요한 것은 승객들에게 공포감을 심어 주는 거예요. 그러려면 단순히 커터를 휘두르면서 승객들을 위협하는 정도 가지고는 안 돼요. 피를 보여줘야 해요. 피를 보여주려면 제물을 골라야 하는데, 그것은 미리 선정해 놓는 게 좋아요. 내가 보기에는 스튜어디스가 가장 적당하다고 생각해요. 그것도 목이 길고 예쁜 스튜어디스가 좋겠어요. 승객들이 보는 앞에서 그 스튜어디스의 목을 자르세요. 단호하고 과감하게 자르세요. 시뻘건 피가 뿜어져 나오는 것을 승객들이 볼 수 있게 자르세요. 여러분들은 목 자르기의 명수 아닌가요?"

사내들의 얼굴이 서서히 상기되고 있었다. 살기로 눈들이 번득이는 것을 지켜보다가 사마라는 다시 입을 열었다.

"예쁜 스튜어디스의 희고 긴 목이 잘리는 것을 보는 순간 승객들은 비명을 지를 거예요. 그리고 기내는 일대 혼란이 일어날 거예요. 그 때 단 한 명의 스튜어디스만 남게 하고 모든 승무원들과 승객들을 뒤쪽으로 몰아붙여야 해요. 커터를 휘두르면서 본보기로 몇 명한테 상처를 입히면 다치지 않으려고 뒤쪽으로 몰려 들어갈 거예요. 일단 그렇게 해 놓으면 그들과 여러분들 사이에 상당한 거리가 확보되는 거예요. 거리가 멀면 반격해 오는 것이 쉽지가 않아요. 그들이 쉽게 달려들지 못하게 하려면 통로에다 짐을 쌓아 두는 것도 한 방법일 수가 있어요. 짐칸에 있는 짐들을 닥치는 대로 내려서 통로에다 쌓아 두세요. 대원들이 그렇게 승무원들과 승객들을 제압하고 있는 동안 팀장과 또 한 대원은 스튜어디스에게 조종실 문을 열게 해야 합니다. 그 때까지 조종실 안에서는 밖에서 무슨 일이 일어나고 있는지 모르고 있을 거예요."

알 세히는 입을 꾹 다물고 있었다. 모두가 진지하게 경청하고 있는 것을 보고 더 이상 그녀를 공격하고 싶은 생각이 없어진 듯했다.

"우리 쪽은 불과 4, 5명밖에 안 되기 때문에 되도록 빨리 조종실을 장악해야 해요. 이번 작전의 성패는 사실 조종실을 장악하느냐 마느냐에 달려 있어요. 때문에 무슨 수를 써서든지 조종실을 장악해야 해요. 조종실을 장악하지 못하면 작전은 실패한 것이나 다름없어요. 문제는 조종실 문을 여는 것인데 조종사가 그 시간에 화장실에 가기 위해 밖으로 나온다든가 하면 그 틈을 이용해서 조종실 안으로 뛰어들면 되는데 만일 그렇게 되지 않을 경우에는 결국 스튜어디스를 위협해서 조종사를 밖으로 나오게 할 수밖에 없어요. 조종실 문은 견고하게 만들어져 있어서 안에서 걸어 잠그면 열수가 없어요."

"만일 조종사가 스튜어디스의 말을 듣지 않고 계속 조종실 안에 버티고 있으면 어떻게 합니까?"

아타가 진지한 어조로 물었다. 사마라는 그의 진지한 태도에 호감을 느끼고 있었다.

"그러니까 그럴듯한 구실을 붙여서 조종사를 불러내야 합니다. 스튜어디스가 사실대로 이야기하면 조종사는 결코 문을 안 열어 줄 거예요. 긴급한 환자가 발생했으니 한번 나와서 보라고 하면 할 수 없이 밖으로 나올 거예요. 기내에서 급한 환자가 발생하면 가까운 공항에 착륙해서 치료를 받게 해야 하는데 그런 결정을 내리기 위해서는 그 전에 조종사가 직접 환자를 살펴보는 게 순서라고 알고 있어요. 스튜어디스 목에 커터를 들이대고 조종사에게 급한 환자가 발생했다고 말하라고 하면 거절하지 못할 거예요. 그렇게 해서 조종사가 밖으로 나오면 그를 제압하든가 죽인 후 즉시 조종실 안으로 뛰어들어야 해요. 팀장 혼자서 들어가면 부조종사와 일대 일로 싸워야 하기 때문에 위험해요. 두 사람 이상이 함께 들어가서 부조종사를 제압한 다음 밖으로 끌어내야 해요. 그렇게 해서 일단 조종실을 장악하면 그 때부터는 팀장 혼자만 조종실 안에 있어야 해요. 다른 대원은 밖으로 내보내고 안에서 문을 단단히 잠근 다음 조종석에 앉아 방향을 바꾸는 거예요. 어떤 경우에도 조종실 문을 열어 주면 안 돼요. 방향을 튼 다음 곧장 목표물을 향해 전속력으로 날아가야 해요. 그 동안 다른 대원들은 조종실 앞을 지키고 있어야 해요. 승객들 가운데 용감한 사람들이 있어서 죽기를 각오하고 달려들 수도 있어요. 그럴 경우 격투를 벌일 수밖에 없는데 어떻게든 30분 정도만 버텨 주면 그 사이에 작전을 끝낼 수가 있어요. 목표물에 충돌하는 순간 기내에서 벌어지고 있는 상황은 순식간에 종료가 되는 거예요. 생각만 해도 근사하지 않아요?"

사마라가 미소를 지으면서 사내들을 쳐다보았지만 그녀에게 돌아온 반응은 무거운 정적뿐이었다. 그러나 그것은 오래 가지 않았다. 뒤이어 박수 소리가 들려왔던 것이다. 박수는 아타쪽에서 나오고 있었다. 그는 천천히 박수를 치고 있었다. 조금 지나자 다른 사람들도 박수를 치기 시작했고, 마지막으로 알 셰히가 박수를 치자 그것은 빠르고 크게 실내를 울리기 시작했다.

"아주 근사합니다!"

지아드 자라가 흥분해서 떨리는 목소리로 말했다. 사마리는 한 손을 들어 보였다.

"됐어요. 박수소리가 밖에 들리면 좋을 게 없어요."

실내는 다시 조용해졌다. 사내들은 이 신비로운 아름다운 여인을 어떻게 이해해야 할지 몰라 적지 않게 혼란을 느끼고 있는 것 같았다.

"승객들을 제압하기 위해서 모의 수류탄 같은 것을 만들어서 위협해도 효과가 있을 거예요. 아니면 모기향 같은 것이 들어 있는 양철통을 흔들어 보이면서 그 안에 독가스가 들어 있다고 공갈을 치면 모두 기겁할 거예요. 모의 수류탄은 기내에 가지고 들어가면 눈에 띠니까 분해 된 상태로 가지고 들어가 화장실 안에서 조립하면 될 거예요. 아무튼 방법은 여러 가지가 있으니까 각자 연구해 보세요. 사소한 것까지 내가 일일이 지시할 수는 없으니까 알아서 들 하세요."

"비행기가 빌딩에 충돌하면 빌딩이 과연 무너질까요? 1차 무역센터 공격 때는 지하 주차장에서 폭탄을 터뜨렸는데도 끄덕도 하지 않았거든요."

아타가 조심스럽게 물었다.

"무역센터 빌딩은 첨단공법으로 지었기 때문에 진도 7의 지진에도 끄덕도 하지 않는다고 들었습니다. 견고하기로 말하면 세계에서 가장 튼튼한 건물이라고 알고 있어요."

알 셰히가 아타의 말을 거들고 나왔다. 사마라는 고개를 가로 저었다.

"이 세상에 무너지지 않는 건물은 없어요. 얼마나 강력한 힘으로 충돌하느냐에 따라 무너질 수도 있고 안 무너질 수도 있어요. 이번 작전은 1차 무역센터 공격 때하고는 전혀 달라요. 지하 주차장에서 터뜨린 폭탄의 파괴력 같은 것은 비교가 안 될 정도로 엄청난 위력을 발휘할 거예요. 미 대륙을 횡단해야 하기 때문에 비행기에는 약 1만 갤런의 기름이 가득 들어 있어요. 비행기가 무서운 속도로 돌진하여 빌딩에 부딪칠 경우 그 충격의 강도는 폭탄보다 수십 배 강할 거예요. 그리고 충돌과 동시에 가득 실려 있던 연료가 쏟아지면서 불덩이가 건물을 집어삼킬 거예요. 그 때의 온도는 얼마나 될 거 같아요? 내가 알아본 바에 의하면 섭씨 1천도가 넘어요. 섭씨 1천도면 빌딩 철골이 엿가락처럼 녹아내릴 거예요. 결국 무역센터 빌딩에 가해진 엄청난 충격과 뜨거운 화염은 핵폭탄과 맞먹는 위력으로 빌딩들을 붕괴시키고 말 거라고 봐요."

사마라는 두 팔을 벌리고 위를 쳐다보면서 읊조리듯 말했다.

"위로 솟구치는 거대한 불기둥…… 그 불기둥 속으로 무너져 내리는 미국 자본주의의 상징 세계무역센터…… 당신들은 요한 계시록 속의 대재앙을 보게 될 거예요."

긴장과 함께 무거운 침묵이 흘렀다. 그 침묵에 견딜 수 없다는 듯 알 셰히가 입을 열었다.

"우리는 불길 속에 연소돼 버리기 때문에 대재앙을 구경할 틈도 없을 겁니다."

그 말을 기다렸다는 듯 나머지 사내들이 일제히 고개를 끄덕인다. 그들의 얼굴에는 땀이 흐르고 있었다.

사마라는 그 말을 무시하고 좀 더 구체적인 사항에 대해 말을 꺼냈다.

"빌딩의 어느 위치를 공격해야 빌딩이 빨리 붕괴되는지 그 점에 대해서도 생각해 봐야 해요. 빌딩의 맨 아랫부분을 공격하는 게 제일 좋겠지만 그건 현실적으로 불가능해요. 잘 알겠지만 뉴욕 맨해튼은 고층 빌딩 숲이에요. 그래서 너무 낮게 날 수가 없어요. 다른 빌딩에 부딪치지 않으려면 일정한 높이를 유지한 채 날아가야 하는데 무역센터 앞에 이르러서 갑자기 고도를 낮춰 충돌한다는 것은 불가능해요. 경비행기라면 몰라도 여러분들이 조종하는 비행기는 거대한 보잉기예요. 그렇다고 밑으로 곤두박질쳐서도 안 돼요."

"잘못하다가는 윗부분에 부딪치겠는데요. 나하고는 상관없는 일이지만……."

펜타곤을 공격하기로 되어 있는 한쥬르가 무역센터 공격에 대해서만 줄곧 이야기가 계속되자 빈정대듯 말했다.

"빌딩 윗부분에 부딪치면 안 돼요. 위부분에 부딪치면 빌딩은 무너지지 않을 거예요. 가장 좋은 방법은 빌딩의 허리를 자르는 거예요. 110층 빌딩이니까 50층에서 60층 사이가 허리라고 볼 수 있어요. 하지만 그것도 쉽지는 않아요. 그 정도 높이로 날아가려면 빌딩 숲 위를 날아갈게 아니라 빌딩과 빌딩 사이를 날아서 접근해야 하는데 그 정도의 조종술을 가진 사람은 여기에 아무도 없을 거예요."

"조종은 서툴지만 한 번 해 보는 수밖에 없지 않겠습니까? 빌딩 사이를 오래 비행하는 것이라면 몰라도 잠깐 비행하는 것이라면 그렇게 어려울 것도 없다고 보는데……. 이미 죽음을 각오한 비행이기 때문에 초인적인 곡예비행이 나올 수도 있다고 봅니다만……."

조심스럽게 이렇게 말한 사람은 아타였다. 사마라는 호감어린 눈으로 그를 쳐다보았다.

"여기서 정확히 빌딩의 몇 층을 공격하라고 말할 수는 없어요. 그와 같은 지시는 말이 안 되는 것이니까요. 하지만 이렇게는 말할 수 있어요. 고도를 최대한 낮춰서 공격하라고요. 가능한 한 빌딩의 아랫부분, 그게 어려우면 빌딩의 허리부분, 그것도 힘들면 그 조금 위쪽을 공격하라는 말밖에 할 수 없어요. 아타 씨의 말처럼 빌딩 사이를 비행할 수만 있다면 허리 정도를 공격하는 것은 가능하다고 봐요. 결국 이번 작전은 비행기 납치에서 공격까지 그 어느 것 하나도 우리 쪽에 유리한 게 없어요. 거의 불가능한 상황에서 바늘구멍만한 가능성을 찾아 작전을 결행하는 거예요. 물론 무모한 작전이긴 하지만 이 작전이 가능한 것은 여러분들이 성전에 목숨을 바치기로 이미 맹세했기 때문에 가능한 거예요. 알라신에게 목숨을 바치면 이 세상에 불가능한 것은 하나도 없어요."

"펜타곤 공격은 어떻게 하는 게 좋겠습니까?"

한쥬르가 눈을 빛내며 물었다. 사우디아라비아의 부유한 사업가를 아버지로 둔 그는 미국에서 5년이나 지냈기 때문에 영어에 능통하고 지리에도 비교적 익숙한 편이었다. 다른 사내들에 비해 얼굴이 야윈 그는 가끔씩 사소한 일에도 신경질적인 반응을 보이곤 했다.

"펜타곤에는 가본 적이 있나요?"

"네, 있습니다. 한때 워싱턴에서 살았기 때문에 몇 번 가본 적은 있습니다. 하지만 안에까지 들어가 보지는 못했습니다."

"그렇다면 어떻게 생겼는지 잘 아시겠군요. 펜타곤은 거대한 5각형 건물로 별로 높지 않은 나지막한 건물이에요. 포토맥 강을 사이에 두고 펜타곤 맞은편에는 백악관과 국회의사당, 링컨 기념관과 각종 박물관, 미술관들이 포진해 있어요. 때문에 펜타곤을 공격하는 것은 미국의 심장부를 강타하는 것이나 다름없는 효과가 있을 수가 있어요. 그리고 펜타곤 건물은 무역센터처럼 맨해튼의 마천루 숲 속에 서 있는 게 아니고 넓은 대지 위에 납작하게 자리 잡고 있기 때문에 위에서 곤두박질하듯 내리꽂으면 되는 거예요."

"차라리 백악관을 공격하는 게 낫지 않을까요? 펜타곤하고는 거리도 가까우니까 방향만 살짝 틀면 될 것 같은데요?"

한쥬르의 말에 모두가 놀란 눈으로 사마라의 눈치를 살폈다.

사마라는 무표정하게 한쥬르를 바라보다가 담배를 꺼내 불을 붙였다. 사내들은 그녀가 담배를 피우는 모습을 가만히 지켜보고 있었다. 그들은 줄담배를 피워 대고 있는 그녀를 신기한 듯 쳐다보고 있었다. 그녀는 담배 연기를 두어 번 허공에다 내뿜고 나서 입을 열었다.

"목표물을 선정할 때 백악관을 고려하지 않은 것은 아니었어요. 백악관 외에도 핵발전소까지 공격 대상에 넣었어요. 몇 군데 중요한 곳을 공격 리스트에 올린 다음 하나씩 제외시켜 나갔는데 결국 백악관과 핵발전소는 제외됐어요."

"왜 제외됐나요?"

한쥬르의 긴 눈썹이 꿈틀거렸다.

"백악관이 제외된 것은 두 가지 이유 때문이었어요. 하나는 백악관의 물샐 틈 없는 경비망 때문이었어요. 세계에서 가장 뚫고 들어가기 어려운 곳이 백악관 하늘이에요. 고성능 레이더망이 이중삼중으로 거미줄처럼 백악관 하늘을 감시하고 있기 때문에 비행기는 접근도 못해 보고 격추되고 말 거예요. 수십 기의 대공포는 물론 수분 내로 달려올 수 있는 전투기들이 항상 대기 상태에 있는 걸로 알고 있어요. 백악관에 접근하는 비행 물체에 대해서는 무조건 격추시키는 것을 원칙으로 하고 있어요. 대통령의 허락을 받아야 한다던가 하는 절차 같은 것도 없어요. 무조건 격추시켜 놓고 봐요. 두 번째는 백악관을 공격했을 경우 그 어느 경우보다도 혹독한 보복을 받을 가능성이 커요. 여론의 분노를 등에 업은 미국 대통령은 가히 상상할 수 없는 보복전을 감

행할 거로 봐요. 그래서 아마드 선생님은 백악관은 안 된다고 하
셨어요."

한쥬르는 천천히 고개를 끄덕이고 나서 핵발전소는 왜 제외시
켰느냐고 물었다. 사마라는 심각한 표정으로 담배를 피우고 나
서 한쥬르를 똑바로 쳐다보았다.

"핵은 안 돼요. 핵은 너무 많은 사람들을 무차별적으로 희생
시켜요. 그 안에는 이슬람교도들도 포함될 거예요. 만일 핵발전
소를 폭파시키면 단순히 미국인들을 살상하는 정도를 넘어 인
류의 대재앙이 되고 말 거예요. 핵으로 인한 재앙은 또 다른 핵
재앙을 부르게 되고, 결국은 인류의 종말을 맞게 되고 말 거예
요. 아마드 선생님은 핵발전소 공격에 대해서 단호하게 안 된다
고 말씀하셨어요."

"CIA를 공격하는 데는 문제가 없나요?"

지아드 자라가 큰 눈을 굴리면서 물었다. 사마라는 담배를 끼
고 있는 오른손을 쳐들었다.

"CIA에 대해서는 잠시 후에 말씀드리겠어요. 그 전에 각 목표
물에 대한 암호명을 알려 드리겠어요. 무역센터 북쪽 빌딩은 자
작나무, 남쪽 빌딩은 떡갈나무, 펜타곤은 오리나무, CIA는 조
팝나무……. 앞으로는 암호명을 사용하십시오. 자라 씨는 조팝
나무가 있는 곳에 가 보셨나요?"

자라는 순간적으로 혼란을 느끼고 머뭇거리다가 고개를 흔들
었다.

"아직 가 보지 못했습니다. 조팝나무를 공격할 것이라고는 생
각지도 못했기 때문에……."

"아직 시간은 충분하니까 나중에 가 봐도 늦지 않습니다. 조 팝나무는 버지니아 주에 있는데 워싱턴에서 12키로 밖에 떨어 져 있지 않아요. 교외의 넓은 지역에 자리 잡고 있기 때문에 접 근하기는 용이해요. 부근에 고층 빌딩 같은 것들이 없기 때문에 낮게 비행하는데 문제는 없어요. 조팝나무는 별로 크지도 않고, 숲 속에 나지막하게 자리잡고 있어서 무역센터빌딩을 공격하는 식으로 하면 안 될 거예요. 공격방법부터가 달라야 해요."

"어떻게 달라야 합니까?"

"펜타곤 공격처럼 위에서 내리꽂는 방법밖에는 없어요. 중앙 의 가장 큰 건물을 향해 곤두박질치면 조팝나무에 보관되어 있 는 방대한 자료와 첨단시설들은 잿더미가 되고 말 거예요. 세계 최대최고의 조팝나무가 순식간에 잿더미로 변하면 미국의 정보 체계는 원시시대로 돌아갈 거고, 그걸 복구하려면 오랜 세월이 걸릴 거예요."

죽음을 각오한 사내들의 얼굴에서 혹시 조그만 동요의 빛이라 도 없을까 해서 찬찬히 그들을 살폈지만 그들은 의외로 담담한 표정이었다.

"작전에 성공하기 위한 가장 기본적이고도 중요한 점을 다시 한 번 말씀드리겠어요. 그것은 적들이 대응할 수 있는 시간을 최 대한 줄이는 거예요. 다시 말하면 그들에게 대응할 수 있는 시간 을 줘서는 안 됩니다. 비행기를 납치하자마자 번개처럼 조종실 을 점령하고 즉시 기수를 돌려 목표물을 향해 돌진해야 합니다. 그 시간은 짧을수록 좋습니다. 우물쭈물하다가는 승객들이 덮 칠 것이고 전투기에 격추당할 수도 있기 때문이에요. 적들한테 절대 대응시간을 줘서는 안 된다는 것, 이 점을 꼭 명심하시기 바랍니다."

"다른 대원들은 언제까지 저렇게 격리시켜 놓을 겁니까? 그들이 알아서는 안 되는 거라도 있습니까? 전 대원이 모든 걸 속속들이 알아야 작전이 원활하게 돌아갈 거 아닙니까?"

알 셰히가 턱수염을 만지며 물었다. 사마라는 아주 적절한 시간에 그 말이 나왔다는 듯 두 손바닥을 마주쳤다.

"아주 중요한 점을 일깨워 주셨어요. 지금부터 내가 말하는 건 아주 중요한 사안이에요. 알 셰히 씨의 말대로 전 대원은 작전계획에 대해 자세히 알고 있어야 해요. 그래야 작전이 원활하게 전개될 수가 있어요. 하지만 이번 작전에서 다른 대원들이 알아서는 안 되는 것이 있어요. 그건 여기 있는 대원들만 알고 있고 다른 대원들한테는 절대 말해서는 안 되는 거예요."

모두가 궁금한 눈으로 사마라를 쳐다본다. 그녀는 담배를 비벼 끄면서 물었다.

"여러분들의 목적은 납치한 여객기를 몰고 가서 목표물에 충돌시키는 거예요. 저 방에 있는 대원들도 그걸 알고 있나요? 대원들한테 그걸 이야기했나요?"

모두가 천천히 고개를 내젓는다.

"아무한테도 이야기하지 않았습니다. 누구한테도 이야기해서는 안 된다고 해서 아직 비밀로 하고 있습니다."
하고 아타가 그들을 대표해서 말했다.

"잘 하셨어요. 비행기로 자폭공격을 하는 것은 처음 시도하는 거예요. 여러분들은 이미 성전을 위해 목숨을 바치기로 맹세했기 때문에 아무 문제가 없어요. 하지만 저 방에 있는 대원들은 여러분들이 자폭공격을 할 거라고는 생각지도 못하고 있어요. 단지 여러분들이 비행기를 탈취해서 다른 곳으로 몰고 갈 거라고만 알고 있어요. 때문에 그들과 함께 자폭하는 줄 알면 심한 동요를 느낄 거예요. 모두가 용감한 전사들이긴 하지만 그들은 이번 작전에서 목숨을 바친다는 각오가 되어 있지 않기 때문에 그 사실을 알게 되면 큰 혼란을 느낄 거예요. 그렇게 되면 작전에 큰 차질을 빚을 수도 있어요. 모두가 단결해서 일사불란하게 움직여야 하는데 죽을 각오가 되어 있지 않은 대원들은 나중에 사실을 알게 되면 자기들이 속았다고 생각하고 협조를 안 하거나 반발할 수도 있어요."

"그러니까 각 팀장들은 자기 대원들한테 자폭계획을 끝까지 숨긴 채 작전을 수행하라는 겁니까?"

알 셰히의 날카로운 질문이 방 안을 울렸다.

"네, 그래요. 여러분들은 자기 대원들한테 자폭계획을 절대 이야기해서는 안 돼요."

"어떻게 그럴 수가 있습니까? 그건 대원들을 속이는 겁니다! 우린 서로 믿고 의지해 왔는데 마지막 순간에 속임수를 쓰다니, 그건 전사들에 대한 배신입니다!"

"배신이 아니에요. 작전을 성공적으로 수행하기 위한 어쩔 수 없는 선택이에요."

"그렇다면 지금 그들을 모두 불러서 이 자리에서 사실대로 이야기하고 이해를 구하면 모두가 적극적으로 동참할 텐데 왜 그 사실을 비밀로 하는 겁니까? 사실대로 이야기해 주는 게 더 낫지 않습니까?"

"그들이 사실을 알고 난 뒤에도 모두 적극적으로 동참할 거라는 보장이 있나요? 만일 한 명이라도 이번 작전에서 빠지겠다고 하면 팀을 새로 짜야 하는 사태가 벌어질지도 몰라요. 팀워크가 무너질 수도 있어요. 작전계획이 새 나갈 수도 있어요. 그리고 페르시아 고양이와 히말라야 고양이, 버마고양이한테는 각각 두 명의 형제들이 있어요. 그 형제들은 형이나 아우 한 명 정도는 자폭에서 제외시키고 싶어 할 거예요. 우린 그걸 나쁘다고 볼 수 없어요. 문제는 팀워크가 깨질 거라는 점이에요."

"그렇지는 않을 겁니다. 형제들도 빠짐없이 모두 동참할 겁니다. 우리들 가운데 죽음을 두려워하는 전사는 없습니다. 우리는 집을 떠나 성전에 참가하면서 이미 목숨을 알라신에게 바쳤습니다."

한쥬르도 강한 어조로 알 셰히를 두둔하고 나왔다. 그러나 사마라는 완강하게 고개를 저었다.

"모두가 자폭공격에 동참한다 해도 문제가 없는 건 아니에요. 가장 문제가 되는 것은 자폭공격 사실을 알고 있는 사람들이 너무 많아진다는 사실이에요. 비밀을 알고 있는 사람들이 많으면 그만큼 비밀이 새 나갈 가능성이 커지는 것은 당연해요."

"우리 전사들 가운데 비밀을 입 밖에 낼 사람은 아무도 없습니다."

"만일 단 한 사람이라도 수사기관에 체포되면 어떡하죠? 과연 고문을 견뎌 낼 수 있을까요?"

"어떤 고문에도 입을 열지 않을 겁니다."

"홍, 뭘 모르시는군."

사마라는 담배연기를 내뿜고 나서 꽁초를 비벼 껐다.

"CIA의 고문기술은 우리가 알고 있는 것 이상이에요. 거기에 모사드까지 가세하면 누구라도 입을 열게 돼 있어요. 이를테면 약물을 투여하면 자기 의지와는 상관없이 술술 자백하게 마련이에요. 비록 자백하지 않는다 해도 대원들 가운데 단 한 명이라도 체포되면 작전은 취소할 수밖에 없어요. 자백하지 않을 거라는 믿음만 가지고 과연 우리가 작전을 예정대로 실행할 수 있을 것 같아요? 아마 아마드 선생님은 결코 작전을 허락하지 않으실 겁니다."

"작전 개시 때까지 체포되지 않도록 조심해야죠."

알 셰히의 목소리에는 맥이 빠져 있었다.

"아무리 조심해도 체포되지 않는다는 보장은 없어요."

그녀의 말에 더 이상 아무도 반박하는 사람이 없었다. 알 셰히는 얼굴까지 붉어졌지만 입을 꾹 다물고 있었다.

"내가 여러분들에게 해야 할 말은 거의 다 한 것 같군요. 필요한 것은 그때그때 연락하기로 하고, 각 팀의 구체적인 행동지침에 대해서는 각 팀장이 알아서 만들도록 하십시오. 각 팀별 행동지침이 같을 수도 없고 같아야 할 필요도 없으니까요."

그녀는 주머니 속에서 네모로 접힌 흰 종이를 꺼내 아타에게 건네주었다.

"그걸 한 번 읽어 주세요. 아마드 선생님이 여러분들에게 들려주고 싶은 마지막 말씀이니까 잘 들어보세요."

사마라가 다른 사람도 아닌 자기한테 갑자기 읽으라고 시키는 바람에 아타는 당황해서 얼굴을 붉히기까지 했다. 그는 종이를 편 다음 아랍어로 또박또박 쓰인 글을 천천히 읽기 시작했다.

"누구나 죽음을 두려워한다. 그러나 사후에 내리는 신의 보상을 아는 자는 죽음을 향해 당당하게 나아갈 수 있다. 최후의 날 밤 수많은 도전에 직면하겠지만 이 도전에 맞서 싸워야 한다. 신께 무조건 복종하라. 심성이 나약해지는 순간 서로 싸우지 말고 흔들리지 말라. 신은 흔들리지 않는 사람과 함께 할 것이다."

아타는 읽다 말고 사마라를 힐끗 한 번 쳐다보았다. 그리고 다시 읽기 시작했을 때 그의 목소리는 떨리고 있었다.

"마음을 정화하고 모든 현세의 유혹으로부터 벗어나라. 이제 유흥을 즐기며 보냈던 헛된 시간은 지나가고 심판의 시간이 도래했다. 신의 용서를 구하기 위해 얼마 남지 않은 시간을 잘 활용하라. 너희들의 지상에서의 시간이 얼마 남지 않았음을 명심하라. 이제 너희들은 영원한 낙원에서 행복한 삶을 시작하게 될 것이다. 모든 준비물, 즉 가방과 옷, 칼, 유언장, 신분증, 여권 등 모든 서류를 철저하게 점검하라. 출발 전에 미행자가 없는지 확인하라."

아타는 다시 한 번 사마라에게 시선을 던졌다. 사마라는 그 옆에 앉아 있는 알 셰히에게 마지막 부분을 읽어 달라고 말했다. 아타가 종이를 넘기자 알 셰히는 안경을 고쳐 끼고 나서 착 가라앉은 목소리로 읽기 시작했다.

"진리의 시간, 결정적인 시간이 도래하면 몸을 청결히 하고 복장을 단정히 하라. 그리고 가슴을 열고 알라신을 위해 당당하게 죽음을 맞이하라. 목표물 공격을 앞둔 최후의 순간에 이렇게 외쳐야 한다. 알라 이외에 다른 신은 없다. 나는 알라의 사자다라고……."

사마라는 종이를 돌려받은 다음 그것을 잘게 찢어서 재떨이에다 조금 담았다. 그리고 거기에다 불을 붙였다. 불길이 커지지 않게 종잇조각들을 조금씩 재떨이에다 나누어 담으면서 그녀가 그것을 태우고 있는 동안 사내들은 눈물을 글썽이면서 불길을 바라보고 있었다. 어떤 사내는 감정에 북받쳐 흐느끼기까지 하고 있었다.

잠시 후 건너 방에 대기하고 있던 대원들이 한 명씩 조용히 안으로 들어왔다. 그들은 발소리를 거의 내지 않고 움직이는데 아주 익숙한 것 같았다. 그들이 모두 들어오자 방 안은 빈 공간 하나 없이 꽉 차는 것 같았다. 사마라까지 모두 20명이었다. 사마라는 일어선 채로 입을 열었다.

"자리가 비좁군요. 오래 걸리지는 않을 테니까 잠시 동안만 기다려 주시기 바랍니다. 오는 9월 11일 아침에 우리는 역사에 길이 남을 대규모 작전을 전개합니다. 그 날 아침이 되면 우리는 네 팀으로 나뉘어 네 대의 여객기에 거의 비슷한 시간대에 탑승한 다음 재빨리 그 비행기들을 납치해야 합니다. 단 1초의 시간 낭비 없이 비행기를 납치해야 합니다. 각 팀의 대원들은 작전이 끝날 때까지 작전 내용에 대해서 그 누구한테도 이야기해서는 안 되고, 팀장의 지시에 절대 복종해야 합니다. 9월 11일까지는 아직 한 달 이상이 남아 있는데, 그렇다고 결코 긴 시간은 아닙니다."

여기저기서 부스럭거리는 소리가 들려왔다. 건너 방에 있다가 건너온 사내들은 자그마한 동양계 여인을 도무지 못 믿겠다는 눈으로 쳐다보고 있었다.

"기다리고 있는 동안 여러분들은 준비를 철저히 하고, 준비된 것에 이상이 없는지 점검하고, 예행연습을 해야 합니다. 그리고……."

사마라는 그들이 해야 할 일들을 조목조목 이야기해 주었다. 그러나 납치한 비행기의 행선지와 그것이 마지막에 어떤 용도로 쓰이는지에 대해서는 전혀 언급하지 않았다. 그녀의 이야기가 거의 끝나 갈 때쯤 1팀의 알 오마리가 궁금해서 못 견디겠다는 듯 질문을 던졌다.

"납치한 비행기는 어디로 가는 겁니까?"

"그건 알려줄 수 없어요. 1급 비밀이기 때문에 마지막 순간에 가서 알게 될 거예요. 미리 알려고 하지 마세요."

사마라가 정색을 하고 말하는 바람에 사내들은 흠칫하면서 입을 다물었다. 그들의 이글거리는 눈초리 속에 담겨 있는 공격적인 에너지는 사마라의 거침없는 명령 앞에서 산만하게 흐트러지고 있는 듯했다.

"9월 11일에 작전이 개시되는 건 아니에요. 봄은 오지 않을 것이다. 이 작전은 오늘 이 시간부터 시작되고 있는 거예요. 9월 11일은 단지 작전의 마지막 날에 지나지 않아요. 그 때까지 여러분들이 꼭 지켜야 할 가장 중요한 사항은 비밀을 지키고 수사기관에 체포되지 않도록 극도로 조심하는 일이에요. 만일 이중에서 단 한 명이라도 체포되는 일이 생기면 이번 작전은 전면 취소될 수밖에 없다는 것을 명심해야 해요."

그녀는 백 속에서 조그만 플라스틱 용기를 꺼내더니 그것을 앞에 앉아 있는 사내에게 건네주었다.

"한 사람 앞에 두 알씩 나누어 가지세요."

플라스틱 용기가 차례로 돌아가는 동안 그녀는 베란다로 나가 헤일에게 전화를 걸어 만날 약속을 했다. 잠시 후 방 안으로 들어온 그녀는 플라스틱 용기를 챙긴 다음 사내들을 둘러보았다.

"방금 드린 빨간 캡슐 안에는 청산가리가 들어 있어요. 그것은 체포될 경우에 대비한 자살용이에요. 여러분들은 일단 체포되면 비굴하게 살려고 발버둥 쳐서는 안 돼요. 즉시 청산가리를 삼켜야 해요. 그것은 독성이 아주 강하기 때문에 삼킨 지 2분 안에 숨이 끊어져요. 만일 자살하지 않으면 고문에 견디지 못해 결국 모든 비밀을 자백하고 말 거예요."

"만일 누군가가 비밀을 숨긴 채 자결하면 굳이 작전을 취소할 이유가 없지 않습니까?"

3팀의 알 미드하르가 물었다. 양쪽으로 치켜 올라간 두 눈썹 밑에서 두 눈이 날카롭게 빛나고 있었다.

"그건 그렇지가 않아요."

사마라는 손을 흔들었다.

"비밀을 숨긴 채 자결했다는 것을 어떻게 믿을 수가 있죠? 이번 작전은 그 어느 때보다도 완벽한 비밀 유지가 필요해요. 단 1퍼센트의 틈이 생겨도 작전은 취소될 수밖에 없어요."

"자결을 해도 작전이 취소된다면 굳이 자결하지 않아도 되지 않습니까?"

"아니에요. 그렇지 않아요. 만일 당신이 체포됐는데도 자결하지 않으면 적들은 당신을 산채로 잡아먹을 거예요. 당신을 두고 두고 우려먹은 끝에 앙상하게 뼈만 남으면 그제야 개한테 먹으라고 던져 줄 거예요. 당신은 비열해지다 못해 결국 개만도 못한 취급을 받다가 결국 비참하게 생을 마감하게 될 거예요. 그건 동지들에 대한 배신이자 알라신에 대한 모독이에요."

마이애미 살인

객실 수가 1,244개나 되는 퐁텐블로 호텔은 마이애미 해변을 품에 가득 안은 채 활처럼 휘어진 곡선형으로 지어져 있었다. 프랑스에 있는 퐁텐블로 성을 연상시키는 그것은 마이애미에서 규모가 제일 크고 호화로운 호텔로 마치 성처럼 거대한 블록을 이루고 있었다. 그런 만큼 그곳을 드나드는 사람들 거의가 돈푼깨나 있는 사람들처럼 보였다.

마약 거래로 적지 않은 돈을 벌고 있는 에드워드 헤일 역시 부자 행세를 하면서 그 호텔을 자기 집 안방처럼 드나들고 있었다. 단골 고객이다 보니 호텔 직원들은 그를 깍듯이 대하고 있었고, 그런 그들에게 그는 거침없이 팁을 뿌려 대곤 했다.

"아주 멋져 보이십니다. 오늘 낭만적인 데이트가 있을 것 같은데요."

글라스에 물을 따르면서 중년의 뚱뚱한 웨이터가 말을 걸었다. 헤일은 미소를 지으면서 엄지손가락을 세워 보였다.

그는 야외 테라스에 마련되어 있는 레스토랑의 가장 좋은 자리에 앉아 마떨드를 기다리고 있었다. 그 자리는 그가 특별히 부탁해서 예약해둔 테이블이었다. 그는 그 나름대로 만반의 준비를 갖춘 채 그녀를 기다리고 있었다. 그녀가 그에게 전화를 걸어와 그의 저녁 식사 초대에 흔쾌히 응해 준 것은 그에게 어느 정도 마음이 있다는 증거였다. 그녀는 전화 통화에서 졸업식 때 찍은 비디오테이프에 대해 언급하면서 그것을 꼭 보고 싶다고 했고, 그래서 그는 그것을 가지고 나가겠다고 약속했다. 그런데 가만 생각해 보니 그것은 그녀를 유혹할 수 있는 좋은 구실이 될 수 있을 것 같았다. 그래서 그는 비싼 호텔방까지 예약해두었던 것이다. 저녁 식사를 마치면 어차피 비디오테이프를 돌려보기 위해 비디오 레코더가 설치되어 있는 곳으로 가야 하는데 그는 그 장소로 호텔 방을 잡아 두었던 것이다. 호텔 방에는 비디오 레코더가 설치되어 있었다. 그러나 그는 그녀에게 비디오테이프를 순순히 보여주는 것만으로 끝낼 생각은 추호도 없었다.

일단 호텔방으로 그녀를 유인하는데 성공하면 그는 어떻게 하든지 수단방법을 가리지 않고 그녀의 육체를 농락할 생각이었다. 그녀가 그의 요구에 순순히 응해 준다면 별 문제가 없겠지만 그렇지 않고 완강히 거절한다 해도 그는 거기에 대비해서 만반의 준비를 해 놓고 있었다. 여자한테서 저항력을 상실케 하는 데는 마약보다 더 좋은 것이 없었다. 그것을 몰래 술에 타서 마시게 하면 백발백중 나가떨어지지 않는 여자가 없다는 것을 그는 경험을 통해 잘 알고 있었다. 그런 짓을 하는데 가장 적당한 술은 샴페인이었다. 샴페인을 터뜨리는데 싫다는 여자가 있을 수 있을까? 그는 이미 최고급 샴페인을 준비한 다음 그 안에다 헤로인을 주입해 놓았다. 그것을 자신이 들고 가면 여자가 의심을 살 수도 있기 때문에 그는 그것을 팁으로 구워삶아 놓은 웨이터에게 맡겨 놓았던 것이다.

시나리오는 이런 것이었다. 일단 비디오테이프를 보기 위해서 방으로 들어가야 한다고 하면 그녀는 순순히 따라올 것이다. 그녀와 함께 방 안으로 들어가면 오랜만의 만남을 축하하기 위해 샴페인을 터뜨리겠다고 하면서 전화로 샴페인을 주문한다. 샴페인을 마시기 전까지는 비디오테이프를 보여주어서는 안 된다. 어떻게든 시간을 끌고 있다가 샴페인이 오면 그것을 터뜨려 오랜만의 만남을 축하한다. 샴페인 안에는 아주 강력한 효과를 발휘하는 헤로인이 섞여 있기 때문에 한 모금만 마셔도 그녀는 금방 맥을 못 추게 될 것이다.

그녀가 샴페인을 마시고나면 그 때 비로소 비디오테이프를 틀어 준다. 그것을 보면서 샴페인을 홀짝이던 그녀는 결국 그의 어깨에 기대어 몽롱한 상태에 빠지든가 아예 의식을 잃든가 할 것이다. 그 때부터는 그녀를 마음대로 가지고 놀 수가 있을 것이다. 그녀는 그대로 돌려보내서는 안 될, 어떻게든 손에 넣어야 할 상대였다. 그에게 있어서 그녀는 더 이상 짝사랑의 대상이 아닌 정복의 대상일 뿐이었다. 일단 손에 넣고 나면 그 때부터는 자가용이나 마찬가지니까 얼마든지 실컷 데리고 놀 수가 있다. 그러다가 싫증이 나면 돈 좀 집어주고 차 버리면 된다.

그는 한껏 멋을 부리고 있었다. 장발과 구레나룻은 미용실에 가서 손질을 했고 얼굴에 마사지까지 했다. 조금 덥긴 하지만 흰 양복에다 오랜만에 넥타이까지 맸고 몸 여기저기에다 프랑스제 고급 향수까지 뿌려 두었다. 쿠바 제 시거를 빨아 대면서 그는 무대 쪽을 바라보았다. 밀짚모자를 쓴 멕시코 출신 늙은 남자 가수가 기타를 치면서 속을 후벼 파는 듯한 목소리로 베사메무쵸를 부르고 있었다. 나에게 키스해 주세요. 나에게 키스를 많이 해 주세요. 오늘 밤이 마치 마지막인 것처럼. 나에게 키스해 주세요. 나에게 키스를 많이 해 주세요. 당신을 잃을까 봐 두려워요. 앞으로 당신을 잃을까 봐 두려워요. 누가 어깨를 살짝 건드리는 것 같아 그는 얼른 고개를 돌렸다. 마띨드가 미소를 지으며 그를 내려다보고 있었다.

"아, 마띨드."

그는 얼른 일어나 옆에 있는 의자를 뒤로 뺐다가 그녀의 엉덩이 밑으로 그것을 밀었다.

"멋진 곳이에요."

자리에 앉은 그녀가 주위를 돌아보며 말했다. 그녀는 선글라스를 끼고 있었고 낮에 만났을 때와는 다른 검은 색의 하늘거리는 옷을 입고 있었다. 그녀의 선글라스에 낙조의 붉은 빛이 반사되는 바람에 표정을 읽을 수가 없었다.

"여긴 마이애미 최고의 호텔입니다. 그리고 이 식당의 가재요리는 아주 유명합니다."

"기대가 되는군요."

"급히 또 어디 갈 데가 있는 건 아니죠?"

"내일 아침까지는 자유 시간이에요."

"잘 됐군요. 그 시간을 내가 사야겠군요."

"아주 비쌀 텐데요."

그녀의 입가에 야릇한 미소가 떠올랐다.

"아무리 비싸도 살 겁니다."

그는 웨이터에게 30년 된 칠레 와인과 함께 가재요리를 주문했다. 와인을 기다리는 동안 그들의 대화는 한국어학당 시절로 돌아가 있었다. 헤일은 그 때 얼마나 자신이 그녀를 사모했는지에 대해서 이야기했고, 사실 공부보다는 그녀를 보기 위해 한국어학당에 갔었다고 털어놓았다.

"어머, 그랬어요. 그 말 들으니까 미안한데요. 그럼 왜 데이트 신청을 하지 않았어요?"

"신청을 했었죠. 그것도 한두 번이 아니고 여러 번 했었는데 그 때마다 번번이 퇴짜를 맞았죠."

"어머, 그랬어요?"

능청을 떠는 것인지 정말로 기억이 안 나서 그러는 것인지 알 수가 없었다.

웨이터가 와인을 가져와 그들이 보는 앞에서 콜크 마개를 따고 헤일의 잔에다 와인을 조금 따른 다음 그가 시음하기를 기다렸다. 그는 와인을 조금 맛본 다음 고개를 끄덕였다. 나이 든 웨이터는 마필드의 잔에다 와인을 먼저 따른 다음 헤일 쪽으로 와인 병을 가져갔다.

"멋진 밤을 위해!"

웨이터가 돌아가자 헤일은 잔을 집어 들었다.

"아름다운 밤을 위해!"

마띨드가 낮은 목소리로 속삭이듯 말했다. 두 사람이 잔을 부딪치자 땡그랑하고 맑은 소리가 주위를 울렸다. 그녀는 와인으로 조금 입 안을 적셨지만 헤일은 단숨에 잔을 비운 다음 두 손으로 그녀의 손을 감싸 쥐었다. 그리고 이글거리는 눈으로 그녀를 응시했다.

"내 가슴은 지금 터질 것 같아요."

뜨거운 입김과 함께 들려오는 사내의 목소리에 그녀는 가만히 미소만 지었다.

음악은 탱고로 바뀌어 있었고, 몇 쌍의 남녀들이 음악에 맞춰 춤을 추고 있었다. 헤일은 와인을 두 잔째 얼른 마시고나서

"마띨드, 사랑해요."

하고 말했다. 그녀는 맑은 눈으로 그를 바라보기만 하다가 살포시 웃었다.

"테이프는 가져왔나요?"

"네, 방 안에 있어요."

그는 호텔 건물의 위쪽을 가리켰다.

"방 안에 비디오 레코더가 있으니까 이따가 방에 가서 보여드리죠. 식사 끝나고 나서 올라갑시다."

아무렇지도 않게 말하는 그를 보고 이번에는 그녀 쪽에서 그의 손을 꼭 잡았다.

"좋아요. 그리고 고마워요."

마이애미 2001년 7월 21일 금요일 오전 11시 12분.

마이애미 공항 터미널 출구를 나오자 오른손에 표지가 빨간 책을 들고 있는 사내가 금방 눈에 띠었다. 중키에 비쩍 마른 그 사내는 선글라스를 끼고 있었고 껌을 부지런히 씹어 대며 벽에 기대 서 있었다. 피터 킴은 그에게 다가서며 자신이 들고 있는 검정색 표지의 책을 보였다. 그리고 손을 내밀면서

"피터 킴입니다."

하고 인사했다.

"보일입니다."

"이쪽은 미세스 수잔……."

피터가 주희를 가리키자 보일은 손을 내밀어 그녀와 악수했다.

건물 밖에는 대기해 놓은 흰 색의 세단이 엔진이 걸린 채 세워져 있었다. 운전석에는 선글라스를 긴 대머리 사내가 앉아 있다가 그들에게 목례를 건넸다. 차 안은 냉기를 느낄 정도로 냉방이 잘 되어 있었다. 주희와 함께 뒷좌석에 오른 피터는 냉기가 싫어 창문을 조금 열었다.

"그 사람 찾았습니까?"

차가 해변을 끼고 속도를 내기 시작했을 때 피터가 물었다. 보일은 앞을 바라본 채 고개를 끄덕였다.

"네, 찾긴 했는데…… 문제가 좀 생겼습니다. 헛걸음을 하신 것 같습니다."

보일은 플로리다 지역을 관할하고 있는 CIA 지부 소속의 요원이었다. 피터는 마이애미에 오기 전에 에드워드 헤일에 대한 소재 파악을 마이애미 지부에 부탁해 두었던 것이다.

"그게 무슨 말입니까?"

보일이 마침내 뒤로 고개를 돌리고 두 사람을 번갈아 쳐다보았다.

"그 사람, 어제 밤에 죽었습니다. 호텔 방에서 살해된 채 발견됐습니다."

피터와 주희는 뒤통수를 한 대 얻어맞은 것처럼 멍하니 그를 바라보았다. 그의 말이 얼른 가슴에 와 닿지 않았던 것이다.

"죽은 사람이 에드워드 헤일이 맞습니까?"

피터보다 먼저 주희가 물었다.

"네, 그런 것 같습니다."

피터는 무심하게 껌을 씹어 대고 있는 보일이 영 마음에 들지 않았다. 생각 같아서는 껌을 당장 뱉으라고 소리를 지르고 싶었다. 그러나 그런 말은 하지 못하고 이렇게 물었다.

"그 사람이 살해됐으면 왜 미리 연락을 하지 않았습니까?"

"나도 오늘 아침에야 보고받고 달려왔습니다."

퉁명스러운 대꾸에 피터는 왠지 모를 분노가 치밀어 올랐다.

"왜 살해됐나요? 범인은 체포했나요?"

주희는 숨쉬기조차 어려운 듯 괴로운 표정을 지으며 물었다.

"살해 이유는 아직 모르고, 범인도 누구인지 모릅니다. 다만 어제 저녁 함께 식사한 젊은 여자를 용의자로 보고 있는 것 같은데, 여자가 살해한 것치고는 너무 잔인해서 그 여자를 용의자로 보는 게 좀 무리인 것 같은 생각이 듭니다."

"어느 정도 잔인하게 살해했나요?"

"목이 거의 잘렸습니다. 조그만 여자가 그럴 수가 있겠습니까?"

피터와 주희는 얼어붙은 표정으로 서로를 쳐다보았다. 보일은 그들의 반응이 심각한 것을 보고 조금 더 목소리를 높였다.

"피살자는 마약 거래를 하는 자로 밝혀졌는데, 경찰은 마피아의 소행으로 보고 있습니다. 마피아 조직간에 혹시 피의 보복전이 시작된 게 아닌가 해서 잔뜩 긴장하고 있습니다. 마피아의 보복에는 목을 자르는 것이 드물지가 않죠."

"용의자라는 그 여자 혹시 동양계가 아닌가요?"

주희가 숨을 죽이고 물었다.

"네, 그렇다고 들었습니다. 그런데 어떻게 그걸……?"

보일은 의아한 눈으로 그들을 쳐다보았지만 더 이상 굳이 캐묻지는 않았다.

피터와 주희는 다시 한 번 서로를 뚫어지게 쳐다보았다. '세상에 이럴 수가! 한 발 늦었잖아!' 피터는 이렇게 말하고 싶은 것을 꾹 참았다.

"지금 어디로 가고 있습니까?"

피터가 물었다.

"사건 현장에 가는 겁니다. 아직 피살자가 현장에 있으니까 헤일이 확실한지 한 번 확인해야 하지 않겠습니까? 경찰이 시신을 치우려는 것을 좀 있다가 치우라고 했습니다."

"나도 헤일이라는 인물을 본 적이 없습니다."

"그럼 현장에 안 가시겠습니까?"

"아뇨. 가 봐야 해요."

주희가 분명한 어조로 말했다.

"현장에 담당 형사들이 있을까요?"

하고 피터가 물었다.

"아마 없을 겁니다. 조사를 끝내고 이미 돌아갔을 겁니다. 하지만 만나고 싶으시다면 불러 내죠."

"그렇게 좀 해 주시겠습니까? 가능하면 현장에서 만나고 싶습니다."

"그야 뭐 어렵지 않죠."

보일은 휴대폰을 꺼내 들고 어디론가 전화를 걸었다.

시내가 가까워지자 차량들이 꼬리를 물고 늘어져 있어 가다 서다를 반복하는 바람에 한 시간이 훨씬 지나서야 퐁텐블로 호텔에 도착할 수가 있었다.

사건 현장에는 피비린내가 진동하고 있었다. 무더운 날씨에 사망한지 이미 하룻밤하고도 여러 시간이 지났기 때문에 벌써 시신이 썩는 냄새가 나고 있었다. 그러나 주희는 아무렇지도 않게 시신을 이리저리 만지면서 유심히 관찰하고 있었다. 시신을 다루는 솜씨가 그녀 쪽이 피터보다 훨씬 나은 것 같았다.

헤일의 목은 앞에서 뒤로 잘렸는데 머리가 거의 떨어져 나갈 정도로 깊이 잘려 있었다. 그는 벌거벗은 상태에서 살해되었는데 먼저 침대 위에서 공격을 받은 다음 방바닥 위로 굴러 떨어진 듯 침대 밑 카펫 위에 두 팔을 벌린 채 널브러져 있었다. 침대와 카펫은 검붉은 피로 아직도 질퍽하게 젖어 있었다. 엄청나게 많은 양의 피가 몸에서 빠져나와 있었다.

그들이 현장에 도착한지 한 시간 가까이 지났을 때 담당 형사 두 명이 나타났는데 한 명은 백인이었고 다른 한 명은 가무잡잡

한 것이 인디오의 피가 섞인 멕시코계로 보였다.

"현재 용의선상에 오른 인물은 동양계의 20대 여인이 유일합니다. 하지만 범행 수법으로 보아 도저히 여자 솜씨로 볼 수 없을 정도로 잔혹하고 대단합니다. 여러 번 칼을 휘둘러 목을 자른게 아니고 뒤에서 목을 껴안고 단번에 왼쪽에서 오른쪽으로 거침없이 잘랐는데 힘이 아주 좋고 전문적인 칼솜씨를 가진 자가 아니고는 그렇게 할 수가 없습니다. 사람 목은 자르기 쉬운 것 같지만 사실은 매우 어렵습니다. 이런 점들을 고려해 볼 때 이건 절대 여자 솜씨가 아닙니다. 내 생각에는 이 사람과 그 동양계 여자가 침대 위에서 한참 일을 벌이고 있을 때 괴한이 나타나 목을 자르지 않았나 생각됩니다. 남자만 죽인 것을 보면 여자가 공범일 수도 있고, 그렇지 않다면 납치당했을 수도 있습니다. 아무튼 키는 그 여자가 쥐고 있기 때문에 여자를 찾는데 수사력을 집중하고 있습니다. 그리고 피살자가 마약조직과 관계 있는 인물인 것을 볼 때 마피아 소행일 가능성이 큽니다. 마피아 조직이 보복 차원에서 잔인하게 살해했을지도 모릅니다. 보복 살해는 으레 잔인하기 마련입니다."

CIA 요원들은 백인 형사가 열심히 지껄이고 있을 때 별로 묻지도 않고 잠자코 있다가 그의 이야기가 끝나자 증인을 만나보고 싶다고 말했다. 형사의 호출을 받고 나타난 나이 든 웨이터는 피터가 내민 사진을 보고는 그녀가 틀림없는 것 같다고 말했다.

"선글라스를 끼고 있었지만 이 여자가 틀림없습니다. 가재요리를 시켜서 먹었는데 두 사람은 오래 전부터 아는 사이 같았습니다. 그리고 헤일 씨 쪽에서 그 여자한테 완전히 빠져 있는 것 같았습니다. 그 여자가 나타나자 어쩔 줄 몰라 했으니까요."

피터와 주희는 방 안을 샅샅이 살펴보았지만 비디오테이프 같은 것은 보이지 않았다. 형사들에게 현장에서 수거한 물품들 가운데 비디오테이프가 없었느냐고 물어보았지만 그런 것은 보지 못했다는 대답만 돌아왔을 뿐이었다.

"이 여자가 어제 저녁 헤일과 함께 식사한 여자가 맞습니까?"

사진을 보면서 멕시코계 형사가 물었다. 피터는 긴장된 표정으로 끄덕였다.

"그런 것 같습니다."

"이 여자는 누굽니까?"

"1급 테러리스트로 긴급수배대상 1호입니다. 본명은 엘라 가발라이지만 여러 개의 가명을 사용하고 있어서 찾는데 애를 먹고 있습니다. 국적은 프랑스입니다."

"그럼 이 여자가 살인범이라는 겁니까?"

형사들은 믿을 수 없다는 듯 고개를 갸우뚱거렸다.

"그자가 죽인 게 거의 확실합니다. 이미 그자의 소행으로 확인된 살인사건만 두 건이나 있습니다. 두 건 다 목을 잘라 살해했습니다. 그리고 그자는 여자가 아닌 남자입니다. 여장을 하면 영락없이 여자로 보이지만 사실은 사내입니다."

"그래요?"

그들은 눈을 휘둥그렇게 뜨면서 하나같이 놀라는 것 같았다.

"여장 남자라는 사실은 비밀에 부치고 있습니다. 언론에 공개하면 안 됩니다. 마이애미에도 수배지시가 내려와 있을 텐데 모르고 있었습니까?"

그들은 고개를 설레설레 흔들었다.

"수배지시도 워낙 많아서 일일이 신경 쓸 여유가 없습니다. 마이애미에서 발생하는 살인사건만도 수십 건이 넘는데 어떻게 일일이 다 신경을 씁니까."

피터와 주희는 형사들의 안내를 받아 헤일의 집에 가 보았다.

헤일의 집은 바닷가에 위치한 고급 아파트로, 시간제 가정부의 말에 의하면 그곳에서 그는 혼자 살아왔다고 했다. 그는 두 번의 이혼 경력이 있었고, 그 이후로는 쭉 독신생활을 해 왔다고 했다.

CIA 요원들과 형사들은 헤일의 집 안을 이 잡듯이 뒤졌지만 그들이 찾는 비디오테이프는 끝내 찾을 수가 없었다.

"게이가 가져간 것이 틀림없어. 그것 때문에 헤일을 살해한 거야."

형사들과 헤어져 두 사람만 남았을 때 피터가 분하다는 듯이 말했다. 그들은 퐁텐블로 호텔 앞에 길게 자리 잡고 있는 노천카페에 앉아 있었다.

"우리가 헤일을 만나러 온다는 걸 알고 그 자가 미리 선수를 친 걸까요?"

"그럴 리가 없어. 그건 우리 둘밖에 아는 사람이 없어."

피터는 분을 삭이려는 듯 맥주를 꿀컥꿀컥 마셨다.

"그럼 우연의 일치란 말인가요? 만일 우연히 그렇게 됐다면 우연치고는 기막힌 우연이에요."

"글쎄, 아무리 생각해도 모르겠어."

"마치 우리가 오는 걸 알고 헤일을 해치운 것 같은 생각이 들어요. 그럴 리가 없겠지만……."

"만일 게이가 우리가 마이애미에 오는 것을 알았다면 결국 우리의 움직임을 손바닥 보듯 들여다보고 있다는 말이 돼. 하지만 그건 말도 안 돼."

그들이 혼란을 느끼는 것은 당연했다. 이리저리 엉킨 실타래를 풀 수 있는 단서가 하나도 없으니 그렇게 느낄 수밖에 없었다. 그 같은 혼란에서 벗어나 보려고 아무리 머리를 굴려 봐도 결국 남는 것은 앞을 가로막고 있는 두터운 안개의 벽이었다.

"만일 이것이 우연의 일치라면 게이는 무슨 일로 마이애미에 왔을까요?"

"그냥 놀러 온 건 아닐 거야."

드넓은 백사장을 가득 메우고 있는 반라의 사람들 속에서 게이를 찾기라도 하려는 듯 그는 사람들의 움직임을 눈여겨보면서 말했다.

"혹시 마이애미에 테러 공격을 가하려는 게 아닐까요?"

주희가 걱정스러운 듯 묻자 피터는 천천히 고개를 저었다.

"마이애미에는 호텔밖에 없어요. 아니면 백사장에 나와 사람들을 향해 총질을 한다든가. 하지만 그런 식의 테러에는 한계가 있기 때문에 더 큰 것을 노릴 거야."

"게이가 아주 가까이에 있다는 느낌이 들어요. 가까이서 우리를 지켜보고 있는 것 같아요. 그리고 가까운 시일 내에 우리하고 마주칠 것 같은 기분이 들어요."

"나도 그런 기분이 들어. 하지만 게이는 아직 우리들의 존재를 몰라. 우리는 그를 잘 알고 있지만. 바로 그 점이 우리의 강점

이야."

피터는 눈을 가늘게 뜨고 수평선을 바라보다가

"어제 여기에 왔기만 했어도 놈을 만나는 건데……."

하고 중얼거렸다. 그는 오늘 마이애미에 도착한 것에 대해 몹시
억울해 하고 있었다.

보고를 받은 파비트는 펄쩍 뛰면서 경찰 수사와 병행해서 게
이의 행방을 알아본 다음 돌아오라고 말했다.

마음은 더없이 초조했지만 주희가 마이애미까지 와서 바닷물
속에 들어가 보지도 않는다는 것은 말도 안 된다고 하는 바람에
두 사람은 두 시간 가까이 수영을 즐겼다.

슬픈 게이가 이미 마이애미를 빠져나갔을 거라는 데는 두 사
람의 의견이 일치했다. 경찰도, 뒤늦게 뛰어든 FBI도 모두 그렇
게 보고 있었다. 하지만 그가 어디로 갔는지는 알 수가 없었다.
마이애미를 빠져나갈 때 어떤 교통편을 이용했는지 그것조차도
파악되지 않고 있었다.

7월 23일은 일요일이었다. 마이애미 해변은 아침부터 몰려드
는 사람들로 북적대고 있었다. 드넓은 모래밭은 수영복으로 중
요 부위만을 가린 사람들로 인산인해를 이루고 있었다.

오후 3시쯤 되었을 때 피터와 주희는 경찰의 연락을 받고 경
찰서로 달려갔다. 경찰서에는 어제 만났던 퐁텐블로 호텔의 나
이 든 웨이터가 와 있었다.

멕시코계 형사는 그들에게 보여줄 것이 있다고 하면서 자기
방으로 안내하더니 컴퓨터를 켜 보였다. 잠시 후 동영상이 나타

났는데 그것은 사람들이 쉴 새 없이 오가는 어느 거대한 실내 공간을 찍은 것이었다.

"이건 올랜도 공항 감시 카메라에 찍힌 겁니다. 이 분 말이 여기 이 여자가 용의자와 비슷하다고 해서 보여드리는 겁니다."

형사는 웨이터를 턱으로 가리킨 다음 화면 속에서 급히 걸어가고 있는 한 여자를 손가락 끝으로 짚어 보였다. 그녀는 흰 티셔츠에 청바지 차림이었고 머리에는 녹색 운동모를 쓰고 있었다. 한쪽 어깨에는 큼직한 숄더백이 걸쳐져 있었고, 바퀴 달린 트렁크를 끌고 있었다. 화면이 정지하더니 그 부분의 화면이 점점 커졌다. 얼굴을 확대하자 화면이 흐려졌다. 얼굴 크기를 조금 줄이자 화면이 조금 밝아졌다. 화면 속의 여인은 동양계로 보였는데 선글라스로 눈을 가리고 있는데다 옆모습만 보이고 있어서 얼굴 생김새를 알아보기가 어려웠다.

"다른 장소에서 찍힌 모습은 좀 더 분명히 알아볼 수가 있습니다."

형사가 테이프를 빨리 돌리면서 말했다.

그녀의 이동장면은 끝까지 찍힌 것이 아니었다. 카메라의 촬영 각도에서 벗어나는 순간 그녀의 모습도 사라지고 있었다. 다음 장면은 그녀가 탑승장에 들어서기 직전 검색대를 통과할 때 찍힌 것이었다. 검색대 앞에서 그녀는 검사요원의 요청이 있었던지 잠깐 선글라스를 벗었는데 바로 그 모습이 화면에 나와 있었다.

"바로 이 여자가 그저께 저녁 때 헤일과 식사한 여자입니까?"

피터가 웨이터에게 묻자 그는 얼른 고개를 끄덕였다.

"네, 맞습니다. 아주 비슷합니다."

피터는 게이의 사진을 꺼내 화면에 나타난 얼굴과 비교해 보았다. 운동모 밑으로 드러난 얼굴은 좀 말라보이긴 했지만 게이의 얼굴과 아주 닮아 보였다.

"게이가 틀림없어요!"

주희가 낮은 소리로 흥분해서 말했다.

게이가 두 번째 감시 카메라에 잡힌 시간은 어제 아침 8시 5분경이었다. 그리고 10분 후 탑승구를 통과해 브릿지 안으로 사라지는 모습도 찍혀 있었다.

"21일 밤 그 여자는 헤일을 살해한 직후 호텔을 빠져나와 자동차로 마이애미를 빠져나간 것 같습니다. 헤일이 살해된 시간은 밤 11시 전후로 보입니다. 그 시간에는 비행기가 없기 때문에 일단 마이애미를 벗어나기 위해 차를 이용한 것 같습니다. 렌터카 회사를 뒤져보았지만 그 여자가 차를 빌린 흔적은 찾지 못했습니다. 다른 누군가가 그 여자를 올랜도까지 태워 줬을지도 모릅니다."

멕시코계 형사는 수첩을 힐끗 들여다 보고나서 말을 이었다.

"밤새 여러 시간을 달려 올랜도에 도착한 그 여자는 22 아침 8시 30분에 출발하는 보스톤행 비행기에 탑승했습니다. 그 여자가 8시 15분에 통과한 탑승구는 25번 탑승구였는데 그 시간에 그 탑승구에 연결되어 있었던 비행기는 보스턴행 아메리칸 에어라인이었습니다. 이제 기내 모습을 찍은 화면을 보여드리겠습니다."

화면이 다시 빨리 움직이기 시작하다가 멈추더니 기내 모습이 나타났다. 전면에서 후면 끝까지 두 개의 통로를 사이에 두고 나란히 앉아 있는 승객들의 모습이 보였다. 이른 시간이라 그런지 승객들은 별로 많지 않았고, 뒤쪽으로 갈수록 승객들의 모습이 분간하기 어려울 정도로 작아 보였다. 화면이 다시 움직이면서 이번에는 기내 모습이 부분적으로 나타나기 시작했다. 그러다가 마침내 화면이 정지했고, 거기에 게이의 모습이 있었다. 모니터를 작동하자 게이의 모습이 확대되다가 멈춰 섰다. 그의 모습을 가장 뚜렷하게 볼 수 있는 크기였다. 기내였기 때문인지 그는 선글라스를 벗고 있었다. 그 대신 운동모를 눈 위로 푹 눌러 쓴 채 팔짱을 끼고 있었다. 잠을 청하고 있는 것 같은 그런 모습이었다.

"이 여자가 앉아 있는 좌석번호는 28F로, 확인 결과 이름은 제시카 호프로 밝혀졌습니다. 나이는 29세이고 국적은 캐나다입니다. 현재 캐나다 경찰에 신원을 조회중입니다."

형사의 말에 피터는 괴로운 듯 낮은 신음소리를 냈다.

"보나마나 그건 가짜일겁니다."

이렇게 말하고 싶은 것을 그는 꾹 참았다.

출 발

2001년 8월 25일.

모하메드 아타와 왈리드 알 셰리는 플로리다 주 포트 로더데일에 있는 임대 아파트를 떠났다. 너무 한 곳에 오래 머물러 있는 것이 아무래도 편치 않았던 것이다. 아파트 주인인 찰스 리자는 땡볕에 서서 비지땀을 흘리며 그들에게 작별 인사를 했다.

"우편물을 보내 줄 테니까 연락처를 가르쳐줘요."

"자리가 잡히면 바로 엽서를 보내겠습니다. 그 동안 고마웠습니다."

아타는 공손하게 말한 다음 차에 올랐다.

그 날 그들은 아주 먼 곳으로 떠나지 않고 조금 북쪽에 있는 해안 도시인 데이토나 비치로 갔다. 그 곳에 있는, 바다가 잘 보이는 팬더 모텔에 여장을 푼 다음 14일 동안 그곳에 머물렀다.

모텔 주인 리처드 서머는 상냥하고 겸손한 그 아랍 청년들이 마음에 들었다. 그들은 항상 깔끔하게 면도를 한 얼굴에 세련된 옷차림을 하고 있었다.

알 셰리는 언제나 책을 읽고 있었고 아타는 청바지에 두 손을 찌른 채 혼자 바닷가를 거닐기를 좋아했다. 어느 날 그는 바닷가에 앉아 카이로에 살고 있는 부모에게 마지막 엽서를 썼다.

〈보고 싶은 부모님께〉
너무 오랫동안 집을 떠나 있어 우리 가족과 카이로의 거리가 몹시 그립습니다. 저는 지금 여행 중에 있습니다. 별로 힘들지 않은 아르바이트를 하면서 번 돈으로 여행을 하고 있기 때문에 전혀 걱정하지 않으셔도 됩니다. 고국으로 돌아가 정착하기 전에 미국이란 나라를 좀 더 확실히 알아두기 위해 여행을 하고 있는 것이니 이해해 주시기 바랍니다. 그리고 결혼에 관한 것인데 제 나이 이제 서른셋이나 됐으니 좀 늦었지만 부모님 말씀대로 결혼할 때가 됐다고 생각합니다. 부모님께서 결정해 주신대로 조만간에 카이로로 돌아가 그 아가씨와 결혼식을 올리도록 하겠습니다.

아타는 이집트 카이로의 상류층 집안 출신이었다. 그의 아버지는 변호사였고 어머니는 현대적인 감각을 지닌 인텔리였다. 1남 2녀 중 막내이자 외동아들이었기 때문에 그는 부모의 과보호 속에서 자랐고, 그러다 보니 성인이 된 뒤에도 소심하고 수줍음이 많은 마마보이 같은 모습을 보여주고 있었다. 그런 그가 훗

날 부모 몰래 자살용 비행기를 몰고 세계무역센터 빌딩을 향해 돌진한 테러리스트로 변했다는 것은 미스터리 중의 미스터리가 아닐 수 없었다.

1986년 아타는 카이로 공대에 입학했다. 그리고 4년 후인 1990년 카이로 공대를 우수한 성적으로 졸업했다. 당시 이집트는 극심한 경제난으로 실업자들이 거리에 넘쳐나고 있었다. 그러나 그는 독일계 회사에 취직했고, 그대로 카이로에 안주해서 살고 싶어 했다. 그러나 야심가인데다 외아들에 대한 기대가 유난히 컸던 그의 아버지는 아들이 해외에서 박사 학위를 따 가문에 영광을 가져다주기를 원했다.

"네 누나들도 박사고 매형도 박사다. 우리 가문의 장남인 네가 박사학위가 없어서야 되겠냐?"

이와 같은 아버지의 강권에 못 이겨 그는 1992년 독일 유학길에 올랐고, 그 해 함부르크 공대에 장학금을 받고 입학했다. 그의 전공은 도시계획학이었다. 그러나 그는 이때부터 공부에만 전념하지 않고 이슬람 원리주의에 심취하기 시작, 학교에 적만 둔 채 휴학과 복학을 반복하는 생활을 하면서 전혀 다른 세계로 빠져들어 갔다. 그가 결정적으로 행동에 나선 것은 98년이었다. 그 해 1월부터 1년 동안 그는 함부르크에서 종적을 감추었는데, 그 때 그가 찾아간 곳은 아프가니스탄에 있는 알 카에다 훈련캠프였다. 칸다하르에서 서쪽으로 수백 킬로미터 떨어진 곳에 있는 알 파루크 캠프에서 그는 1년 동안 혹독한 유격 전술 훈련과 함께 테러공격에 필요한 고급 훈련까지 받았다. 그곳에서는 국제테러리스트에게는 기본이라고 할 수 있는 영어회화 교육까지 이수했다.

이듬해인 99년 초 아타는 다시 함부르크에 나타나 대학으로
돌아왔는데, 겉으로는 전과 다름없이 수줍고 내성적인 모습이
었지만 그의 내면은 이미 성전의 전사로 완전히 바뀌어 있었다.
그런 가운데서도 그는 그해 8월 졸업논문을 제출, 입학한지 7년
만에 학사 학위를 받았다. 논문 주제는 '도시 재개발—도시를
어떻게 기능적으로 개발할 것인가'였다. 그의 아버지는 아들이
석사 학위를 받은 것으로 알고 있었고, 계속해서 아타가 공부를
더 해 박사 학위를 받기를 고대했다. 그러나 아타는 부모의 기대
와는 전혀 다른 행로, 즉 이른바 성전의 전사로서의 임무를 수행
하기 위해 미국행을 준비하고 있었다.

이듬해 5월 아타와 알 셰리는 리무진 버스를 타고 함부르크를
떠나 체코 프라하로 갔다. 거기서 약 한 달 동안 머문 뒤 6월 2
일 그들은 항공편으로 프라하 공항을 출발, 미국 뉴저지 주 뉴어
크 공항에 도착했다. 미국 본토 공격을 위해 꿈에 그리던 미국에
상륙한 것이다.

2001년 9월 9일 일요일. 아타와 알 셰리는 14일간 머물렀던
데이토나 비치의 팬더 모텔을 떠나 비행기를 타고 보스턴으로
향했다. 보스턴에 도착한 그들은 쇼핑가로 유명한 보스턴 스트
리트에 있는 레녹스 호텔에 투숙했다. 밤중에 한 사내가 찾아왔
는데 알 오마리였다. 그가 나타나자 한참 후 알 셰리는 밖으로
사라졌다.

9월 10일 월요일 오후 5시 조금 지나 아타와 알 오마리는 렌터카 회사에서 빌린 파란색 닛산 알티마 승용차를 몰고 두 시간 남짓 북쪽으로 달려 메인 주에 있는 작은 도시 포틀랜드에 도착했다. 낡은 진 바지 위에 티셔츠를 걸친 가벼운 차림새에 검정색 가방을 어깨에 멘 그들은 별로 눈에 띠지 않은 평범한 여행객들 같았다. 그들은 거리를 돌아다니다가 컴포트 인이라는 간판이 걸려 있는 모텔로 들어갔다. 마침 빈 방이 있었기 때문에 주인은 그들에게 233호실 열쇠를 내주었다. 숙박료는 179달러였고, 아타는 그것을 현찰로 지불했다.

오후 7시 두 사람은 모텔 부근에 있는 레스토랑에 가서 생선과 치킨 요리를 시켜 먹었다. 알 오마리는 왕성한 식욕을 보였지만 아타는 별로 먹고 싶은 마음이 없는지 조금 먹는 둥 마는 둥하다가 그만두었다.

"내일 비둘기를 잡으면 어떻게 할 거지?"

알 오마리가 주위를 둘러본 다음 가만히 물었다. 비둘기는 그들이 납치할 AA11편기를 말하는 것이었다. 아타는 물을 한 모금 마시고나서 무겁게 고개를 흔들었다.

"나도 몰라."

"아직도 연락 안 왔어?"

"음…… 비둘기를 잡고나면 내가 연락하기로 돼 있으니까 아마 그 때 목적지를 알려줄 것 같아."

아타는 동지들에게까지 끝까지 비밀을 지켜야 한다는 것이 괴로웠다.

오후 8시 31분. 그들은 호텔 부근에 있는 키뱅크의 현금 인출기에서 얼마간의 돈을 찾은 다음 노천카페에 앉아 생맥주 한 잔씩을 마셨다.

오후 9시 15분. 알 오마리는 그대로 앉아 있고, 아타 혼자서 차를 몰고 제트 포트 주유소로 가서 차에 기름을 넣었다.

"월마트가 어디쯤 있습니까?"

기름 값을 지불하면서 아타가 주유소 직원에게 물었다.

"저기 로터리에서 좌회전해서 조금 가면 나옵니다."

오후 9시 22분. 아타와 알 오마리는 월마트 안으로 들어섰다. 문 닫을 시간이 가까웠기 때문인지 매장 안은 썰렁했다. 매장 안을 돌아다니던 그들은 이윽고 그들이 찾던 물건을 발견하고 멈춰 섰다. 그들의 눈빛이 더욱 검어지면서 순간적으로 번득였다.

"이거면 되겠지?"

알 오마리가 박스 커터를 두 개 집어 들면서 속삭이는 소리로 물었다. 아타는 잠자코 세 개를 더 집어 들었다.

"부러질지도 모르잖아."

아타의 말에 알 오마리는 들고 있던 커터를 그에게 넘겨주고는 다른 곳으로 이동했다. 아타는 계산대로 가서 물건을 보이고 대금을 지불했다. 커터의 개당 가격은 1달러 84센트. 커터 다섯 개의 값을 모두 합쳐 봐야 10달러도 채 안 되었다. 그 때 알 오마리가 다가와 자기가 고른 물건들을 계산대 위에 올려놓았다. 그것은 대형 면도 크림과 여러 개의 콘돔이 들어 있는 박스였다. 아타는 어이없는 표정으로 그를 잠시 쳐다보기만 했다.

"로또 다섯 장만 주세요."

내일 비행기와 함께 형체도 없이 사라질 것이라는 사실을 모르고 있는 알 오마리는 아타와 시선이 마주치자 싱글벙글 웃기까지 했다. 아타는 잠자코 대금을 지불하고 돌아섰다.

"이것으로 과연 그 거대한 여객기를 납치할 수 있을까?"

마트를 나와 차에 올랐을 때 알 오마리가 커터를 만지작거리며 물었다.

"그건 알라 신만이 알고 있어."

아타는 아무 감정도 없는 목소리로 말했다.

운명의 날

9월 11일.

오래도록 계획되고 끌어온 작전명 '봄은 오지 않을 것이다' 가 마침내 공격개시에 돌입하는 운명의 날이었다.

아침 일찍 눈을 뜬 아타는 시계를 보고는 화들짝 놀라 일어났다. 그는 옆에 누워 있는 알 오마리를 두드려 깨웠다.

"일어나! 늦었어!"

오마리는 벌떡 몸을 일으켰다. 손목시계는 5시 26분을 가리키고 있었다. 프론트 데스크에 5시에 깨워 달라고 모닝콜을 부탁했는데 잊어버린 모양이었다.

"망할 놈의 영감탱이!"

오마리는 프론트를 지키는 영감을 욕하면서 서둘러 소변을 보고나서 옷을 입었다.

5시 33분. 컴포트 인 모텔을 나온 그들은 파란색 닛산 알티마 승용차를 몰고 포틀랜드 공항을 향해 곧게 뻗은 고속도로를 달려갔다. 출발하기 전에 오마리가 자기가 운전하겠다고 우겼지만 아타는 그에게 운전대를 넘기려고 하지 않았다. 예정시간보다 늦었기 때문에 과속을 하지 않을 수 없는데 그럴 경우 오마리의 운전솜씨를 믿을 수가 없기 때문이었다.

저 멀리 지평선 위로 막 태양이 떠오르고 있었다. 눈부신 광휘에 아타는 자신이 운명의 날을 맞아 신의 축복을 받는 것 같은 기분에 빠져들었다.

5시 40분. 공항을 향해 돌진하듯 쏜살같이 달려온 파란색 닛산 승용차는 공항 터미널 입구 맞은편에 있는 2층 주차장에 멈춰 섰다. 차에서 내린 아타와 오마리는 터미널 카운터를 향해 정신없이 달려갔다. 보스턴행 비행기의 출발 시간은 정각 6시였다. 탑승수속이 늦어지면 비행기를 놓칠 수도 있는 너무 빠듯한 시간이었다.

5시 43분. 유에스에어웨이 카운터의 여직원은 헐떡거리며 달려온 두 명의 아랍계 청년들을 무표정하게 쳐다보았다. 아타가 내민 두 개의 항공권을 살펴본 그녀는 고개를 쳐들고 다시 한 번 유심히 그들을 쳐다보았다. 조금 전과는 달리 그녀의 얼굴에는 상냥한 미소가 감돌고 있었다. 그럴 만도 한 것이 그들이 내민 항공권은 모두 1등석 비행기 표였던 것이다. 1등석 항공권은 웬만한 부자가 아니고는 엄두도 못 낼 만큼 값이 비싸다. 그런데 아랍계 청년으로 보이는 그들의 행색은 1등석 승객치고는 너무 초라해 보였다. 하지만 겉모습만 보고는 알 수 없는 일이다. 이

들이 중동의 어느 산유국의 왕자들일지도 모른다고 생각하면서 그녀는 말을 걸었다.

"부치실 짐은 없습니까?"

"없습니다."

"LA까지 가시는군요?"

"그렇습니다."

아타는 얌전하게 대답했다. 그 항공권은 보스턴을 거쳐 로스앤젤리스까지 가는 비행기 표였다. 비행기가 보스턴 로건 공항에 도착하면 그들은 비행기에서 일단 내린 다음 공항 터미널 밖으로 나가지 않고 통과여객으로 탑승구역 안에서 대기하고 있다가 로스앤젤리스행 비행기로 갈아타기로 되어 있었다. 그렇게 하면 로건 공항에서 받아야 하는 까다로운 검색 같은 것은 받지 않아도 된다. 그들이 굳이 포틀랜드까지 가서 그 곳에 있는 모텔에서 하룻밤을 지낸 다음 포틀랜드 공항에서 LA행 비행기에 탑승한 이유는 바로 거기에 있었다.

컴퓨터를 두드려 대던 카운터 여직원은 잠시 후 프린터 기에서 네 장의 탑승권을 뽑아낸 후 매력적으로 보이려고 애쓰면서 상체를 앞으로 내밀었다.

"6시 출발이니까 빨리 서두르셔야겠습니다. 보스턴에서는 조금 시간 여유가 있으니까 서두르지 않으셔도 되겠습니다."

"보스턴까지는 얼마나 걸리죠?"

아타가 물었다.

"35분 걸립니다. 이 탑승권 두 장은 여기서 사용하시는 겁니다. 나머지 두 장은 보스턴에서 갈아타실 때 필요합니다. 지금 바로 탑승하셔야겠습니다. 뭐 필요하신 건 없으십니까?"

"됐습니다. 감사합니다."

그들은 재빨리 출구를 빠져나간 다음 검색대 위에 트렁크를 올려놓았다. 오마리는 트렁크 외에 작은 배낭도 있었다. 가장 긴장되는 시간이었다. 아타는 검색 게이트를 통과한 다음 검색대를 빠져나온 트렁크를 집어 들었다. 검색요원들 가운데 그의 짐을 보자는 사람은 아무도 없었다. 알 오마리도 아무 일 없이 통과되는 것을 보고 아타는 가만히 안도의 한숨을 내쉬었다.

5시 51분. 그들은 보딩브릿지를 통과해 콜갠에어 여객기(유에스에어의 하청 항공업체) 안으로 들어가 짐을 선반 위에 올려놓은 다음 자리에 앉았다. 두 사람 다 얼굴에 진땀이 흐르고 있었다. 숨을 고르면서 뛰는 가슴을 진정하고 있는데 그들보다 늦게 탑승한 승객이 통로를 지나면서 가방으로 아타의 어깨를 쳤다. 아타는 화들짝 놀라 돌아보았다.

"죄송합니다."

배가 튀어나온 중년사내가 사과를 하면서 지나갔다.

아타와 오마리는 서로 모르는 사이처럼 아무 말도 나누지 않았다. 얼마 후 비행기가 움직이기 시작하자 아타는 눈을 지그시 감았다.

6시 7분. 콜갠에어기는 예정보다 7분 늦은 시간에 보스턴을 향해 출발했다. 그리고 40분 가까이 비행한 후 6시 45분에 로건 공항에 도착했다. 비행기에서 내린 그들은 환승구역 쪽으로 이동했다.

그들이 바꿔 탈 LA행 비행기는 아메리칸 에어라인11편기로,

출발예정 시간은 7시 45분이었다. 출발 라운지로 들어선 아타와 알 오마리는 두리번거리면서 다른 대원들을 찾았다. 함께 비행기에 탑승할 페르시아 고양이는 모두 다섯 마리였다. 알 셰리형제가 먼저 눈에 띠었다. 형 셰리는 창가에 서서 활주로를 바라보고 있었고 동생 셰리는 신문을 읽고 있었다. 알 수카미의 모습은 아직 보이지 않았다. 아타는 휴대전화로 수카미에게 전화를 걸었다.

"페르시아 고양이. 어디 있는 거야?"

"화장실이야."

"이상 없지?"

"없어. 아무 일 없었어."

아타는 사람들이 별로 없는 28번 게이트 쪽으로 가서 의자에 털썩 앉았다. 거기서도 그들이 탑승할 게이트인 29번 쪽이 잘 보였다. 잠시 후 알 수카미의 모습이 보였다. 알 오마리는 어느새 스낵코너 앞에 놓여 있는 스탠드형 원형 탁자에 기대서서 뭔가를 마시고 있었다.

같은 시간. 수잔은 검색 게이트를 통과하는 사람들을 유심히 지켜보고 있었다. 수잔은 CIA에서 통하고 있는 서주희의 가명이었다. 그녀는 승객들 가운데 동양계 사람들을 집중적으로 살펴보고 있었다.

7시 45분에 출발하는 LA행 비행기는 국내선인 관계로 국제선처럼 심사대에서 여권을 검사하거나 하지 않는다. 탑승권만 가지고 있으면 별도의 심사를 받지 않고 누구나 비행기에 탑승할 수가 있는 것이다. 바로 그 점 때문에 눈으로 직접 탑승자를 살피지 않으면 안 된다. 만일 슬픈 게이가 나타나면 그녀는 틀림없이 그를 알아볼 수 있을 것 같은 생각이 들었다. 그가 여장 모습으로 나타나든, 아니면 남자 모습으로 나타나든 절대 놓치지 않을 자신이 있었다.

게이는 무엇보다도 키가 자그마하기 때문에 알아보기가 쉽다. 거기에다 그는 동양인의 모습을 하고 있고 아름다운 용모를 지니고 있다. 그것은 아무래도 숨길 수가 없는 것이다.

검색 게이트 앞에서 공항 보안요원들 사이에 서서 안으로 들어오는 승객들을 살펴보고 있던 그녀의 눈에 차림새가 좀 이상해 보이는 사람이 시선을 끌었다. 검은 색의 운동모를 눌러쓰고 짙은 선글라스에다 얼굴의 아래 부분을 흰 마스크로 가리고 있어서 나이를 가늠하기가 어려웠지만 얼른 보기에 젊은 사내인 것 같았다. 얼굴을 가리기 위해 최대한 노력한 모습이 역력한 것 같아 그녀의 입장에서는 그냥 통과시키기가 꺼림칙했다. 더구나 체격이나 밖으로 드러난 신체 부분으로 보아 동양계 남자 같았다. 키는 동양인 남자의 중간 정도였다. 목에 붕대를 감고 있고 걸음걸이가 조금 불안정해 보이는 것이 어디가 많이 아픈 사람 같았다.

"저 사람 좀 이상하지 않아요? 얼굴을 좀 보고 싶은데요."

수잔의 말에 곁에 서 있던 흑인 보안 요원이 고개를 끄덕였다. 장신에 어깨가 떡 벌어진 그는 자기도 그렇게 생각했다고 하면서 검은 운동모를 눌러쓴 승객 앞을 가로막았다.

"모자와 선글라스를 좀 벗어 주시겠습니까? 마스크도 벗어 주십시오."

검은 운동모의 사내는 머뭇거리다가 한마디로 거절했다.

"안 됩니다."

몹시 쉬어빠진 목소리였다.

"벗으십시오. 거절하시면 탑승을 거부당할 수도 있습니다."

흑인 요원은 떡 버티고 서서 절대 그냥 보내지 않겠다는 듯이 완강한 태도를 보였다. 하지만 완강하기는 그 승객도 마찬가지였다.

"이러지 마십시오. 난 지금 환자예요. 이건 절대 벗을 수 없습니다."

보안 요원은 냉랭한 눈으로 그를 쏘아보았다.

"신분증하고 탑승권 좀 보여주시겠습니까?"

검은 운동모는 한숨을 내쉬고 나서 주머니 속으로 오른손을 집어넣어 지갑을 꺼냈다. 그리고 지갑 째 내밀었다.

"이 안에 신분증이 있으니까 꺼내 보십시오. 난 한쪽 팔이 불편합니다."

그는 왼쪽 팔을 늘어뜨리고 있었다.

흑인은 난색을 보이다가 할 수 없다는 듯 두툼한 지갑을 받아들고 그것을 펼쳤다. 안에는 지폐가 가득 들어 있었다. 흑인 요원은 그 안에서 운전면허증을 빼내 수잔에게 넘겼다. 수잔은 면허증에 있는 사진부터 눈여겨보았다. 사진의 주인공은 동양인의 얼굴을 하고 있었다. 두 눈초리는 위로 치켜 올라가 있었고 입술은 뒤틀려 있었다. 한마디로 조화를 잃은 못생긴 얼굴이었다. 국적은 미국인이었고, 이름은 웨브 밀러였다.

"탑승권도 좀 보여주시겠습니까?"

밀러는 잠자코 회색 재킷 윗주머니에 꽂혀 있던 탑승권을 오른손으로 뽑아 주었다. 그것을 들여다본 흑인 요원의 표정이 금방 누그러졌다.

"됐습니다. 가십시오."

흑인은 지갑과 탑승권을 돌려주면서 공손하게 말했다.

"무슨 일이에요?"

조그만 트렁크를 끌면서 그들 앞을 지나쳐 가는 밀러를 바라보고 있다가 수잔이 물었다.

"브이아이피입니다."

"브이아이피라니요?"

"1등석 승객입니다. 1등석 승객이면 보나마나 입니다."

그 말에 수잔은 발끈했다.

"그런 말이 어디 있어요? 1등석 승객이라고 그냥 통과시키면 돼나요. 1등석 승객일수록 더 자세히 살펴봐야 해요. 난 저 사람 얼굴을 꼭 보고 싶어요."

당황한 흑인은 저만치 걸어가는 검은 운동모를 불러 세웠다.

"밀러 씨!"

밀러는 멈춰서면서 천천히 고개를 돌렸다. 수잔은 재빨리 다가가 빠른 어조로 말했다.

"얼굴을 좀 보여주셔야겠습니다."

"안 된다고 분명히 말했는데요."

쉬어빠진 목소리였지만 그는 영어로 유창하게 말했다.

"안 됩니다. 얼굴을 보여주지 않으면 탑승하실 수 없습니다.

그리고 실내에서는 선글라스와 마스크를 벗는 게 예의입니다. 다른 사람들에게 공포감과 혐오감을 줄 수가 있으니까요."

마스크 안에서 뒤틀린 듯한 웃음소리가 흘러나왔다.

"환자를 이렇게 괴롭혀도 되는 겁니까? 내가 만일 얼굴을 보여주면 사람들은 나를 더 혐오할 겁니다. 꼭 보고 싶다면 사람들이 없는 장소에서 보여드리겠습니다."

"좋습니다. 이리 따라오십시오."

흑인 요원이 앞장서서 그를 사무실로 데리고 갔다.

밀러는 먼저 마스크부터 벗었다. 입과 코 부위가 심하게 일그러져 있었다.

"이런 모습을 보여드려 미안하군요."

그는 비극적인 모습으로 웃어 보이기까지 했다. 치아가 서너 개만 남고 거의 빠져 있었다. 그가 선글라스를 벗었다. 그의 얼굴을 보는 순간 수잔은 멈칫했다. 그의 왼쪽 눈은 아예 붙어 있었다. 뒤틀린 살점이 눈을 덮고 있었고, 남아 있는 오른쪽 눈까지도 제 자리에 있는 것 같지가 않았다. 찌그러진 눈 하나가 반짝거리고 있는 것을 보고 그녀는 그만 시선을 돌려버렸다.

"됐습니다."

흑인이 미간을 찌푸리며 말했지만 밀러는 이미 모자를 벗고 있었다.

"아!"

참혹한 모습에 수잔의 입에서는 자기도 모르게 낮은 신음소리가 흘러나왔다.

밀러의 머리에는 머리칼이 한쪽에 조금밖에 남아 있지 않았다. 머리칼이 없는 부분은 시뻘건 흉터로 온통 뒤덮여 있었다. 마치 뜨거운 물을 뒤집어쓴 바람에 생긴 흉터 같았다. 그의 말대로 혐오스러운 모습이었다.

"왜 이렇게 됐습니까?"

흑인이 용기를 내어 물었다.

"타고 가던 차가 절벽에서 굴러 떨어졌죠. 불타는 차에서 빠져나온 사람은 나 혼자밖에 없었습니다. 더 보고 싶으시다면 이것도 풀어 보일까요?"

"아뇨. 됐습니다. 실례 많았습니다. 이제 가 보십시오."

흑인이 말하고 있는 동안 수잔은 밀러에게서 시선을 돌리고 있었다.

밀러는 아까처럼 얼굴을 완전히 가린 다음 사무실 밖으로 사라졌다. 수잔은 뒤따라 나와 불편하게 다리를 끌듯이 걸어가는 그의 뒷모습을 잠시 바라보았다. 유난히 높아 보이는 구두굽이 처음으로 시야에 들어왔다. 그제야 그가 불편하게 걷는 이유를 알 수 있을 것 같았다.

그녀는 도로 사무실로 들어와 책상 앞에 앉았다. 앞에는 컴퓨터가 놓여 있었다. 몸을 왼쪽으로 돌리자 감시 카메라에 잡힌 대형 동영상 화면이 보였다. 화면은 네 부분으로 나뉘어 있었고, 각기 다른 동영상이 나타나 있었다. 그 곳은 슬픈 게이를 뒤쫓는 CIA 특별 추적 팀의 요청에 따라 그녀에게 특별히 할당된 사무실이었다.

아타는 고개를 들어 스크린을 바라보았다. 수 미터 앞 천장 밑에 걸려 있는 스크린에는 각 항공사의 비행 스케줄이 나와 있었다. 그가 탈 아메리칸 에어라인 11편기의 출발시간은 예정시간보다 14분이 지연된 7시 59분이었다. 그는 유나이티드 에어라인 175편기의 출발시간을 찾아보았다. 그 비행기 역시 같은 로스앤젤레스 행으로 출발예정시간은 7시 58분이지만 16분이 지연된 8시 14분에 출발하는 것으로 나와 있었다. 같은 로건 공항에서 출발하지만 다른 터미널에 있는 그 비행기는 제2팀인 히말라야 고양이가 탑승하기로 되어 있었다. 그 때 아타의 마음을 읽기라도 하듯 와이셔츠 주머니 속에 들어 있는 휴대폰이 떨어대기 시작했다. 그는 얼른 전화기를 꺼내 귀에다 갖다 댔다.

"히말라야 고양이……."

마르완 알 셰히의 목소리가 들려왔다. 그는 히말라야 고양이의 팀장으로 UA175편기를 조종하기로 되어 있었다.

"페르시아 고양이……."

아타는 속삭이는 소리로 말했다.

"고양이 새끼들은 다 실었나?"

알 셰히가 물었다.

"아직 싣지는 않았지만 곧 싣게 될 거야. 지금 검사 다 받고 게이트 앞에서 대기 중이야. 그쪽은?"

"여기도 대기 중이야."

"행운을 빈다. 떡갈나무 잊지 마. 자작나무는 내 꺼야."

"알고 있어. 다른 고양이들은 어떻게 됐어?"

"모르겠어. 사마라하고 통화했는데 계획대로 잘 되고 있다고 했어."

"사마라는 어떻게 할 거지? 어느 비행기에 탄다는 거야?"

"모르겠어. 나중에 알게 될 거라고 했어."

아타는 통화를 끝내고나서 29번 게이트 쪽으로 자리를 옮겼다. 29번 게이트 앞에 놓여 있는 의자에는 벌써 수십 명의 승객들이 앉아 있었다. 그는 활주로가 보이는 창가로 다가가 밖을 내다보았다. 밖에는 그들을 태우고 갈 AA11편기인 보잉 767—223ER기가 보딩브릿지와 연결된 채 대기하고 있었다. 그 거대한 기체는 마치 살아 있는 생명체처럼 마지막 비행을 위해 숨을 고르고 있는 것 같았다. 그것을 보는 순간 그는 왠지 모르게 눈물이 왈칵 나왔다. 자신과 함께 운명을 같이 할 그 비행기한테 연민의 정을 느꼈기 때문일까.

아타는 게이트에서 멀리 떨어진 쪽으로 걸어갔다. 주위에 사람이 없는 것을 확인한 다음 그는 왈리드 알 셰리에게 전화를 걸었다. 그는 알 셰리 형제의 형이었다.

"내 좌석번호는 1등석 2A, 오마리는 2B야. 너희들은 몇 번이야?"

"나는 비지니스석 8D, 동생은 8G, 그리고 수카미는 10B."

"수카미는 그대로 앉아 있고 너하고 동생만 1등석으로 와. 나하고 오마리는 너희들 자리로 간다."

"탑승권을 바꾸지 않아도 될까?"

"일단 탑승하고 나면 탑승권 보자는 말은 안 할 거야. 아니, 표를 바꾸는 게 좋겠다. 혹시 보자고 할지 모르니까. 동생 표까지 가지고 지금 화장실로 오라고."

아타는 얼른 알 오마리를 찾았다. 그는 여전히 스낵코너 앞에서 맥주잔을 앞에 놓고 서 있었다. 아타는 그에게 전화를 걸어 화장실로 급히 와 달라고 말했다.

계획에 따르면 알 셰리 형제와 수카미가 먼저 행동에 돌입하여 조종실을 점령하기로 되어 있었다. 그들은 체격이 건장한데다 훨씬 공격적이기 때문이었다.

피터 킴은 로건 공항 제2터미널에서 검문검색에 임하고 있었다. 그가 제일 먼저 하는 일은 제2터미널을 통해 출발하는 모든 항공사의 승객들 명단에서 캐나다 국적을 가진 제시카 호프라는 이름을 찾는 일이었다. 그 이름은 게이가 마이애미에서 에드워드 헤일을 살해한 뒤 올랜도 공항을 통해 보스턴으로 도주할 때 사용한 가명이었다. 피터는 게이가 아직 그 이름을 사용하고 있을 것으로 보고 승객들 명단에서 그 이름을 찾고 있었던 것이다. 그러나 그 이름은 좀처럼 나타나지 않고 있었다.

그는 기지개를 켜면서 하품을 했다. 새벽부터 근무를 시작하면 두 시간쯤 지났을 때가 가장 졸리고 피로감이 몰려온다. 그 시간만 견디고 나면 정상적인 상태로 컨디션이 돌아온다. 그는 사무실 한편에 차려져 있는 바로 가서 컵에다 커피를 가득 따랐다. 벌써 세 잔째 커피다. 크루아상을 한 입 베어 물고 씹다가 커피를 한 모금 마신 다음 자리로 돌아와 컴퓨터 화면에 나타난 승객 명단을 무표정하게 바라보았다. 그것은 7시 58분에 출발하는 로스앤젤리스행 유나이티드 에어라인 175편기의 승객 명단이었다. 제시카 호프라는 이름은 보이지 않았다. 그런데 조금 특이한 점이 눈에 띄었다. 그는 처음으로 돌아가 이번에는 주의

깊게 그것을 살펴보았다. 그것은 아랍계로 보이는 이름으로 모두해서 5명이었다. 탑승객 가운데 아랍계 인물이 있다고 해서 이상할 것은 없었다. 아랍계 탑승객은 항상 있기 마련이었다. 문제는 지금 발견한 5명의 아랍계 승객들이 모두 1등석 승객들이라는 점이었다. 그것은 그들이 같은 일행임을 말해 주는 것이었다. 그는 주위를 둘러보았다. 사무실 안에는 세 명의 보안 요원들이 있었는데 두 명은 컴퓨터 앞에 앉아 있었고 다른 한 명은 전화를 걸고 있었다. 그는 옆 자리에 앉아 있는 여직원을 낮은 소리로 불렀다.

"다이앤, 이걸 좀 봐 줄래요?"

금발의 다이앤은 30대 중반의 독신녀로 몸매가 늘씬한 미녀였다. 피터 곁으로 다가온 그녀는 안경 너머로, 피터가 가리키는 컴퓨터 화면을 응시했다.

"1등석 승객들 가운데 이런 이름들이 있어요. 마르완 알 셰히, 파에즈 바니하마드, 아메드 알 감디, 함자 알 감디, 모한드 알 셰리…… 모두 다섯 명인데 아랍인 같지 않아요?"

다이앤은 천천히 고개를 끄덕였다. 그녀가 앞으로 상체를 구부리고 있었기 때문에 그렇지 않아도 앞이 깊게 패인 셔츠 사이로 풍만한 젖가슴이 보였다.

"그런 것 같네요. 뭐 이상한 점이 있나요?"

"다섯 명이 한꺼번에 1등석을 예약했다는 게 좀 이상하지 않나요? 그들의 경제 사정이 1등석을 구입할 만큼 풍족할 리는 없을 텐데?"

"중동의 부호들이겠죠. 중동의 부호들은 오일 달러를 주체하지 못해 미국까지 쇼핑하러 오잖아요."

피터는 고개를 갸우뚱했다.

"이들에 대한 신원을 빨리 좀 알아봐 줘요."

다이앤은 미간을 살짝 찌푸렸다. 그러나 피터와 시선이 부딪치자 금방 미소를 지었다.

피터는 손목시계를 보았다. 7시 40분이 막 지나고 있었다. 그는 벽에 설치되어 있는 운항 스케줄 판을 올려다보았다. 로스앤젤리스행 UA175편기의 출발시간은 8시 14분으로 예정보다 16분이 늦춰져 있었다. 수잔으로부터 전화가 걸려 온 것은 그때였다.

"저예요. 아침 식사 했어요?"

"음, 간단히 해결했어. 당신은?"

"커피 한 잔 했어요."

"별일 없어?"

"별일은 아니지만 조금 놀랄 일이 있었어요. 얼굴을 완전히 가리고 나타난 승객을 만났는데 동양계 남자였어요. 꼭 무슨 괴물 같았는데 정말 끔찍했어요."

동양계 남자라는 말에 피터는 긴장했다. 수잔은 웨브 밀러라는 승객을 조사한 일을 이야기했고, 게이하고는 거리가 멀다는 말에 피터는 안도의 한숨을 내쉬었다.

"그 괴물이 1등석 승객이라니까 하는 말인데 오늘은 이상하게 1등석 승객들한테 신경이 쓰이는데. 여기도 LA행 승객들 가운데 아랍인 다섯 명이 1등석 승객이야. 유나이티드 에어라인 175편에 5명이 함께 타는데 같은 일행인 것 같아. 가난한 아랍인들이 1등석을 구입했다는 게 좀 이상하지만 중동의 아랍인들 가운데는 오일 때문에 부자가 된 자들이 꽤 있으니까 그런 사람들일지도 모르지. 아무튼 신원 조회를 부탁해 놨어."

수잔과 통화를 끝내고 잔에 남아 있는 커피를 마저 마시고났을 때 수잔으로부터 다시 전화가 걸려왔다. 그녀는 꽤 흥분해 있었다.

"여기도 아랍인 이름을 가진 승객 다섯 명이 1등석과 비즈니스 석에 탑승했어요."

"뭐라구?!"

그가 갑자기 큰 소리로 말하는 바람에 보안 요원들이 일제히 그를 쳐다보았다.

"어떤 비행기에 탔다는 거야? 자세히 이야기해 봐."

"그 괴물 손님이 탄 LA행 아메리칸 에어라인 11편기로 7시 45분 출발인데 7시 59분으로 연기됐어요. 1등석에 두 명, 비즈니스 석에 세 명이 탔어요."

"같은 일행인가?"

"1등석은 2A와 2B로 나란히 붙었어요. 동행이 틀림없어요. 비즈니스 석은 8D와 8G, 그리고 10B예요. 서로 떨어져 있긴 하지만 일행이 아니라고 단정할 수는 없을 거예요. 테러범들이라면 다섯 명이 눈에 띄게 나란히 자리를 잡을 리가 없죠."

"그들이 테러범이란 말이야?!"

보안요원들의 시선이 일제히 그에게 쏠렸다.

"아뇨. 그렇다는 건 아니고…… 이를테면 그렇다는 거죠."

"빨리 신원조회를 해 봐! 결과가 나오면 연락 줘!"

피터는 전화를 끊고 그의 곁으로 재빨리 다가온 다이앤을 쳐다보았다.

"뭐예요?"

다이앤이 긴장해 있는 그의 표정을 살피며 물었다. 그는 그녀의 손에 들려 있는 프린트 종이를 낚아챘다.

"1터미널에서 출발하는 LA행 아메리칸 에어라인 11편기에도 아랍계 승객이 다섯 명 있는데 두 명은 1등석이고 나머지 세 명은 비즈니스석이랍니다. 아침 일찍 비슷한 시간대에 출발하는 두 비행기에 아랍인들이 열 명이나 타고 있고, 그중 일곱 명은 1등석, 나머지 세 명은 비즈니스 석…… 좀 이상하지 않습니까?"

어느 새 보안요원들이 그의 주위로 다가와 있었다. 피터는 프린트 물을 들여다보았다. 아랍인 승객 다섯 명 가운데 세 명은 모두 사우디아라비아인들이었고 다른 두 명은 에미리트 출신이었다. 나이는 20대에서 30대 사이로, 모두가 젊은이들이었다.

"그들은 오늘 아침 일찍 오거스터에서 보스턴으로 왔어요."
하고 다이앤이 말했다.

오거스터는 보스턴에서 북쪽으로 수백 킬로 떨어진 곳에 있는 작은 도시였다. 피터의 굳어 있는 표정을 보면서 다이앤이 말을 이었다.

"통과여객이기 때문에 그들은 여기서는 별도의 검색을 받지 않고 LA행 유나이티드 에어라인175편기에 탑승했어요."

"오거스터 공항의 보안검색은 어느 정도입니까?"

피터의 목소리는 잔뜩 긴장해 있었다.

"여기하고는 비교가 안 될 정도로 허술해요. 작은 공항들은 다 마찬가지예요. 오래 전부터 문제점을 지적해도 고쳐지지 않고 있어요. 나라가 크니까 공항도 많고, 공항도 많다 보니까 문제점이 한두 가지가 아니에요. 대단한 쇼크가 없이는 하루아침에 고쳐지지 않을 거예요."

피터는 자꾸만 손목시계를 들여다보았다. 시계는 7시 48분을 가리키고 있었다. 그는 더 이상 기다리지 못하고 수잔에게 전화를 걸었다.

"어떻게 됐어?"

"지금 전화하려던 참이었어요. 신원 조회가 나왔는데 지금 팩스로 보냈으니까 확인해 보세요. 다섯 명 가운데 네 명은 사우디 출신이고 나머지 한 명은 이집트인이에요. 그리고 나이는 모두 2,30대 젊은 남자들이에요. 1등석 두 명은 포틀랜드 공항에서 탑승해서 보스턴으로 온 다음 통과여객으로 LA행 아메리칸 에어라인 11편기로 바꿔 탔어요. 다른 세 명은 몽펠리에서 보스턴으로 날아왔고, 같은 통과여객으로 같은 비행기에 환승했어요."

"여기도 마찬가지야. 다섯 명 모두 북쪽에 있는 오거스터 공항을 이용해서 보스턴으로 왔어. 그리고 통과여객으로 별도의 검색 없이 LA행에 탑승했어."

"아무래도 조짐이 좀 이상해요. 열 명이 아침 일찍 보스턴 공항으로 몰려와서 LA행 두 비행기에 나눠 탔어요. 그것도 비싼 1등석과 비즈니스 석에 탔어요. 2, 30대 아랍 청년들이 1등석을 탈만큼 그렇게 돈이 많을까요? 중동의 부호 집안 출신들이라면 또 몰라도……."

"그렇다고 뚜렷한 혐의도 없이 그들을 비행기에서 끌어내릴 수는 없어. 조금 있으면 비행기가 출발할 텐데 손을 쓰기에는 너무 늦었어."

"아직 늦지는 않았어요. 비행기 출발을 지연시키고 그들을 재조사하면 되잖아요."

"그건 쉽지가 않아. 뚜렷한 혐의가 없는 한 그건 힘들어."

"그렇다면 마지막 방법밖에 없군요. 제가 LA행 비행기에 타는 수밖에……."

"그건 안 돼!"

"보안요원들을 데리고 탑승하면 되잖아요."

"안 된다니까!"

"시간이 없어요!"

"이 봐!"

전화는 끊어져 있었다. 피터는 자신이 왜 그렇게 소리를 질렀는지 알 수가 없었다. 수잔이 타려는 비행기에 폭탄이 실려 있는 것도 아니고 그 아랍계 승객들이 테러범으로 확인된 것도 아닌데 왜 지레 겁을 집어먹고 소리를 질렀을까. 피터는 다이앤을 한번 쳐다보고 나서 다른 보안 요원들 쪽으로 시선을 돌렸다. 그리고 빠른 어조로 의혹이 가는 점들을 설명했다. 설명이 끝난 다음에는 시계를 보고나서 이렇게 말했다.

"시간이 없습니다. 내 생각에는 의혹이 해소되기 전까지는 비행기 출발을 지연시켰으면 하는데…… 어떻습니까?"

보안요원들은 아무 반응도 보이지 않은 채 가만히 그를 쳐다보기만 했다. 별로 그의 의견에 따를 생각이 없는 것 같은 그런 표정들이었다.

그 때 보안 책임자가 연락을 받고 급히 나타났다. 피부가 조금 검은 것이 혹인 혼혈로 보이는 그는 키가 크고 활기차 보였다. 피터의 설명을 듣고 난 그는 고개를 흔들었다.

"무기가 발견된 것도 아니고…… 그들이 단지 좀 이상하다는 생각만으로 비행기 출발을 지연시키고 검색을 다시 실시할 수는 없어요. 그렇지 않아도 출발이 16분이나 지연됐는데 뚜렷한 혐의가 발견되지 않은 한 출발을 막을 수는 없습니다. 아랍인들이 단체로 1등석을 차지했다고 해서 이상하게 생각하실 필요는 없습니다. 요즘은 오일달러가 넘쳐서 아랍인 여행객들이 부쩍 늘었습니다. 그리고 마일리지 같은 것을 이용해서 1등석이나 비즈니스 석에 많이 탑승하기도 합니다. 아랍인들 신원을 보니까 주로 사우디인들인데 사우디인들 가운데는 특히 부자들이 많습니다."

초조해진 피터는 버럭 고함이라도 지르고 싶었다. 치미는 화를 누르며 이야기하자니 목소리가 이상하게 나왔다.

"조금이라도 이상하면 출발을 금지시키고 새로 검색을 실시해야 하는 게 보안부서의 의무 아닙니까? 두 비행기에 아랍인들이 다섯 명씩, 그것도 비싼 1등석과 비즈니스 석에 타고 있어요. 1등석은 조종실하고 가깝다는 거 알고 있지 않습니까. 만일 그들이 조종실을 점령하기라도 하면 어떻게 할 겁니까? 당신이 책임을 질 겁니까? 당장 출발을 금지시켜요!"

피터는 서랍 속에서 권총을 꺼내 탄창을 끼웠다. 그것을 보고 보안 책임자는 어이없다는 듯 어깨를 으쓱했다. 다른 직원들도 어이없어해 하기는 마찬가지였다.

"이러시면 안 됩니다. 너무 과민해지신 것 같은데 휴식을 좀 취하시는 게 좋을 것 같습니다. 분명히 말씀드리는데 출발을 금지시킬 수는 없습니다."

보안 책임자와 말다툼을 벌일 시간도 없었다. 피터는 시계를 들여다 보고나서 말했다.

"좋아요. 그럼 내가 비행기에 직접 타고 LA까지 갈 테니까 무장 요원 두 명만 붙여 줘요. 그건 되겠죠?"

피터가 독수리눈을 하고 노려보자 보안 책임자는 하는 수 없다는 듯 끄덕였다.

"두 명까지는 안 되고 한 명 정도는 동행시킬 수 있습니다. 여기도 업무가 폭주하고 있고 직원들 모두가 피로해 있습니다."

"좋습니다. 지금 갈 테니까 탑승할 수 있게 조종사한테 연락이나 해 줘요."

피터는 화면을 가리키며 말했다.

8시 6분. 화면에는 UT175편인 보잉 767—111기가 터미널 앞을 떠나 활주로를 향해 서서히 움직이고 있는 것이 보였다.

"지금 갈 테니까 차를 대기시켜 줘요!"

다이앤의 빠른 목소리가 뒤에서 들려왔다. 피터는 복도를 뛰다시피 걸어가면서 뒤를 돌아보았다. 다이앤이 백을 들쳐 메고 뛰어오고 있었다. 피터는 기다렸다가 물었다.

"당신이 가는 겁니까?"

"나는 안 돼나요? 남자가 가야 돼나요?"

"아, 아닙니다. 뜻밖이라서……."

그들은 어깨를 부딪치면서 걸음을 빨리했다.

"아무도 가려고 하지 않아서 할 수 없이 내가 나선 거예요. 괜한 짓이라는 건 알지만 당신을 더 이상 화나게 해서는 안 되겠다 싶어서……."

"무기는 가져왔습니까?"

"기관단총은 아니지만 가져왔어요."

그들은 계단을 뛰어 내려가 활주로 쪽으로 나 있는 출구를 빠져나갔다. 앞에는 비상등을 켠 공항 경비대 지프가 대기하고 있었다. 그들이 차에 오르자 지프는 사이렌을 울리며 활주로 쪽으로 달려 나갔다.

유나이티드 에어라인 175편기는 이륙 준비를 끝낸 채 직선으로 뻗어 있는 활주로 앞에서 엔진을 가열시키고 있었다. 앞쪽 출입구는 열려 있었고 그 밑으로는 트랩이 설치되어 있었다. 차에서 뛰어내린 피터는 계단을 오르기 전에 수잔에게 전화부터 걸어 보았다. 그리고 수잔의 목소리가 들려오자 흥분해서 물었다.

"나야. 어디 있어요?"

"비행기 안이에요. 이미 출발했어요."

그녀는 극도로 신경을 쓰면서 아주 작은 목소리로 속삭이듯 말했다.

"혼자 탄 거야, 아니면 파트너가 있어?"

"혼자 탔어요. 그것도 가까스로 허락을 받아서 탄 거예요. 당신은 어디 계세요?"

"나도 지금 비행기를 타려고 하고 있어. 다이앤이 동행이야."

"미녀하고 동행이어서 좋겠어요. 좋은 여행 되세요."

"별일 없어?"

"아직은 없어요."

"무기 가지고 있어?"

"네, 가지고 왔어요."

"조심해요. 그리고 전화는 끄지 말고 켜 둬요. 언제라도 연락할 수 있게 말이야. 스튜어디스가 끄라고 해도 사정을 이야기하고 끄지 말라구."

"알았어요. 조심하세요."

"LA에 도착하면 멋진 식당에서 식사해요."

피터는 통화를 끝낸 다음 트랩을 뛰어올라 갔다.

피터와 통화를 끝낸 수잔은 휴대폰에 떠 있는 시계를 들여다보았다. 전자숫자는 8시 11분을 나타내고 있었다. 그녀는 1등석에 앉아 있었다. 1등석에 빈자리가 있었기 때문에 자리 하나를 차지할 수가 있었던 것이다. 1등석에는 자리가 모두 12개 있었는데 그녀가 주목하고 있는 아랍인 두 명은 2A와 2B에 앉아 있었다. 1A와 1B에는 노부부로 보이는 사람들이 자리 잡고 있었고 3K에는 아까 보안 사무실에서 얼굴을 보여줬던 그 괴물이 앉아 있었다. 수잔이 뒤늦게 1등석에 들어섰을 때 그는 창밖을 바라보고 있었기 때문에 그녀는 그가 자기를 보지 못한 것으로 알았다.

1등석 공간은 정면을 바라볼 때 중앙의 빈 공간을 사이에 두고 좌우 양쪽에 두 개의 좌석이 나란히 짝을 이루어 3열로 배치되어 있었는데 왼쪽 편 좌석은 A와 B로 구분되어 있었고 오른쪽 좌석은 J와 K로 나뉘어져 있었다. 수잔은 왼쪽의 3A에 앉아 있었다. 그 옆의 3B는 비어 있었다. 오른쪽 앞자리인 1J와 1K는 젊은 부인과 그녀의 자식으로 보이는 네댓 살쯤 된 소녀가 차지하고 있었다. 그 뒤쪽 두 자리는 비어 있었고, 세 번째 열인 3K에 괴물 웨브 밀러가 앉아 있었다. 그의 옆자리인 3J는 비어 있었다. 수잔과 밀러는 같은 3열에 앉아 있었기 때문에 고개만 돌리면 서로를 볼 수가 있는 위치에 있었다. 수잔은 일부러 그쪽으로 시선을 돌리지 않았다. 탑승 전에 그와 트러블이 있었던 데다 선글라스와 마스크에 가려진 그 끔찍한 모습이 자꾸만 생각나 그와 시선을 마주치고 싶지가 않았던 것이다. 그는 여전히 선글라스와 마스크를 쓰고 있었고 그것도 모자라 운동모까지 푹 눌러쓰고 있었다. 하긴 승객들이 놀랄 것을 생각하면 그가 그렇게 자신의 얼굴과 머리를 가리고 있는 것은 이상할 것이 하나도 없었다. 그리고 그보다도 그녀가 신경을 써야 할 상대는 왼쪽 2열에 앉아 있는 두 명의 아랍인들이었다.

그녀는 승객들의 이름이 적힌 좌석 배치도를 가지고 있었다. 그 배치도를 보면 2A의 승객 이름은 모하메드 아타로 이집트인이었다. 그리고 2B의 승객은 알 오마리로 사우디 출신이었다.

아타는 조금 뚱뚱하고 오마리는 얼굴이 수척해 보였지만 그들은 어쩐지 형제처럼 비슷한 분위기를 띠고 있었다. 수잔이 그런 느낌을 받은 것은 틀린 것이 아니었다. 그들은 아타와 오마리의 탑승권을 지닌 알 셰리 형제였다.

오전 8시 14분. AA11편기는 지정된 순항고도인 2만9000피트에 못 미치는 2만 6000피트까지 올라갔다. 기장 존 오고노우스키는 모든 통신과 비행 관련 자료가 정상인 것을 확인하고는 시트벨트 착용 사인을 껐다. 그의 옆에는 여자들에게 인기가 있는 미남 부기장 토머스 맥기네스가 앉아 있었다. 기장은 코밑수염을 기른 40대 후반의 신사였다.

기내에는 9명의 스튜어디스와 81명의 승객들이 있었다. 스튜어디스들 가운데 두 명이 1등석 서비스를 맡고 있었다. 수잔은 자리에서 일어나 커튼을 젖히고 뒤쪽에 있는 비즈니스 석으로 가 보았다. 승객이 크라스가 다른 곳으로 이동하면 스튜어디스의 제지를 받게 된다. 그러나 그녀의 신분을 알고 있는 스튜어디스들은 그녀를 그냥 쳐다보기만 했다. 그들은 여자 CIA요원의 갑작스런 탑승에 꽤 의아하게 생각했지만 그녀에게 적극적으로 협조하고 있었다.

비즈니스 석은 세로로 10열까지 있을 정도로 좌석수가 꽤 많았다. 한 열에 여섯 개의 좌석이 있는데 두 개씩 짝을 이루고 있었다. 그녀는 중간 열에 있는 8D를 슬쩍 보고나서 창 쪽에 있는 8G로 시선을 옮겼다. 좌석 배치도에 나와 있는 이름을 보면 8D 승객은 와일 알 셰리, 8G는 왈리드 알 셰리였다. 그러나 사실은 그 자리에는 모하메드 아타와 알 오마리가 앉아 있었다. 수잔이 보았을 때 아타는 정면을 주시하고 있었고 알 오마리는 주위를 두리번거리고 있었다. 10B 승객인 사탐 알 수카미는 허공을 응시하고 있었다. 수잔은 화장실 안으로 들어가 소변을 본 다음 밖으로 나와 세 명의 아랍인들을 뒤쪽에서 살펴보았다. 별다른 움직임이 보이지 않자 그녀는 일등석으로 이동했다. 통로에서는 스튜어디스들이 막 서비스를 시작하고 있었다.

그녀가 1등석으로 돌아가 자리에 앉자마자 2A와 2B 승객이 거의 동시에 슬그머니 자리에서 일어났다. 가운데 넓은 공간으로 나온 동생 알 셰리가 막 서비스를 시작하려고 허리를 굽히고 있는 스튜어디스 바바라의 금발을 뒤에서 낚아채면서 고함을 질렀다.

"꼼짝 마!"

그는 오른손에 들고 있는 커터로 다짜고짜 바바라의 목을 그었다. 시뻘건 피가 쏟아져 나오자 다른 스튜어디스 카렌이 자지러질 듯 비명을 질렀다. 형 알 셰리가 그녀의 목을 휘어감으며 고함을 질렀다.

"조종실 열쇠 내놔!"

그의 손에도 커터가 들려 있었다.

동생 알 셰리가 바바라를 밀어 버리자 그녀는 바닥에 나뒹굴었다. 동생 알 셰리는 한 손에 커터 다른 손에는 수류탄 같은 것을 든 채 소리 질렀다.

"이건 수류탄이다! 시키는 대로 하지 않으면 이걸 터뜨릴 테니까 모두 일어나 뒤로 가시오!"

당장 수류탄을 터뜨릴 것만 같아 사람들은 잔뜩 겁에 질린 채 뒤쪽으로 달려갔다. 수잔은 가장 늦게 일어나는 것과 동시에 권총을 뽑아 들었다.

"꼼짝 마라!"

알 셰리 형제는 깜짝 놀라는 것 같았다.

"무기를 버리고 손을 들어! 그 여자는 놔줘! 빨리!"

형 알 셰리는 잔인한 미소를 지으면서 카렌의 목을 더욱 바싹 조였다.

"웃기지 마! 권총을 버리지 않으면 이 여자 목을 잘라 버리겠다!"

"어리석은 짓 하지 마! 그 여자를 놔줘!"

"쏘지 말아요!"

겁에 질린 스튜어디스가 소리를 질렀다. 수잔은 테러범을 겨누었지만 스튜어디스가 앞을 가로막고 있어서 권총을 쏠 수가 없었다. 다른 테러범은 몸을 숨기지도 않은 채 해 볼테면 해 보라는 식으로 수류탄을 들고 그녀를 위협했다.

"당장 권총을 버리지 않으면 수류탄을 터뜨릴 거야! 수류탄이 터지면 어떻게 되는지 알지?"

수진은 이러지도 저러지도 못한 채 진땀만 흘렸다. 그 때 무언가 차가운 것이 목덜미를 스치는 것을 느끼고 그녀는 얼른 고개를 돌렸다. 바로 곁에서 괴물이 한쪽 눈으로 그녀를 빤히 쳐다보고 있었다. 괴물은 모자와 선글라스, 그리고 마스크까지 모두 벗고 그 끔찍한 모습을 그대로 드러내고 있었다. 수잔의 목덜미에서는 시뻘건 피가 흘러내리고 있었다. 괴물의 손에는 커터가 들려 있었다. 수잔이 미처 정신을 차릴 새도 없이 괴물은 번개같이 커터로 그녀의 얼굴을 그었다. 커터가 한쪽 눈을 가로질렀기 때문에 수잔은 비명을 지르면서 방아쇠를 당겼다. 그러나 눈을 제대로 뜰 수가 없었기 때문에 총알은 엉뚱한 곳으로 날아갔다. 괴물은 닥치는 대로 커터를 휘둘렀다. 수잔의 얼굴은 갈가리 찢기고 목과 손에도 커터의 날카로운 날이 사정없이 파고들었다.

"게이! 가발라!"

시뻘건 피를 뒤집어쓴 수잔은 허우적대면서 연달아 방아쇠를 당겼지만 총알은 모두 빗나가고 말았다. 다음 순간 그녀의 몸뚱이는 짐짝처럼 내던져졌고, 그 바람에 그녀는 권총을 놓치고 말았다. 괴물은 구석 쪽으로 날아간 권총을 재빨리 집어 들고 바닥에 나뒹굴어 있는 수잔 쪽으로 다가서더니 권총 손잡이로 그녀의 머리통을 후려갈겼다. 신음소리를 내며 꿈틀거리던 수잔은 더 이상 움직이지 않았다. 괴물은 몸을 돌려 알 셰리 형제를 쳐다보았다. 총구가 똑바로 자신에게 향하고 있는 것을 보고 동생 알 셰리는 주춤했다.

"당신 누구지?"

"사마라……."

알 셰리 형제는 처음에는 경악하는 표정이다가 나중에는 믿을 수 없다는 듯 고개를 흔들기까지 했다.

"그런 눈으로 날 쳐다보지 마. 어차피……."

사마라는 말끝을 맺지 않은 채 총구를 돌리고 카렌 앞으로 다가섰다. 형 알 셰리는 여전히 카렌의 목을 뒤에서 휘어감고 있었다. 사마라는 권총을 스튜어디스의 이마에다 갖다 댔다.

"조종실 열쇠 어디 있어? 5초 내에 말하지 않으면 이마에다 구멍을 뚫어 주겠다."

그녀는 손으로 한곳을 가리켰다. 사마라는 알 셰리에게 그녀를 놓아주라고 명령했다. 알 셰리는 주저하다가 그녀의 목을 감고 있던 팔을 풀었다. 카렌은 바들바들 떨면서 주방 쪽으로 가더니 벽에 설치되어 있는 알루미늄 박스 안에서 열쇠 하나를 꺼냈다. 그녀의 손에서 열쇠를 낚아챈 사마라는 알 셰리 형제들에게 말했다.

"아타와 오마리를 오라고 해. 너희들은 비즈니스 석과 3등석 승객들을 맡아. 모두 뒤쪽으로 몰아붙여!"

비즈니스 석에서는 이미 아타와 오마리, 그리고 알 수카미가 행동을 개시하고 있었다.

알 셰리 형제가 비즈니스 석으로 가기 전에 수잔이 먼저 그쪽으로 기어가고 있었다. 가까스로 정신을 차린 그녀는 비즈니스 석으로 들어가자 커튼을 움켜잡고 몸을 일으켰다.

얼굴에 온통 피를 뒤집어쓴 그녀가 갑자기 나타나자 그렇지 않아도 공포에 사로잡혀 있던 승객들은 비명을 질렀다. 아타와 알 오마리, 그리고 수카미는 커터를 휘두르며 승객들을 뒤로 몰아붙였다. 특히 수카미는 조금이라도 저항할 기미가 보이거나 미적거리는 승객이 있으면 가차 없이 커터를 휘둘렀다. 얼굴과 목, 손이나 팔 등에 상처를 입은 승객들은 피를 흘리며 뒤쪽으로 도망쳤다. 아타는 비틀거리며 서 있는 수잔에게 뒤쪽으로 가라고 명령했지만 그녀는 조금 걸음을 옮기다가 통로에 쓰러지고 말았다.

쓰러진 그녀의 손에는 휴대폰이 들려 있었다. 그녀는 빈 좌석 앞 공간으로 상체를 디밀었다. 안쪽으로 깊이 들어간 그녀는 피터에게 전화를 걸었다.

"피터……."

피터가 나오자 그녀는 들릴 듯 말듯 한 목소리로 그를 불렀다.

"수잔! 무슨 일 있어?"

수잔의 목소리가 심상치 않다고 생각했는지 피터가 긴장해서 물었다.

"납치됐어요. 그들이 칼을 휘두르고 있어요."

그녀는 가쁜 숨을 몰아쉬며 간신히 말했다.

"뭐라고?! 수잔! 다시 말해 봐!"

"피터, 사랑해요…… 아랍인들을 조심하세요…… 아기가 보고 싶어요…… 당신을 사랑해요…… 그들이 칼을 휘두르고 있어요…… 난 피를 너무 많이…… 아무 것도 보이지 않아요…… 조심하세요…… 피터…… 아, 피터……."

"수잔!"

피터의 부르짖는 것 같은 목소리가 귀청을 때렸다. 그녀는 더 이상 아무 것도 들을 수가 없었다. 그것은 그녀가 지상에서 들은 마지막 소리였다.

알 세리 형제를 대신해서 1등석으로 들어선 아타와 오마리는 괴물을 보는 순간 주춤했다. 알 세리 형제로부터 사마라가 몰라보게 변했다는 말을 듣기는 했지만 너무 끔찍한 모습으로 변한 것을 보고는 적이 놀라지 않을 수 없었다. 그러나 다급해진 그들은 놀라고 있을 여유가 없었다.

사마라는 그들을 보고 고개를 끄덕인 다음 조종실 문 앞으로 다가섰다. 그러자 카렌이 필사적으로 그를 막아섰다.

"안 돼요! 이러지 마세요!"

"비켜!"

알 오마리가 그녀의 얼굴을 커터로 휙 그었다. 그리고 비명을 지르는 그녀를 비즈니스 쪽으로 밀어 버렸다.

사마라는 조종실문에 열쇠를 꽂은 다음 좌우로 돌려보았다. 그러나 문은 쉽게 열리지 않았다. 총소리를 들었거나 아니면 승무원으로부터 긴급연락을 받고 안에서 열리지 않게 조치를 취한 것 같았다. 사마라는 뒤로 한 걸음 물러선 다음 자물쇠 장치에 총구를 대고 방아쇠를 당겼다. 굉음과 함께 자물쇠 장치가 떨어져 나가면서 주먹만 한 구멍이 뻥 뚫렸다. 문을 옆으로 밀어젖히자 기장과 부기장이 굳은 표정으로 서 있는 것이 보였다. 그들은 무기가 될 만한 것들을 들고 있었는데 기장은 양주병을 들고 있었고 부기장은 골프채를 들고 있었다.

"쓸데없는 짓 하지 말고 두 손 들고 밖으로 나와!"

사마라의 말에 부기장이 골프채를 휘둘렀다. 사마라는 상대방의 얼굴을 조준하고 방아쇠를 당겼다. 총알은 부기장의 오른쪽 눈을 관통했다. 여자들에게 인기가 있는 부기장 맥기네스는 맥없이 뒤로 나가떨어졌다. 그것을 보고 기장은 맥주병을 버리고 두 손을 번쩍 쳐들었다. 그가 밖으로 나오자 알 오마리가 커터로 그의 목을 그었다.

"살고 싶으면 뒤로 가, 빨리!"

기장 존 오고노우스키는 목에서 피를 철철 흘리며 1등석을 빠져나갔다.

게이와 아타는 이미 조종실 안에 들어가 있었다. 따라 들어오려는 오마리를 게이가 막았다.

"이 문은 잠금 장치가 부서져서 아무나 들어올 수 있어. 우리가 조종하고 있는 동안 아무도 못 들어오게 문 앞을 지켜야 해.

승객들이 몰려올지도 모르니까 어떻게든 막아. 막지 못하면 우린 실패하게 돼. 30분만 버텨!"

"권총을 줘."

오마리의 요구를 게이는 거절했다.

"이건 안 돼. 한 발밖에 남지 않았어."

"한 가지 물어볼게 있어. 당신 남자야 여자야?"

찌그러진 한쪽 눈 사이에 박혀 있는 눈알이 잠시 움직이지 않고 오마리를 응시했다. 오마리는 뒷걸음질로 조종실 밖으로 나갔다.

아타는 이미 조종석에 앉아 있었다. 게이는 마이크로 기내방송을 했다.

"승객 여러분, 우리는 지금 공항으로 돌아가고 있습니다. 반항하면 비행기가 위험합니다. 다시 한 번 말씀드리겠습니다. 우리는 지금 공항으로 돌아가고 있습니다. 누구든 꼼짝하지 마십시오. 어리석은 짓은 하지 마십시오."

기내 방송을 마친 게이는 조종석 앞의 화면을 바라보았다. 비행기는 예정 항로를 벗어나 북서쪽으로 날아가고 있었다. 그대로 간다면 국경을 넘어 캐나다 상공으로 진입할 판이었다. 그들이 가야 할 곳은 뉴욕이었다.

"아타, 반대로 가고 있잖아! 나와! 내가 조종하겠다!"

아타는 그를 힐끗 쳐다보고 나서 그대로 앉아 있었다.

"이 봐! 내 말 안 들려?! 남쪽으로 방향을 틀어!"

"안 돼. 그건 안 돼. 난 알라신의 목소리를 들었어. 무고한 사람들을 죽이면 안 된다고 말씀하셨어. 우리는 잘못 생각하고 있었어. 난 계획을 바꾸기로 했어."

아타의 목소리는 놀라울 정도로 차분했다. 그는 관제소를 불렀다.

"버펄로 나와라. 버펄로 공항. 들리는가?"

"버펄로 공항이다. 무슨 일인가?"

버펄로 공항 관제사의 목소리가 뚜렷이 들려왔다.

"LA행 아메리칸 에어라인11편기이다. 환자가 발생해 20분 후 버펄로 공항에 착륙하겠다. 환자가 여러 명이니까 앰뷸런스를 많이 대기시켜 주기 바란다."

"알았다. 준비하겠다."

아타의 무전송신이 끝나자마자 게이는 그의 관자놀이에다 총구를 들이댄 다음 지체 없이 방아쇠를 당겼다. 총격에 기체가 잠시 요동쳤다. 아타의 상체가 한쪽으로 맥없이 쓰러지자 게이는 그를 끌어내 문 앞에다 눕혔다. 문이 열리는 것을 잠시라도 막기 위해서였다.

"무슨 일이야?"

오마리가 문틈으로 안을 들여다보며 물었다.

"아무 것도 아니야."

게이는 조종석에 앉자마자 비행기의 방향을 남쪽으로 180도 틀었다. 비행기가 왼쪽으로 기우뚱해지자 오마리가 의아해 하며 물었다.

"아타는 어디 있지?"

"아타는 우리를 배신하려고 했어."

오마리는 비로소 문 앞을 가로막고 있는 아타의 시신을 발견하고는 게이를 노려보았다.

"아타는 우리의 팀장이야."

"나는 팀 전체를 지휘하고 있어. 아타는 마지막 순간에 작전을 포기하려고 했어. 문 앞이나 잘 지켜!"

욕설과 고함소리, 비명소리와 물건이 날아가 부딪치는 소리가 들려왔다. 오마리는 비즈니스 석으로 뛰어갔다.

비즈니스 석은 피를 흘리며 쓰러져 있는 사람들만 서너 명 있을 뿐 텅 비어 있었다. 싸우는 소리는 3등석 쪽에서 들려오고 있었다. 오마리는 3등석으로 달려갔다. 알 셰리 형제와 수카미가 승객들을 뒤쪽으로 몰아붙이고 있었다. 닥치는 대로 커터를 휘두르는 바람에 사람들은 칼에 맞지 않으려고 앞 다퉈 뒤쪽으로 몰려갔고, 그러다 보니 좁은 통로에 서로 뒤엉켜 비명을 질러대고 있었다. 통로와 좌석 여기저기는 피로 흥건히 젖어 있었고, 피를 너무 많이 흘린 승객들은 더 이상 피하지도 못한 채 죽어가고 있었다.

그런데 상황이 갑자기 변하고 있었다. 뒤쪽에 몰려 있던 승객들 가운데 건장한 남자들이 앞으로 나서고 있었다. 그들 가운데는 머리를 짧게 깍은 해병대 장교도 있었고 야구선수 출신도 있었다. 요리사도 있었고 카우보이도 있었다. 그들을 부추겨 나서게 한 것은 해병대 장교였다. 그가 보기에 테러범들이 가지고 있는 무기라고는 커터가 전부인 것 같았다. 금방이라도 터뜨릴 듯 들고 있는 수류탄은 그가 보기에 가짜인 것 같았다. 거기에다 피를 흘리며 뒤쪽까지 쫓겨 온 조종사의 말이 마침내 그를 앞으로 나서게 했던 것이다.

"놈들이 조종실을 점령했어요. 비행기를 다른 곳으로 납치할 계획이라면 나를 쫓아낼 리가 없어요. 비행기를 몰고 가서 도심에 처박을 생각인 것 같아요. 조종실을 빨리 되찾지 않으면 우린 모두 죽습니다. 날 빨리 조종석에 앉혀 주면 한 시간 정도는 버틸 수 있을 거예요."

조종사는 죽어 가고 있었다. 죽어 가면서도 승객들을 살릴 생각을 하고 있었다. 해병대 장교는 젊은 남자들에게 조종사의 말과 함께 자기 생각을 이야기해 주었고, 곧 여러 명의 남자들이 앞으로 나서 주었던 것이다.

그들은 커터를 막을 수 있는 것들을 하나씩 손에 들고 있었다. 서류 가방과 알루미늄 박스, 와인병, 배낭 등등. 해병대 중위는 알루미늄 박스를 들고 맨 앞에 서 있었다. 동생 알 셰리가 접근하면 수류탄을 터뜨리겠다고 위협했지만 그는 멈추지 않고 앞으로 다가오고 있었다. 테러범들은 박스에 얻어맞지 않으려고 뒷걸음질했고, 그것을 보고 승객들은 죽이라고 고함을 질러댔다. 승객들은 테러범들을 향해 물건들을 집어던지기 시작했다. 3등석 앞에까지 쫓겨 간 테러범들은 더 이상 물러서지 않고 싸울 태세를 갖추고 승객들을 노려보았다. 그 사이에 오마리는 조종실로 가서 게이한테 권총을 달라고 요구했다.

"지금 쫓기고 있어. 가방 같은 것을 휘두르며 몰려오는데 커터 가지고는 막을 수가 없어."

"총알이 없어."

권총을 내주며 게이가 말했다.

오마리가 권총을 들고 달려갔을 때 동생 알 셰리는 해병대 중

318

위와 한바탕 격투를 벌이고 있었다. 중위가 알루미늄 박스로 알 셰리가 움켜잡고 있는 커터를 후려치자 그것은 맥없이 부러져 나갔고, 동시에 알 셰리는 손목이 부러지는 통증을 느꼈다. 중위는 맹수처럼 박스를 휘두르며 테러범 가운데로 뛰어들었고, 뒤이어 야구선수와 카우보이가 합세했다. 알 셰리 형제와 수카미는 닥치는 대로 찌르고 베면서 승객들이 비즈니스 석으로 들어오지 못하게 막았다. 사방으로 피가 튀고 욕설과 비명이 난무했지만 앞장선 승객들은 물러서지 않고 싸움을 계속했다.

죽음의 비행

한편 유나이티드 에어라인 175편기의 피터 킴은 아무리 전화
번호를 눌렀지만 더 이상 수잔과 통화할 수가 없었다. 그녀는 비
행기가 납치된 절박한 상황에서 마지막으로 그에게 전화를 건
것 같았다. 마지막처럼 들렸던 사랑한다는 말, 그리고 아기가
보고 싶다는 말이 혹시 잘못 들은 것이 아닌 가해서 다시 한 번
듣고 싶었지만 그녀의 목소리는 더 이상 들려오지 않았다. 그녀
는 납치범들이 칼을 휘두르고 있고 자신은 피를 많이 흘리고 있
다고 말했다. 그리고 아무 것도 보이지 않는다고도 했다.

수잔으로부터 마지막 전화연락을 받고 피터가 취한 행동은 확
인 작업이었다. 그는 다이앤과 함께 1등석 맨 뒤쪽 열인 9A와
9B에 앉아 있었다.

UA175편기에는 비즈니스석이 없는 대신 1등석 좌석이 많이

있었다. 네 개의 좌석이 배치되어 있는 열이 모두 아홉 개로 모두 36석이 있었다. 열 명 남짓한 정도의 승객이 1등석에 있었고 나머지 좌석은 비어 있었다. 피터의 오른쪽 두 자리, 그러니까 통로를 사이에 두고 같은 줄 9C와 9D에는 아랍인 함자 알 감디와 아메드 알 감디가 앉아 있었다. 그들은 1등석에 앉아 있는 5명의 아랍인들 가운데 두 명으로 사우디 출신의 형제였다. 또 한 명의 사우디 출신인 모한드 알 셰리는 2B에 앉아 있었고, 그 옆 자리인 2A는 에미리트인인 파에즈 바니하마드가 차지하고 있었다. 팀장이자 비행기를 조종할 마르완 알 셰히는 6C에 자리를 잡고 있었다. 에미리트 출신인 그는 구레나룻으로 뒤덮인 얼굴에 유일하게 안경을 끼고 있었다.

피터는 옆에 앉아 있는 다이앤의 손을 잡고 그녀에게 귓속말을 한 다음 조용히 일어나 3등석으로 갔다. 1등석과 3등석 사이에는 따로 출입문이 있는 것이 아니고 커튼만 쳐져 있었다. 그는 비행기 맨 뒤쪽으로 가서 승무원들에게 상황을 설명하고 먼저 기장에게 전화를 걸었다.

"나는 CIA 피터 킴입니다. 이 비행기는 납치될지 모르니까 문을 단단히 잠그고 어떤 경우에도 절대 열어 줘서는 안 됩니다. LA행 아메리칸 에어라인 11편기가 현재 피랍상태에 있는 것 같은데 한 번 연락해 보십시오. 다시 연락하겠습니다."

기장과 통화를 끝낸 피터는 연방항공국의 보스턴 항공운항통제센터에 연락을 취했다.

"CIA 피터 킴입니다. 여기는 LA행 유나이티드 에어라인 175편기입니다."

"보스턴 센터입니다. 무슨 일입니까?"

전화를 받은 사람은 여자였다.

"LA행 아메리칸 에어라인 11편기가 테러범들에게 납치된 것 같습니다. 그 비행기에 타고 있는 우리 요원한테서 연락을 받았는데 지금은 통화가 안 됩니다. 무슨 연락이 있었습니까?"

"알고 있습니다."

"연락을 받았습니까?"

"연락은 못 받았습니다. 몇 번 통화를 시도했지만 연락이 안 됩니다."

"그럼 어떻게 알았습니까?"

"비행기에서 납치범들이 하는 말을 이곳 항공 관제사가 들었습니다. 그래서 납치된 걸 알게 됐습니다."

테러범들은 기내 방송을 통해 승객들에게 비행기의 피랍 사실을 알리고 명령에 따르지 않으면 비행기를 폭파시키겠다고 위협했었다. 그런데 조종석 무선전기 조작에 서투른 그들은 객석의 방송채널과 항공 관제사가 듣고 있는 무선통신 채널을 모두 열어 놓고 메시지를 방송했던 것이다.

"빨리 조치를 취하십시오."

"그렇지 않아도 대책을 세우고 있는 중입니다."

"여기는 앞으로 어떻게 될지 모르겠어요. 이 비행기는 아직 아무 일 없지만 1등석에 앉아 있는 아랍인 다섯 명의 움직임이 아무래도 심상치가 않아요. 무장한 CIA 요원 두 명이 감시하고 있긴 하지만 앞으로 어떻게 될지 모르겠어요."

그 때 1등석 쪽에서 여자의 비명소리가 날카롭게 들려왔다.

피터는 급히 그쪽으로 달려갔다.

1등석 안에서는 이미 다섯 명의 아랍인들이 살기등등한 모습으로 날뛰고 있었다. 그가 안으로 들어서는 순간 총소리가 났고 아랍인 한 명이 총에 맞고 쓰러지는 것이 보였다. 함자 알 감디였다. 그러나 그는 이내 벌떡 일어나더니 다이앤에게 달려들었다. 다이앤의 권총이 다시 불을 뿜었지만 그들은 서로 뒤엉킨 채 쓰러졌고 엎치락뒤치락하는 사이 알 감디가 마지막 힘을 다해 휘두르는 커터에 다이앤은 난자당하고 말았다. 어쩔 줄 모르고 있던 피터가 가까스로 알 감디의 뒤통수를 조준한 다음 방아쇠를 당기자 아랍인은 외마디 비명을 지르며 뒤로 나자빠졌다. 형이 죽은 것을 본 동생 아메드 알 감디는 눈이 뒤집힌 채 다이앤에게 달려들었다. 다이앤은 기어가다 말고 알 감디에게 붙잡혀 몸을 일으켰다. 온몸이 피에 젖은 그녀는 저항할 힘도 없었고 애처로운 눈으로 피터만 쳐다보고 있을 뿐이었다. 알 감디는 뒤에서 그녀의 목을 휘어감고 고함을 질렀다.

"총을 버려! 버리지 않으면 이 여자 목을 자를 거다!"

바닥에는 목이 잘린 스튜어디스 한 명이 쓰러진 채 괴로운 듯 몸을 뒤틀며 신음소리를 내고 있었다. 그리고 다른 한 명은 바니하마드에게 붙잡힌 채 금방이라도 목이 잘릴 위기에 처해 있었다. 곱슬머리에 눈이 움푹 들어간 바니하마드는 스튜어디스의 머리칼을 움켜잡고 목에다 커터를 들이대고 있었다. 알 셰리는 어린 소녀 한 명을 방패막이로 붙잡고 있었고, 알 셰히는 노파의 목을 휘어감고 있었다. 피터는 이러지도 저러지도 못한 채 망설이고 있었다. 테러범들에게 붙잡혀 있는 승객들이 다칠까 봐 총을 쏠 수도 없었고 그렇다고 그들의 요구대로 권총을 버릴 수도 없었다. 붙잡혀 있는 승객들은 살려 달라고 그에게 애원하고 있었고, 다른 승객들은 이미 3등석 쪽으로 쫓겨 가고 없었다. 울부짖는 소녀의 모습을 보지 않으려고 피터는 고개를 다른 곳으로 돌렸다.

"총을 내려놔요! 시키는 대로 하면 죽이지는 않을 거 아니에요. 당신 때문에 우리 모두가 죽겠어요. 제발 총을 내려놔요!"

노파가 기를 쓰며 피터를 보고 애걸하듯 말했다. 노파의 말을 받아서 털보 알 셰히가 입을 열었다.

"우리는 누구도 다치게 하고 싶지 않아. 시키는 대로 하기만 하면 아무도 다치지 않고 무사히 돌아갈 수가 있어. 우린 비행기만 납치해서 케네디 공항에 착륙시킬 거야. 제발 방해하지 마."

"이 사람 말 들어요, 제발!"

노파가 악을 쓰며 말했다.

"공항에 도착하면 앰뷸런스가 기다리고 있을 거야. 빨리 병원에 데려가지 않으면 이 사람들 다 죽을 거야."

피터는 다이앤 쪽으로 시선을 돌렸다. 피투성이가 되어 있는 그녀는 이미 죽어 가고 있었다. 그러면서도 그녀는 고개를 젓고 있었다.

"빨리 조종사에게 나오라고 해! 안 그러면 목을 자를 거다!"

바니하마드가 스튜어디스의 목에 커터를 찌르며 명령했다.

겁에 질린 스튜어디스는 와들와들 떨며 살려 달라고 애걸하다가 커터가 더 깊이 목을 파고들자 할 수 없이 기장에게 전화를 걸었다.

"빨리 좀 나와 보세요! 나오지 않으면 저를 죽인대요! 노마는 이미 죽었어요! 이 사람들이 시키는 대로 하면 죽이지 않는대요. 살려 주세요!"

기장 빅터 사라시니는 이미 납치범으로부터 밖으로 나오지 않으면 승무원들을 죽이겠다는 협박을 받은 터였다. 납치범들은 계속 조종실 출입문을 거칠게 두드려대고 있었다. 하지만 기장은 그대로 버티고 있었다.

"기장님, 1분 내로 나오지 않으면 문을 폭파시키겠대요! 빨리 좀 나오세요!"

"안 돼! 나오면 안 돼!"

피터가 소리 질렀다.

조종실 안에서는 숨 막히는 긴장감이 흐르고 있었다.

"어떻게 하지?"

사라시니 기장이 비지땀을 흘리며 물었다. 뚱뚱한 그는 땀을 많이 흘리는 편이었다. 그와는 대조적으로 부기장 마이클 호록스는 비쩍 마른데다 땀 한 방울 흘리지 않는 창백한 얼굴을 하고 있었다.

"문을 열어 주면 놈들이 틀림없이 조종실을 점령할 텐데 어떻게 하지? 이러다간 우리 승무원들을 다 죽이겠어."

기장이 호록스의 눈치를 보면서 말했다. 호록스의 얼굴은 하얗다 못해 파랗게 질려 있었다. 기장이 그의 눈치를 살피고 있는 것은 그럴 만한 이유가 있기 때문이었다. 그에게 살려 달라고 애걸하고 있는 스튜어디스 앤드류 로사는 호록스의 약혼녀로 한 달 후 그들은 결혼식을 올리기로 되어 있었다.

"제가 한 번 나가 보겠습니다."

마침내 호록스가 결심한 듯 말했다. 그는 아까부터 출입문 앞에서 안절부절못하며 서 있었다.

"위험하지 않을까?"

"하지만 다른 선택이 없지 않습니까? 일단 놈들을 만나서 협상을 해 보겠습니다. 놈들이 하자는 대로 하면 죽이지는 않을 겁니다."

기장은 불안한 눈으로 그를 바라보다가 고개를 끄덕였다. 부기장은 밖으로 나가기 전에 먼저 납치범과 통화했다.

"지금 나가겠습니다. 그 대신 안전을 보장한다고 약속해 주십시오."

"약속할 테니까 빨리 문이나 열어요!"

호록스는 이중으로 잠가 놓은 고리를 젖히고 문을 조심스럽게 열었다. 그러나 문을 다 열기도 전에 밖에서 테러범들이 거칠게 문을 열어젖히면서 안으로 들이닥쳤다.

알 세히는 호록스의 얼굴을 커터로 위에서 아래로 사정없이 그었다. 비명을 지르며 두 손으로 얼굴을 감싸는 그를 밖으로 끌어내면서 이번에는 그의 목을 찔렀다. 조종실 안으로 먼저 들어간 바니하마드는 엉거주춤 서 있는 기장을 향해 번개처럼 커터를 휘둘렀다. 기장은 저항 한 번 못해 본 채 피를 철철 흘리며 밖으로 내동댕이쳐졌다.

"넌 빨리 밖으로 나가 문 앞을 지켜! 누구도 들어오게 해서는 안 돼!"

알 세히가 피에 젖은 손으로 출입구를 가리키자 바니하마드는 얼른 밖으로 나갔다. 그가 나가기 무섭게 알 셰히는 출입문을 잠 갔다. 그런 다음 조종석에 털썩 주저앉았다. 마치 안전지대에 도착한 것처럼 그의 입에서는 안도의 한숨이 흘러나왔다.

피터는 피를 흘리며 조종실 밖으로 내동댕이쳐진 기장과 부기 장을 보고서도 테러범들에게 총 한 방 쏘지 못한 채 속수무책으로 보고만 있을 수밖에 없었다.

그들은 인질을 붙잡고 있다가 문이 열리자마자 번개처럼 조종실 안으로 난입했기 때문에 그는 총을 쏠 기회가 없었다. 잘못하다가는 인질이 맞을 수도 있었기 때문에 그는 머뭇거리지 않을 수 없었고, 그러다 보니 순식간에 사태가 더 악화돼 버린 것이다. 기장과 부기장은 피로 흥건히 젖은 바닥에 널 부러진 채 신음소리만 내고 있었다. 하지만 칼에 난자당한 채 많은 피를 흘리며 죽어 가고 있는 모습은 더 이상 대수로울 게 못 되었다.

피터는 자신이 시간을 너무 많이 낭비했다는 것을 깨달았지만 사태는 돌이킬 수 없을 정도로 그에게 불리하게 돌아가 있었다. 이제 사태를 되돌려 놓으려면 방법은 단 한 가지밖에 없었다. 인질이 다치더라도 총을 발사해서 테러범들을 제압하는 것이었다. 그런데 낌새를 챘던지 알 감디가 갑자기 다이앤을 앞세우고 그가 서 있는 쪽으로 다가오고 있었다.

"총을 버려! 총을 버리란 말이야!"

피터는 다이앤 뒤에 찰싹 달라붙어 악을 써 대는 그를 겨냥했지만 여전히 방아쇠를 당길 수가 없었다. 그 때 비행기가 갑자기 요동을 치며 급강하했다. 급강하하면서 왼쪽으로 선회하는 바람에 피터는 중심을 잃고 비틀거렸다. 그 순간 알 감디는 커터로 다이앤의 목을 가로 자르면서 그녀를 피터 쪽으로 밀어 던졌다. 피터가 다이앤의 몸에 부딪친 다음 그녀와 함께 바닥에 나뒹구는 것을 보고 알 감디는 야수 같이 고함을 지르며 그에게 달려들었다. 비쩍 마른 알 감디는 움직임이 고양이처럼 빨랐다. 뒤를 이어 알 셰리도 피터를 향해 몸을 날렸다. 그들에게는 권총을 가지고 있는 피터를 제압하지 않고는 비행기를 완전히 장악하는 것이 불가능했기 때문에 어떤 위험을 무릅쓰고라도 그를 먼저 처치하는 것이 급했던 것이다.

피터는 다이앤과 뒤엉켜 쓰러지면서 좌석 팔걸이에 머리를 세게 부딪쳤다. 그 충격에 손에 들고 있던 권총을 떨어뜨리고 말았다. 위로 덮쳐 온 알 감디가 그의 얼굴 위로 커터를 휘두르자 그는 왼손으로 커터를 움켜잡았다. 그리고 등짝 밑에 깔린 권총을 빼내 상대의 가슴에다 대고 방아쇠를 당겼다. 강한 총격에 알 감디는 멈칫했다가 단말마의 발악을 하면서 피터의 몸 위로 무너져 내렸다. 다시 한 번 총소리가 기내를 뒤흔들었고, 알 감디는 상체를 한 번 뒤챘다가 피터에게 잡혀 있던 커터를 빼내 온힘을 다 해 그의 목을 찔렀다. 피터가 사력을 다 해 알 감디를 밀어내고 몸을 일으키려고 하자 이번에는 알 셰리의 커터가 둥근 원을 그리면서 피터의 목을 잘랐다. 알 셰리는 분수처럼 뿜어져 나오는 검붉은 피를 온몸에 뒤집어쓴 채 사시나무 떨듯 떨어 대는 피터를 향해 서너 번 더 커터를 휘둘렀다. 얼굴을 갈기갈기 찢긴 피터가 신음소리를 내며 나뒹굴자 알 셰리는 피터의 손에서 권총을 낚아챈 다음 1등석 출입구 쪽으로 재빨리 달려갔다.

1등석 출입구 앞에서는 바니하마드가 혼자서 고전하고 있었다. 건장한 승객들이 어느 새 무기가 될 만한 것들을 든 채 서너 걸음 앞에까지 다가와 있었다.

알 셰히는 조종실에 있었고 알 감디 형제는 죽었기 때문에 수십 명이나 되는 승객들을 상대로 싸워야 할 테러범은 그들 두 명 밖에 남아 있지 않았다. 그들의 임무는 승객들이 조종실에 접근하는 것을 막고 어떻게든 알 셰히가 방해받지 않고 목적지까지 무사히 비행기를 조종할 수 있게 시간을 최대한 끄는 것이었다. 그들은 그 비행기가 뉴욕의 케네디 공항에 비상 착륙할 것으로 알고 있었다.

알 셰리가 권총을 들고 나타나자 앞으로 몰려온 승객들은 주춤했다. 머리에서부터 발끝까지 온통 피를 뒤집어 쓴데다 한 손에는 커터를 다른 한 손에는 권총을 움켜쥐고 위협하는 그의 모습은 마치 지옥에서 온 사자 같았다.

"모두 뒤로 물러가! 잠시 후에 이 비행기는 뉴욕 케네디 공항에 도착한다! 그 때까지 얌전히 기다려 주면 여러분들의 목숨은 안전할 것이다! 여러분들의 목숨은 내가 보장한다! 뒤로 물러가! 빨리!"

"거짓말이야! 이 비행기는 추락할 거야!"

머리를 짧게 깎은 레슬러처럼 생긴 사내가 알 셰리를 향해 가방을 던졌다. 알 셰리가 어깨로 그것을 막아내면서 몸을 틀자 레슬러는 와인 병을 휘두르면서 맹수처럼 돌진해 왔다. 그러나 알 셰리는 와인 병에 얻어맞기 전에 먼저 그를 향해 권총을 발사했다. 총알은 레슬러의 목을 관통했고, 그는 마치 한 아름 되는 통나무처럼 쿵 소리를 내면서 통로에 나가떨어졌다. 그것을 보고 테러범들과 싸우기 위해 자청해서 몰려왔던 남자 승객들은 허둥지둥 뒤로 물러갔다.

8시 38분.

슬픈 게이는 고도를 더 낮추었다. 밖에서는 테러범들과 승객들이 사투를 벌이고 있었지만 조종실 안의 그는 어느 때보다도 평온한 얼굴을 하고 있었다. 하늘은 구름 한 점 없이 맑았고 눈부신 태양이 대지를 비추고 있었다. 멀리 뉴욕 맨해튼의 고층 건물 군이 시야에 들어오고 있었고, 그 앞으로 허든슨 강의 물줄기도 보이고 있었다. 맨해튼 남쪽 앞바다를 오가는 배들을 향해 횃불을 높이 치켜들고 있는 자유의 여신상도 또렷이 시야에 잡히고 있었다.

그는 거울에 비친 자신의 모습을 잠시 응시했다. 너무 끔찍한 모습이었기 때문에 자신이 보기에도 섬뜩한 느낌이 들었다. 자신의 모습을 그렇게까지 만드는데에는 여간해서는 감내하기 어려운 고통이 뒤따를 수밖에 없었다. 그는 그 고통을 아무런 거부감 없이 받아들였고, 그 결과에 만족하고 있었다.

얼굴을 고치기로 마음먹은 것은 마이애미에서 빠져나온 직후, 그러니까 9월 11일까지 50일을 남겨 두고 있을 때였다. 자신의 얼굴이 수배자 리스트 1호로 등재되어 전 세계 수사기관의 타깃이 되고 있는 만큼 더 이상 그대로는 다닐 수 없다는 것을 알고 있었고, 그래서 얼굴을 전혀 알아볼 수 없게 뜯어고치기로 했던 것이다. 50일이 지나면 지상에서 사라질 목숨이기 때문에 얼굴에 대한 미련은 없었다. 성형수술을 부탁받은 아랍계 의사는 그의 설명을 듣고 처음에는 몹시 주저했다. 잘 생긴 얼굴을 거꾸로 괴물처럼 고쳐 달라는 주문은 난생 처음 받아 본 것이었다. 그러나 거액의 수술비와 함께 정체불명의 전화를 받고난 그는 더 이상 머뭇거리지 않고 즉시 수술에 착수했다. 먼저 화약약품을 머리에 붓자 머리가 불에 덴 듯 화끈거리더니 머리카락이 빠지기 시작했다. 실수로 약품이 한쪽 눈으로 흘러들어 가는 바람에 극심한 통증과 함께 눈을 뜰 수가 없었다. 결국 한쪽 눈을 잃고 말았지만 게이는 개의치 않고 수술을 계속해 달라고 요구했다. 머리카락은 모두 빠져 버렸고 살점이 떨어져 나갔다. 의사는 칼로 여기저기 피부를 찢은 다음 그것을 도로 거칠게 봉합했다. 눈두덩에 주사를 놓자 그곳이 멍이 든 것처럼 시퍼렇게 변하면서 잔뜩 부풀어 올랐다. 이윽고 수술이 끝났을 때 게이는 자신의 모습을 전혀 알아볼 수가 없었고, 괴물로 변한 자신의 모습을 보고 처음으로 미소를 지었다.

미국 본토 영공의 방위는 연방항공국(FAA)과 북미방공본부(NORAD)가 협력하여 맡고 있었다. 민간항공을 맡고 있는 FAA는 22개의 항로운항통제센터를 배치하여 민간항공부문을 통제하고 있었다.

9월 11일 보스턴, 뉴욕, 클리블랜드, 인디애나폴리스 등 네 군데에 있는 연방항공국 항공관제센터는 납치된 항공기들을 추적했다. 그러나 그들은 자기 구역에 관련된 정보만 부분적으로 알고 있었고, 전체적인 정보는 공유하지 못하고 있었다. 이를테면 보스턴센터가 알고 있는 것을 뉴욕센터는 알고 있지 못하는

식이었다.

각 센터에서는 주로 각 항공기에서 발사되는 트랜스폰더(비행정보 발신장치)의 신호를 레이더를 통해 수신한다. 레이더 스크린에 나타난 신호를 보고 항공기를 식별하고 현재 위치를 확인한다. 이날 납치된 항공기들도 모두 이륙과 동시에 트랜스폰더를 작동시키고 있었다. 그러나 테러범들은 비행기를 납치하자마자 트랜스폰더를 꺼 버렸다. 트랜스폰더의 신호가 없을 경우 항공기의 추적은 레이더 스크린에 나타나 있는 1차 신호인 희미한 초록색 점에 의존할 수밖에 없다.

관제사들은 레이더 스크린을 통해 두 가지의 신호를 보게 된다. 첫 번째 신호는 운항중인 비행기가 되받아 쏘는 레이더의 물리적인 메아리이다. 이 신호는 스크린에 작은 초록색 점으로 나타난다. 그것은 단지 초록색 점이 비행 물체임을 나타내는 신호이기 때문에 그것만 보고는 그것이 어떤 비행기인지 식별할 수가 없다. 그래서 필요한 것이 2차 신호이다. 2차 신호는 트랜스폰더에서 나온다.

비행기가 이륙하기 전에 조종사는 항로운항통제센터로부터 4자리의 숫자를 부여받아 그것을 응답기에 입력한다. 비행하는 동안 응답기는 계속해서 지상의 통제센터를 향해 그 숫자를 신호로 보낸다. 통제센터의 컴퓨터는 그 신호를 받아 그 비행기의 호출부호로 변환한다. AA11편의 경우 호출부호는 AAL11이었다. 다른 몇 가지 정보와 함께 2차 호출부호는 관제탑의 레이더 스크린에 1차 신호 옆에 표시된다. 그러니까 비행시간 내내 두 개의 신호가 짝을 이루어 관제탑의 레이더 스크린 위에서 움직이는 것이다. 그리고 관제사는 그 두 개의 신호를 보고 그 비행기의 정체를 식별할 수가 있는 것이다. 그런데 2차 신호체계인 트랜스폰더가 꺼져 버릴 경우 1차 신호인 작은 초록색 점밖에 남아 있지 않아 관제사들은 해당 비행기를 식별하는 것이 불가능해진다. 스크린에서 움직이고 있는 수백 개의 똑같은 초록색 점들 가운데서 한 가지를 골라내 식별하는 방법이 없기 때문이다.

9월 11일 아침 각 통제센터의 관제사들은 레이더 스크린 상에서 납치된 항공기들을 잃어버렸기 때문에 뉴욕과 워싱턴 상공을 전혀 통제하지 못했고, 그래서 혼란과 불안에 싸인 채 시간만 긴박하게 흘러갔다.

보스턴 통제센터가 공군의 협조를 구하기 위해 움직이기 시작한 것은 8시 34분이었다. 그리고 4분이 지난 8시 38분에야 북미방공본부에 도움을 청할 수가 있었다. 방공본부에서는 처음에는 혹시 연습이 아니냐고 물었고, 보스턴센터는 실제상황이라고 대답했다. 방공본부는 뉴욕에서 153 마일 떨어진 매사추세츠 주 오티스 공군기지에 긴급출동명령을 내렸다. 곧 4대의 F—15전투기가 출동했지만 전투기 조종사들은 어디로 가야 할지 알 수가 없었다. 출격을 지휘한 장교는 잔뜩 화가 나서 통제센터를 불렀다.

"어디로 가야 합니까? 방향이 어딘지 말해 줘야 할 거 아닙니까? 목적지는 어딥니까?"

전투비행단 지휘관의 볼멘 목소리에 통제센터는 당황하지 않을 수 없었다.

"조금만 기다려 주십시오. 곧 알려 드리겠습니다."

다급한 김에 조금만 기다려 달라고 했지만 그것은 조금 기다려서 해결될 문제가 아니었다. 통제센터의 요원들은 레이더 스크린에서 납치된 비행기들을 찾아내느라고 거의 제 정신이 아니었고, 그러다 보니 혼란만 가중되고 있었다.

이미 공중에 떠 있는 전투기들은 그렇다고 기지로 돌아갈 수도 없었기 때문에 하는 수 없이 대기 비행 상태에 들어간 채 롱아일랜드 해안의 군사통제구역으로 향했다. 임무가 불확실한데다 뉴욕 시 일대의 항공 운항에 지장을 줄 가능성이 있기 때문에 뉴욕 시에서 115마일 떨어진 군사통제구역으로 일단 대기비행을 한 것이다.

8시 40분.

AA11편기 3등석 맨 뒤쪽에 쫓겨 가 있던 스튜어디스 애미 스위니는 가까스로 보스턴 로건 공항에 있는 아메리칸 항공 스튜어디스 관리사무실의 담당부장 마이클 우드워드와 에어 폰으로 통화할 수 있었다.

"부장님, 비행기가 납치됐어요!"

"알고 있어요! 지금 어디로 가고 있어요?! 트랜스폰더가 꺼져 있어서 레이더 상으로는 알 수가 없어요! 상황을 이야기해 봐요! 트랜스폰더를 작동시켜요!"

"그럴 수가 없어요! 조종실에는 납치범들이 있어요! 기장님과 부기장님은 칼에 찔려 죽었어요!"

"그럼 비행기는 누가 조종하고 있어?"

"납치범이 조종하고 있을 거예요! 무서워요! 칼로 닥치는 대로 찌르고 있어요! 바버라도 죽었고 카렌도 죽었어요! 비행기 안은 온통 피바다예요! 지금 남자 승객들이 납치범들하고 싸우고 있어요! 빨리 어떻게 좀 해 주세요! 우린 모두 죽을지도 몰라요! 납치범들은 모두 죽을 각오를 하고 있는 것 같아요!"

"알았어! 알았으니까 진정하고 내 말을 잘 들어요! 비행기가 지금 어디에 있는지 그걸 알아야 해요! 창밖을 내다봐요! 뭐가 보이는지 한 번 자세히 봐요!"

어미 스위니는 창을 통해 밖을 내다보았다. 저 멀리 강이 보이고 고층 건물 군과 함께 자유의 여신상이 시야에 들어왔다. 비행기는 아주 낮게, 그리고 무서운 속도로 날아가고 있었다.

"저기 맨해튼이 보여요! 아주 낮게 날아가고 있어요! 무서운 속도로 날아가고 있어요! 착륙할 것 같지가 않아요! 착륙하려면 속도를 줄여야 하는데 지금 너무 빨리 날고 있어요! 우리 아기한테 사랑한다고 전해 주세요! 엄마한테도 사랑한다고 말해 주세요!"

"알았어요!"

곁에 있던 다른 스튜어디스 베티 옹이 스위니의 손에서 에어폰을 낚아챘다.

"베티 옹이에요! 납치범들의 좌석번호를 알려 드릴게요! 지금 메모할 수 있어요?"

"말해 봐요!"

"2A…… 2B…… 3K…… 8D…… 8G…… 10B……."

"여섯 명이란 말이야?!"

"네, 여섯 명이에요! CIA 요원이 한 명 탔는데 납치범들을 알고 있었던 것 같아요! 동양계 여자 요원인데 납치범들하고 싸우다가 칼에 찔려 죽었어요! 남편하고 통화하고 싶은데 전화를 받지 않아요! 사랑한다고 전해 주세요! 악! 비행기가 요동치고 있어요! 무서워요! 오, 하느님!"

어머니!

AA11편기의 납치범들은 조종실 앞에까지 쫓겨 와 있었다. 해병대 장교는 온몸이 커터에 찢겨 피투성이가 되어 있었지만 사력을 다해 격투를 벌이고 있었다. 두 손으로 알 오마리의 커터를 들고 있는 손을 움켜잡은 그는 그것을 뒤로 홱 꺾었다. 팔이 부러지는 소리가 우두둑하고 나면서 오마리가 비명을 질렀다. LA에서 교회 목사로 활동하고 있는 초로의 사내가

"오, 주여! 용서하소서!"

하고 외치면서 깨진 와인 병으로 오마리의 얼굴을 힘껏 찔렀다.

오마리가 고통을 못 이겨 쓰러지자 승객들이 달려들어 그를 짓밟아 댔다. 비명소리와 신음소리, 공포에 싸여 질러대는 아우성소리와 고함소리가 기내에 가득해서 누가 뭐라고 말해도 들리지 않을 정도였다.

"죽여!"

"죽여!"

하는 고함소리가 가장 크게 들리고 있었다.

알 수카미는 한쪽 팔이 부러지고 한쪽 눈마저 보이지 않아 제대로 싸울 수가 없었다. 그러나 그는 왼손에 커터를 움켜쥔 채 해병대 장교한테 몸을 던졌다. 그리고 상대방의 목 깊숙이 커터를 밀어 넣었다. 맹수처럼 달려들던 장교는 몸을 한 번 부르르 떨더니 그대로 무릎을 꺾으면서 앞으로 엎어졌다. 그것을 보고 카우보이가 알 수카미에게 달려들었다. 그는 장교 못지않게 용감했다. 그의 손에는 카메라용 삼각다리가 들려 있었다. 그는 그것으로 알 수카미의 머리통을 내려쳤다. 두 번 세 번 내려치자 수카미는 무릎을 꺾으면서 주저앉았다. 주저앉은 그의 얼굴을 삼각다리로 힘껏 후려치자 그는 뒤로 힘없이 나가떨어졌다.

알 셰리 형제는 조종실 출입문 앞을 가로막은 채 커터를 휘둘렀다. 이제 승객들을 상대로 싸울 수 있는 납치범은 그들 두 명밖에 남아 있지 않았다. 승객들의 반격에 눌린 그들은 궁지에 몰린 채 마지막 순간을 맞고 있었다. 승객들은 그들의 위협에 더 이상 위축되거나 하지 않고 오히려 공격의 기세를 더욱 높이고 있었다. 이제 입장은 완전히 뒤바뀌어 있었다. 납치범들이 수세에 몰린 반면 승객들은 일제히 공격적으로 변해 있었다. 건장한 남자 승객들은 조종실 문 앞을 가로막고 있는 납치범들을 반원형으로 포위한 채 조심스럽게 다가오다가 갑자기 고함을 지르며 일제히 그들에게 달려들었다. 커터에 베이고 찔리면서도 승객들은 납치범들을 덮쳐누르면서 혈투를 벌였다. 목사는 커터

에 코끝이 잘려 나가 피를 철철 흘리면서도 깨진 병으로 납치범
의 얼굴을 마구 찔러 댔다. 야구선수 출신의 승객은 다른 납치범
의 목을 물어뜯었다. 마침내 납치범들이 더 이상 버티지 못하고
쓰러지자 승객들은 그들의 숨이 끊어질 때까지 미친 듯 타격을
가했다. 그 사이에 일부 승객들은 자물쇠 장치가 떨어져 나간 조
종실 문을 열고 안으로 난입했다.

8시 44분.
슬픈 게이의 눈에서 눈물이 흘러내리고 있었다. 안으로 들어
온 승객들이 어쩔 줄 모르며 그를 에워쌌지만 그는 미동도 하지
않은 채 정면만 바라보고 있었다. 승객들은 먼저 그의 흉한 모습
에 멈칫했지만 그것은 잠깐이었고 깨진 병으로 게이의 머리를
마구 찔렀다. 그러자 비행기가 미친 듯 요동쳤고, 누군가가
"안 돼! 죽이면 안 돼!"
하고 소리쳤다. 그와 함께
"누구 조종할 줄 아는 사람 없어요?!"
하고 묻는 소리가 들려왔다. 아무도 대답이 없자 요리사가
"이 놈한테 맡길 수밖에 없어!"
하고 소리쳤다.
"공항에 안전하게 착륙시켜!"
요리사가 주운 커터를 게이의 목에 들이대고 소리쳤다.
게이는 고개를 끄덕이면서 미소를 지었다.

8시 45분 35초.

비행기는 허드슨 강을 따라 내려가고 있었다.

"알라신은 위대하시다…… 알라신은 위대하시다……."

게이의 입에서 알아들을 수 없는 말이 중얼중얼 흘러나오고 있었다. 머리에서 흘러내린 피가 눈 위로 흘러내리고 있었기 때문에 그는 시야가 가려 앞을 잘 볼 수가 없었다. 눈물과 피가 뒤범벅된 얼굴은 여전히 미소를 짓고 있었지만 그것은 사람의 얼굴이 아닌 괴물의 모습 바로 그것이었다. 그는 손으로 핏물을 닦아내면서 계속 중얼거리고 있었다.

8시 46분 31초.

허드슨 강을 따라 내려가던 비행기는 수평으로 커브를 돌면서 다시 급강하했다. 그리고 규정보다 2배나 빠른 시속 805킬로미터 속도로 똑바로 날아갔다. 바로 앞에 세계무역센터 빌딩이 햇빛을 받아 하얗게 빛나면서 우뚝 서 있는 것이 보였다. 게이는 노스 타워의 중앙을 노리고 돌진했다. 그제야 조종실의 승객들은 납치범의 의도를 알아차리고 울부짖기 시작했지만 이미 너무 늦어 있었다.

"건물에 충돌한다!"

"정지시켜!"

"오! 하느님!"

그들은 무역센터 빌딩이 마치 스크린처럼 확대되어 다가오는 것을 보고 자기도 모르게 머리를 숙였다. 목사는 깨진 와인 병으로 있는 힘을 다해 게이의 머리를 위에서 내려찍었다. 그와 함께 게이를 온몸으로 덮치면서 조종간을 잡으려고 했다. 그러나 게이는 짐승 같은 괴성을 지르면서 조종간을 움켜잡고 있는 손을 놓지 않았다.

8시 46분 40초.
슬픈 게이의 입에서 마지막 기도문이 흘러나왔다.
"알라신은 위대하시다!"
목사는 와인병 대신 커터를 움켜쥐고 괴물의 목을 앞에서 홱 잘랐다. 동시에 괴물의 입에서 단말마의 외침이 터져 나왔다.
"어머니!"
아메리칸 에어라인 11편 보잉 767—223ER기는 무역센터 북쪽 타워의 정중앙에 완벽에 가까운 충돌을 했다. 날개와 날개 간 길이 47.5미터, 1만 갤런의 연료를 적재한 거대한 보잉기는 94층과 98층 사이의 5개 층을 뚫고 마쉬 앤 맥리낸사의 사무실을 통과하면서 폭발했다. 폭발과 동시에 비행기 연료가 건물 내부로 쏟아지면서 화염이 솟구쳤다. 비행기 랜딩기어는 빌딩의 남쪽 벽을 뚫고 6블록이나 날아가 렉터가에 떨어졌다. 구멍이 뚫린 5개 층은 순식간에 산산 조각난 파편들로 뒤엉킨 채 화염에 휩싸였고, 이어서 건물을 뒤흔드는 엄청난 진동과 함께 강력한 충격파가 110층 꼭대기에서 바닥까지 번져 나갔다. 거대한 빌딩은 수초 동안 마치 폭풍 속에서 난파 직전에 놓인 배처럼 마구 흔들렸다.

북쪽 빌딩이 비행기 충돌과 함께 화염에 휩싸였을 때 남쪽 빌딩에 있던 사람들은 창가에 달라붙어 넋 나간 표정으로 불구경을 하고 있었다. 북쪽 타워에서 치솟는 불길이 확산되면서 그 열기가 남쪽 타워까지 전해지고 있었다. 남쪽 빌딩에는 약 2만 명이 근무하고 있었다. 그들이 정신없이 불구경을 하고 있을 때 빌딩 관리사무소로부터 안내방송이 흘러나왔다.

"남쪽 타워는 파괴되지 않았습니다. 남쪽 타워는 아주 안전합니다. 밖에는 지금 뜨거운 파편이 떨어지고 있어 매우 위험합니다. 나가지 마시고 사무실에서 대기해 주시기 바랍니다."

남쪽 타워 98층에 세 들어 있는 보험회사 레이온 코퍼레이션 직원 연 루이는 아내 바바리 에커트에게 전화를 걸었지만 통화가 되지 않았다. 그래서 메모를 남겼다.

"여보, 나요. 이 메시지를 받으면 전화해 줘요. 세계무역센터 북쪽 타워에서 폭발사고가 발생했소. 비행기가 충돌한 것 같소. 90층에서 불길이 치솟고 있소. 무시무시한 일이오."

남쪽 타워 81층에 있는 후지은행 사무실의 일본계 직원 스탠리 프라임내스는 북쪽 타워가 화염에 휩싸이는 것을 보고 놀라서 다른 직원들과 함께 급히 엘리베이터를 타고 현관 로비까지 내려갔다. 그들이 불안한 기색으로 로비에서 서성거리자 빌딩 경비원이 다가와 사무실로 돌아가라고 권했다.

"이 빌딩은 아무 문제가 없으니까 돌아가 계십시오. 여기 계시면 로비가 너무 혼잡해집니다. 문제가 생기면 곧바로 연락을 하겠습니다."

안심하고 사무실로 올라온 그는 마침 시카고의 고객으로부터 걸려 온 전화를 받고 흥분한 목소리로 비행기가 북쪽 빌딩에 부딪친 상황을 이야기해 주었다.

"원, 저런! 왜 비행기가 부딪쳤죠?"

고객은 잔뜩 호기심어린 목소리로 물었다.

"사고인 것 같아요. 지진이 난 것처럼 건물이 막 흔들리고 있어요!"

"남쪽 빌딩은 괜찮습니까? 프라임내스 씨, 위험하지 않겠습니까?"

"아임 파인!"

안부를 묻는 고객에게 그는 반복해서 "아임 파인! 이라고 대답했다. 그리고 수화기를 놓고 창밖을 바라보았다. 수평선 위로 회색 물체가 떠오르는 것이 보였다. 가만 보니 비행기였다. 그것은 자유의 여신상 위를 낮게 날고 있었다. 지금까지 맨해튼 상공을 그렇게 낮게 나는 비행기를 본 적이 없었다. 기체는 점점 커지고 있었다. 동체의 줄무늬가 선명한 것이 유나이티드 에어라인 여객기인 것 같았다. 서쪽에서 날아오던 그 비행기는 갑자기 북쪽 방향으로 커브를 돌더니 그를 향해 정면으로 날아왔다.

"오! 마이 갓!"

그는 책상 밑으로 기어들면서 비명을 질렀다.

8시 59분.

알 셰리는 오른손에 권총을 든 채 저만치 물러가 있는 승객들을 향해 타이르듯 말했다.

"이제 곧 이 비행기는 케네디 공항에 도착한다. 시키는 대로 가만히 있으면 아무 일 없을 텐데 왜 쓸데없이 반항해서 아까운 목숨들을 잃는지 이해할 수 없다. 공항에 도착하면 먼저 환자들과 여자들, 그리고 아이들부터 석방할 테니까 그 때까지 얌전히 기다려요."

그와 바니하마드는 비행기가 정말로 케네디 공항에 착륙할 거라고 믿고 있었다.

속력을 최대한으로 높인 비행기는 마치 굉음 같은 엔진소리를 내고 있었다.

9시 1분 9초.

조종실의 알 셰히는 조종술이 게이보다 떨어졌다. 그래서 비행기는 계속 요동을 치면서 날아가고 있었다. 하지만 그런대로 중간에 엉뚱한 곳으로 날아가 부딪치지 않고 목표물을 향해 접근하고 있는 것을 보고 그는 신기한 느낌마저 들었다.

"히말라야 고양이야! 저기 떡갈나무가 보인다!"

그는 입을 크게 벌리고 웃었다. 자유의 여신상 위를 스쳐지나갈 때는 온 세상을 가슴으로 품은 것 같은 느낌이었다. 그는 조종간을 왼쪽으로 홱 틀었다. 비행기가 왼쪽으로 급격히 쏠리면서 다시 한 번 요동쳤다. 그는 게이와는 달리 누구의 방해도 받지 않고 혼자서 비행기를 조종하고 있었다. 뜨거운 눈물로 얼룩진 안경 때문에 시야가 흐려져 있었다.

9시 2분 14초.

흐려진 시야 사이로 화염에 휩싸인 거대한 빌딩이 보이고 있었다. 빌딩은 그 자체가 하나의 거대한 불기둥이 되어 있었다.

"저건 바로 요한계시록 속의 대재앙이야! 미 제국주의는 로마

처럼 드디어 종말을 고할 것이다! 오! 알라신이여, 신은 위대하
십니다! 위대하십니다! 위대한 신 알라신이여! 신의 곁으로 가
겠습니다!"

똑같이 생긴 쌍둥이 남쪽 빌딩은 햇빛을 받아 하얗게 빛나고
있었다. 북쪽의 불기둥에서 뿜어져 나오고 있는 검은 연기는 바
람을 타고 남쪽 빌딩과는 반대 방향으로 날아가고 있었다.

"바로 저거야! 히말라야 고양이야! 떡갈나무 로 날아가거라!"

9시 2분 48초.

급커브를 돌 때 반경을 약간 크게 도는 바람에 비행기는 빌딩
한 가운데서 오른쪽으로 약간 치우쳐서 돌진하고 있었다. 그는
이미 조종 능력도, 커브 형태를 그리며 비행하는 능력도 상실한
상태에 있었다.

9시 2분 54초.

그는 두 눈을 질근 감았다.

유나이티드 에어라인 175편 보잉 767—111기는 78층부터
84층 사이 6개 층의 오른쪽 부분을 휩쓸면서 건물 안으로 돌진
했다. 완전히 파괴된 비행기는 부속품 더미와 수십 톤의 등유로
뒤범벅된 상태로 건물과 계속 충돌하면서 날아가다가 건물 밖
으로 쏟아져 내렸다.

여보, 사랑해!

플로리다 주 사라소타 소재 에마 E. 부커초등학교 8시 51분.

대통령 고문 칼 로브는 전화를 받고나서 안색이 굳어졌다. 부시 대통령은 지금 조그만 소도시에 있는 초등학교를 방문 중이었다. 전화를 걸어온 사람은 백악관 국가안보보좌관인 콘돌리자 라이스로, CNN 특보를 보고 걸어온 것이었다. 로브는 복도 중간에 서 있는 대통령을 바라보았다. 대통령은 학교 관계자들, 그리고 백악관 참모들과 함께 교실 앞에 서 있었다. 그는 교실에 들어가 학생들에게 책을 읽어 주고 교육적인 이야기를 해 주기로 되어 있었다. 로브는 그쪽으로 급히 다가가 막 교실 안으로 들어가려는 부시를 불러 세웠다.

"각하, 급히 보고 드릴 게 있습니다."

부시가 멈춰 서서 고개를 돌리자 비서실장 앤드류 카드는 못

마땅한 듯 로브를 쏘아보았다.

"라이스 보좌관한테서 조금 전 연락이 왔는데 소형 쌍발 비행기가 월드트레이드센터 북쪽 타워에 충돌했답니다. 라이스 보좌관도 CNN 뉴스를 보고서야 알았답니다."

대통령은 멈칫했다가 고개를 끄덕였다.

"사고가 난 모양이군."

"그런 것 같습니다."

"라이스 보좌관 연결해 줘요."

8시 55분.

라이스 보좌관은 부시 대통령에게 무역센터에 부딪친 비행기는 쌍발 비행기가 아니라 대형 여객기라고 수정해서 보고했다. 부시는 언짢은 기분으로 교실에 들어갔다.

백악관에서는 딕 체이니 부통령이 회의를 막 시작하려고 하고 있었다. 그 때 한 보좌관이 달려와 항공기가 월드트레이드센터 노스타워에 충돌했다고 보고했다.

"노스타워는 화염에 휩싸여 있습니다. 지금 텔레비전에 특보가 나오고 있습니다."

"도대체 비행기가 월드트레이드센터에 충돌한다는 것이 말이 되는 소리야?! 텔레비전 켜 봐요."

체이니 부통령이 텔레비전을 보았을 때 두 번째 비행기인 UA175편기가 사우스 타워에 막 돌진하고 있었다.

오전 9시 5분.

부시 대통령이 교실에 들어가 학생들에게 책을 읽어 주고 있을 때 비서실장 앤드류 카드가 조심스럽게 다가와 귓속말로 말했다.

"두 번째 여객기가 월드트레이드센터 남쪽 빌딩에 충돌했습니다. 고의적인 자살충돌이 분명합니다. 미국은 지금 공격을 받고 있습니다."

"적은 누구요?"

"아랍 테러리스트들인 것 같습니다."

그의 말에 부시는 미간을 찌푸렸다. 잠시 동안 이마에 깊은 주름이 잡혀 있더니 이윽고 허공을 응시하면서 비서실장에게 지시를 내렸다.

"모두가 침착하게 행동해야 합니다. 위기를 관리해야 할 정부가 지금 당황한 모습을 보이면 국민들이 불안해 하고, 흥분한 나머지 큰 혼란에 빠질지 모릅니다. 상황을 정확히 파악해서 침착하게 대책을 세워야 합니다."

기자들의 휴대전화가 여기저기서 울려대고 있었다. 대통령은 6분 정도 더 교실에서 아이들과 함께 있다가 밖으로 나왔다.

9시 14분.

에마 E. 부커초등학교에 마련되어 있는 대기실로 돌아온 부시는 참모들의 보고를 대충 받은 다음 텔레비전 방송보도를 잠시 보았다. 그러고 나서 참모들과 대책을 숙의했다.

9시 35분.

대통령의 차량행렬이 학교 앞을 출발했다. 그리고 9시 45분에 공항에 도착했다. 그 때 부시가 타고 있는 차 안의 전화벨이 울렸다. 비서실장이 얼른 수화기를 들고 몇 마디 나눈 다음 전화를 끊었다.

"펜타곤에도 여객기가 충돌했다고 합니다."

비서실장의 보고에 부시는 어디서 걸려 온 전화냐고 묻지도 않았다. 그 대신 비행기에 오르자마자 체니 부통령에게 전화를 걸었다.

"각하, 펜타곤도 공격을 당했습니다. 미국은 현재 심각한 위험에 직면한 것 같습니다."

부통령이 먼저 말을 꺼냈다. 부시는 빠른 어조로 말했다.

"펜타곤 소식은 들었습니다. 우리는 지금 소규모 전쟁에 말려들었습니다. 이건 전쟁입니다. 누군가가 대가를 치러야 할 겁니다. 백악관에 도착하는 대로 긴급회의를 소집하겠습니다."

"백악관은 위험합니다. 워싱턴에 오시면 안 됩니다."

부통령은 단호하게 말했다. 경호실도 같은 주장을 했다.

"항공기 한 대가 워싱턴 부근을 선회하고 있습니다. 백악관을 공격 목표로 삼고 있는지도 모릅니다. 부통령은 현재 지하 벙커로 대피중입니다."

경호실장의 보고에 부시는 더 이상 워싱턴으로 돌아가겠다고 주장할 수가 없었다. 이제 백악관은 부시를 대신해서 체니 부통령이 지하 벙커에서 업무를 수행하고 있었다.

9시 54분.

대통령 전용기인 미 공군 1호기는 목적지도 정하지 않은 채 이륙했다. 대통령 경호실은 즉시 워싱턴DC 방위군에 전투기 엄호를 부탁했고, 수분 후 메릴랜드 주 앤드루 공군기지에 있던 전투기들이 출동, 미 공군 1호기에 따라붙었다.

워싱턴DC 방위군 사령관 데이비드 휠리 중장은 부통령에게 다급하게 전화를 걸었다.

"각하, 워싱턴 상공에 지금 바로 캡이 필요합니다."

CAP은 전투 초계비행을 말하는 것이다. 그러나 부통령은 휠리 사령관의 요청을 받아들이지 않았다.

"전투기가 워싱턴 상공을 전투 초계비행한다고 해서 문제가 해결되는 건 아닙니다. 민간 여객기가 명령을 듣지 않을 경우 전투기 조종사한테는 현재 여객기를 격추할 수 있는 권한이 없는데 캡을 발동한들 무슨 소용이 있겠습니까?"

"그렇다면 전투기 조종사한테 격추 권한을 부여하면 되지 않습니까?"

"그것은 대통령 각하의 동의가 있어야만 가능합니다. 각하와 상의해 보고나서 연락하겠습니다."

체니 부통령은 즉시 부시 대통령에게 연락해서 그 문제를 협의했다. 부시는 자신의 조종사 시절을 생각하면서 잠시 고민에 빠졌다. 사실 자기 나라 국민이 타고 있는 여객기를 격추시킨다는 것은 여간 어려운 일이 아니다. 아무리 그것이 테러범들에게 납치되어 공격용으로 전환되었다고 해도 그것을 격추해도 좋다는 결정을 내린다는 것은 대통령으로서 하기 어려운 권한 행사일 수밖에 없었다. 그러나 부시는 결국 공군의 요청에 동의했고, 초계비행에 나선 전투기 조종사들은 미사일 발사준비에 들어갔다.

9시 56분.

북미방공본부 국내담당 책임자 벤 슬라이니는 미국 국내 상공을 비행중인 모든 항공기에 대해 근처 비행장에 비상 착륙하라는 전대미문의 명령을 내렸다. 이 명령에 따라 비행 중이던 모든 비행기들이 가까운 비행장에 급히 착륙했는데 그 수가 무려 4,500여대나 되었다. 더욱 놀라운 것은 그 많은 비행기들이 단 한 건의 사고도 없이 무사히 착륙했다는 사실이었다.

세계무역센터의 110층짜리 초고층 두 빌딩은 트윈 타워라는 별칭으로 불렸듯이 모양이나 구조적인 면에서 쌍둥이처럼 똑같이 생겼다. 굳이 다른 점을 들자면 북쪽 타워 옥상에 텔레비전 송신탑이 설치되어 있는 점이 다를 뿐이다.

각 타워에 설치되어 있는 엘리베이터는 50여대나 되는데 운행구간이 각각 다르다. 고층 전용은 1층부터 78층까지 논스톱으로 달린다. 그리고 78층 이상은 매 층마다 정지한다.

9시 57분.

여객기가 맨 먼저 충돌한 북쪽 타워는 1시간 10분이 지났는데도 무너지지 않은 채 흔들리고 있었다. 남쪽 타워 역시 54분이 지났지만 그대로 버티고 서서 시뻘건 화염만 내뿜고 있었다.

북쪽 타워에 비행기가 충돌한 구간은 94층부터 98층 사이였기 때문에 그 위에 있던 사람들은 아래층으로 내려올 수가 없었다. 일부는 옥상으로 대피하기 위해 계단을 올라갔고, 어둠과 불길에 막혀 밖으로 탈출하지 못한 사람들은 질식하거나 창밖으로 뛰어내렸다. 거리에서 불구경을 하고 있던 사람들은 고층 빌딩에서 떨어지는 사람들의 모습이 마치 낙엽 같았다고 증언했다.

옥상으로 대피하기 위해 어두운 계단을 기다시피 올라간 사람들은 옥상 문 앞에서 더 이상 나아갈 수가 없었다. 그 때 누군가가 어둠 속에서 전화를 걸어 도움을 청했다.

"여보, 사랑해! 난 괜찮아!"

"정말 괜찮아요?! 텔레비전을 보고 있는데 사람들이 막 떨어지고 있어요! 옥상으로 올라가세요!"

"옥상까지 왔는데 문이 잠겨 있어! 911에 전화해 줘!"

사람들은 죽을 힘을 다 해 철문을 밀어 보았지만 그것은 끄덕도 하지 않았다. 뜨거운 불길과 연기 때문에 숨쉬기조차 어려워진 사람들은 도로 아래층으로 내려가기 시작했지만 얼마 가지 못해 모두 쓰러지고 말았다.

2백 명 이상의 사람들이 옥상 출입문 앞에서, 또는 계단 위에서 몸부림치며 죽어 갔다. 그들이 떼죽음을 당한 것은 옥상으로 나갈 수가 없었기 때문이었다.

그 때 옥상 문 열쇠는 유리창 청소원인 캐마즈가 가지고 있었다. 하지만 그 열쇠만으로는 옥상 문을 열수가 없었다. 옥상 문은 22층에 있는 빌딩 통제실에서 경비 요원이 비상 사이렌을 울려야 열리도록 되어 있었다. 그러나 통제실은 이미 파손된 상태였고, 경비요원들은 모두 대피하고 없었다.

헬기 구조작전도 여러 가지 이유 때문에 중단되어 있었다. 가장 큰 이유는 미친 듯 날뛰는 화염 때문에 헬기가 건물 가까이 접근하는 것이 불가능했던 것이다.

비행기가 관통한 구간에서 무섭게 타오르던 불길은 삽시간에 빌딩의 북쪽으로 번졌고, 시커먼 연기의 소용돌이 속에서 갈피를 못 잡고 있던 사람들은 신선한 공기를 조금이라도 마시기 위해 의자와 컴퓨터 등 각종 집기류로 강화유리로 된 창문을 부수었다. 그러나 수백 명이 조금이라도 더 신선한 공기를 마시기 위해 다투어 깨진 창문으로 몰려드는 바람에 더욱 아수라장이 되고 말았다. 달려드는 화마와 연기를 더 이상 피할 수 없게 되자 사람들은 마지막 방법으로 창문을 타넘고 뛰어내리기 시작했다. 100층 이상의 높이에서 낙엽처럼 날리며 밑으로 떨어진 사람들은 땅에 부딪치는 순간 완전히 해체된 채 산산조각이 되어 여기저기로 흩어졌다.

105층에 갇혀 있던 사람들 가운데 파이듀서리 트러스트사 기술국장인 에드먼드 맥널리는 창밖으로 뛰어내리기 직전 기침을 토하면서 아내 리즈에게 마지막 전화를 걸었다.

"여보, 당신 모르게 가입해둔 생명보험이 있소. 메트라이프사에 연락해 보면 알 수 있을 거요. 그리고 12월에 회사에서 보너스가 나올 거요. 보험금하고 보너스를 받으면 당분간 아이들하고 불편하지 않게 지낼 수 있을 거요. 당신은 나의 모든 것이오. 당신을 사랑해요. 당신의 40번째 생일 기념으로 이탈리아 여행을 가려고 로마행 비행기 표를 예약했는데 당신이 그 예약을 취소해 줘야겠소.”

“무슨 소리를 하는 거예요?! 제발 냉정을 잃지 말아요! 당신은 강한 남자예요! 당신은 얼마든지 살아남을 수 있어요!”

그는 아내의 울부짖는 소리를 듣다못해 전화를 끊었다.

충돌구간 아래에 있던 사람들은 처음에는 엘리베이터 앞으로 몰려들었지만 갑자기 정전이 되면서 건물 내의 모든 시스템이 멈춰서는 바람에 큰 혼란에 빠져들었다. 기름이 밑으로 쏟아져 내리면서 아래층에도 화염이 번지고 있었기 때문에 대피하기가 점점 어려워지고 있었다. 사람들은 비상계단을 타고 내려가기 시작했지만 수천 명이 일시에 몰리는 바람에 서로 밟히고 뒤엉켜 여기저기서 비명을 질러대고 있었다. 더구나 정전이 되는 바람에 계단은 어두웠고, 그래서 사람들은 캄캄한 어둠 속에서 연기와 싸우며 손에 손을 잡고 아래층으로 내려갔다.

어둠 속에서 죽음의 공포에 떨며 서로 먼저 내려가려고 아우성치는 사람들의 모습은 누구나 다 똑같았다. 죽음의 공포 앞에서는 잘난 사람도 없었고 못난 사람도 없었다. 모두 다 공포에 떨고 있는 나약한 생명에 지나지 않았다. 한 사람이 발을 잘못 짚어 넘어지면 뒤따르던 사람들이 일시에 그 위로 무너져 내리곤 했기 때문에 비명이 끊이지 않았고, 밑에 깔렸다가 일어나지 못하는 사람이 있으면 그 위로 짓밟고 넘어가곤 했다.

밑으로 내려갈수록 뒤에서 덮쳐 오는 사람들에게 깔리거나 연기에 질식되어 쓰러지는 사람들이 부지기수로 늘어나고 있었다. 움직임이 민첩하고 힘이 센 남자들은 여자들과 노약자들을 깔아뭉개면서 먼저 계단을 내려갔다.

온갖 어려움을 뚫고 간신히 건물 밖으로 빠져나온 사람들은 될 수록 멀리 가기 위해 더 이상 뒤돌아보지 않고 무작정 뛰어갔다. 거리는 갈팡질팡하는 사람들과 구경꾼들로 아수라장을 이루고 있었고, 소방차들은 고막을 찢을 듯이 쉴 새 없이 사이렌을 울려 대고 있었다.

9시 59분 4초.
숨이 턱에 차서 뛰어가던 사람들은 하늘이 무너지는 것 같은 굉음을 듣고 얼른 뒤를 돌아보았다. 남쪽 타워가 마치 용트림을 하는 것처럼 뒤틀리면서 무너져 내리고 있었다. 눈사태처럼 무너져 내리는 사이로 수많은 사람들이 한꺼번에 떨어져 내리고 있었다. 그리고 곧 시커먼 연기와 먼지 속으로 사라져 버렸다.
북쪽 빌딩보다 16분 정도 늦게 비행기 공격을 받은 남쪽 빌딩이 오히려 먼저 붕괴된 반면 북쪽 빌딩은 그 때까지도 무너지지 않고 불기둥 상태로 맹렬히 타오르고 있었다.

이보다 앞서 페르시아 고양이, 히말라야 고양이, 버마 고양이에 이어서 타이 고양이가 샌프란시스코를 향해 뉴저지의 뉴어크 공항을 이륙한 것은 예정 시간보다 41분이 지난 오전 8시 42분이었다. 유나이티드 에어라인 93편은 출발 후 46분간은 정상적으로 날아갔다. 항공기의 무선교신과 비행 방향, 속도와 고도도 비행계획과 일치하고 있었다. UA93편에는 승객 37명 외에 기장과 부기장, 5명의 스튜어디스 등을 포함해 모두 44명이 타고 있었다. 44명 중에는 지아드 자라를 비롯한 테러범 4명이 포함되어 있었다. 그들 4명은 모두 1등석에 앉아 있었다.

테러범들이 조종실을 공격한 것은 오전 9시 28분이었다. 그때 UA93편은 오하이오 동부 3만5000피트 상공을 비행 중이었다. 스튜어디스에게 강제로 출입문을 열게 한 다음 조종실 안으로 뛰어든 테러범들은 기장과 부기장에게 커터를 들이대면서 밖으로 나가라고 명령했다. 부기장 레로프 호머는 긴급 조난 신호인 '메이데이! 메이데이!'를 외쳐 댔고, 기장 제이슨 달은 커터에 찔리면서도 물러나지 않고 그들과 맞서 싸웠다.

"나가, 이놈들아! 나가란 말이야!"

기장의 외치는 소리는 클리블랜드에 있는 FAA(연방항공국)의 항공운항관제소 직원들의 귀에도 생생히 들려왔다.

격투가 벌어지는 동안 비행기는 고도가 700피트까지 떨어졌다. 얼마 후 기장과 부기장은 목이 잘린 채 밖으로 끌려 나왔다. 조종실을 완전히 점령한 테러범들은 팀장에게 연락을 취했다. 그 때까지 지아드 자라는 한쪽에 얌전히 앉아 있었다. 이윽고 조종실 안으로 들어간 자라는 동료들을 모두 밖으로 내보낸 다음 안으로 들어가 문을 잠갔다. 잠시 후 그는 승객들에게 메시지를 방송했다.

"신사 숙녀 여러분, 저는 기장입니다. 자리에 앉아 주십시오. 기내에는 폭탄이 있습니다. 우리는 공항으로 돌아가고 있습니다. 테러범들은 우리의 요구를 받아들였습니다. 그러니 조용히 앉아 계십시오."

그는 갑자기 비행기의 방향을 반대쪽으로 돌렸다. 방향을 바꾼 UA93편은 워싱턴을 향해 날아가기 시작했다.

승객들은 비행기 뒤쪽으로 쫓겨와 있었다. 피투성이가 되어 그들이 있는 곳까지 비틀거리며 다가온 스튜어디스가 방금 말한 기내 방송은 거짓말이라고 알려주었다.

"기장과 부기장은 모두 칼에 찔려 죽었어요! 조금 전에 말한 사람은 납치범이에요!"

스튜어디스는 말을 마치고 나서 쓰러졌다.

"이 비행기는 공항으로 돌아가는 게 아닙니다! 맨해튼에 있는 세계무역센터 쌍둥이 빌딩에 비행기 두 대가 부딪쳤어요! 내 아내하고 조금 전에 통화했는데 쌍둥이 빌딩이 지금 불타고 있답니다! 이 비행기도 어딘가를 공격하려고 납치한 게 틀림없어요! 놈들은 우리 모두를 제물로 삼으려는 게 틀림없어요! 이러고 있으면 안 돼요! 모두 죽어요!"

머리가 벗겨진 중년 사내가 공포에 질린 모습으로 부들부들 떨면서 말했다. 건장한 흑인이 나서서 주먹을 쥐고 흔들었다.

"놈들로부터 비행기를 되찾읍시다. 그렇지 않으면 우린 모두 죽어요!"

"폭탄이 터지면 어떻게 합니까? 시키는 대로 가만 있는 게 좋지 않을까요?"

잿빛 머리의 나이 든 여인이 참견하고 나섰다.

"폭탄이 있는지 없는지도 확실치 않고, 이래 죽으나 저래 죽으나 마찬가지예요! 지금 이러고 있을 시간이 없어요! 우리가 살 수 있는 방법은 조종실에 쳐들어가서 놈들을 쫓아내고 비행기를 되찾는 것밖에 없어요! 저하고 함께 조종실에 갈 수 있는 사람은 손들어 보십시오! 우리가 숫적으로 우세하니까 충분히 놈들을 저지할 수 있어요!"

　결연한 어조로 말하는 흑인의 모습에 더 이상 아무도 이의를
다는 사람이 없었다. 그는 베트남 전에서 죽을 고비를 여러 번
겪은 경험이 있는 미 육군 예비역 상사 출신이었다.

　"우리가 비행기를 되찾더라도 누가 비행기를 조종합니까?"

　누군가가 이렇게 묻자 다부지게 생긴 사내가 손을 들었다.

　"공군 출신입니다. 잘은 못하지만 비상 착륙 정도는 할 수 있
습니다."

　"그럼 됐습니다. 납치범들하고 싸울 수 있는 사람은 손을 들
어 주십시오!"

　대여섯 명 정도 되는 사내들이 먼저 손을 번쩍 들자 나머지 남
자들은 쭈뼛거리면서 서로 눈치를 보다가 마지못해 하나둘 손
을 들었다.

　베트남 전 참전용사는 앞장서서 조종실 쪽으로 다가갔다. 그
의 손에는 쇠파이프가 들려 있었다.

　승객들이 죽기를 각오하고 달려들자 납치범들은 조종실 쪽으
로 쫓겨 갔다. 납치범들의 위협은 더 이상 먹혀들지 않고 있었
다. 조종실 밖에 있는 납치범들은 모두 세 명이었다. 앞장 선 흑
인과 맨 먼저 부딪친 납치범은 사우디 출신의 미남인 아메드 알
나미였다. 흑인은 쇠파이프로 알 나미의 어깨를 내리쳤다. 알
나미가 비틀하자 이번에는 그의 이마를 온힘을 다해 강타했다.
알 나미는 힘없이 무릎을 꺾으며 앞으로 풀썩 쓰러졌다. 승객들
을 막을 수 없다고 판단한 아마드 알 하즈나위가 조종실 앞으로
먼저 뛰어가 다급하게 문을 두드렸다.

"하즈나위야! 문 열어봐!"

"왜 그래?!"

"사람들이 몰려오고 있어서 안에서 지키는 게 낫겠어! 나미는 당했어! 우리 둘 뿐이야! 빨리 문 열어!"

하즈나위는 사우디 출신으로 큰 키에 코밑수염을 기르고 있었다. 문이 열리자 그는 잽싸게 안으로 들어갔다. 그리고 사이드 알 감디를 불렀지만 그는 이미 승객들에게 붙잡혀 몰매를 맞고 있었다. 흑인이 파이프를 휘두르며 달려오는 것을 보고 그는 얼른 문을 잠갔다. 잠시 후 쿵쾅거리는 소리와 함께 문짝이 떨어져 나갈 듯 흔들리기 시작했다.

"감디는 어떻게 됐어?!"

조종석에 앉은 채로 돌아보면서 지아드 자라가 물었다.

"승객들에게 붙잡혔어."

"구하지 않고 혼자만 들어온 거야?!"

"어쩔 수가 없어! 여기를 지킬 사람이 없잖아!"

"흥, 말이 되는군."

자라는 코웃음 쳤다. 그러나 거기에 대해 더 이상 따지지 않았다. 조금 후면 모든 것이 사라질 판인데 그런 것을 따진다는 것 자체가 부질없는 짓이기 때문이었다. 문을 두드려 대는 소리가 요란스러웠지만 죽음을 앞에 둔 자라는 조금도 동요되지 않은 채 오히려 차분한 모습이었다.

"어디로 가는 거야?!"

"백악관……."

"뭐라고?! 공항으로 가는 거 아니야?!"

"아니야."

"백악관을 어떻게 하겠다는 거야?! 이 비행기로 부딪치겠다는 거야?!"

"그래."

싸늘하게 내뱉듯이 하는 말에 하즈나위는 하얗게 질린 표정이 되면서 온몸을 바르르 떨었다.

"비행기를 납치만 하기로 했잖아?! 아무 공항에나 도착해서 승객들을 인질로 잡고 요구조건을 내걸면……."

"그건 거짓말이었어. '봄은 오지 않을 것이다'를 완벽하게 수행하기 위해서 팀장을 제외한 대원들에게 거짓말을 한 거야. 아니, 끝까지 비밀을 지킨 거지."

"말도 안 돼!"

"왜? 살고 싶나? 지금 와서 살 수 있을 것 같아? 살고 싶겠지만 그건 안 돼. 나하고 함께 죽어 줘야겠어. 흐흐흐…… 페르시아 고양이와 히말라야 고양이는 이미 뉴욕으로 날아가 세계무역센터에 부딪쳤어. 뉴욕에는 지금 대재앙이 일어났어."

문이 끽끽 소리를 내면서 한쪽이 떨어져 나오고 있었다. 하즈나위는 어깨로 문을 밀면서 물었다.

"버마 고양이는?"

"펜타곤을 공격했어. 우리 타이 고양이는 CIA본부를 방문하기로 돼 있었지만 내가 백악관으로 바꿨지. 백악관을 잿더미로 만드는 게 더 상징적이잖아?"

"환상적이야!"

하즈나위는 두 주먹을 움켜쥐면서 소리를 질렀다. 자라는 그를 힐끗 쳐다보고 나서 물었다.

"죽을 각오가 된 거야?"

"난 준비됐어!"

"그럼 문이나 잘 지켜! 잠시만 더 버티면 돼!"

밖에서는 승객들이 온힘을 다해 조종실 문을 밀어붙이고 있었다. 납치범 두 명은 이미 격투 끝에 죽었기 때문에 조종실 밖에는 이제 승객들만 있었다. 앞장서서 납치범들과 격투를 벌였던 남자들은 모두 피투성이가 되어 있었다. 특히 월남전 출신 흑인 사내는 얼굴이 온통 피에 젖어 있었지만 계속해서 모든 일에 앞장서고 있었다.

"자, 한 번만 더 합시다! 비키세요! 뒤로 물러나세요!"

승객들이 비켜서자 흑인 사내를 비롯한 우람한 체격의 사내 네 명이 뒤로 물러섰다가 문을 향해 돌진했다. 먼저 두 명이 맹렬한 기세로 앞으로 달려가 온몸으로 문에 부딪친 다음 물러서자 다음 두 명이 고함을 지르며 문을 향해 달려갔다. 알루미늄으로 만들어진 문짝이 찌그러지면서 반쯤 안으로 벌어지자 마침내 조종실 안이 보였다. 흑인이 문을 밀어붙이면서 안으로 몸을 밀어 넣자 하즈나위의 커터가 그의 목을 옆에서부터 가슴 쪽으로 일직선으로 그어 버렸다.

납치범은 두 손을 허우적거리는 흑인을 향해 다시 한 번 번개처럼 커터를 휘둘렀다. 커터는 흑인의 얼굴을 정확히 대각선으로 그었고, 흑인은 피를 내뿜으면서 조종실 안으로 자신의 몸을 던졌다.

자라는 백악관까지 가기에는 시간이 너무 없다고 생각했다.

그곳까지는 족히 20분 정도는 걸릴 텐데 그 때까지 버티기에는 상황이 너무 위태로웠다. 승객들은 조종실 안으로 밀려들고 있었고, 하즈나위 혼자서 그들을 가까스로 막아내고 있었는데, 그것도 1, 2분이면 끝이 날 것 같았다. 자라는 승객들의 공격을 조금이라도 지연시켜 보려고 비행기를 왼쪽과 오른쪽으로 급격히 선회시켰다. 그 바람에 승객들이 비틀거리기도 하고 쓰러지기도 했지만 그렇다고 그들이 공격을 포기한 것은 아니었다. 자라는 비행기의 기수를 갑자기 올렸다가 내렸다가 해 보았다. 승객들이 서로 뒤엉켜 쓰러지고 물건들이 굴러 떨어지는 소리가 요란스러웠다.

"안 되겠어! 거기까지는 못가겠어! 여기서 추락시켜야겠어!"

"그래! 추락시켜! 추락시키라고!"

그 말을 마지막으로 하즈나위는 우람한 사내들에게 깔려 바닥에 널브러졌다. 그들은 죽은 납치범한테서 빼앗은 커터로 하즈나위를 닥치는 대로 베고 찔렀다.

"알라 아흐바르(알라는 위대하다)! 알라 아흐바르!"

자라는 알라신을 부르면서 조종 휠을 오른쪽 끝까지 돌렸다. 승객 한 명이 깨진 병으로 자라의 머리를 막 찌르려고 했을 때 비행기가 뒤집어지기 시작했고, 그 승객은 중심을 잃고 바닥에 나뒹굴어졌다.

"알라 아흐바르! 알라 아흐바르!"

자라의 목소리가 더욱 커지고 있었다. 비행기는 무서운 속도로 추락하고 있었고, 승객들은 공격도 잊은 채 공포에 사로잡혀 소리만 질러대고 있었다.

10시 2분 58초.

유나이티드 에어라인 93편 보잉 757기는 마침내 펜실베이니아 주 생스빌 벌판에 곤두박질쳤다. 살려고 발버둥치던 사람들의 아우성치는 소리는 천지를 진동하는 굉음에 일순 묻혀 버렸고, 곧 시뻘건 화염과 시커먼 연기가 파란 하늘을 뒤덮었다.

10시 28분 31초.

가장 먼저 비행기 공격을 받았던 세계무역센터 북쪽 타워도 마침내 무너져 내리기 시작했다. 공격을 받은지 1시간 42분 정도 지나서였다.

세상에 태어나서 처음 들어보는 굉음이, 단순히 아주 커다란 소리라고 단정 지을 수 없는 굉음이, 무시무시한 공포감으로 전신이 뒤흔들리는 것 같은 굉음이, 건물 밖에서 정신없이 구경하고 있던 사람들의 몸뚱이를 뚫고 지나갔다. 무엇이 그런 소리를 낼 수 있는지 상상이 되지 않았다. 1천 개의 탈선한 열차가 전속력으로 한꺼번에 달려드는 소리가 그런 것이었을까. 시뻘건 화염과 시커먼 연기 속으로 천둥소리를 내며 쏟아져 내리는 건물 조각들과 온갖 물건들, 인형처럼 보이는 사람들의 모습은 마치 지구의 종말을 보여주는 것 같았고, 건물이 붕괴되면서 일으킨 먼지는 흡사 핵폭발로 생긴 버섯구름처럼 뭉게뭉게 피어오르면서 도시를 집어삼킬 듯이 사방으로 퍼져 나가고 있었다. 순식간에 뿌옇게 먼지를 뒤집어쓴 사람들은 비명을 지르면서 도망치기 시작했다.

빌딩이 완전히 무너진 후 수백 대의 소방차에서 뿌려 댄 물로 어느 정도 불길이 잡히고 연기와 먼지가 가라앉았을 때 붕괴현장은 갈가리 찢긴 시신들로 뒤덮여 있었다.

쌍둥이 빌딩이 붕괴되기 전에 빌딩 안으로 들어갔던 소방관들은 대부분 죽었는데, 그 수는 무려 3백43명에 달했다.

세계무역센터 폭파 테러로 죽은 사망자 중 98%가 센터 내의 사무실이나 레스토랑 등에서 업무를 시작하거나 사업 얘기를 나누다가 참변을 당했다. 무역센터의 잔해를 헤치고 들춰낸 사망자수는 2,823명으로, 그중 시신의 일부라도 발견되어 사망이 확인된 희생자는 1,027명이고 나머지 1,796명은 시신 한 조각도 찾지 못했다. 사망자를 국적별로 보면 24개국에 이르고 있는데, 미국이 2,106명으로 가장 많고 한국인 사망자는 미국 시민권 자를 제외하면 9명으로 가장 적은 숫자이다.

세계무역센터 잔해에서 확인된 사망자 외에 펜타곤 공격과 펜실베이니어 주 생스빌 벌판에 곤두박질친 여객기 사망자는 모두 해서 234명에 이른다. 이들을 세계무역센터 사망자수와 합치면 9.11 테러로 숨진 희생자는 무려 3,057명에 이른다. 20명의 테러범들은 권총 한 자루 휴대하지 않고 단지 박스 커터만으로 4대의 여객기를 납치했고, 결국 그들이 의도했던 대로 상상을 초월하는 테러공격을 감행, 미국의 심장부를 강타하고 3천여 명의 인명을 앗아가는 가공할 작전을 성공적으로 수행했다.

화려한 복수전

전 세계는 경악하고 분노하고 한동안 슬픔에 잠겼다. 그 다음에 찾아온 것은 정신적인 공황상태였다.

그러나 이것은 미국이 기다리던 반응이었다.

작전 암호 '봄은 오지 않을 것이다' 는 세계를 뒤흔든 가장 규모가 크고 드라마틱한 테러였다. 그러나 그것이 불러 온 보복은 훨씬 더 가혹하고 규모면에서 가히 세계적이었다.

9.11 테러 직후, 미국과 전 세계 곳곳에서는 사상 유례없는 검거 선풍이 불어 닥쳤다. 이 사건 수사에 직접 동원된 FBI 요원만 4천여 명이었고, 거기다 보조요원까지 합치면 수사진은 7천여 명이나 되었다. 그러나 이것은 겉으로 드러난 숫자일 뿐 눈에 보이지 않는 곳에서 수사에 참가한 CIA를 비롯한 비밀기관의 요원들까지 합치면 그 수는 수만 명에 달했다. 이들은 미국 전역

은 물론 그들이 9.11 테러의 주범이라고 규정한 알 카에다 조직의 촉수가 뻗쳐 있는 말레이시아, 이집트, 파라과이, 독일, 영국, 사우디 등 50여 개국에서 대대적인 체포 작전을 전개, 용의자 수백 명을 검거했다.

9.11 테러가 일어나자 미국은 마치 기다렸다는 듯이 일사천리로 사태를 해결해 나갔다. 먼저 테러 발생 한 시간 만에 테러범 리스트를 일목요연하게 발표하면서, 그들은 모두 알 카에다 조직원으로 그 배후에는 오사마 빈 라덴이 있다고 단정했다. 그와 함께 빈 라덴을 숨겨 주고 있는 아프가니스탄의 탈레반 정부에게 3일 내에 빈 라덴을 넘겨주지 않으면 미국은 군사행동에 돌입할 것이라고 경고했다. 그러나 이것은 단지 형식적인 경고일 뿐 미국은 이미 세계에서 가장 가난하고 낙후된 불쌍한 나라 아프가니스탄 침공을 위한 군사작전에 돌입하고 있었다.

9월 14일 오전, 미 해병대 특수부대 요원과 지원 병력 등 2백여 명을 태운 특별기 2대가 삼엄한 경계 속에 파키스탄 수도 이슬라마바드의 라왈핀디 공항에 도착했고, 15일 아침에는 일본 요코스카 기지에 있는 미사일 순양함인 이지스 함 카우펜스가 아프가니스탄 인근해역을 향해 출동했다.

9월 14일 밤, 라왈핀디 공항에 내린 미 해병대 특수부대 요원들과 지원 병력 가운데에는 민간인 복장을 한 사람들도 몇 명 눈에 띄었는데 그들은 군인들과는 다른 차량을 타고 시내로 향했다. 그들 속에는 파비트와 야잠의 모습도 보였는데 그들은 지프

뒷좌석에 앉아 어둠 속에 잠겨 있는 황량한 벌판을 묵묵히 바라보고 있었다.

테러와의 전쟁에 동조하지 않은 모든 국가들을 악의 축으로 규정한 부시 대통령은 복수심에 불타고 있는 미국 국민들에게 통쾌하고 화려한 복수전을 펼쳐 보일 수 있는 이 절호의 기회를 최대한 이용했다.

여기에 가장 주도적으로 동조한 것이 미국의 주요한 언론매체들이었다. 그들은 한 목소리로 여론조작에 나섰다. 그들은 세계 최강의·미국에 상처를 입힌 자들에 대한 철저한 응징이야말로 미국의 자존심을 되살릴 수 있는 유일한 길임을 강조하고 테러에 희생된 사람들에 대한 영웅 만들기와 애국심을 쉴 새 없이 강조했다. 그 결과 모든 집들과 건물은 물론 굴러다니는 차량들에도 성조기가 나부꼈고, 희생자들을 돕겠다는 취지로 애국카드라는 것까지 등장했다.

부시 대통령은 UN 연설에서 이렇게 말했다.

"그 어떤 정권을 막론하고 테러리스트들을 후원한다면 그들은 응분의 대가를 치러야 마땅하며, 반드시 그 대가를 치르게 될 것입니다. ……뿐만 아니라 테러리스트들을 지지하는 국가도 살인의 죄를 짓기는 마찬가지이므로 정의의 심판을 피해갈 수 없을 것입니다. ……우리는 테러리스트 중 어느 일부 뿐이 아닌 모든 테러리스트들을 상대로 싸우기 위해 한 마음 한 뜻으로 뭉쳐야 합니다. ……현재의 아프가니스탄 정권은 국민을 지배하고 이끌어 갈 자격이 없습니다. ……따라서 테러리스트들을 숨겨 주고, 아편을 매매하고, 여성들에게 비인간적 행위를 해 온 탈레반 정권은 이제 그 앞날이 얼마 남지 않았음을 나는 그 정권의 모든 희생자들에게 약속합니다……."

부시 대통령을 중심으로 체이니 부통령, 파월 국무장관 등 미 정부의 핵심 인사들도 입을 모아

"어느 나라든 우리 편이 아니면 적이 된다."

라는 논리로 전 세계의 국가들에게 선택을 강요했다.

미국은 보복에 혈안이 되어 있었다. 따라서 빠른 시일 내에 한 곳을 정해 무자비한 보복전을 감행해야 직성이 풀릴 것 같은 그런 분위기에 빠져들고 있었다. 그리고 세계 각국은 감히 그와 같은 분위기를 거스르지 못한 채 미국의 눈치만 보고 있었다.

9.11 테러로 미국은 세계 전체를 손아귀에 넣고 주무를 수 있는 절호의 기회와 정당성을 얻게 되었다. 전쟁과 석유, 세계 패권을 원하고 있던 부시 행정부는 9.11 테러 때문에 가만히 앉아서 그 모든 것을 고스란히 챙길 수 있게 된 것이다. 9.11 테러 이전의 부시는 수준 이하의 대통령으로 지식인들의 조롱감이 되어 있었다. 그러나 9.11 테러 덕분에 그는 일약 공포를 불러일으키는 제국의 황제로 정치적인 도약을 할 수가 있었다.

9.11 테러에 대한 보복전을 통해 미국이 노린 것은 구체적으로 다음과 같은 세 가지였다.

첫째는 죽을병에 걸려 있는 미국 경제를 되살리는 길이었다. 미국에서 발행되는 경제보고서 '리헤베허 레터'는 당시 미국 기업들의 보고서는 위장되어 있으며, 그들의 실제적인 이윤 창출은 제2차 세계대전 이후 최악이었다고 지적했다. 한마디로

미국은 정치 문화 경제적으로 비틀거리고 있는 모래 위의 거인에 지나지 않았다.

미국 정부의 경제정책은 항구적인 전시경제정책으로, 미국 사회 전체가 군비에 종속되어 있다. 이와 같은 경제정책은 결국 전쟁 물자를 소모할 수밖에 없게 만들고 있고, 그를 위해 미국은 항구적으로 지속되는 전쟁을 선택하게 된다.

결국 국가적으로 장려된 군수산업이 미국 경제안정의 주요 원인이 되어 있는 것이다. 그리고 군수산업을 번창하게 만들기 위해서는 어떻게 해서든지 전쟁을 일으키지 않으면 안 되는 것이다. 전쟁이야말로 무기고를 가득 채우고 있는 무기들을 단시일 내에 소모할 수 있는 가장 좋은 방법이자 절호의 기회인 것이다.

두 번째로 미국이 노린 것은 석유자원 확보였다. 기진맥진한 미국 경제에 지속적으로 저렴한 에너지를 주입하기 위한 파이프라인 설치는 미국에게 매우 시급한 문제였다. 그 해결책을 쥐고 있는 곳이 바로 아프가니스탄이었다.

중앙아시아의 카스피 해 지역은 21세기 마지막 에너지 보고라고 할 수 있을 정도로 막대한 양의 석유와 천연가스가 매장되어 있다. 특히 카스피 해에 인접해 있으면서 아프가니스탄과 국경을 맞대고 있는 투르크메니스탄에는 세계 최대의 천연가스전이 있으며, 미국의 석유그룹인 유노칼을 중심으로 한 서방 국가의 회사들이 그 가스전의 개발을 맡고 있었다. 미국이 그것을 싼 값으로 가져오려면 투르크메니스탄에서 출발해 아프가니스탄을 관통, 파키스탄에 이르는 1,271킬로미터의 파이프라인을 매설해야 한다. 이를 위해 일찍이 유노칼은 파이프라인 매설 프로

젝트를 놓고 아프간의 탈레반 정권과 협상을 벌였지만 번번이 퇴자를 맞곤 했다. 결국 탈레반 측과는 아무 것도 이룰 수 없다는 것을 깨달은 미국은 사업에 방해가 되고 있는 탈레반 정권을 무너뜨리고 대신 친미정권을 세워 세계 최대의 에너지 보고를 마음대로 주무를 필요가 있었다.

세 번째 목적은 전후 재건사업을 통한 돈벌이였다. 상대방을 철저히 때려 부수고 나서 재건사업에 주도적으로 참여함으로써 막대한 이익을 챙기는 것이다. 승전국으로서 그것은 얼마든지 가능한 일이다.

전쟁은 무기와 필수물자들의 소비를 필요로 한다. 그러나 단지 거기에서 끝나는 것이 아니다. 전후 재건사업을 통해 침체에 빠져 있던 자국의 경제를 일으켜 세울 수가 있는 것이다. 빈사상태의 경제를 단기간 내에 호전시킬 수 있는 방법으로 그와 같이 급진적이고 강력한 처방은 없다. 따라서

"전쟁이야말로 전체 자본주의 경제 시스템의 파국을 연기시킬 수 있는 가장 좋은 수단"

라고 경제 및 금융전문가인 헬무트 크로이츠는 주장하고 있다.

역사 경제학자 리처드 두보프의 다음과 같은 지적은 더욱 설득력이 있다.

"전쟁은 미국 경제 분야에서 높은 고용수준과 구매력을 유지할 수 있는, 오랜 시대를 거쳐 검증된 메커니즘이다."

전쟁이라고 하지만 미국 본토에는 적의 총알 하나 날아오지 않을, 멀고먼 사막의 한 복판에서 치러질 전쟁은 미국의 일방적인 전쟁이자 이미 승리가 예고 되어 있는 전쟁이었다. 들끓는 애

국심과 보복에 함몰된 미국 사람의 여론은 그들의 타깃이 크게 잘못되어 있다는 사실 따위는 전혀 개의치 않았고 불쌍한 아프가니스탄 국민들을 희생물로 삼게 된다는 사실에 대해서도 애써 외면함으로써 부시 정권은 그야말로 일사천리로 21세기 최초의 침략 전쟁을 밀어붙일 수가 있었다.

미국의 아프간 침공이 9.11 테러 때문이 아닌, 이미 예상되어 있었던 전쟁이라는 사실은 9.11 보다 한 달여 전인 8월 15일에 보도된 다음과 같은 기사만 보아도 알 수가 있다.

아시아에 관한 정보를 제공하는 것으로 정평이 나 있는 국제 통신사인 IPS(인터 프레스 서비스)는 파키스탄 이슬라마바드 발신으로 '탈레반은 미국의 새로운 공산주의자들이다'라는 제목의 다음과 같은 기사들을 보도하고 있다.

"20세기 마지막 전쟁터는 아프가니스탄이었다. 그리고 21세기 최초의 전쟁도 아프가니스탄에서 일어날 것이다. 전쟁 당사자는 이번에도 미국을 중심으로 하는 국제연합군이 될 것이지만, 이번에는 지난번보다 폭넓은 동맹국의 연합이 필요할 것이다. 연합군의 적은 오사마 빈 라덴 등 위험 인물을 손님으로 맞은 탈레반이며, 전쟁의 키워드는 테러리즘이 될 것이다."

세계에서 가장 비참한 생활을 꾸려가고 있는 아프가니스탄 국민들의 비극은 1979년 소련군의 침공으로 시작되었다. 10년 동안 계속된 소련군과의 전쟁으로 국토는 초토화되었고, 소련군이 물러가자 다시 내전이 발발, 아프간 국민들은 사막의 난민으로 이리저리 쫓겨 다녀야 했다. 반군에 밀려 친소 정권이 붕괴하자 이어서 각 군벌들은 권력을 쟁탈하기 위해 제2의 내전에 돌입했고, 마침내 탈레반 조직이 정권을 잡자 이번에는 국민들에게 가혹한 탄압이 가해진다. 그러나 그것으로 그들의 불행이 끝난 것은 아니었다. 더 가혹한 불행이, 첨단무기의 실험장이 될 아프간의 운명이 생사의 기로에서 허덕이고 있는 그들을 기다리고 있었다.

마침내 9.11 테러가 일어난 지 27일만 인 10월 7일 밤 미공군기들은 아프가니스탄의 주요 군사기지들을 폭격, 21세기 최초의 전쟁에 돌입했다.

〈봄은 오지 않을 것이다. 끝〉

작가 후기

 이제 테러는 단순히 남의 나라 일이 아닌 전 세계적인 관심사로 변했다. 지구 저쪽 끝에서 일어난 우리와는 상관없는 테러 때문에 석유값이 오르고 주가가 큰 폭으로 떨어지는 등 우리 나라도 적지 않은 영향을 받고 있다. 경제적인 영향 뿐만 아니고 군사적으로도 외면할 수 없는 상황이 되었다. 9.11 테러 직후 미국이 테러를 발본색원한다는 구실로 아프가니스탄을 침공하고 이어서 이라크를 공격하면서 미국에 동조하지 않는 국가에 대해서는 악의 축으로 규정, 압력을 넣는 바람에 여러 나라가 울며 겨자먹기식으로 전장에 군대를 파견하지 않을 수 없게 되었다. 한국군도 결국 다국적군의 일원이 되어 아프간과 이라크에 군대를 파견, 남의 전쟁에 일조하게 되었다.
 테러가 이제 전 세계인들의 초미의 관심사가 된 것은 지난 8

월에 일어날 뻔했던 대형 비행기 테러만 보아도 알 수가 있다. 대부분이 영국에서 태어난 영국 국적의 파키스탄계 청년들인 테러음모 용의자들은 제1차로 8월 16일 영국발 미국행 여객기 5대를 납치, 뉴욕. 워싱턴. 보스턴. 시카고. 로스앤젤리스 등 5대 도시 상공에서 폭탄을 터뜨릴 계획이었다. 그들이 노린 비행기들은 모두 미국 항공사 소속 여객기들이었고, 탐지하기 어려운 액체폭탄을 이용하여 비행기를 폭파하려고 했었다. 그리고 2차 계획은 추가로 12대의 비행기를 더 납치하여 1차 때와 마찬가지로 공중폭파시킬 계획이었다. 1년 동안 준비해 온 이 음모는 영국 정보당국이 D데이 수일 전에야 가까스로 정보를 입수하고 용의자들을 검거함으로써 사전에 분쇄되었지만, 그렇지 못하고 만일 그 계획이 성공했다면 전 세계는 일대 공황상태에 빠졌을 것이다. 무엇보다도 9.11 테러 희생자 수를 능가하는, 최소한 3천여 명이 넘는 귀중한 인명이 목숨을 잃었을 것이다. 뿐만 아니라 전 세계 항공망은 마비되었을 것이고 주가는 곤두박질쳐 세계 경제는 전후의 공황상태처럼 추락했을 것이다. 거기다 사람들의 가슴 속을 뻥 뚫어 놓았을 심리적 공황상태까지 생각하면 대형 테러의 영향력이 얼마나 치명적인지 충분히 상상이 가고도 남는다.

이번 테러는 D데이 수일 전에 적발되어 24명이나 되는 용의자들이 체포되었지만 그 후유증은 엄청나게 커서 전 세계에 큰 충격을 주었다. 영국은 모든 공항에 비행기의 이착륙을 금지시키고 기내에 수화물을 일절 들고 들어가지 못하게 했다. 치약이며 크림 같은 액체는 물론 컴퓨터와 카메라 같은 기기도 반입을 금지했고, 여권 정도만, 그것도 투명비닐 속에 넣어서 소지하게 했다. 영국 못지 않게 미국도 전 공항이 테러 비상에 걸려 모든 항공기의 이착륙 스케쥴이 엉망이 되고 말았다. 한국도 예외는 아니어서 비상사태에 준하는 삼엄한 검색으로 인천공항 대합실은 대기중인 승객들로 포화상태에 이르렀고, 공항에서 몇 시간씩 기다리는 것은 이제 당연한 일이 되어버렸다.

거미줄처럼 얽혀 있는 전 세계 항공망은 세계 대도시 공항 가운데 한 군데에서만 문제가 발생해도 그 시스템이 제대로 작동을 못한 채 파행을 맞게 된다. 액체폭탄 테러에 대한 공포와 경계는 앞으로 계속될 것이고, 승객들은 그 불편을 감수한 채 공포감을 안고 항공 여행을 하지 않으면 안 되게 되었다. 만일 대형 비행기 테러가 실제로 일어나게 되고, 또 그것이 빈번해진다면 앞으로 항공 여행 자체가 불가능해지는 사태가 벌어질지도 모른다.

이번에 영국에서 적발된 대형 비행기 테러는 사실 이번이 처음은 아니다. 이 작품에도 나오고 있지만 10여년 전에도 그와 같은 음모가 있었고, 사전에 적발되는 바람에 참극이 일어나지는 않았지만 그 규모면에서 보면 이번 테러 음모와 아주 유사한 계획이었음을 알 수가 있다.

11년 전인 1995년 1월 필리핀 마닐라에서는 세계 각지에서 모여든 아랍계 청년들이 대형 테러계획을 세웠는데, 암호명 '보진카' 계획으로 알려진 그것은 교황 요한 바오로 2세를 암살하고 여객기 10여 대를 동시에 납치하여 태평양 상공에서 폭파한다는 계획이었다. 필리핀어로 강타를 뜻하는 보진카 계획이 만일 성공했다면 세계는 9.11 테러보다 6년 앞서서 테러 공포에 떨었을 것이다. 그러나 그것은 액체폭탄을 제조하는 과정에서 화재가 일어나는 바람에 사전에 발각되었고, 그래서 다행히 참극은 일어나지 않았다. 이후 수년 동안 대형 테러는 일어나지 않았지만 그것은 단지 잠복기에 지나지 않았다. 마침내 2001년 9월 11일 미국의 심장인 뉴욕을 강타하는 엄청난 테러가 일어났던 것이다.

 2001년 9월 11일 아침. 미국 자본주의의 상징인 뉴욕 맨해턴에 있는 세계무역센터의 110층짜리 쌍둥이 빌딩이 비행기 공격을 받고 통째로 무너진다. 미사일에 맞아 무너진 것이 아니라 승객들이 타고 있는 거대한 보잉기 두 대가 가미가제처럼 건물에 충돌해서 붕괴된 것이다. 여객기를 납치한 테러범들은 기름을 가득 실은 비행기를 몰고 가서 알라를 외치며 건물에 돌진, 자폭 산화했다. 그들이 여객기를 납치할 때 사용한 무기라고는 작은 문구용 커터가 전부였다.

 거의 같은 시간, 세계무역센터를 공격한 두 대의 비행기 외에 또 다른 두 대의 비행기도 납치상태에 있었다. 그중 한 대는 펜타곤을 공격했고 나머지 한 대는 백악관을 목표로 날아가다가 승객들의 저항에 부딪쳐 펜실베이니어 주 생스빌 벌판에 추락했다.

 요한계시록 속의 대재앙을 연상케하는 9.11테러에서 숨진 사람은 무려 3천여 명. 미국 심장부에서 사상 최초로 외부 세력에 의한 엄청난 테러공격을 받은 미국민은 슬픔과 분노로 들끓었고, 그것을 등에 업은 미국 정부는 테러 발생 한 달도 안 돼 세계에서 가장 가난하고 불쌍한 나라 아프가니스탄을 침공한다. 빈라덴을 숨겨주고 있다는 이유 하나만으로.

그러나 거기에는 21세기 마지막 에너지 보고라고 할 수 있는 중앙아시아의 석유와 천연가스를 독차지하려는 거대한 음모가 숨어 있었다.

이 소설은 21세기를 비극의 서막으로 장식한 9.11 테러를 기본 모티브로 삼았다. 그러나 단순히 그날 일어난 테러만을 다룬 것이 아니고 각종 테러가 극성을 부리던 1970년대로 거슬러 올라가 9.11 테러의 뿌리부터 파헤치려고 시도했다. 하지만 테러리즘에 대한 깊이 있는 분석은 창작의 본질과 다른 것으로, 다른 형태로 정리되어야할 문제이기 때문에 다음 기회로 미루기로 하고 작품의 골격을 훼손하지 않는 범위 내에서 제한적으로 그것을 다룰 수밖에 없었다.

7, 80년대를 풍미했던 테러리즘은 지금 생각하면 사실 전지구적인 문제는 아니었다. 그것은 이역만리에서 일어난, 먼나라 사람들의 이해하기 힘든, 좀 특별하고 놀라운 사건 정도에 지나지 않은 것이었다.

그 시대의 테러리즘은 크게 볼 때 자본주의 세계에 도전하는 좌파 테러리즘과 이스라엘로부터 팔레스타인을 되찾으려는 팔레스타인 난민들의 테러리즘이 주류를 이루고 있었다고 볼 수 있다. 그들은 독자적으로 행동하기도 하고 서로 협조하면서 테러를 일으키기도 했다. 그들은 좌파 혁명과 조국에서 쫓겨난 난민들의 실지회복운동이라는 점에서, 다시 말해 강자에 대한 약자들의 비합법 투쟁이라 점에서 어느 정도 서로 노선이 맞았고, 그래서 연합전선을 펴면서 유럽을 중심으로 테러를 일으키곤 했다. 그러나 소련의 붕괴와 함께 동구권 공산주의 사회가 몰락하면서 좌파 테러리즘은 그 명분을 잃으면서 소리없이 사라졌고, 결국 팔레스타인 게릴라들에 의한 테러리즘만 남게 되었다.

팔레스타인 문제는 직접적으로는 팔레스타인과 이스라엘 간의 문제일 뿐이다. 그러나 이스라엘의 배후에는 미국이 있고, 또 그 뒤에는 서방 세계가 진을 치고 있다. 그리고 팔레스타인의 배후에는 그들의 처지를 동정하는 범아랍권이 적대감을 품은 채 도사리고 있다.

그동안 국제사회에서는 팔레스타인 문제를 평화적으로 해결하려는 노력을 부단히 해왔고, 그 문제만 해결되면 더 이상 이 지구상에서는 심각한 수준의 테러행위는 사라질 줄 알았다. 그러나 그 문제가 해결되기도 전에 테러리즘은 수그러들기는커녕 중동이라는 지역적인 한계를 벗어나 전혀 엉뚱한 방향에서 전 세계로 확산되어 나갔다. 그것은 아무도 예상하지 못한 일이었고, 그래서 전 세계는 당혹감을 안은 채 테러리즘을 심각한 눈으로 바라보게 되었다.

국제테러리즘이 세계무대화하게 된 데에는 무엇보다도 미국의 책임이 크다. 미국은 세계 경찰국가 노릇을 하면서 세계 곳곳에서 부단히 크고 작은 전쟁을 일으켰고, 세계화라는 이름으로 전 세계를 손아귀에 넣고 패권주의적 초강대국의 이미지를 심으려고 노골적으로 온갖 전략을 구사했다. 그 바탕에는 기독교

와 자본주의라는 가치관이 자리잡고 있었고, 그것은 자연 이슬람과 충돌할 수 밖에 없었다. 미국이 평화와 공존이라는 원칙에 충실하면서 모든 문제를 힘의 논리가 아닌 외교적인 방법으로 해결해 나가려고 노력했다면 오늘날과 같은 이슬람과의 심각한 충돌은 피할 수 있었을 것이다. 그러나 미국은 이스라엘 지원과 걸프 전, 아프간과 이라크 전 등을 통해서 보는 바와 같이 모든 문제를 힘으로만 밀어부쳤고 그 과정에서 가장 많은 피해를 본 쪽은 이슬람 국가와 그 국민들이었다.

이슬람 국가의 국민들은 인적 물적 피해도 컸지만 무엇보다도 이슬람이라는 그들의 신앙 세계가 모멸당하는 것을 참을 수가 없었다. 적대감은 증오심으로 바뀌었고, 그들에 대한 공격과 탄압을 현대판 21세기 십자군 전쟁으로까지 보게되었다. 그래서 미국 및 서방 연합국과의 전쟁을 지하드(성전)으로 부르게 되었고, 그 과정에서 전에는 없었던 자폭테러가 새로운 테러 스타일로 등장하게 되었다. 성전에 참가하는 전사들은 자폭테러에 앞서 반드시 알라신에게 맹세하고 죽기 직전 알라를 찾으며 죽음의 돌격을 감행한다. 그것은 이슬람에 대한 깊은 신앙심을 보여 주는 것이고, 21세기 십자군 전쟁에 대한 그들의 각오가 어느 정도인지를 말해 주는 것이기도 하다.

죽음을 각오한 자폭테러는 막을 수 없다는데 그 문제의 심각성이 있다. 상대가 죽겠다는데야 막을 방법이 없는 것이다. 테러가 대형화하고 그 희생이 치명적인데에는 테러 방법이 자폭테러로 바뀌었기 때문이다. 테러리스트들은 이제 자폭테러가 가장 효과적이라는 것을 알고 있고, 그래서 그것이 일어날 가능성은 갈수록 커지고 있는 것이다.

　기독교 세계와 이슬람 세계의 문명충돌로 보여지는 양대 세력 간의 대결, 증오와 복수의 악순환으로 치닫고 있는 피할 수 없는 전쟁은 이제 전 지구적인 문제로 확대재생산되어, 세계는 초조와 불안 속에서 시한폭탄을 안은 채 하루하루를 보내고 있다.

　9.11테러는 작가의 입장에서 도저히 외면할 수 없는 소재였다. 그렇게 가슴을 뒤흔든 매력적인 소재는 그 어디에도 없었다.

　머릿속에서 그것을 오랫동안 굴리면서 자료를 비축하고 칼을 갈다가 마침내 그것을 소설화할 수 있는 기회가 오자 나는 즉시 작업에 뛰어들었다. 국제신문에서 2005년 1월 1일부터 소설연재를 부탁해 오자 두 말 없이 9.11 테러를 작품화하기로 결정했던 것이다. 연재소설은 1년 반 동안 계속되었고, 연재가 끝나자 두 달 동안 수정과 보완에 꼬박 매달렸다. 유난히 무더웠던 여름은 에어컨이 없는 나에게는 폭염이나 다름없었고, 그럼에도 불구하고 실로 8년만에 신작을 낸다는 사실에 여름 내내 흥분과 기대 속에서 시간을 보낼 수가 있었다. 신들린 듯 열정적으로 쓴 작품이기에 작품 전체에서 에너지가 느껴지는 것 같고, 그래서 독자들에게도 그것이 전해지기를 기대하지만 혹여 지나친 기대가 아닐지 걱정이 되기도 한다.

　테러리즘의 세계에서는 항상 죽음의 게임만이 존재한다. 따라서 눈에 보이지 않는 지하의 최전선에서는 서방 수사진과 테러리스트들 간의 쫓고 쫓기는 숨막히는 게임이 24시간 계속되고 있다. 사람들의 눈에는 그것이 보이지 않고, 보이지 않기 때문에 그것을 외면한 채 모른 체하고 살아가고 있지만 조금만 관심을 가지고 그 세계를 들여다보면 엄청난 음모의 세계가 존재하고 있음을 알게 된다.

수십 년에 걸친 국제테러리즘의 세계와 그것이 어떻게 9.11 테러와 결정적으로 연계되었는가 하는 문제를 풀기 위해 많은 자료를 뒤적이고 상상력을 동원했다. 많은 사실들을 고리로 연결시킨 다음 거기에다 상상의 날개를 입혀 하나의 작품으로 만드는 작업은 결코 쉬운 일이 아니었다. 그러나 국내 문제에만 매달려 있다가 국제적인 사건을 작품화한다는 사실에 크나큰 호기심을 주체할 수가 없었고, 그것이 힘이 되어 국제무대에서 마음껏 상상의 날개를 펼쳐 볼 수가 있었다.

끝으로 이 작품은 어디까지나 논픽션을 바탕으로 재구성된 픽션인 만큼 소설이라는 관점에서 읽어 주기를 바란다. 가능한 한 등장인물들에 대해서는 익명을 사용하려고 했고, 그럴 필요가 없거나 이미 알려져 있는 인물들에 대해서는 본명을 그대로 사용했음을 밝혀 둔다.

2006년 9월
해운대에서 김성종

김성종

중국 제남시에서 출생. 전남 구례에서 성장기를 보냈다.

연세대학교 정외과 졸업

1969년 조선일보 신춘문예 소설 당선

1971년 현대문학 소설추천 완료

1974년 한국일보에 「최후의 증인」으로 장편소설 당선

장편 대하소설 「여명의 눈동자」(전10권)는 TV드라마로 방영

봄은 오지 않을 것이다 제3권
김성종 장편추리소설

초판발행	2006년　11월 21일
초판 2쇄	2006년　11월 21일
저자	金聖鍾
발행인	金仁鍾
발행처	도서출판 남도
등록일자	서기 1978년 6월 26일(제1-73호)
주소	(134-023) 서울 강동구 천호동 451 산경빌딩 B동 5층 3-1호
전화	02-488-2923
팩스	02-473-0481
E.mail	namdoco@hanafos.com

ⓒ 2006 Kim Sung Jong. Printed in Korea
저자와의 합의로 인지를 붙이지 않습니다.

정가: 11,000원

ISBN 89-7265-548-1 03810